Divisão Hollywood

Joseph Wambaugh

Divisão Hollywood

TRADUÇÃO DE
Paulo Cezar Castanheira

EDITORA RECORD
RIO DE JANEIRO • SÃO PAULO
2009

CIP-Brasil. Catalogação-na-fonte
Sindicato Nacional dos Editores de Livros, RJ.

W199d   Wambaugh, Joseph
         Divisão Hollywood / Joseph Wambaugh; tradução de
         Paulo Cezar Castanheira – Rio de Janeiro: Record, 2009.
         – (Negra)

         Tradução de: Hollywood Station
         ISBN 978-85-01-07803-2

         1. Ficção policial americana. I. Castanheira, Paulo
         Cezar. II. Título. III. Série.

                                   CDD – 813
08-4558   CDU – 821.111(73)-3

Título original inglês:
HOLLYWOOD STATION

Capa: Glenda Rubinstein
Ilustrações: Pedro Meyer
Composição de miolo: Glenda Rubinstein

Direitos exclusivos de publicação em língua portuguesa somente para o
Brasil adquiridos pela
EDITORA RECORD LTDA.
Rua Argentina 171 – Rio de Janeiro, RJ – 20921-380 – Tel.: 2585-2000
que se reserva a propriedade literária desta tradução

Impresso no Brasil

ISBN 978-85-01-07803-2

PEDIDOS PELO REEMBOLSO POSTAL
Caixa Postal 23.052
Rio de Janeiro, RJ — 20922-970

EDITORA AFILIADA

Agradecimentos

Um agradecimento especial aos homens e mulheres do Departamento de Polícia de Los Angeles pelos casos deliciosos e a inigualável fala dos policiais:

Chate Asvanonda, Matt Bennyworth, Michael Berchem, Wendi Berndt, Vicki Bynum, Elizabeth Estupinian, Laura Evens, Heather Gahry, Brett Goodkin, Chuck Henry, Craig Herron, Jack Herron (apos.), Brian Hospodar, Andy Huedlett, Jeff Injalls, Rick Jackson, Dennis Kilcoyne, Al Lopez, Tim Marcia, Kathy McAnany, Roger Murphy, Bill Pack, Mike Porter, Rosie Redshaw, Tom Redshaw, Dave Sigler, Bill Sollie, Olivia Spindola, Joe Witty

E aos homens e mulheres do Departamento de Polícia de San Diego:

Mark Amancio, Pete Amancio, Andra Brown, Brett Burkett, Laurie Cairncross, Blaine Ferguson, Pete Griffin (apos.), Mike Gutierrez, Gerry Kramer, Vanessa Holland, Charles Lara, Vic Morel, Tony Puente (apos.), Andy Rios, Steve Robinson, Steve Sloan, Elliott Stiasny, Alex Sviridov, Don Watkins, Joe Winney

E aos homens e mulheres do Departamento de Polícia de Palm Springs: Dave Costello, Don Dougherty, Steve Douglas, Mitch Spike

E aos agentes especiais do FBI: Matt Desarno, Jack Kelly (apos.)

E ao autor James Ellroy pela insistência nesta volta às raízes do DPLA

Capítulo 1

– Vamos jogar pólo pit bull, cara?

– O que é isso?

– É uma coisa que aprendi quando trabalhava na Tropa Metropolitana Montada.

– É estranho imaginar você montado num cavalo.

– Só sei que os cavalos são burros, cara. Mas lá a gente recebia hora extra. Sabe o meu BMW? Eu não teria se não tivesse trabalhado na Metropolitana. No meu último ano lá ganhei mais de cem mil. Não sinto saudade daqueles cavalos doidos, mas tenho saudade do dinheiro das horas extras. E do meu chapéu Stetson. Quando trabalhamos na agitação da Convenção Democrata, uma lobista que tinha os bicos dos seios tão grandes que dava vontade de empacotar e levar para casa me disse que, com o Stetson, eu parecia o Clint Eastwood. E naquela época eu não usava uma Beretta 9 mm, usava um revólver Colt de 15 centímetros. Parecia mais adequado quando eu estava montado num cavalo.

– Uma arma giratória? Nos dias de hoje?

– Oráculo usa um revólver.

– Oráculo está na ativa há quase cinqüenta anos: pode usar o que quiser. E você não parece o Clint Eastwood, cara. Você parece o sujeito que fez o papel do King Kong, só que o seu beiço é ainda maior e o cabelo é descolorido.

Agora irritado.

–Meu cabelo foi descolorido pelo sol no surfe, cara. E na sela sou cinco centímetros mais alto que o Clint.

– Não interessa, cara. Eu sou muito mais alto que o Tom Cruise. Ele não tem nem um metro e meio.

– Voltando ao nosso assunto, aqueles manifestantes pacifistas na convenção jogaram bolas de golfe e pequenas esferas de aço nos cavalos quando nós atacamos. Cara, quando você é pisado por um animal de quase setecentos quilos, dói, dói *muito*. Só um cavalo caiu. Já tinha vinte e oito anos e se chamava Rufus. Ficou acabado. Foi aposentado. Uma das amantes da natureza atirou um saco de lixo pegando fogo no que eu estava montando, chamado Big Sam. Bati naquela vaca com o meu koa.

– Seu o quê?

– É uma espécie de espada de samurai feita de madeira koa. O cassetete é praticamente inútil quando a gente está no alto montado num cavalo de um metro e setenta. A gente deve bater na clavícula, mas ela pulou e acertei no alto da cabeça. Juro que foi por acidente. Ela deu uma pirueta e caiu debaixo de um carro estacionado. Vi um amante das árvores espetar um cavalo com uma agulha de tricô. O cavalo ficou acabado, excesso de estresse, e foi aposentado. Eles todos acabam sendo afastados. Igual à gente.

– É horroroso, espetar um cavalo.

– Aquele pelo menos apareceu na TV. Quando um policial é ferido, nada. Quem se importa? Quando um cavalo se machuca, aparece na TV, às vezes com aquela boazuda da Debbie, a moça de peito enorme do noticiário do Canal Cinco.

– Onde você aprendeu a montar?

– Griffith Park. Um curso de cinco semanas no Centro de Treinamento de Ahmanson. Antes disso, o único cavalo que montei estava num parque de diversões e nunca mais quero montar outra vez. Consegui o emprego porque minha cunhada foi colega de escola de um tenente da tropa. Os cavalos são burros, cara. Às vezes um ônibus passa encostado na gente a cem quilômetros por hora e o cavalo nem pisca. De repente o vento joga uma folha de papel na cara dele e ele salta sobre uma pilha de drogados dormindo na esquina da Sexta com San Pedro. E você acaba no carrinho da Mama Lucy, no meio das latas de alumínio e garrafas para reciclagem. Foi assim que arrumei a minha prótese de bacia com trinta anos. Agora só quero andar na minha prancha de surfe e na minha BMW.

— Eu tenho 31. Você parece muito mais velho que eu.

— Mas não sou. Eu tive muitas preocupações. Me mandaram para um médico tão velho que ainda acreditava em sangrias e sanguessugas.

— Não sei não, cara. Às vezes você tem progéria. Ela dá essas rugas nas pálpebras e no pescoço, igual às tartarugas das Galápagos. Mais irritado.

— Escuta, você que jogar pólo pit bull ou não?

— Mas que merda é pólo pit bull?

— Me disseram que os pit bulls perseguiram dez dos nossos pela rua setenta e sete uma noite em que decidiram varrer uma área de três quarteirões cheia de antros de crack e de bandidos. Toda aquela região é criminosa. Viver ali é viver na corda bamba. Mas todos eles têm pit bulls e rottweilers que deixam soltos para aterrorizar o bairro e devorar os cachorros normais que encontram. E toda aquela matilha de cachorros de bandidos viu sangue no instante em que nos avistaram, e atacaram como se estivéssemos montando costeletas e pernis.

— E você atirou?

— Quem atirou? Eu preciso deste emprego. É preciso ter mais dinheiro que Donald Trump e Manny Encanador para dar um tiro hoje no DPLA, principalmente se for num cachorro. Você atira num ser humano e aparecem dois detetives e um grupo da Divisão de Investigações da Força. Você atira num cachorro e aparecem três superintendentes e quatro detetives, além do grupo da DIF, prontos para isolar a área com fita amarela. Especialmente naquela região. Nós não atiramos, jogamos pólo pit bull com os cassetetes compridos.

— Ah, sei. Pólo pit bull.

— Cara, passei no meio deles, batendo naqueles assassinos, gritando "Um *chukka* para o meu time! Dois *chukkas* para o meu time!" Mas eu queria mesmo era bater nos donos.

— Cara, um *chukka* é um tempo do jogo. Eu sei porque vi um especial sobre a família real. O velho Charles, no maior tesão, jogou um *chukka* ou dois para a Camila, o pau duro enchendo os culotes. Aquela velha? Não me atrai.

— É isso aí.

Pensando. Este cara sabe estragar uma boa história.

— E você foi punido por ter jogado pólo com os pit bulls dos gângsteres?

— Claro. Há sempre um NPV que chama a corregedoria, o vereador dele, e às vezes faz um interurbano para Al Sharpton, que nunca viu uma câmera sem abraçá-la.

— NPV?

— Você não conhece esses bairros, não é? NPV, Negro Puto da Vida.

— Passei nove anos em Devonshire, West Valley e West L. A. antes de ser transferido para cá no mês passado. NPV nunca apareceram na minha mesa, cara.

— Então é melhor não comparecer a uma reunião da Câmara ou da Comissão de Polícia. Os NPV dominam. Mas já não existe praticamente nenhum aqui em Hollywood. Na verdade, hoje em dia toda a zona sul de Los Angeles é latina, até mesmo Watts.

— Já li que toda a área central da cidade é latina. Para onde foram os irmãos, você tem idéia? E por que toda essa preocupação com o voto negro, se os negros estão mudando todos para os subúrbios? Melhor cuidar do voto latino, pois eles já tomaram a prefeitura e dentro de uma geração vão retomar a Califórnia e botar a gente para cuidar dos jardins.

— Você é casado? E qual o número dela?

— Acabei de me livrar da número dois. Ela parecia uma druida, mas não era muito carinhosa. Uma filha de três anos. Vive com a mãe, e o advogado dela não vai ficar satisfeito enquanto eu não estiver morando na praia e comendo algas.

— E a número um ainda está na área?

— Está, mas eu não tenho de lhe pagar nada. Mas ela me tomou o carro. E você?

– Divorciado também. Uma vez. Sem filhos. Conheci minha ex num bar de North Hollywood chamado A Cadeira do Diretor. Usava uma quantidade pavorosa de maquiagem. Parecia uma mulher da zona, e mesmo assim casei com ela. Devem ter sido as roupas da grife da Jennifer Lopez.

– Primeiros casamentos nunca dão certo para os tiras. O primeiro não conta, cara. Então, como a gente joga pólo pit bull sem cavalo? E onde a gente joga?

– Conheço o lugar certo. Pegue o cassetete extensível na minha sacola de guerra.

A gangue salvadorenha *Mara Salvatrucha* também conhecida como MS-13, começou há menos de vinte anos na Los Angeles High School, mas agora se dizia que tinha mais de dez mil membros por todos os Estados Unidos e mais de setecentos mil em países da América Central. Muitos internos das prisões estaduais tinham tatuagens "MS" ou "MS-13". Um membro da gangue da MS-13 foi parado numa rua de North Hollywood em 1991 pela policial Tina Kerbrat, caloura, recém-saída da Academia de Polícia, que no momento estava emitindo uma multa por ele estar bebendo em público, nada mais que isso, quando o MS-13 matou-a com um tiro. A primeira policial do DPLA a ser morta no cumprimento do dever.

Mais tarde, naquela mesma noite, uma residente mexicana que morava a leste da Gower Street chamou a Divisão Hollywood para informar ter visto um preto-e-branco do DPLA com as luzes apagadas circulando em torno de um edifício de apartamentos cor-de-rosa e sujo que em diversas ocasiões ela já havia denunciado à polícia como antro de membros da *Mara Salvatrucha*.

Nas ocasiões anteriores os policiais de plantão tentaram explicar à mexicana "injunções das gangues" e "causas prováveis", coisas que ela não entendeu e que não existiam no seu país. Coisas que aparentemente negavam proteção às pessoas iguais a ela e seus filhos contra os criminosos daquele feio edifício cor-de-rosa. Ela contou aos policiais que os cachorros cruéis daqueles homens haviam atacado e matado o collie da sua vizinha Irene, e que as crianças não podiam mais andar pela rua em segurança. Contou também que dois cachorros tinham sido recolhidos pela carrocinha, mas ainda havia muitos. Demais. Os policiais lhe disseram que sentiam muito, e que ela deveria procurar o Departamento de Saúde Animal.

A mexicana estava assistindo ao canal de língua espanhola e se preparava para dormir quando ouviu o barulho que a atraiu para a janela. E ela viu o carro da polícia com as luzes apagadas, correndo pela rua perto do edifício perseguido por quatro ou cinco cachorros latindo. Na segunda passagem ela viu o motorista se inclinar pela janela e bater com o que parecia ser um taco de sinuca num dos animais, atirando-o longe, ganindo e correndo para dentro do edifício cor-de-rosa. Então o carro deu outra passada e fez a mesma coisa com outro cachorro grande, e o motorista gritou alguma coisa que a filha dela ouviu da varanda.

A filha entrou sonolenta na sala e perguntou em inglês:

— Mamá, *chukka* quer dizer alguma coisa muito feia, como um palavrão?

A mexicana chamou a Divisão Hollywood e conversou com um sargento já velho a quem os policiais chamavam de Oráculo. Ela queria agradecer pelo envio dos policiais com os tacos de sinuca e dizer que tinha esperança de que as coisas melhorassem no bairro. Oráculo não entendeu, mas achou melhor não perguntar. Disse apenas que esperava ter sido útil.

Com as luzes do 6-X-32 novamente acesas, os dois percorriam o Hollywood Boulevard quando o motorista disse:

— Cara, foi ali que terminou a minha carreira de Polícia Montada. Foi ali que decidi que, horas extras ou não, eu devia voltar para a patrulha normal.

Seu parceiro olhou para a direita.

— No Grauman's Chinese Theater?

— Exatamente ali, no passeio. Foi onde aprendi que não se pode percorrer a cavalo a Calçada da Fama de Hollywood.

— Maus espíritos?

— Falta de firmeza.

O famoso teatro de Sid Grauman parecia melancólico naqueles dias, diminuído e comprimido pelo Hollywood Highland Complex, mais conhecido como Kodak Center, com dois quarteirões de lojas e entretenimento. Lá estavam o Teatro Kodak e a Academia, e ele era percorrido dia e noite por milhares de turistas. Mas o Teatro Chinês ainda tinha a sua importância quando se tratava das coisas estranhas de Hollywood. Mesmo naquela hora tardia, muitos personagens fantasiados posavam para fotografias com os turistas, que em geral estavam mais interessados em fotografar as impressões dos sapatos e mãos da famosa calçada. Entre esses personagens estavam O Incrível, O Gugu, da Vila Sésamo, dois Darth Vaders, Batman, dois Patetas, um baixo e outro alto.

– Eles posam com os turistas – disse o motorista para o parceiro. – Os turistas pensam que os personagens trabalham para o Grauman, mas não trabalham. A maioria são viciados em crack ou metanfetamina. Veja o Pateta pequeno.

Ele freou, forçando o tráfego a contornar o preto-e-branco. Observaram o Pateta mais baixo assediando alguns turistas asiáticos que certamente se recusaram a pagar pela foto, ou não tinham pagado o suficiente. Quando o Pateta agarrou um deles pelo braço, o policial tocou a buzina. Quando ergueu os olhos e viu a viatura, o Pateta desistiu momentaneamente do assédio e tentou desaparecer na multidão, mas a sua cabeça enorme pairava acima de quase todos os turistas.

O motorista explicou:

– O metrô lá atrás é uma boa rota de fuga para o bairro. Os traficantes ficam nas plataformas e os ligas circulam pelo bulevar.

– O que é um liga?

– É um cara que chega perto e diz: "Posso te ligar com o que você precisa." Geralmente é cristal. Todo mundo está consumindo. Metanfetamina é certamente a droga preferida das ruas de Hollywood.

E ele se lembrou da última noite na Polícia Montada, a que se seguiu à cirurgia de prótese e um quadril mais preciso que qualquer barômetro quando se tratava de prever quedas repentinas de temperatura e vento frio.

Naquela última noite na Polícia Montada, ele e outro policial lá estavam para controlar a multidão, conduzindo seus cavalos a passo ao longo do Hollywood Boulevard, tudo calmo, passando na direção oeste pela multidão das sextas-feiras na esquina do metrô. Foi quando ele notou um liga olhando nervoso para eles.

E disse para o parceiro, que montava uma égua chamada Millie:

— Vamos apertar esse cara.

Ele desmontou e entregou o cavalo para o companheiro e se aproximou do liga a pé. O liga era um sujeito branco, suado, esquelético e muito alto, talvez mais alto que ele próprio, apesar de o Stetson do DPLA e as botas o tornarem muito alto. Foi então que tudo desandou.

— Eu estava falando com o liga mais ou menos ali — disse agora para o parceiro, mostrando a calçada em frente ao Kodak Center.

— E então o cara se virou e deu no pé. Corri atrás dele, mas o Major endoidou.

— O seu parceiro?

— Meu cavalo. Ele era valente, o Major. Cara, eu o vi parar durante um treinamento quando a gente jogava bombinhas. Os outros cavalos empinavam, mas o Major continuava firme. Mas não naquela noite. Esse é o problema dos cavalos; eles são burros, cara.

— O que ele fez?

— Primeiro ele empinou enlouquecido. Depois ele mordeu o meu parceiro no braço. Foi como se de repente ele fosse ligado na eletricidade. Quem sabe, um drogado atirou com uma arma de ar comprimido. Não sei. De qualquer jeito, parei de perseguir o liga, foda-se ele, e voltei correndo para ajudar meu parceiro. Mas o Major não se acalmava e fingi que ia montar. Então fiz uma coisa muito estúpida.

— O quê?

— Tentei montar para levá-lo de volta ao trailer e encerrar aquela noite. Foi o que fiz, em vez de levá-lo pelo cabresto, como teria feito naquela circunstância qualquer um que tivesse todos os parafusos na cabeça.

— E então?

— Ele tornou a enlouquecer. Disparou correndo pela calçada.

Ele nunca esqueceria aquele momento. Galopando pela Calçada da Fama, arrancando faíscas e espalhando os turistas, batedores de carteira, viciados, mulheres grávidas, freiras, o Bob Esponja e três Elvis. Pisando sobre a estrela da Marilyn Monroe, a de James Cagney, de Elizabeth Taylor, do Liberace, ou a de qualquer um que estivesse naquela Calçada da Fama, pois ele não tinha a menor idéia de quais estavam lá nem quis verificar mais tarde.

Xingou o cavalo e se agarrou com uma das mãos, usando a outra para afastar a multidão. Apesar de saber que na sua longa carreira Major já tinha mostrado ser capaz de percorrer uma escadaria de concreto, ele também sabia que nem Major nem qualquer outro cavalo do regimento tinha condições de correr sobre um piso de mármore, principalmente se considerarmos as linhas de latão entre as placas de mármore, onde as pessoas impunemente derramam Starbucks ou Slurpees. Cavalo algum seria capaz de pisotear estrelas daquele quilate, e talvez fosse um caso de maus espíritos. E de repente o Major aquaplanou sobre os Slurpees e *despencou*.

O parceiro interrompeu esse flashback carregado de suor.

— Então o que aconteceu, cara? Depois que ele disparou com você?

— Primeiro, ninguém se machucou. A não ser Major e eu.

— Foi grave?

— Dizem que acabei nas marcas das botas do John Wayne, na calçada do Grauman. Dizem que as mãos dele também estão lá, mas não lembro nem de botas nem de mãos. Acordei sobre uma maca dentro de uma ambulância com um paramédico me dizendo que eu estava vivo, enquanto a sirene uivava um código 3 a caminho do Presbiteriano de Hollywood. Tive uma concussão e quebrei três costelas, além do quadril que depois foi substituído, e todo mundo disse que eu era um cara de muita sorte.

— E o cavalo?

— Me disseram que de início o Major parecia estar bem. Mancava um pouco, é claro. Mas quando foi levado ao Griffith Park e chamaram um veterinário, ele já não se agüentava de pé. Estava mal e ficou pior. Foi sacrificado naquela noite. — E acrescentou: — Os cavalos são tão burros, cara.

Quando o parceiro olhou para o motorista, pensou ter visto nos seus olhos o brilho da mistura de luzes do bulevar, fluorescentes e néon, faróis de carros e lanternas traseiras, e até o reflexo do brilho de um holofote que anunciava a todos: Isto é Hollywood! Mas todas aquelas luzes caindo sobre eles alteravam a nitidez do preto-e-branco, transformando-o numa massa colorida de púrpura de hematoma e amarelo ictérico. O parceiro não tinha certeza, mas teve a impressão de ver o queixo do motorista tremer, e fingiu estar seriamente interessado nos tipos estranhos fantasiados diante do Grauman.

Depois de um instante, o motorista disse:

— De qualquer forma, eu disse foda-se. Quando sarei, pedi transferência para a Divisão Hollywood, pois vista do alto da sela ela parecia um lugar bom para trabalhar, desde que você tenha algumas centenas de cavalos, em vez de um só. E hoje aqui estou.

Seu parceiro ficou mudo por alguns instantes.

— Eu surfava muito quando estava em West L. A. Minha prancha estava sempre amarrada à perna. Meus joelhos viviam inchados. Estou ficando muito velho para isso, cara. O melhor é arrumar uma prancha e sair para surfar à noite.

— Bacana, cara. Surfe à noite é muito bacana. Depois que vim para Hollywood, virei uma espécie de idiota motorizado, viajando com o meu BMW para o norte até Santa Barbara, e para o sul até San Diego, pisando fundo aquela máquina maravilhosa. Mas sinto falta da sala verde, sabe? Dentro daquele tubo com a espuma arrebentando sobre você? Agora vou para a praia toda manhã em que estou de folga. Malibu atrai as gatas. Vem comigo um dia desses e te empresto uma prancha. Talvez você tenha uma visão.

— Talvez eu tenha uma idéia brilhante surfando à noite. Preciso descobrir um meio de evitar que a minha segunda ex-mulher me obrigue a viver debaixo de uma árvore, comendo eucalipto como a porra de um coala.

— É claro que você vai ganhar um apelido quando aqueles idiotas da Divisão Hollywood descobrirem. Todo mundo me chama de Flotsam. Portanto, se você surfa comigo, seu apelido vai ser ...

— Jetsam — disse o parceiro com um suspiro de resignação.

– Cara, isso pode ser o começo de uma amizade muito especial.

– Jetsam? Cara, isso é ruim, ruim demais.

– Um nome não tem a menor importância.

– Esquece. Mas o que aconteceu com o Stetson depois do seu jogo de dardos na grama?

– Não tinha grama naquela calçada. Só concreto. Acho que um viciado pegou. Provavelmente vendeu por uma ninharia de cristal. Vivo louco para achar esse filho da puta, só para fazer a sua temperatura corporal cair de 36 para a temperatura ambiente.

Enquanto conversavam, o 6-X-32 recebeu um sinal no computador. Jetsam abriu, respondeu e acionou o botão "a caminho", e eles partiram em direção a um endereço na Cherokee Avenue que estava no painel com a mensagem "Ver mulher, 415, música"

Flotsam reclamou.

– Porra, 415, música! Por que ela simplesmente não vai até o vizinho e pede para ele baixar o volume da merda do CD? O mais provável é que um cara de cabeça cheia dormiu ao som de Destiny's Child.

– Ou Black Eyed Peas. Ou quem sabe Fifty Cent. Aumente o volume daquele cara e você desperta tendências homicidas. Já ouviu o disco *The Massacre*?

Não foi fácil encontrar um lugar para estacionar perto do edifício de apartamentos, e o 6-X-32 estacionou em paralelo, espremido entre um Lexus novo e um Nova antigo estacionado tão longe do meio-fio que merecia uma multa.

Jetsam acionou o botão "no local" no painel. Os dois agarraram as lanternas e saíram. Flotsam resmungou que naquela noite em toda Hollywood deveria haver no máximo treze e meia vagas de estacionamento.

– Agora são treze. Nós ficamos com meia.

Jetsam parou no passeio em frente.

– Nossa! Eu já estou ouvindo, e não é nenhum hip-hop.

Era a Nona de Beethoven, *Shreckensfanfare*, a Fanfarra do Terror.

Um grito dissonante das cordas e um berro discordante dos metais levaram-nos pela escada externa de um modesto edifício residencial de dois andares. Muitos moradores haviam saído de casa

naquela noite de sexta-feira. As luzes das varandas e as de segurança no interior de algumas unidades estavam acesas, mas tudo era
muito silencioso, não fosse a música que atacava os ouvidos, agre-
dia a audição. Aqueles trechos angustiantes que Beethoven imaginou como introdução para induzir uma sensação de mau agouro foram eficazes com o 6-X-32.

Não procuraram a queixosa. Bateram na porta do apartamento de onde a música emanava como um grito, como um aviso.

– Alguém deve estar bêbado lá dentro – disse Jetsam.

Flotsam retrucou, meio brincando:

– Ou morto.

Sem resposta. Tentaram de novo. Sem resposta.

Flotsam girou a maçaneta e a porta se abriu. Os tímpanos atenderam ao grande compositor intensificando aqueles sons assusta-
dores. Tudo estava escuro, menos uma luz que saía de um quarto no
corredor.

– Alguém em casa? – gritou Flotsam.

Não houve resposta. Apenas os tímpanos martelando e o som
dos metais.

Jetsam entrou primeiro.

– Alguém em casa?

Ninguém respondeu. Flotsam sacou a sua 9 mm, segurou-a ao
lado da perna direita e iluminou a sala com a lanterna.

Jetsam apontou o corredor escuro.

– A música está vindo dali.

– Alguém sofreu um ataque cardíaco. Ou um derrame.

Começaram a percorrer lentamente o corredor em direção à luz
e ao som, os tímpanos batendo num ritmo rápido.

Flotsam tornou a gritar.

– Ei! Alguém em casa?

– Aqui tem um mau espírito.

– Alguém em casa? – Flotsam esperou uma resposta, mas só se
ouvia aquela música.

O primeiro quarto que dava para o corredor era o dormitório.
Jetsam acendeu a luz. A cama estava feita. Sobre ela havia um roupão de mulher e um pijama. Chinelos cor-de-rosa no chão. O apa-

relho de som não era sofisticado, mas também não era simples. Vários CDs clássicos estavam espalhados numa prateleira ao lado das caixas. A impressão era de que essa pessoa morava no quarto. Jetsam apertou um botão e desligou o barulho infernal. Ele e seu parceiro deram um suspiro de alívio, como se tivessem voltado à superfície de águas profundas. Havia mais um quarto no fundo do corredor, que também estava escuro. A única luz vinha de um banheiro que servia aos dois moradores do apartamento.

Flotsam foi o primeiro a entrar no banheiro e a encontrou. Estava nua, o corpo parcialmente dentro e as pernas longas e pálidas penduradas fora da banheira. Certamente foi em vida uma mulher bonita, mas agora tinha os olhos fixos arregalados, os lábios repuxados naquele esgar da morte violenta. Não me mate! Vou lutar para ficar aqui! Viva! Quero continuar viva! O mesmo esgar que ele já havia visto em outros rostos.

Jetsam pegou o rádio, ligou-o e saiu para o corredor para fazer a chamada. O parceiro continuou no banheiro e examinou o cadáver da jovem. Durante alguns instantes ocorreu-lhe que talvez ela ainda estivesse viva, talvez a ambulância ainda teria uma chance. Então ele se aproximou da banheira e olhou atrás da cortina.

O sangue arterial havia jorrado sobre o azulejo azul até o teto. O fundo da banheira era uma poça de viscosidade já escurecida e, de onde estava, ele viu pelo menos três ferimentos no peito e uma ferida enorme aberta na garganta. Naquele instante, mas não antes, o cheiro acre de sangue e urina quase o fez desmaiar e ele saiu para o corredor para esperar os detetives da Divisão Hollywood e da Divisão de Investigação Forense.

O segundo quarto, que aparentemente pertencia ao homem, estava arrumado e vazio naquele momento, ou pelo menos foi o que pensaram. Jetsam iluminou o quarto com a lanterna e fez um exame rápido enquanto falava pelo rádio. Flotsam espiou, mas nenhum dos dois entrou no quarto nem olhou o interior do pequeno armário de portas escancaradas.

De volta à sala, os dois faziam anotações tomando cuidado para não mexer em nada, limitando-se a acender a luz usando um lápis, quando o morador entrou vindo do corredor escuro atrás deles.

Sua voz foi um grito áspero.

– Eu a amo.

Flotsam deixou cair a caderneta, Jetsam o rádio. Os dois se voltaram e sacaram suas 9 mm.

– Parado, filho da puta!

– Parado! – acrescentou Jetsam, redundante.

Ele já estava imóvel. Pálido e nu como a jovem que havia assassinado, o homem continuou imóvel, as palmas das mãos para cima, os pulsos retalhados estendidos como uma oferenda. De quê? Contrição? O sangue jorrava sobre o tapete e os pés descalços.

– Meu Deus!

– Jesus! – Jetsam gritou, enfático.

Os dois policiais guardaram suas pistolas, mas quando se lançaram em direção a ele, o jovem se voltou e correu para o banheiro, saltando dentro da banheira com a mulher que amava. E os dois policiais horrorizados o viram se encolher em posição fetal gemendo nos ouvidos surdos dela.

Flotsam calçou uma luva de látex, mas deixou cair a outra. Jetsam gritou no rádio pedindo os paramédicos e deixou cair o par de luvas. Então os dois saltaram sobre ele e tentaram puxá-lo, mas todo aquele sangue fazia os braços finos escorregarem entre suas mãos, e os dois policiais xingavam e praguejavam enquanto o jovem gemia. Duas, três vezes, ele se soltou e caiu sobre o cadáver com um ruído viscoso.

Jetsam colocou sua algema em volta do pulso, mas, quando a trancou, o bracelete afundou na carne, e ele viu um tendão saltar para fora da pele. E ele gritou:

– Filho da puta! Filho da puta!

Sentiu um gelo subir pela espinha até o cérebro e por um momento achou que ia vomitar.

Flotsam era maior e mais forte que Jetsam e conseguiu soltar o braço esquerdo sob o peito do homem gemendo e o forçou por trás do corpo, conseguindo colocar a segunda pulseira no pulso esquerdo. E então pôde vê-la afundar na massa vermelha de tendão e tecido e quase vomitou.

Cada um deles o segurava por um braço algemado. Os dois o levantaram, mas agora eles e o homem estavam pingando o sangue escorregadio que jorrava dele e o sangue dela já grosso, e o deixaram cair batendo a cabeça no lado da banheira. Mas ele não sentia mais dor e apenas gemia baixinho. Tornaram a levantá-lo e conseguiram retirá-lo da banheira e carregá-lo até a sala onde Flotsam escorregou e caiu com o homem sobre ele ainda gemendo.

Uma vizinha na sua varanda deu um grito quando os dois policiais ofegantes arrastaram o corpo nu pela escada externa, o corpo encharcado de sangue batendo nos degraus com baques surdos que fizeram a mulher gritar ainda mais alto. Os três homens caíram empilhados na calçada sob a luz de um poste. Flotsam se levantou e começou a revirar o porta-malas do carro em busca do kit de primeiros socorros, sem saber bem o que procurava, mas sabendo que ali não havia torniquete. E Jetsam, ajoelhado ao lado do homem, arrancou o cinturão e com o cinto da calça tentou fazer um torniquete improvisado em volta de um braço no momento em que a ambulância entrava na rua com as luzes piscando e a sirene berrando.

O primeiro carro a chegar foi o do sargento conhecido como Oráculo, que parou em fila dupla a meio quarteirão de distância, deixando a área mais próxima para os paramédicos, os detetives da Divisão Hollywood e da DIF e a equipe da medicina legal. Mesmo no escuro, o velho sargento era inconfundível. Quando sua figura corpulenta se aproximou, foi possível ver as divisas desbotadas na manga esquerda, chegando quase até o seu cotovelo. Quarenta e seis anos de serviço lhe renderam nove divisas e fizeram dele o policial com maior tempo de serviço em todo o Departamento de Polícia.

– Oráculo tem mais listras que um campo de futebol – era o comentário unânime.

Mas ele dizia:

– Só continuo porque o acordo de divórcio deu à minha ex-mulher metade do meu salário. Vou continuar trabalhando até o dia em que aquela vaca morrer ou eu morrer, o que vier primeiro.

O homem ensangüentado estava imóvel e tornando-se cinzento quando foi coberto, colocado na maca e dentro da ambulância.

Os dois paramédicos ainda tentavam conter a hemorragia, que agora se reduzia a um filete, mas balançavam a cabeça, indicando a Oráculo que ele havia perdido muito sangue e não tinha mais salvação.

Apesar do vento Santa Ana muito quente, que soprava do deserto naquela noite de maio, Flotsam e Jetsam tremiam exaustos, recolhendo seu equipamento espalhado pela calçada, em volta de um vaso de concreto contendo alguns amores-perfeitos e miosótis.

Oráculo encarou seus subordinados encharcados de sangue e disse:

– Vocês se feriram? Algum ferimento?

Flotsam balançou a cabeça e disse:

– Chefe, acho que tivemos aqui uma situação tática que nunca foi discutida em nenhuma aula da academia. Ou, se foi, eu perdi.

– Precisando ou não, vocês dois vão para o Cedars para receber tratamento médico. Depois se limpem. Pelo jeito, é melhor queimar essas fardas.

Jetsam:

– Sargento, se esse cara tinha hepatite nós estamos em apuros.

Flotsam:

– Se ele tinha AIDS, estamos mortos.

– Não parece ser esse tipo de situação – disse Oráculo, o cabelo grisalho parecendo brilhar sob a luz da rua. Ele então viu as algemas de Jetsam caídas no chão. Iluminou-as com sua lanterna e disse para o policial exausto:

– Filho, deixe essas algemas de molho em água sanitária. Dá para ver pedaços de carne presos nos dentes.

– Eu preciso ir surfar – disse Jetsam.

– Eu também – Flotsam concordou.

Oráculo havia conquistado esse apelido por causa do tempo de serviço e pelo hábito de oferecer sábias palavras, mas não naquela noite.

Examinou os policiais jovens, ensangüentados e de olhos arregalados, e disse:

– Agora vão para a Emergência do Cedars para um médico examiná-los.

Foi nesse momento que o detetive D2 Charlie Gilford chegou à cena do crime, um detetive de plantão preguiçoso e dado a mascar chicletes, com mau gosto para escolher gravatas, que não era responsável por nenhum caso, era apenas assistente. Porém com mais de vinte anos de trabalho na Divisão Hollywood, ele não perdia nada que fosse sensacional e gostava de oferecer comentários concisos e profundos sobre tudo que acontecesse. Por suas opiniões ele era chamado de Charlie Bom Coração.

Durante os acontecimentos daquela noite na Cherokee Avenue, depois de receber um resumo breve de Oráculo e convocar a equipe de homicídios, ele examinou a pavorosa cena de assassinato e suicídio, e a trilha de sangue que marcava a luta que não chegou a salvar a vida do assassino.

Charlie Bom Coração puxou o ar entre os dentes durante um segundo ou dois e disse para Oráculo:

– Não entendo mais esses policiais jovens. Para que se meter numa coisa dessas? Deviam ter deixado o sujeito pular na banheira com a mulher e sangrar até morrer. Os dois podiam ficar sentados na sala ouvindo música até tudo terminar. Tudo o que aconteceu aqui foi apenas mais um caso de amor que desandou em Hollywood.

Capítulo 2

Farley Ramsdale sempre tivera a impressão de que as caixas azuis de coleta do correio, mesmo as colocadas nas piores esquinas de Hollywood, carregavam muito mais tesouros que as caixas colocadas nos condomínios e apartamentos elegantes. Ele gostava especialmente das plantadas diante das agências dos correios, porque ficavam muito cheias entre a hora do fim do expediente até as dez da noite, a hora que ele considerava mais propícia. As pessoas tinham tanta confiança nessa localização diante do correio que jogavam muita coisa boa dentro delas, às vezes até dinheiro vivo.

Dez da noite era o meio-dia de Farley, que recebeu este nome porque sua mãe adorava o ator Farley Granger, e tinha entre seus filmes favoritos *Pacto sinistro*, de Hitchcock. No filme, Farley Granger era um jogador profissional de tênis e, apesar de a mãe de Farley Ramsdale ter pagado aulas particulares, o tênis o aborrecia. Era muito chato. A escola era muito chata. Trabalho era uma chateação. A metanfetamina definitivamente não era uma chateação.

Aos dezessete anos e dois meses ele já havia passado de maconheiro para viciado em metanfetamina. Apaixonou-se, um amor eterno, na primeira vez em que fumou os cristais. Mas apesar de ser muito mais barata que a cocaína, ela ainda custava o suficiente para manter Farley ativo até tarde da noite, visitando as caixas azuis pelas ruas de Hollywood.

A primeira coisa que tinha de fazer naquela tarde era visitar a loja de ferragens para comprar ratoeiras. Não que ele se preocupasse com os ratos; eles percorriam livremente a sua pensão. Bem, não se tratava exatamente de uma pensão, era o primeiro a admitir. Era um velho bangalô branco de estuque próximo à Gower Street, a casa que lhe fora deixada em testamento pela mãe quinze anos antes, quando Farley tinha dezoito anos e estudava na Hollywood High School, descobrindo as alegrias da meta.

Durante dez meses após a morte da mãe, ele havia conseguido falsificar os cheques da pensão dela, até uma assistente social descobrir, aquela vaca. Como ainda era um órfão adolescente, conseguiu reduzir a sentença a um período no reformatório com a promessa de pagar o que havia furtado, o que nunca fez, e passou a chamar de "pensão" o bangalô de dois quartos e um banheiro quando começou a alugar os quartos para outros viciados que geralmente chegavam e partiam em duas semanas.

Não, ele não dava a menor importância aos ratos. Ele queria cristal. A droga clara e transparente como gelo que vinha do Havaí, não a porcaria branca que vendiam na cidade. Cristal, não ratos, era a sua preocupação de todas as horas que passava acordado.

Enquanto examinava o material na loja, notou um empregado de uniforme vermelho que o observava passando pelo balcão das brocas e facas. Como se ele quisesse roubar a porcaria que tinham para vender. Ao passar diante de um banheiro em exposição, viu o próprio reflexo num espelho à luz impiedosa da tarde e levou um susto. As marcas da droga no seu rosto estavam inchadas e irritadas, um sinal seguro de um viciado em anfetaminas. Os dentes estavam escurecidos e dois molares doíam. E o cabelo! Ele havia esquecido de pentear a porcaria do cabelo, que estava todo embaraçado, com aquele aspecto de palha queimada, indicando um início de desnutrição, uma marca ainda mais nítida do fumante de cristais de longa data.

Voltou-se para o empregado, um rapaz asiático forte e ainda mais jovem que ele, provavelmente um praticante de artes marciais, pensou. Com o crescimento da Korea Town, um restaurante tailandês em cada rua e filipinos esvaziando penicos em todas as clínicas gratuitas, logo esses comedores de cachorro, esses filhos da puta com bafo de cachorro, também estariam mandando na prefeitura.

Pensando bem, isso poderia ser melhor que o idiota do prefeito mexicano comedor de chili, aumentando a sua convicção de que a cidade logo seria 90 por cento mexicana, em vez da metade atual. Então por que não distribuir facas e armas entre os dois grupos e deixar que se matassem uns aos outros, como ele esperava que fosse acontecer? E se os negros da zona sul começassem a se mudar para Hollywood ele ia vender a casa e se mudar para o deserto, onde havia tantos laboratórios de metanfetaminas que ele achava que a polícia iria esquecê-lo.

Como não podia evitar o idiota de olhos rasgados que o vigiava, Farley decidiu parar de apenas olhar e foi até a prateleira onde estavam as ratoeiras e os raticidas, quando o asiático foi até ele e perguntou se podia ajudar.

– Parece que preciso de ajuda?

O empregado o examinou de cima abaixo e disse num inglês com leve sotaque:

– Se o seu problema são ratos, você deve levar ratoeiras de mola. Essas armadilhas de cola são boas para camundongos, mas ratos maiores se soltam facilmente.

– Pois não tem rato na minha casa. Na sua tem? Ou alguém come eles junto com os vira-latas?

Sério, o asiático deu um passo decidido em direção a ele, que gritou:

– Encoste em mim e eu processo toda esta cadeia de lojas! – E se dirigiu ao departamento de limpeza e pegou cinco latas de Easy-Off.

Quando se aproximou do caixa, ele resmungou para um rapazinho assustado que em toda Los Angeles não existiam americanos o suficiente para currar a Courtney Love de forma que ela percebesse.

Farley saiu da loja e teve de voltar andando para casa, porque o seu Corolla branco de merda estava com um pneu vazio e ele precisava arranjar dinheiro para mandar consertar. Quando chegou em casa, destrancou a porta e entrou, esperando que sua inquilina não estivesse em casa. Era uma mulher escandalosamente magra, vários anos mais velha que Farley, embora não se notasse, com o cabelo preto oleoso colado ao couro cabeludo e preso num coque. Era uma viciada sem casa e sem dinheiro que Farley havia apelidado de Olívia Palito em homenagem à personagem de Popeye.

Jogou as compras na mesa cromada e enferrujada da cozinha, e se preparou para desfrutar uma hora de sono, o máximo que podia esperar antes que os olhos se abrissem sozinhos. Como todos os viciados em metanfetaminas, ele às vezes passava dias acordado, fuçando o seu carro japonês bombardeado. Ou jogando videogames até apagar ali mesmo na sala, as mãos ainda nos controles que lhe permitiam matar dúzias de tiras que tentavam impedir que o Farley da tela roubasse um Mercedes.

Mas não teve tanta sorte. Tinha acabado de cair atravessado na cama desfeita e ouviu Olívia Palito entrar pela porta dos fundos. Cacete, como uma mulher tão magra podia pisar tão pesado? O River Dance não fazia tanto barulho. Perguntou-se se ela não teria hepatite C. Ou, quem sabe, AIDS. Ele nunca havia compartilhado uma agulha nas poucas ocasiões em que tinha tomado os cristais pela pele, mas ela provavelmente não fora tão cuidadosa. Jurou que não ia mais trepar com ela, só deixando-a chupá-lo quando ele não estivesse agüentando mais.

Então ele ouviu aquela voz trêmula.

– Farley, você já chegou?

– Já. E preciso apagar um pouco, Olívia. Vai dar um passeio, tá?

– Nós vamos trabalhar hoje à noite? – ela entrou no quarto.

– Vamos.

– Quer uma chupadinha? Para dormir melhor?

Nela as marcas dos excitantes eram piores que as dele. Parecia que ela se coçava com um ancinho. E lhe faltavam três dentes na frente. Quando ela tinha perdido o terceiro dente? Como ele não tinha notado? Ela estava mais magra que o Mick Jagger e até parecia com ele, só que mais velha.

– Não, não quero. Vá jogar um videogame, ou fazer outra coisa.

– Acho que vou arranjar um trabalho, Farley. Encontrei um cara no Pablo's Tacos. Ele agencia extras. Disse que estava procurando exatamente o meu tipo. Me deu um cartão e me mandou telefonar na segunda. Não é bacana?

– Maneiro, Olívia. Qual o filme, *A noite dos mortos vivos, parte 2?*

Impassível, ela disse:

– Bacana, né? Eu num filme! É claro que às vezes ele só quer alguém para um programa de TV.

– Totalmente genial – disse ele, fechando os olhos e tentando desligar os circuitos.

– Mas também pode ser só um Casanova de Hollywood querendo entrar na minha calcinha – disse ela com seu sorriso sem dentes.

– Você não precisa se preocupar com os Casanovas de Hollywood. Você não tem nada para a gente meter a mão. Agora, se manda.

Quando ela saiu, ele conseguiu dormir e sonhou que estava assistindo a um jogo no colégio e trepando com a líder de torcida que sempre o tinha humilhado e evitado.

Teddy Trombone tivera um dia decente mendigando no Hollywood Boulevard naquela tarde.

Nada como nos velhos tempos, quando ainda tinha o seu instrumento, quando parava no bulevar e tocava temas de Kai Winding e J. J. Johnson, improvisando como qualquer jazzista negro com quem havia tocado nas boates da Washington e La Brea quarenta anos antes, quando o *cool jazz* era rei.

Naquele tempo as platéias negras eram sempre as melhores e o tratavam como se ele fosse um deles. E, na verdade, ele tivera a sua cota de xoxotas cor de chocolate nos dias em que a maconha, benzedrina e álcool ainda não tinham acabado com ele, antes de penhorar o trombone cem vezes até finalmente ter de vendê-lo. O instrumento lhe rendeu o suficiente para passar bem durante, digamos, uma semana, se a memória não falhava. E ele não bebia porcaria. Naquela época ele bebia Jack, aquele ouro líquido deslizando pela garganta e aquecendo a barriga.

Ele ainda se lembrava daqueles dias como se fossem a tarde de hoje. Não conseguia se lembrar de ontem. Ele agora bebia qualquer coisa em que pudesse pôr a mão, mas ainda se lembrava do Jack, do jazz e daquelas doces matronas sussurrando na sua orelha e levando-o para casa para lhe dar comida. A vida então era doce. Quarenta anos e milhões de biritas atrás.

Enquanto Teddy Trombone bocejava e se coçava, sabendo que já era hora de levantar do saco de dormir colocado na entrada de um edifício decadente ao lado do velho cemitério de Hollywood, hora de sair para a rua e mendigar algum dinheiro, Farley Ramsdale acordou da sua hora de sono agitado e de um pesadelo que já tinha esquecido.

Farley gritou "Olívia!" mas não teve resposta. Aquela doida estava dormindo de novo? Ele não entendia como ela podia fumar tanto cristal e conseguir dormir o quanto dormia. Quem sabe ela estava aplicando heroína na xoxota ou em outro lugar que ele não queria descobrir, e a droga estava compensando todo o cristal que ela fumava? Seria isto? Ele tinha de observá-la com mais cuidado.

– Olívia! Onde você está?

Ouviu então a voz sonolenta vindo da sala.

– Farley, estou aqui. – Ela estava dormindo mesmo.

– Arrasta essa sua bunda magra e prepare as ratoeiras. Temos trabalho para hoje à noite.

– Está bem, Farley. – Ela agora parecia mais acordada.

Quando Farley acabou de mijar, passar uma água no rosto, pentear o cabelo embaraçado e xingar Olívia por não lavar as toalhas do banheiro, ela já tinha preparado as ratoeiras.

Quando ele entrou na cozinha, ela estava esquentando sanduíches de queijo e tinha enchido dois copos de suco de laranja. As ratoeiras estavam presas a pouco mais de um metro de barbante. Ele pegou uma por uma e testou.

– Estão certas, Farley?

– Estão.

Ele sentou-se à mesa sabendo que tinha de beber o suco e comer o sanduíche, apesar de não ter a menor vontade. Isso é que era o bom de deixar a Olívia morar ali de graça. Bastava olhar para ela e ele sabia que precisava se cuidar. Ela parecia ter sessenta anos, mas jurava só ter quarenta e um, e ele acreditava. Ela tinha o QI de um pequinês ou de um deputado e tinha medo demais para mentir, apesar de ele nunca tê-la tocado com raiva. Pelo menos até agora.

– Você pegou emprestado o carro do Sam como eu mandei? – perguntou quando ela colocou o sanduíche na sua frente.

– Já, Farley. Ele está na porta.

– Está com gasolina?

– Não tenho dinheiro, Farley.

Ele balançou a cabeça e se forçou a morder o sanduíche, mastigar e engolir. Mastigar e engolir.

– Você fez uns dois pescadores auxiliares de reserva?

– Dois o quê?

– Duas outras linhas com fita adesiva?

– Ah, fiz.

Ela foi à varanda que dava para o quintal dos fundos e trouxe os pescadores que havia deixado sobre a lavadora e os colocou sobre a pia molhada. Eram fitas de trinta centímetros com o lado colante para fora, os barbantes passando através de buracos cortados nelas.

– Olívia, não põe a fita com o lado adesivo na pia molhada – disse ele, pensando que engolir o último pedaço de sanduíche ia exigir uma enorme força de vontade. – Ela vai acabar perdendo a cola. Será que não é óbvio?

– Está bem, Farley – disse ela enrolando os cordões na maçaneta do armário.

Puta merda, ele tinha que acabar largando essa mulher. Ela era mais burra que qualquer mulher branca que ele já tinha conhecido, com exceção da tia Agnes, que era uma retardada certificada. Muito cristal havia transformado o cérebro de Olívia em mingau.

– Come o seu sanduíche e vamos embora – disse ele.

Teddy Trombone também tinha de ir trabalhar. Logo após o anoitecer ele se dirigia para o oeste, imaginando se naquela noite conseguiria mendigar o suficiente no bulevar para comprar um par de meias. Uma bolha estava se formando no seu pé esquerdo.

Ele ainda estava a oito quadras do algodão alto, aquela parte do bulevar para onde convergem todos os turistas e a população local nas noites quentes em que soprava o Santa Ana, provocando alergias nas pessoas, mas também deixando outras agitadas e dispostas. Foi quando viu um homem e uma mulher ao lado de uma caixa azul de coleta do correio a meio quarteirão de distância na esquina da Gower Street. A esquina ficava ao sul do bulevar, numa rua que era uma combinação de comércio, apartamentos e casas.

Era uma noite escura, por isso não se via nenhuma estrela, e a lua estava baixa oculta pelo *smog*, mas mesmo assim Teddy conseguia distinguir os dois, dobrados sobre a caixa do correio, o homem fazendo alguma coisa e a mulher vigiando as redondezas. Teddy se aproximou, escondendo-se nas sombras de um edifício de onde podia ver melhor. Ele podia ter perdido parte da audição e as notas do trombone, podia ter perdido o impulso sexual, mas sempre teve boa visão. E agora ele via o que os dois estavam fazendo. Viciados, pensou. Roubando correspondência.

É claro que Teddy tinha razão. Farley tinha jogado uma ratoeira na caixa do correio e estava pescando no interior, tentando agarrar algumas cartas na cola. Agarrou uma coisa que parecia ser um envelope grosso. Puxou bem devagar, mas ela era pesada e não pegou muita cola e acabou caindo.

— Merda, Olívia.

— O que foi que eu fiz, Farley? – perguntou ela voltando alguns passos do seu posto de sentinela na esquina.

Ele não conseguiu imaginar alguma coisa para lhe dizer, mas sempre gritava com ela por qualquer coisa toda vez que a vida o castigava, o que vivia acontecendo. Por isso ele disse:

— Você não está na esquina vigiando. Você está aqui conversando.

— Mas foi porque você disse "Merda, Olívia" — explicou ela — por isso eu ...

– Volta para a merda da esquina! – ordenou ele, deixando cair a ratoeira dentro da caixa do correio.

Por mais que tentasse, ele não conseguiu voltar a agarrar o envelope grosso, mas depois de desistir dele, conseguiu recolher várias cartas e até mesmo um envelope quase tão grosso quanto o que ele havia perdido. Tentou a fita adesiva, mas ela não funcionou melhor que a ratoeira.

Apertou o envelope e disse:

– Parece um roteiro de cinema. Como se a gente precisasse de um roteiro de cinema.

– O quê, Farley? – disse ela, correndo até ele.

– Você pode ficar com este, Olívia – disse ele passando-lhe o envelope. – Você é a futura estrela do bairro.

Farley enfiou os envelopes embaixo da camisa larga e dentro da calça jeans de Olívia para o caso de algum policial parar os dois. Ele sabia que os policiais o prenderiam junto com ela, mas calculou que teria uma chance melhor de negociar alguma coisa se não encontrassem nenhuma prova com ele. Tinha certeza de que ela não iria denunciá-lo, que iria cumprir a pena. Especialmente se ele lhe prometesse que a sua cama estaria lá em casa esperando-a. Para onde ela podia ir?

Passaram por um dos desabrigados de Hollywood quando viraram uma esquina perto do carro. O homem lhe deu um susto de morte ao sair da sombra dizendo:

– Tem um trocado, moço?

Farley enfiou a mão no bolso e voltou com ela vazia e disse para Teddy:

– Primeiro de abril, saco de merda. Agora some da minha vista.

Teddy observou os dois chegarem a um Pinto azul, abrir as portas e entrar. Observou o homem acender as luzes e ligar o motor. Olhou com atenção a placa e repetiu em voz alta o número. Depois repetiu. Sabia que era capaz de se lembrar até poder pegar um lápis e anotá-la. Da próxima vez que a polícia o prendesse por beber em público ou por mendigar ou por mijar na porta de alguma loja, talvez ele pudesse usar aquela informação como um passe para sair da cadeia.

Capítulo 3

Havia parceiros mais felizes que a dupla no 6-X-76 naquele domingo de maio. Fausto Gamboa, um dos patrulheiros mais antigos da Divisão Hollywood tinha há muito desistido do seu nível P3, por não agüentar mais o trabalho de treinar os policiais calouros recém-admitidos. Como P2, trabalhava feliz ao lado de outro velho policial da Divisão Hollywood, Ron LeCroix, que agora estava em casa, recuperando-se de uma dolorosa operação de hemorróidas adiada por muito tempo, e provavelmente iria agora se aposentar.

Fausto era sempre confundido com um havaiano ou samoano. Apesar de não ser muito alto, apenas 1,72m, o veterano da Guerra do Vietnã era muito grande. O nariz havia sido achatado nas brigas de rua da adolescência, e os pulsos, mãos e ombros eram de um sujeito suficientemente alto para enterrar uma bola de basquete. As pernas eram tão musculosas que ele teria também enterrado uma na cesta se conseguisse soltar os músculos da coxa e perna num salto vertical. O cabelo ondulado era de um cinza-aço, e seu rosto marcado de rugas tinha uma cor marrom, como se ele tivesse passado a vida colhendo algodão e uvas no Vale Central, como fizera seu pai depois de chegar à Califórnia com um bando de imigrantes ilegais. Fausto nunca tinha visto um campo de algodão, mas de alguma forma havia herdado o rosto marcado do pai.

Ultimamente, Fausto andava num humor particularmente aze-
do, cansado de explicar a todo policial da Divisão Hollywood como
tinha sido derrotado no tribunal por Darth Vader. A história dessa derrota já havia corrido o telégrafo da selva de concreto.

Não é todo dia que se aplica uma multa a Darth Vader, nem mesmo em Hollywood, e todos concordavam que só poderia acontecer
ali. Fausto Gamboa e seu parceiro Ron LeCroix estavam em patrulha numa noite tranqüila, quando receberam um chamado pelo
computador MDT, informando que Darth Vader estava se exibin-
do perto da esquina de Hollywood e Highland. Dirigiram-se para o
local e viram o homem de negro sobre uma bicicleta de três mar-
chas. Mas geralmente havia mais de um Darth Vader nas redondezas do Grauman's, Darth Vaders de diferentes etnias. Este era um
minúsculo Darth Vader negro.

Só depois de verem o que obviamente havia causado o chamado, tiveram certeza de que tinham encontrado o Darth Vader
certo. Darth não usava calças naquela noite, e sua masculinidade
balançava diante do selim da bicicleta. Um motorista notou a carne daquele *trekker* e chamou a polícia.

Naquela noite Fausto dirigia, e encostou o carro atrás do Darth
Vader e deu um toque na buzina, o que não teve o efeito de fazer
parar o ciclista. Outro toque, com o mesmo efeito.

Ele então ligou a sirene. Duas vezes. O mesmo resultado.

Ron LeCroix disse:

– Que merda! Fique ao lado dele.

Quando Fausto colocou o carro ao lado do ciclista, seu parceiro inclinou-se para fora da janela e atraiu com sinais de braço a
atenção do Darth, mandando-o parar. Depois de parar, Darth colocou a bicicleta sobre o descanso, desmontou e tirou o capacete e
a máscara. Eles então viram a razão da ineficácia das tentativas
de fazê-lo parar. Ele estava ouvindo música através de fones de
ouvido.

Era a vez de Fausto aplicar a multa, e ele puxou o livrinho e pediu a identidade do ciclista.

Darth Vader, vulgo Henry Louis Mossman, disse:

– Um momento. Por que estou sendo multado?

– É uma infração de trânsito pedalar uma bicicleta usando fones de ouvido. E no futuro eu o aconselho a usar alguma roupa por cima dessa sunga mínima.

– Mas não é um absurdo? – disse o Darth Vader.

– O senhor nem ouviu a nossa sirene.

– Mentira. Vejo você no tribunal. Isto é uma armação!

– O senhor é que sabe. – Fausto acabou de escrever a multa.

Quando os dois voltaram para o carro e retomaram a sua patrulha, Fausto disse a Ron:

– Esse cara nunca vai me levar aos tribunais. Ele vai rasgar a multa e ainda vamos jogar aquela figura na cadeia.

Fausto Gamboa não conhecia o Darth Vader.

Depois de várias semanas, Fausto se viu num tribunal de trânsito na South Hill Street no centro de Los Angeles com cerca de cem outros policiais e muitos outros criminosos, esperando a sua vez diante do juiz.

Antes de ser chamado, Fausto se voltou para outro policial uniformizado e disse:

– O meu caso é um vagabundo. Ele não vai nunca aparecer aqui.

Fausto Gamboa não conhecia o Darth Vader.

Ele não somente compareceu, mas também se apresentou fantasiado, dessa vez usando calça sobre a sunga. Tudo parou na sala do tribunal quando ele entrou após a chamada do seu nome. Até o juiz sonolento ergueu um pouco a cabeça. De fato, todos os presentes na sala do tribunal, policiais, criminosos, o escrivão e até o oficial de justiça, observavam com interesse.

O policial Fausto Gamboa, de pé diante do juiz, como é costume no tribunal do trânsito, contou a sua história: que fora chamado e encontrou o Darth Vader, e este não sabia que a sua ferramenta balançava ao ar livre. Mas que não conseguiu fazê-lo parar porque ele usava fones de ouvido e ouvia música, o que os policiais descobriram depois de obrigar o homem do espaço a parar.

Quando chegou a vez do Darth Vader, ele retirou o capacete e a máscara, expondo o fone de ouvido que, afirmou, usava na ocasião. E então recitou o trecho do código de trânsito que proibia o uso de fones de ouvido enquanto se pedalava uma bicicleta nas ruas da cidade.

Então ele disse:

— Meritíssimo, gostaria de observar para este egrégio tribunal que este fone de ouvido não ocupa os dois ouvidos. O artigo do código de trânsito claramente se refere ao bloqueio dos dois ouvidos. Este policial não sabia disso então, e não sabe agora. O fato é que ouvi a buzina e a sirene dos policiais, mas não sabia que elas se destinavam a mim. Eu não estava fazendo nada de ilegal, então por que deveria me assustar e parar só por ter ouvido uma sirene?

Quando ele terminou, o juiz perguntou a Fausto:

— Policial, o senhor examinou o fone de ouvido que o Sr. Mossman estava usando naquele dia?

— Examinei, meritíssimo.

— Este se parece com o fone daquele dia?

— Bem ... parece ... semelhante.

— Policial, o senhor pode afirmar que o fone que viu naquele dia tinha dois fones ou um só, como o fone que está vendo aqui?

— Meritíssimo, acionei duas vezes a sirene e ele não obedeceu. É óbvio que não estava ouvindo.

— Entendo. Neste caso, acho que devemos o benefício da dúvida ao Sr. Mossman. Ele é considerado inocente da infração citada.

A sala se encheu de aplausos e risadas até o oficial de justiça impor silêncio, ao se concluírem os trabalhos, Darth Vader recolocou máscara e capacete e, com todos os olhos fixos nele, disse:

— Que a força esteja com vocês.

Agora não havia mais Ron LeCroix e suas hemorróidas, e Fausto Gamboa, ainda sentindo o chute que Darth Vader lhe aplicara na bunda, discutiu longamente com Oráculo no momento em que soube que seu novo parceiro ia ser a policial Budgie Polk. Quando Fausto era um policial jovem as mulheres ainda não faziam o trabalho de patrulha no DPLA, e fez uma careta quando disse a Oráculo:

— Ela é daquelas que trocam o distintivo com o namorado, como faziam com os anéis de formatura às moças no colégio da minha época?

— Ela é uma boa policial. Dê uma chance.

— Ou então ela é daquelas que consegue ser parceira do namorado e passa o mindinho pelas alças do cinto dele quando fazem patrulha no bulevar?

— Ora, Fausto. Vai ser só durante o mês de maio.

Tal como Oráculo, Fausto também usava um velho Smith & Wesson de seis tiros, e, na primeira noite em que saiu com a nova parceira, ela ficou profundamente irritada com a resposta ao motivo por que ainda usava um revólver, quando o carregador da sua pistola tinha quinze balas.

— Se você precisa de mais de seis tiros para ganhar um tiroteio, merece perder — disse sem o menor traço de um sorriso.

Ele nunca usou um colete à prova de balas, e, quando ela lhe perguntou por que, ele respondeu:

— Cinqüenta e quatro policiais foram mortos a tiro nos Estados Unidos no ano passado. Trinta e um estavam usando coletes. Qual a vantagem para eles?

Na primeira noite, ele a pegou olhando para o volume do seu peito e disse:

— É tudo meu. Sem colete. Meu peito mede mais que o seu. — Ele então olhou para o peito dela. — Bem mais.

Aquilo a irritou profundamente, pois a verdade é que seus seios pequenos estavam agora inchados. Muito inchados. Ela tinha uma filha de quatro meses, sob os cuidados da sua mãe, e, tendo acabado de voltar ao serviço depois da licença maternidade, estava alguns quilos mais magra do que antes da gravidez. Ela não achou a menor graça na provocação daquele velho esquisito, exatamente quando seus seios a estavam matando.

Fora abandonada pelo ex-marido, um detetive que trabalhava na Divisão West L. A., dois meses antes do nascimento da filha. Ele explicou que o casamento de dois anos fora um "erro lamentável" e que os dois já eram "pessoas maduras". Ela teve o ímpeto de lhe quebrar os dentes com o cassetete, bem como os da metade dos amigos dele que ela havia encontrado desde a volta ao trabalho. Como podiam continuar amigos daquele vagabundo? Ela lhe dera as chaves do seu coração e ele entrou para destruir a mobília e saquear as gavetas, como se fosse um ladrão fumador de crack.

E por que as policiais se casam com outros policiais? Ela se havia feito esta pergunta uma centena de vezes desde que aquele imbecil abandonou a ela e à sua única filha com a promessa de manter em dia o pagamento da pensão e visitar a filha regularmente, "quando ela já estivesse maiorzinha". Mas, depois de cinco anos de trabalho, Budgie sabia muito bem por que a-gente-se-casa-com-outros-policiais.

Quando ela chegava em casa e precisava conversar com alguém sobre tudo o que tivera de enfrentar nas ruas, quem mais seria capaz de entender senão outro policial? E se ela se casasse com um perito em seguros? O que ele diria quando chegasse em casa, como havia acontecido em setembro passado, depois de atender a um chamado em Hollywood Hills, onde o proprietário de uma casa de três milhões de dólares tinha surtado com ecstasy e crack e estrangulado a enteada de dez anos, talvez por ela lhe ter recusado favores sexuais, como imaginaram os detetives? E ninguém ia saber a razão, porque o filho da puta tinha estourado os miolos com um Colt Magnum no momento em que Budgie e o seu parceiro estavam na varanda da casa ao lado, com uma vizinha que jurava ter ouvido uma criança gritar.

Depois de ouvir o tiro, Budgie e o parceiro correram até a casa vizinha, pistola na mão, ela chamando ajuda pelo rádio no ombro. E, enquanto chegava o reforço e os policiais saltavam dos seus preto-e-brancos armados de escopetas, Budgie entrava na casa e encarava o corpo de uma criança no quarto principal, as marcas de estrangulamento já escurecendo, olhos hemorrágicos, o pijama encharcado de urina e manchado de fezes. O padrasto estava caído sobre o sofá da sala, a almofada preta encharcada de sangue, miolos e estilhaços de osso.

E uma mulher, a mãe da criança, viciada em crack, gritando para Budgie:

– Socorro! Ressuscita ela! Faz alguma coisa!

E ela gritava, gritava sem parar, até Budgie agarrá-la pelos ombros e gritar:

– Cale a boca! Ela está morta!

E é por isso que as policiais sempre preferem se casar com outros policiais. Ainda que a taxa de sucesso matrimonial seja muito baixa, elas acham que seria pior estar casada com um civil. Com quem elas iriam conversar depois de ver uma criança assassinada em Hollywood Hills? Talvez os homens não precisassem falar dessas coisas ao chegar em casa, mas as mulheres precisavam.

Budgie esperava se juntar a uma parceira quando voltasse para o serviço, pelo menos enquanto estivesse amamentando. Mas Oráculo dissera que tudo estava complicado, com muita gente de licença por ferimentos, férias e outras coisas semelhantes. Dissera que ela poderia trabalhar com Fausto por alguns dias, não poderia? Que toda a vida do DPLA girava em torno desses períodos de alocação de pessoal até ele poder definir novas parcerias, e que Fausto era um sujeito confiável que nunca iria deixá-la na mão. Mas que merda, seriam 28 dias!

Fausto sonhava com os dias passados da Divisão Hollywood, quando, depois de uma noite de serviço, eles se reuniam num lugar chamado The Tree, no estacionamento superior do John Anson Ford Theater, em frente ao Hollywood Bowl, tomavam umas cervejas e batiam papo. Às vezes aparecia uma gata, e se uma ficava num carro aos beijos com um deles, sempre havia alguém para se aproximar e gritar pela janela:

– Crime em andamento!

Naquelas noites tranqüilas, sob o que Oráculo denominava lua de Hollywood, Fausto e ele costumavam passar horas no The Tree sentados no capô do Fusca de Fausto, um jovem recruta recém-chegado do Vietnã, e Oráculo, um sargento maduro mas ainda abaixo dos quarenta anos.

Um dia havia surpreendido Fausto ao dizer:

– Olhe lá em cima, garoto. – Mostrou a cruz iluminada no alto do morro atrás deles. – Aquele é o lugar certo para espalhar as suas cinzas quando chegar sua hora. Lá no alto, com vista para o Bowl aqui embaixo. Mas tem um lugar ainda melhor.

E então Oráculo falou a Fausto Gamboa a respeito desse lugar, e Fausto nunca esqueceu.

Foram esses os grandes dias da Divisão Hollywood. Mas depois do Reinado de Terror implantado pelo último chefe, ninguém mais se atrevia a chegar perto do The Tree. Ninguém mais se encontrava para tomar a deliciosa cerveja mexicana. E, na verdade, a nova geração de policiais preocupados com a saúde provavelmente estava mais interessada nos *E. coli* da garrafa de Evian. Fausto já os havia visto tomando leite orgânico. E, ainda por cima, com canudinho.

E aqui estava ela, pensou Budgie, no banco do passageiro, percorrendo o Sunset Boulevard com esse velho excêntrico, certamente mais velho que o pai dela, que teria 52 anos se ainda fosse vivo. Pelo número de divisas na manga de Fausto ele já era policial há mais de trinta anos, passados quase todos em Hollywood.

Para quebrar o gelo da primeira noite, ela disse:

– Há quanto tempo você está na ativa, Fausto?

– Trinta e quatro anos. Quando cheguei os policiais tinham de usar quepe toda vez que saíam do carro. E a gente carregava cassetete e não celular. – Fez uma pausa e acrescentou: – Antes de você descer neste planeta.

– Desci neste planeta há vinte e sete anos. E estou na ativa há pouco mais de cinco.

Pelo jeito como levantou a sobrancelha direita e depois desviou o olhar, ele parecia querer dizer: e quem dá a mínima para a sua história?

Ele que se foda, pensou ela, mas, com a noite caindo e ela esperando que de alguma forma a dor que sentia nos seios diminuísse, ele resolveu conversar.

– Budgie? Nome esquisito.

Tentando não parecer defensiva:

– Minha mãe era australiana. Budgie é um periquito australiano. É um apelido que pegou. Penso que ela achava bonitinho.

Fausto estava dirigindo e parou num sinal fechado. Olhou Budgie de cima a baixo, desde o rabo-de-cavalo louro até os sapatos brilhantes e disse:

– Qual é a sua altura? Um e setenta e cinco, um e oitenta? E quanto você pesa? Mais ou menos o mesmo que a minha perna esquerda. Cegonha ia ser o apelido certo.

Foi então que Budgie sentiu. A pior dor no seio. Naqueles dias, bastava um cachorro latindo, um gato miando, uma criança chorando, e ela começava a produzir leite. Agora era a voz rouca daquele canalha!

— Leve-me até a subestação em Cherokee — pediu.

— Para quê?

— Está doendo demais. Tenho uma bomba de leite na minha sacola de serviço. Lá eu consigo tirar e guardar o leite.

— Merda. Não acredito! Vinte e oito dias disso? — A meio caminho, Fausto disse: — Por que você não volta à divisão? E faz isso no banheiro das mulheres?

— Não quero que ninguém saiba que estou tendo de fazer isto, Fausto. Nem as mulheres. Alguém vai falar alguma coisa, e vou ter de ouvir todas as besteiras dos homens. Olhe, estou confiando em você.

— Tenho de me mandar — disse ele retoricamente. — Mais de mil mulheres na força? Logo a gente vai ter um chefe com dois cromossomos X. Trinta e quatro anos é tempo demais. Tenho de cair fora.

Depois de Fausto ter parado o carro diante da subestação, ao lado do restaurante de Frank e Musso, Budgie pegou uma sacola e a bomba de leite na sua sacola de serviço no porta-malas, abriu a porta com a chave 999 e entrou correndo. Era um espaço vazio com algumas mesas e cadeiras, onde os pais recebiam informações sobre a Liga de Atividade da Polícia ou matriculavam os filhos no Programa de Exploração da Polícia. Às vezes se encontrava literatura do DPLA pelas mesas, em inglês, espanhol, tailandês, coreano, iraniano e outras línguas destinados à cidadania poliglota do caldeirão cultural que era Los Angeles.

Budgie abriu a geladeira para colocar os pacotes azuis de cristal no freezer e deixou a bolsa térmica na mesa ao lado, onde poderia buscá-la quando deixasse o serviço. Acendeu a luz do banheiro, e decidiu tirar o leite sentada sobre a tampa da privada, em vez de fazê-lo na sala onde Fausto poderia surpreendê-la caso se cansasse de esperar no carro. Mas o cheiro de mofo no velho edifício lhe provocava náuseas.

Ela retirou o rádio do ombro, soltou o cinturão da pistola, despiu a camisa do uniforme, o colete à prova de balas e a camiseta. Dobrou tudo sobre uma mesinha no banheiro e deixou a chave na pia. A mesa oscilou sob o peso, por isso ela tirou a pistola e a deixou no chão ao lado do rádio e da lanterna. Depois de bombear o leite por alguns minutos, a dor começou a diminuir. A bomba era barulhenta e ela rezou para Fausto não entrar na sala principal. Ele certamente ia fazer piada quando ouvisse o ruído das chupadelas que vinha do banheiro.

Fausto havia informado pelo teclado do carro que os dois estavam num código 6 diante da subestação, em trabalho de investigação, para evitar chamadas enquanto ela não terminasse aquele suplício. E estava cochilando quando chegou uma chamada para o 6-A-77 do plantão 3.

O tom urgente da voz informava: "Todas as unidades nas proximidades e a Seis Alfa Setenta e Sete, tiros no estacionamento, Western e Romaine. Possivelmente há um policial envolvido. 6-A-77 atender a um código 3."

Budgie estava abotoando a camisa, depois de guardar o leite na geladeira ao lado dos pacotes congelados. Já havia colocado o rádio no estojo de ombro quando Fausto abriu a porta da frente e gritou:

– Policial envolvido em tiroteio, Western e Romaine! Você já terminou?

Ela respondeu gritando:

– Estou indo! – Enquanto isso agarrava o cinturão e a lanterna, abotoava a camisa, recolhia o leite e as bolsas congeladas numa bolsa térmica e corria para a porta tão depressa que quase tropeçou numa cadeira na sala escura, apertando o cinturão em torno da cintura fina.

Poucas coisas são mais urgentes do que um policial envolvido em tiroteio, e Fausto estava acelerando o motor quando ela chegou ao carro. Só teve tempo de fechar a porta antes que ele arrancasse. Ela estava agitada e suada, e quando ele dobrou uma esquina ela se desequilibrou e agarrou o cinto de segurança e ... Meu Deus!

Desde a sua chegada, o chefe atual havia decidido reduzir o número de acidentes envolvendo policiais avançando sinais vermelhos e placas de parada, sem a sirene e as luzes, ao disparar pelas ruas para atender a um chamado urgente que não tinha status de código 3. Por isso, a partir de então, chamados que antes seriam classificados como código 2 foram elevados para o código 3, o que queria dizer que na Los Angeles de hoje os cidadãos ouviam sirenes com enorme freqüência. Os policiais na rua consideravam que todas aquelas sirenes a gritar ajudariam o novo chefe a recordar os seus dias de comissário de polícia em Nova York, e não se importavam nem um pouco. Era uma festa disparar pelas ruas para atender a um código 3.

Como o chamado não fora dirigido a eles, Fausto não podia atendê-lo como código 3, mas nem mesmo o homem do leste que dirigia o departamento nem o Cristo renascido seriam capazes de evitar que os policiais do DPLA atendessem com toda presteza a um chamado para socorrer um colega envolvido em tiroteio. Fausto reduzia a velocidade nas esquinas, e tornava a acelerar, sinal fechado ou não, forçando os outros carros a frear e dar passagem para o preto-e-branco. Mas quando chegaram à esquina de Western e Romaine já encontraram cinco unidades no local, e todos os policiais já haviam saltado e apontavam suas escopetas e automáticas para o carro no meio do estacionamento, dentro do qual alguém se abaixava no banco da frente para não ser visto.

Fausto agarrou a escopeta e avançou até o carro mais próximo da ação, já vendo que era o dos dois surfistas, Jetsam e Flotsam. Quando olhou para o lado, viu Budgie e não entendeu por que ela não estava armada.

— Cadê a sua arma? Pelo amor de Deus, não me diga que você deixou com o leite!

— Não, eu trouxe o leite.

— Então aponte o dedo — disse ele e levou um susto ao vê-la atender com uma expressão doentia.

Depois de um instante, ele disse:

— Tenho um Smith de duas polegadas na minha sacola de serviço. Quer emprestado?

Ainda apontando o dedo longo e fino, ela respondeu:

— Um revólver de duas polegadas não vai acertar coisa alguma. Melhor ficar com este.

Fausto quase deu uma risada, como há muito não fazia. Ela tinha coragem e era rápida, era obrigado a reconhecer. Então ele viu a porta do carro se abrir e dois adolescentes latinos saírem com as mãos para cima, sendo rapidamente dominados e algemados. Foi emitido um código 4, informando que o apoio presente na cena do crime era suficiente. E, para evitar que outros policiais ansiosos acorressem ao local, a moça do serviço de rádio acrescentou que não havia policial envolvido.

Fausto viu um dos surfistas, o Flotsam, aproximar-se. Lembrou-se dos tempos de antigamente, quando era um policial novo e ninguém tolerava um cabelo descolorido daquele jeito. E o parceiro, o Jetsam, ao lado dele com o cabelo louro todo cheio de gel e arrepiado em tufos de cinco centímetros. Que merda era essa? Já estava na hora de se aposentar. Hora de se mandar.

Flotsam se aproximou.

— O guarda de segurança do edifício grande se assustou quando descobriu os dois meninos tentando roubar as rodas do carro. O idiota deu um tiro para cima para espantar os dois, mas eles pularam para dentro do carro e se esconderam, com medo de sair.

Fausto resmungou.

— Atirar para o alto. Esses caras andam vendo muito filme de caubói. Quem trabalha sacudindo portas só devia usar estilingue e pedras.

— Você precisava ver o carro — disse Jetsam, que veio se juntar ao parceiro. — Chevrolet trinta e nove. Completamente restaurado. Uma beleza, cara, uma beleza.

Agora Fausto estava interessado.

— É mesmo? Eu tinha um trinta e nove quando estava no colégio. — E para Budgie: — Vamos dar uma olhada por aí.

Ele então se lembrou do coldre vazio dela, e achou melhor desaparecer antes que alguém notasse.

Para Flotsam e Jetsam:

— Acabei de lembrar uma coisa. Tenho de ir embora.

Budgie afundou no banco quando ele acelerou. Quando ela lhe lançou uma expressão de culpa, ele disse:

– Pelo amor de Deus, não me diga que você também esqueceu a chave.

– Merda. Você não está com a sua 999?

– Onde está a porcaria da sua chave?

– Na mesinha do banheiro.

– E onde está a sua arma, posso perguntar?

– No chão do banheiro. Junto com a chave.

– E se a minha chave está no meu armário, com o resto das minhas chaves? E se eu achei que não ia precisar dela, já que tenho uma parceira jovem e ansiosa?

Sem olhar para ele, Budgie disse:

– Você nunca ia deixar as suas chaves no armário. Não você. Você não confia numa parceira nova nem num parceiro antigo, nem no cachorro da família.

Ele olhou para ela e viu uma leve curvatura no canto dos lábios e pensou: ela é corajosa, de verdade. E é inteligente. E é claro que ela tinha razão com relação a ele. Ele nunca iria esquecer as chaves.

Fausto continuou balançando a cabeça enquanto voltava à subestação. Em seguida, ele resmungou, mais para si do que para ela.

– Surfistas doidos. Você viu a quantidade de gel naquele cabelo? No meu tempo não tinha nada disso.

– Aquilo não é gel. O cabelo fica duro de tanto coquetel de frutas com rum que eles tomam nos bares da praia. Eles estão sempre farejando, como um par de poodles, e são sempre rejeitados. E por favor não me venha dizer que as coisas seriam diferentes se não houvesse tantas mulheres na polícia. Como no seu tempo.

Fausto resmungou e os dois continuaram em silêncio durante algum tempo, fingindo examinar as ruas sob a luz da lua que nascia por cima de Hollywood.

Budgie quebrou o silêncio.

– Você não vai me denunciar para Oráculo, vai? Ou zombar de mim com os outros?

Com os olhos fixos na rua, ele disse:

– É isso mesmo. Estou sempre traindo meus parceiros. Só para dar umas risadas.

— Você sabe se o banheiro lá tem janela? Eu não vi.

— Acho que não. Quase nunca fui lá. Por quê?

— Bem, se eu estiver errada e você não tiver as chaves, e se houver uma janela, você podia me ajudar e eu entrava por ela.

Com as palavras carregadas de sarcasmo, ele disse:

— Ah, e por que não me pedir para entrar pela janela, pois você acaba de ser mãe e podia se machucar?

— Não. Você nunca ia conseguir passar esse bundão por janela nenhuma, mas se me ajudar eu consigo. Às vezes é bom ter um corpo de cegonha.

— Estou com as chaves.

— Eu imaginei.

Pela primeira vez, Budgie viu um quase sorriso no rosto de Fausto, e ele disse:

— Não foi uma perda total. Pelo menos a gente tem leite.

Mais ou menos à mesma hora em que Fausto Gamboa e Budgie Polk estavam recolhendo seu equipamento na Cherokee, Farley Ramsdale e Olívia Palito estavam no bangalô de Farley sentados no chão, depois de fumar a pequena quantidade de cristais que ainda tinham. Espalhadas pelo chão, havia correspondências pescadas em sete caixas de correio numa noite de muito trabalho.

Olívia usava os óculos que Farley havia roubado para ela numa farmácia e tentava laboriosamente ler as cartas de empresas, pedidos de emprego, avisos de contas não pagas, os canhotos de contas pagas e várias outras correspondências. Quando encontrava alguma coisa interessante, ela passava para Farley, que agora estava de melhor humor, separando alguns cheques que poderiam vender, e mordiscando um biscoito porque já era hora de pôr alguma coisa no estômago.

O cristal começava a fazer efeito nele, pensou Olívia. Ele piscava mais rapidamente que o normal e estava ficando vermelho. Às vezes ela se preocupava quando a pulsação dele passava de 150, mas não dizia nada, pois, se comentasse alguma coisa, ele berrava com ela.

– É muito trabalho, Farley – disse ela, sentindo os olhos cansados. – Às vezes me pergunto por que a gente não faz a nossa meta. Há dez anos eu andava com um sujeito que tinha um laboratório só dele, e a gente sempre tinha o suficiente sem ter tanto trabalho. Até que um dia o laboratório explodiu e ele se machucou muito.

– Há dez anos eu entrava numa farmácia e comprava toda a efedrina que queria – retrucou ele. – Hoje em dia a gente tem de fornecer identidade para comprar umas caixinhas de Sudafed. A vida já não é fácil. Mas você tem sorte, Olívia. Você mora na minha casa. Antes morava num hotel cheio de ratos, e era muito perigoso fazer este nosso trabalho. Se você usasse um cartão de crédito falso ou um nome falso para conseguir um quarto, como sempre fazia, você perdia a proteção da privacidade. A lei diz que quem faz essas coisas não tem direito a essa proteção, e os tiras podem arrombar a sua porta sem precisar de um mandado. Mas você tem sorte. Mora na minha casa. Para entrar aqui, eles precisam de um mandado de busca.

– É. Eu tenho muita sorte. Você sabe tanta coisa sobre a lei e tudo mais. – Sorrindo para ele, e ele pensou: "Cr-risto, que dentes horrorosos!"

Olívia achava bom ficar assim em casa com Farley, trabalhando diante da TV. Bom mesmo era quando Farley não ficava todo paranóico por causa das drogas, pensando que a CIA ou o FBI vinha descendo pela chaminé. Ela se lembrava de umas duas vezes em que ele teve alucinações e ela sentiu medo. Tiveram uma longa conversa sobre o quanto podiam ou deviam fumar, e quando. Mas ultimamente ela tinha a impressão de que ele estava quebrando as próprias regras quando ela não estava por perto. Achava que ele estava consumindo muito mais daquele cristal do que ela própria.

– Temos muitos números de cartões de crédito. Muitos números do Seguro Social, informações das carteiras de motorista e vários cheques. Podemos levar para o Sam e trocar por uma boa quantidade de cristais.

– Tem dinheiro, Farley?

– Dez dólares num cartão para "minha querida neta". Que babaca sovina dá só dez dólares para a neta? Onde estão os valores da família?

– Só isso?

– Mais um cartão de aniversário, "para Linda, do tio Pete". Vinte dólares. – Olhou para Olívia e acrescentou: – O tio Pete deve ser um pedófilo e a Linda a filha de dez anos do vizinho. Hollywood está cheia de tarados. Um dia desses vou sumir daqui.

– É melhor eu ver como está o dinheiro – disse ela.

– É. Mas não cozinha ele demais – disse Farley, pensando que o biscoito estava lhe fazendo mal. Talvez ele devesse tomar uma lata de sopa de legumes, se ainda houvesse alguma.

O dinheiro ficava numa banheira que Farley tinha instalado na varanda dos fundos. Dezoito notas de cinco dólares estavam de molho no Easy-Off, quase completamente descoloridas. Ela usava uma colher de pau para mexer as notas ou virá-las para ver o verso. Tinha a esperança de que essas funcionassem melhor que as da última vez em que tentaram passar dinheiro falso.

Daquela vez ela quase foi presa, e morria de medo só de lembrar aquele dia, dois meses antes, quando Farley lhe disse para comprar um pouco de papel verde. E então eles o levaram para Sam, o sujeito que de vez em quando alugava o carro para eles, e Sam passava dois dias cortando o papel e imprimindo notas de vinte dólares na sua caríssima impressora a laser. Quando ficava satisfeito, ele dizia para Olívia borrifar goma de passar e deixar secar completamente. Foi o que ela fez, e quando ela e Farley examinaram as notas ele achou que estavam perfeitas. Ao cair da noite, ele disse que era hora de sair.

Evitaram as lojas do tipo cadeias de minimercados, que têm a caneta que passam sobre as notas altas. Farley não tinha certeza de que eles iriam ligar para as de vinte dólares, mas tinha medo de arriscar. Um vendedor dissera a Farley que quando aparece a cor marrom sob a caneta a nota é boa. Se aparece preto ou sem cor, ela é falsa. Ou coisa assim. Por isso, naquele dia, dois meses antes, eles foram a uma loja Target para tentar passar o dinheiro falso.

Diante da loja estava um jovem musculoso com um penteado excêntrico distribuindo folhetos de divulgação de uma parada gay que teria lugar na semana seguinte. O sujeito vestia uma camiseta amarela apertada, tendo escrita na frente em letras roxas a frase "Bicha Pervertida".

Ofereceu um folheto para Farley, que apontou as palavras na camiseta e disse para Olívia:

– É uma redundância.

O sujeito flexionou os peitorais e os deltóides e disse para ele:

– Também podia estar escrito kickboxer. Quer uma demonstração?

– Não chega perto de mim. Olívia, você é testemunha.

– O que é redundância, Farley?

Ele não respondeu e limitou-se a ordenar:

– Entra logo na porcaria dessa loja.

Olívia notou que Farley estava de mau humor, e quando entraram foram parcialmente bloqueados por seis mulheres e moças totalmente cobertas em xadores e burcas, duas delas falando ao celular e as duas outras levantando os véus para beber café de xícaras grandes.

Farley passou por elas, dizendo:

– Vão devolver essas fantasias horrorosas na loja. – E depois para Olívia: – são beduínos. Ou, quem sabe, ciganos roubando mercadoria debaixo desses lençóis.

Uma das mulheres disse com raiva alguma coisa em árabe, e Farley resmungou:

– *Hasta lasagna* para você também. Puta.

Olívia tinha vontade de comprar muitas coisas, mas Farley disse que eles iam se controlar até terem testado o dinheiro com uma ou duas compras pequenas. Farley olhava para um CD player que custava 69 dólares e meio, que ele venderia num piscar de olhos na Ruby's Donuts, no Santa Monica Boulevard, ponto de encontro de vários travestis.

Olívia, com o coração mole, tinha pena de todos aqueles transexuais aprisionados entre os dois gêneros. Alguns com quem ela havia conversado já tinham feito operações parciais de mudança de sexo, incluindo a cirurgia para retirar o pomo-de-adão. Mas Olívia sabia que não tinham nascido mulheres. Eram tristes, e sempre foram bons para ela, desde muito antes de ela conhecer Farley, quando mendigava e vendia ecstasy para um sujeito chamado Willard, um sujeito muito mau. Muitas vezes um dos travestis lhe dava cinco ou dez dólares para comer alguma coisa.

— Você parece nervosa — disse Farley a Olívia enquanto os dois andavam pela loja.

— Só estou um pouquinho nervosa.

— Então pára. Você tem de parecer normal, se é que isso é possível.

Ele viu uma TV de 21 polegadas, mas balançou a cabeça, resmungando.

— Nós temos de começar pequeno.

— Vamos, Farley. Quero acabar logo com isso.

Farley saiu da loja e Olívia levou o CD player até o caixa, o mais movimentado, para encontrar um funcionário ocupado demais para ficar examinando o dinheiro.

Só que no momento em que o cliente à frente estava pagando a compra de cobertores e lençóis, um dos gerentes se aproximou e se ofereceu para ajudar o funcionário do caixa. Deu uma olhada para Olívia e ela teve um mau pressentimento.

O pressentimento ficou pior quando chegou a sua vez e ele perguntou suspeitoso:

— Vai pagar com cheque?

— Não. Dinheiro.

Nesse momento, um dos vigilantes da loja se aproximou do gerente e mostrou Olívia.

— Onde está o seu amigo?

— Amigo?

— É. O homem que insultou as senhoras muçulmanas. Elas se queixaram e pediram para eu expulsá-lo da loja.

Olívia ficou tão abalada que nem percebeu ter deixado cair três notas de vinte sobre o balcão, até o gerente pegá-las, olhá-las contra a luz e senti-las com os dedos. Então ela entrou em pânico. Deu um pulo, passou pelos clientes e seus carrinhos de compras, atravessou a porta para o estacionamento e só foi parar na calçada do outro lado da rua.

Quando Farley a encontrou andando na calçada e a chamou, ela não lhe disse nada a respeito da reclamação das mulheres. Sabia que isso só iria irritá-lo ainda mais e deixá-lo de péssimo humor, portanto disse-lhe que o caixa passou a nota pelos dedos e disse que o papel estava estranho. E foi por isso que Farley voltou a Sam, que lhe sugeriu trazer um papel melhor, de dinheiro de verdade lavado com Easy-Off. E assim eles estavam aqui hoje, tentando mais uma vez, mas desta vez com papel de dinheiro. Ela vestia a suéter de algodão mais limpa e uma calça baixa, muito grande apesar de Farley tê-las roubado na seção infantil da Nordstrom's. E ela calçava tênis para o caso de ter de sair correndo.

Ao estacionar diante da loja da RadioShack, aparentemente decidido a comprar um CD player, Farley prometeu a Olívia:

— Desta vez vai dar certo. — Depois de saírem, parados ao lado do carro, ele completou: — Desta vez você está levando dinheiro com papel de dinheiro, não se preocupe. E não foi nada fácil conseguir todas aquelas notas de cinco, portanto, não vá estragar tudo.

Ela ainda tinha dúvidas.

— Não tenho certeza de que elas sejam assim tão boas.

—Pára de preocupar. Você lembra do que o Sam disse a respeito da faixa e da marca d'água?

— Mais ou menos.

— Na faixa do lado esquerdo da nota de cinco está escrito cinco, entende? Mas é muito pequeno e difícil de ver. A imagem do presidente na marca d'água do lado direito é um pouco maior, mas também é muito difícil de ver. Assim, quando o gerente colocar a nota contra a luz e ficar olhando da direita para a esquerda e da esquerda para a direita, o que você faz?

— Eu corro até onde você está.

— Não, você não corre até onde estou, merda! — gritou ele e depois olhou em volta, mas ninguém estava prestando atenção aos dois. Ele continuou, com toda a paciência que conseguiu juntar. — Esses idiotas nem vão notar que a faixa não é a de uma nota de vinte, nem que a marca d'água é um retrato do Lincoln, em vez do Jackson. Eles só fingem olhar, mas não vêem nada. Então, não vá entrar em pânico.

– Enquanto eu não tiver certeza de que ele me descobriu. Aí eu corro até onde você está.

Farley olhou para o céu baixo, carregado de *smog*, e pensou: fica calmo. Basta ficar calmo. Esta mulher é burra como pêlo de cachorro. Lentamente, ele disse:

– Você não corre até onde estou. Você nunca corre até onde estou. Você não me conhece, sou um estranho. Você simplesmente sai andando depressa da loja e vai para a rua. Eu a encontro depois de ter certeza de que ninguém seguiu você.

– Vamos acabar com isso de uma vez, Farley? Acho que logo vou ter de ir no banheiro.

A loja estava apinhada quando entraram. Como sempre, havia algumas pessoas desabrigadas andando pela área de estacionamento pedindo um trocado.

Uma dessas pessoas reconheceu Farley e Olívia. Na verdade, ele tinha a placa do carro anotada num cartão para socorrê-lo numa necessidade futura. Farley e Olívia não notaram o sem-teto que os observava quando entraram. Nem viram quando ele entrou na loja e abordou um homem com crachá de "gerente" na camisa.

O velho sem-teto sussurrou alguma coisa no ouvido do gerente, que passou a seguir Farley e Olívia durante os dez minutos em que circularam pela loja. Quando Farley saiu da loja, o gerente ainda o observava, até ter a certeza de que ele não ia voltar, e então tornou a entrar e passou a vigiar Olívia no caixa.

Jóia, pensou ela. Tudo ia muito bem. O rapaz no caixa recebeu as quatro notas falsas de vinte dólares e começou a lançar a venda, e então aconteceu.

– Deixe-me ver essas notas.

O gerente falou com o caixa, não com a Olívia, que não o viu parado às suas costas e ficou assustada demais para qualquer outra reação que não se congelar.

Ele examinou as notas contra a luz da tarde que se filtrava através do vidro, e ela viu os seus olhos se movendo da esquerda para a direita, da direita para a esquerda. Ela então esqueceu todas as bobagens que Farley Ramsdale havia dito sobre faixas e marcas d'água! Olívia sabia exatamente o que devia fazer e o fez naquele instante.

Três minutos depois, Farley a encontrou correndo pela rua, desobedecendo a um sinal vermelho, e ficou perplexo ao vê-la correndo com aquela velocidade na sua condição emaciada. Pouco depois, Teddy Trombone entrou na RadioShack, onde o gerente lhe disse que os dois eram bandidos que tentaram lhe passar notas falsas de vinte dólares. Deu-lhe então um punhado de notas que tirou do próprio bolso, agradecendo a informação. Considerando tudo, Teddy concluiu que seu dia começava de forma bastante feliz. Esperava poder se encontrar novamente com aqueles dois viciados.

Capítulo 4

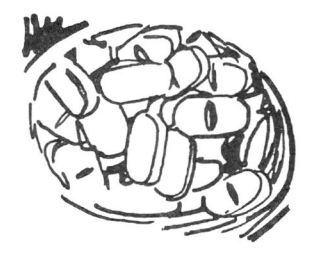

Sem saber por que havia se oferecido para ler a sua dissertação quando ninguém ali sabia qual a sua profissão, Andi McCrea resolveu sentar-se no canto da mesa do professor como se não estivesse nervosa por medo das críticas, e como se não estivesse apavorada com o professor Anglund, que durante todo aquele ano havia denunciado em altos brados o suposto abuso das liberdades civis por parte da polícia.

Com a aproximação do seu aniversário de 45 anos e da prova oral para promoção a tenente, parecera-lhe importante poder informar à comissão de promoção que havia completado o bacharelado, e tê-lo feito com louvor, a menos que Anglund puxasse seu tapete. Tinha a esperança de que esse feito, naquela altura da sua vida – combinado com 24 anos de experiência como patrulheira e detetive – seria uma prova de que ela era uma ótima candidata às divisas de tenente. Ou coisa semelhante.

Portanto, por que ela não havia graciosamente recusado quando Anglund a convidou para ler sua dissertação? E por que agora, quase no final do ano letivo, no final da sua vida acadêmica, havia decidido escrever uma dissertação que, sabia, iria provocar este professor e revelar a todos que ela, uma colega de meia-idade, velha o bastante para ser mãe deles todos, era oficial de polícia lotada no DPLA? Havia uma única resposta inevitável e honesta: Andi estava cansada da constante necessidade de bajulação naquela instituição de ensino superior.

Ela não concordava com grande parte do que esse professor, e outros como ele, disse durante todos os anos em que havia lutado ali, em busca de um diploma que deveria ter obtido duas décadas antes, equilibrando o trabalho na polícia com a vida de mãe solteira. Agora que estava perto do final, tinha vergonha de ter se sentado em silêncio, fruindo os A's e A+'s, fingindo concordar com toda a porcaria dessa cidadela de correção política que às vezes a deixava sem fala. Agora, no final da longa jornada, ela queria resgatar a sua auto-estima.

Para esse esforço, Andi vestia um blazer azul de 200 dólares que havia comprado na Banana, em vez do de 60 dólares que poderia ter comprado na GAP. Sob o blazer vestia um casaco Oxford da cor dos seus olhos azuis, também comprado na Banana, e sem nenhum enfeite a não ser pequenos botões de diamante. Sapatos pretos de salto baixo completavam o conjunto, e, como havia arrumado o cabelo na quinta feira, ela imaginava estar bem para essa apresentação final. Até receber um chamado na noite anterior: o banho de sangue em Cherokee que não a deixara dormir, e só lhe deixara tempo suficiente para correr até em casa tomar um banho e se vestir, e estar ali a tempo para o que ela imaginava iria ser uma derrocada. Sentia-se medíocre e nauseada pelo consumo excessivo de cafeína, e tivera de aplicar base em excesso sob os olhos para simular a aparência alegre e jovial de suas colegas.

– O título da minha dissertação é "O que há de errado com o Departamento de Polícia de Los Angeles" – começou ela, olhando para os 23 rostos jovens demais para conhecer o Gumby, catorze dos quais tinham o mesmo gênero que ela, e apenas quatro a sua raça. Era o que se poderia esperar numa universidade que se orgulhava da própria diversidade, onde apenas 10% dos estudantes eram brancos não-latinos. Ela sempre quis dizer: "Onde está essa maldita diversidade para mim? Eu sou a única minoria." Mas nunca disse.

Surpreendeu-a o fato de o professor Anglund ter continuado sentado às suas costas, em vez de passar para um lugar de onde poderia ver o seu rosto. Calculou que ele estava velho demais para se interessar por gente como ela.

Começou a ler em voz alta.

— Em dezembro de 1967, o policial David Mack, do DPLA, perpetrou um assalto a um banco no valor de 772 mil dólares. Dois meses antes de quase dois quilos de cocaína desaparecerem de uma sala do DPLA, roubados pelo policial Rafael Perez, da Divisão Rampart e amigo de David Mack.

"A prisão de Rafael Perez desencadeou o escândalo da Divisão Rampart, em que Perez, após um julgamento, fez um acordo com a promotoria pública para evitar um segundo e implicou vários policiais com acusações de falsas prisões, tiroteios injustificados, tortura de suspeitos e perjúrio, algumas das quais ele inventou para aumentar o próprio poder de barganha.

"O incidente mais importante, que ele certamente não inventou, envolveu o próprio Perez e seu parceiro Nino Durden, que em junho de 1966 haviam atirado por engano num jovem latino chamado Javier Ovando, prendendo-o pelo resto da vida a uma cadeira de rodas, e depois declararam mentirosamente que ele os havia atacado com o rifle que eles próprios colocaram ao lado do corpo ferido para encobrir seus atos. Ovando cumpriu dois anos de prisão até ser libertado quando Perez confessou."

Andi ergueu os olhos e continuou:

— Mack, Perez e Durden são negros. Mas, para entender o que resultou de tudo isso, é preciso primeiro examinar o incidente envolvendo Rodney King cinco anos antes. Foi um caso estranho, em que um sargento branco, depois de atacar o Sr. King com um Taser após uma longa perseguição de automóvel, comandou o espancamento desse ex-condenado afro-americano, bêbado e drogado. Aquele sargento peculiar parecia determinado a forçar King à submissão quando a dúzia de policiais deveria ter se limitado a prender e algemar o bêbado.

Outro olhar para a platéia.

— Isso levou ao motim subseqüente, em que, conforme depoimentos prestados na polícia, a maioria dos amotinados não tinha idéia de quem era Rodney King, mas acharam que aquela seria uma boa oportunidade de saquear. O motim trouxe a Los Angeles uma comissão presidida por Warren Christopher, que mais tarde seria feito secretário de Estado pelo presidente Bill Clinton, comissão esta que determinou rapidamente e sem provas que o DPLA tinha um número significativo de agentes excessivamente agressivos, quando não simplesmente policiais brutais que precisavam ser controlados. O chefe branco do DPLA, que, tal como muitos antes dele, tinha as garantias legais do cargo, deveria se aposentar pouco depois.

"O DPLA foi então colocado sob o comando de um, depois um segundo, chefe negro. O primeiro, que veio do Departamento de Polícia de Filadélfia, foi o primeiro chefe de polícia em muitas décadas a trabalhar sem o instituto das garantias legais, ao bel-prazer do prefeito e da Câmara, um retrocesso aos dias em que políticos corruptos comandavam a força policial. A cidade se livrou dele, insatisfeita com o seu desempenho e com a ampla publicidade de seus freqüentes passeios a Las Vegas.

"O próximo chefe negro de polícia, que havia passado a maior parte da sua vida adulta no DPLA, estava no cargo quando estourou o escândalo da Divisão Rampart, tornando particularmente difícil a questão da raça. Era um chefe detalhista, aparentemente obcecado com a questão do moral da tropa, e logo se transformou no inimigo da associação dos policiais. Passou a ser conhecido como Lord Voldemort pelos policiais que leram *Harry Potter*.

"David Mack, Rafael Perez e Nino Durden foram para a cadeia, onde Mack declarou ser membro da gangue de rua Piru Bloods. Pode-se então perguntar: eram policiais que se tornaram gângsteres ou gângsteres que se fizeram policiais?"

Observou os rostos da platéia, e nada viu. Baixou novamente os olhos e continuou:

– Em 2002, aquele segundo chefe de polícia negro, servindo ao bel-prazer da Prefeitura, não tinha agradado os políticos, os policiais, nem a mídia local. Aposentou-se, mas anos depois foi eleito para a Câmara. Seu substituto também veio do outro lado do país, dessa vez um chefe branco que havia sido comissário de polícia em Nova York. Paralelamente a todas as mudanças na liderança, o

Departamento de Polícia acabou operando sob um "decreto de aquiescência de direitos civis", um acordo entre a cidade de Los Angeles e o Departamento de Justiça dos Estados Unidos, segundo o qual o DPLA foi forçado a aceitar a supervisão de monitores indicados pelo Departamento de Justiça durante um período de cinco anos, a expirar brevemente.

"E, assim, a força policial sitiada do antes orgulhoso DPLA, lamentando a perda injustificada da reputação de departamento de polícia mais competente, menos corrupto e certamente o mais famoso entre os das grandes cidades do país, viu-se diante da humilhação de trabalhar sob a supervisão de estranhos. Auditores impostos podiam simplesmente entrar numa delegacia e, figurativamente, saquear mesas, revirar bolsos, ameaçar carreiras e de modo geral provocar medo do trabalho proativo que sempre foi a característica do DPLA durante os dias de glória antes de Rodney King e do escândalo da Divisão Rampart.

"E ainda existe, evidentemente, a nova Comissão de Polícia, chefiada pelo ex-chefe da Liga Urbana de Los Angeles, que declarou o seguinte para o *L. A. Times* pouco antes de assumir o cargo. Abre aspas. 'O DPLA tem uma longa cultura institucionalizada em que alguns policiais sentem ter o apoio tácito da liderança ... para brutalizar e até matar rapazes e homens afro-americanos.' Fim das aspas. Essa calúnia sem fundamento e cruamente racista parece estar correta para o novo prefeito latino que o indicou, alegando querer harmonia no caldeirão racial em que a polícia tem de exercer a sua atividade."

Andi olhou novamente para as expressões vazias e se preparou para o tiro de misericórdia.

— Finalmente, todas essas camadas de supervisão, baseadas nos crimes de poucos policiais... custando milhões anualmente, incentivadas por políticos cínicos e informações tendenciosas, e alimentadas pela correção política enlouquecida... deram finalmente resposta à velha pergunta feita pelo poeta romano Juvenal no século I d.C. Ele também se preocupava com o abuso na imposição da lei, pois perguntou: "Mas quem irá vigiar os guardas?" No DPLA, mais de nove mil policiais já aprenderam a resposta: Todo mundo.

Com isso, Andi se voltou para olhar Anglund, que examinava alguns papéis no colo, como se não tivesse ouvido uma só palavra. E perguntou para a turma

– Alguma pergunta?

Durante alguns instantes ninguém respondeu, e então uma das orientais, uma jovem mignon, mais ou menos da idade do filho de Andi, perguntou:

– Você é policial?

– Sou policial, sim. Do Departamento de Polícia de Los Angeles, desde que tinha a sua idade. Mais perguntas?

Os estudantes olhavam para o relógio de parede, para o professor e para Andi. Finalmente Anglund disse:

– Obrigado, Sra. McCrea. Obrigado, senhoras e senhores, por sua diligência e atenção. E agora, quando o final do trimestre está tão perto da conclusão, por que não dão o fora daqui?

A frase provocou sorrisos, risadinhas e algum aplauso para o professor. Andi já ia saindo quando Anglund lhe disse:

– Um momento, Sra. McCrea.

Esperou os estudantes irem embora, então se levantou, mãos nos bolsos da calça, a camisa de linho tão amarrotada que Andi calculou que ele teria de mandar passar fora ou comprar uma mesa de passar para a mulher. O cabelo grisalho era ralo e deixava ver o couro cabeludo rosado. Devia ter setenta anos no mínimo.

– Por que a senhora até o final ocultou de nós a sua vida? – disse Anglund.

– Não sei. Talvez eu só goste de vestir a fantasia de morcego quando a noite cai sobre Gotham City.

– Há quanto tempo freqüenta aulas aqui?

– Mais ou menos oito anos, com interrupções.

– E durante todo esse tempo a senhora manteve segredo sobre a sua ocupação para todo mundo?

– É. Eu sou apenas uma boa guardadora de segredos.

– Antes de mais nada, Sra. McCrea, ... ou seria policial McCrea?

– Detetive.

– Antes de mais nada, a sua dissertação continha opiniões e afirmativas que a senhora talvez não consiga defender num tribunal, além das suas próprias convicções, mas não creio que seja uma policial racista.

– Muito obrigada. É muito branco da sua parte, se o senhor a considerar uma frase aceitável. – E pensou: "Lá se vão as honras."
Anglund sorriu e disse:

– Desculpe. Foi muito condescendente da minha parte.

– Eu os matei de tédio.

– A verdade é que eles não dão a mínima para as liberdades civis, crimes de policiais ou para a imposição da lei em geral. Mais da metade dos estudantes universitários de hoje não é capaz nem mesmo de entender as posições defendidas nos editoriais dos jornais. Interessam-se por iPods, telefones celulares e jogos de fantasia. A maior parte desta geração de estudantes lê apenas revistas e uma ou outra história em quadrinhos, e não contempla nada mais sério que um download de vídeo. Portanto, é verdade, acho que a senhora não conseguiu provocá-los, como era sua intenção óbvia.

– Acho que meu filho não é tão diferente – disse ela, vendo o C+ se transformar em C–.

– Ele é estudante universitário?

– Soldado. Insistiu em se alistar porque dois amigos se alistaram.
Anglund estudou-a durante alguns segundos e perguntou.

– Iraque?

– Afeganistão.

– Apesar de todas as falhas da sua tese, fiquei impressionado pela paixão que havia nela. A senhora é parte de alguma coisa maior que si mesma, e sente uma dor real por estranhos desinformados estarem prejudicando a coisa que ama. Não se vê muito dessa paixão numa sala de aula. Gostaria que a senhora tivesse revelado mais cedo a sua outra vida.

Agora ela estava confusa, cansada e confusa, e sua náusea piorava.

– Não devia ter feito isto hoje, professor, mas em duas semanas vou completar quarenta e cinco anos e estou entrando numa crise de meia-idade tão real que parece que estou vivendo com uma irmã mais velha que só quer vestir uma minissaia e dançar a dança da galinha louca. O senhor não acreditaria nas coisas doidas que tenho feito ultimamente. E ontem à noite recebi um chamado para atender um caso de assassinato e suicídio que parecia a volta de O. J. Simpson. Estou exausta. Mas não tão cansada ou estressada quanto dois jovens policiais que tiveram de rolar num banho de sangue para fazer um serviço que ninguém deveria ter de fazer. E, quando tudo acabou, um deles me perguntou se eu não tinha um creme hidratante. Porque ele surfava demais e achava que o pescoço e os olhos estavam parecendo os de uma tartaruga de Galápagos. Tive vontade de abraçá-lo.

Sua voz falhou e ela fez uma pausa.

– Desculpe. Estou falando bobagens. Preciso dormir. Adeus, professor.

Quando ela pegou a bolsa e os livros, ele ergueu a caderneta da turma e mostrou seu nome e a nota que dera para a sua apresentação quando sentou-se atrás dela e ela pensava que ele não estava ouvindo. Era um A+.

– Adeus, detetive McCrea. E muito cuidado em Gotham City.

Andi McCrea dirigia de volta para a Divisão Hollywood (ela nunca se acostumou a chamá-la de Área Hollywood, nome pelo qual deveria ser chamada, mas que era ignorado pela maioria dos policiais de rua) para se certificar de que todos os relatórios relativos ao assassinato-suicídio da noite anterior estavam completos. Ela era D2 em uma das equipes de detetives, mas tamanha era a carência de pessoal na Divisão Hollywood que não havia ninguém para ajudá-la com os relatórios dos seus casos correntes, nem mesmo com o que havia se resolvido sozinho, tal como o assassinato-suicídio da noite anterior.

Decidiu enviar um buquê da FTD para o professor Anglund pelo A+ que lhe garantiu as honras acadêmicas. Afinal, o velho socialista era um bom sujeito, pensou ela enquanto rabiscava uma nota dizendo "flores" depois de ter estacionado o seu Volvo sedã no estacionamento sul da Divisão Hollywood.

Por ora, o estacionamento era mais ou menos adequado, considerando o número de unidades de patrulha, unidades de detetives à paisana e carros particulares que estacionavam ali. Se chegasse a recrutar toda a força necessária, outra estrutura de estacionamento deveria ser construída, mas isso não deveria acontecer. E como a cidade iria destinar recursos para construir um estacionamento quando os policiais na rua se queixavam de falta de equipamentos como câmeras digitais, pilhas para as lanternas de rifle, de escopetas, as de mão? Nunca tinham pés-de-cabra, ganchos ou aríetes quando era necessário arrombar uma porta. Nunca tinham o que era necessário.

Andi McCrea estava exausta, e não somente por não ter dormido desde a manhã do dia anterior. A carga de trabalho na Divisão Hollywood exigia cinqüenta detetives, mas apenas a metade se ocupava, ou tentava se ocupar, dela, e Andi agora estava mentalmente cansada. Enquanto caminhava na direção da porta dos fundos da Divisão Hollywood, não conseguia encontrar seu molho de chaves na confusão que era o interior da sua bolsa. Desistiu e foi até a entrada principal na Wilcox Avenue.

O edifício era uma típica caixa de sapatos municipal, tendo uma fachada de tijolos como única melhoria, e já estava obsoleto quando do foi terminado. Quatrocentas almas se apinhavam naquela colméia de pequenos espaços. Até mesmo uma das salas de entrevistas dos detetives passara a ser usada como depósito.

Como de hábito, ela passou pelas estrelas na calçada principal sem pisar nelas. Não havia estrelas semelhantes em nenhuma outra delegacia do DPLA, e elas eram uma cópia das estrelas da Calçada da Fama, a não ser pelo fato de os nomes escritos no mármore não serem os das estrelas de cinema. Havia sete nomes, todos de policiais que haviam servido na Divisão Hollywood e sido mortos em serviço. Entre eles estavam Robert J. Coté, assassinado a tiros por um assaltante; Russell L. Kuster, abatido a tiros num restaurante húngaro por um cliente descontrolado; Charles D. Heim, morto a tiros durante uma prisão por tráfico de drogas, e Ian J. Campbell, seqüestrado por assaltantes e assassinado numa plantação de cebolas.

A placa na parede dizia: "Para aqueles que resistiram em situações de perigo."

A Divisão Hollywood também se diferenciava das outras pela decoração das suas paredes. Em vários locais da delegacia havia cartazes de cinema, alguns, mas nem todos, propaganda de filmes de detetives passados em Los Angeles. Uma delegacia decorada com cartazes de propaganda de filmes informava às pessoas o local exato em que estavam: Hollywood.

No corredor que levava à sala de detetives, Andi cruzou com dois patrulheiros jovens que saíam. Embora houvesse muitos policiais mais velhos em patrulha, os tiras da Divisão Hollywood tendiam a ser mais jovens, como se os altos escalões considerassem que Hollywood era uma boa área de treinamento.

A pequena policial nipo-americana que ela conhecia pelo nome de Mag-qualquer-coisa cumprimentou-a.

– Oi.

O policial alto cujo nome ela ainda não sabia cumprimentou-a mais formalmente.

– Boa tarde, detetive.

O 6-X-66 recebera a missão de investigar algumas das livrarias de adultos para certificar-se de que não estariam ocorrendo violações libidinosas de conduta nas cabines de vídeo. Segundo o sargento do esquadrão de Costumes, dois policiais fardados da Divisão Hollywood, em visitas não programadas, fizeram muito para convencer aqueles vermes a limpar suas ações. Mag Takara, uma mulher atlética de 26 anos, a policial mais baixa da Divisão Hollywood, foi indicada para ser parceira no 6-X-66 de Benny Brewster, de 25 anos, do sudeste de Los Angeles, um dos policiais mais altos de Hollywood.

De fato, foi Oráculo quem, numa manhã do mês anterior após a chamada, descobriu um bando de homens no estacionamento às gargalhadas ao ver Mag Takara, que depois de colocar sua enorme sacola de serviço no porta-malas não foi capaz de baixar a tampa, porque ela estava totalmente aberta, lá no alto, inacessível.

A sacola de serviço de Mag tinha rodinhas, cheia de equipamentos. Ela também tinha um Taser, um reservatório extra de pimenta, uma cartucheira, um computador de mão, uma sacola de relatórios, uma lanterna, um cassetete de cintura e um retrátil de aço, e uma assustadora escopeta carga dupla que seria presa no suporte no interior do carro. Ela era tão baixinha que tinha de ir até a janela traseira do carro e fechar a tampa do porta-malas puxando-a aos poucos ao lado do pára-lama traseiro.

Oráculo observou-a por um instante e ouviu as gargalhadas dos policiais gritando piadinhas uns para os outros, do tipo: "uma japonesinha pequenininha, não é?"

Oráculo disse ao piadista:

— Bonelli, os bisavós dela já tinham um hotel na Rua Um na Pequena Tóquio quando os seus ainda comiam alho em Palermo. Portanto, vamos parar com essas piadinhas étnicas, está bem?

— Desculpe, sargento.

Enquanto os homens se distribuíam pelos seus carros, Oráculo disse para si mesmo: "Tenho de compensar o tamanho dessa menina."

E indicou Benny Brewster como parceiro da guria durante aquele período para ver como eles se davam. Até ali, tudo bem, a não ser pelo fato de Benny Brewster ter um problema com relação à pornografia gay.

— Esses veados me irritam. Os gângsteres de Compton eram capazes de arrolhar o cu, se vissem o que a gente vê por toda Hollywood.

Mag lhe disse que não via diferença entre a pornografia gay e a normal. Ambas eram revoltantes. Um dos seus antigos namorados tentou excitá-la algumas vezes mostrando vídeos pornográficos depois do jantar, mas para ela o segundo ato de todas as histórias consistia em esguichos de porra na cara das moças, e como isso podia excitar alguém era algo que ela não conseguia entender.

Apesar dessa limitação, Benny parecia a ela ser um policial dedicado, que não usava violência excessiva com gays nem com os héteros, e por isso ela não tinha queixas. E ela se sentia bem com ele parado atrás dela, encarando esses caras que gostam de desafiar tiras baixinhos, especialmente as policiais pequenas.

Encontraram o Sr. Cabeça de Batata na primeira loja pornô que visitaram. Ficava na Western Avenue, um lugar mais depravado que a maioria, tendo algumas cabines de vídeo onde os caras podiam bater uma punheta com a porta trancada. Mas essa tinha uma espécie de "teatro", uma sala maior com três fileiras de cadeiras de plástico usadas como poltronas de teatro, uma tela grande e um projetor pendurado no teto.

O teatro era isolado por cortinas pretas e pesadas e era iluminado apenas pela luz que vinha da tela. A visita ocasional de um policial fardado deveria desencorajar nos espectadores o hábito da masturbação em público, tanto isolada quanto em grupo, enquanto viam dois, três ou cinco caras fodendo o que lhes aparecia pela frente. Um hip-hop sobre sodomia e estupro era o fundo musical.

Benny caminhou por um dos corredores, parecendo querer acabar logo com aquilo, e Mag ia pelo outro lado, quando o ouviu dizer:

– Levante a calça e venha comigo!

O espectador estava tão entretido no que fazia que só percebeu o policial negro e alto quando ele estava ao seu lado. Perdeu imediatamente a ereção que acariciava, tal como o faziam vários outros clientes, mas Mag achava que alguns deles eram tão viciados que a presença da lei, o perigo que ela representava, era apenas mais um ingrediente emocionante.

Ela lançou a luz da sua lanterna para ver o que se passava, mas ele já tinha puxado a calça e abotoado o cinto. Foi levado pelo cotovelo até a cortina preta, e Benny só murmurava:

– Merda!

Quando saíram da sala de vídeo, Mag disse:

– O quê? Mais um 647-A? – referindo-se ao item do código penal que tratava de atos libidinosos em público.

Benny olhou para o sujeito, para as tiras pretas de elástico presas nos seus pulsos, e perguntou:

– O que você estava fazendo lá dentro, cara, além de exibir o caralho? Para que esses elásticos?

Era um homem branco, gordo e de óculos, de lábios grossos e uma franja de cabelo castanho.

– Prefiro não explicar agora.

Mas eles o levaram para uma sala envidraçada na Divisão Hollywood e descobriram. Ele deu uma rápida demonstração que fez Benny deixar a sala logo depois de o homem baixar a calça, soltar a complicada rede de elásticos presa na cintura, que passava por baixo das virilhas vindo dos pulsos, e finalmente presa a buracos cortados numa batata, que ele retirou da sua cavidade anal com um gesto de mágico e certo orgulho da apresentação.

Diante dos cinco policiais que observavam através do vidro, o prisioneiro demonstrou que, quando ele se sentava sobre uma nádega e manipulava os elásticos presos aos pulsos, ele conseguia puxar a batata para a entrada simplesmente levantando os braços, e depois forçá-la de volta para o interior da "gruta mágica" simplesmente sentando-se sobre ela. Parecia que ele era o maestro diante de uma orquestra. Braços para o alto, batata para fora, então sentar. E assim por diante.

Mag sugeriu:

— Provavelmente no ritmo da música de fundo. — O cara era inventivo, devia-se reconhecer.

— Não vou manipular essa prova — Benny disse a Mag. — De jeito nenhum. Na verdade, vou é pedir transferência desse asilo de loucos. Trabalho em qualquer lugar, menos em Holly-weird.

Ela ficou desapontada. Holly-weird. Por que todos diziam isso?

No fim do dia de serviço, Benny encontrou um embrulho de presente diante do seu armário, com um cartão tendo o nome "Policial Brewster". Dentro da caixa havia uma bela batata fresca do Idaho, a que alguém prendera olhos e lábios de plástico e uma ncta manuscrita: "Frite-me, asse-me, faça de mim um purê. Ou me morda, Benny, Te amo. Sr. Cabeça de Batata."

Capítulo 5

Sempre houve no DPLA um policial, homem, com um "Hollywood" ligado ao nome, trabalhasse ou não na Divisão Hollywood. Ele era geralmente conquistado pelos interesses externos do policial em questão pelos assuntos cinemáticos. Se prestasse algum serviço a uma empresa de TV ou cinema com consultor técnico, podia-se ter certeza de que logo todo mundo o estaria chamando de "Hollywood Lou" ou "Hollywood Bill". Ou, no caso do aspirante a ator Nate Weiss – que até então só havia feito alguns trabalhos como extra em alguns filmes de TV –, "Hollywood Nate". Depois de ser picado pela mosca azul do show business, ele se matriculou numa academia e começou a malhar obsessivamente. Com os olhos castanhos e o cabelo preto ondulado levemente grisalho nas têmporas, e com o físico recém-trabalhado, Nate calculava ser um protagonista em potencial.

Nathan Weiss tinha 35 anos, era alguém que desabrochara tardiamente para o show business. Ele, bem como muitos outros patrulheiros da divisão, já tinha feito controle de tráfego e oferecido serviços de segurança para as empresas que filmavam na cidade. O pagamento era muito bom para policiais de folga e o trabalho muito fácil, mas não tão excitante como esperavam. Pois aquelas estrelas famosas só saíam dos seus trailers durante alguns minutos para ensaiar uma cena quando o diretor não estava satisfeito com o desempenho da substituta. Depois elas tornavam a desaparecer até chegar a hora de filmar a cena. E na maior parte do tempo os policiais não ficavam suficientemente próximos na hora da filmagem. Mas, mesmo quando estavam, ela logo ficava tediosa. Depois do plano geral, vinham os planos dos atores principais, com os close-ups e inversão de ângulos, e os atores tinham de repetir vezes sem conta. Assim, a maioria dos policiais se entediava e ia para junto do pessoal que fornecia as excelentes refeições dos atores e técnicos.

Hollywood Nate nunca se entediava. Além do mais, havia uma porção de garotas trabalhando anonimamente atrás das câmeras e fazendo o trabalho tedioso em cada filmagem. Algumas eram estagiárias que sonhavam algum dia tornar-se um talento importante: diretoras, atrizes, roteiristas e produtoras. Quando tinha muitas horas extras a receber, Nate ganhava mais que qualquer uma delas. E, ao contrário delas, ele não padecia da grande angústia do show business: Meu próximo trabalho.

Nate adorava exibir o seu conhecimento do business quando conversava com uma gata que fazia coisas para o diretor-assistente. Gostava de dizer coisas como:

– A minha área de patrulha é em Beachwood Canyon. É a velha Hollywood. Muita gente desconhecida mora ali.

E foi uma dessas gatas que dois anos antes custou a Nate o seu não tão feliz casamento, quando a sua esposa de então, Rosie, ficou intrigada porque toda vez que o telefone tocava uma vez e parava Nate desaparecia. Rosie começou a anotar dia e hora dessas chamadas, e compará-las com as da conta do telefone celular. E, certo como dois e dois são quatro, Nate sempre chamava os mesmos dois números depois de cada uma das chamadas de um toque. Provavelmente a vagabunda tinha dois celulares ou dois telefones em casa, e era típico de Nate achar que podia enganar Rosie com dois números diferentes.

Rosie Weiss esperou, e numa fria manhã de inverno em que Nate voltou para casa de madrugada, dizendo-lhe que estava exausto por ter passado a noite perseguindo um ladrão em Laurel Canyon, sem dúvida uma gata no cio. E ela fez uma experiência no carro de

Nate enquanto ele dormia, e continuou suas atividades normais pelo resto do dia até a noite.

No dia seguinte, Nate saiu para o trabalho. Sentou-se na sala de chamada ouvindo a ladainha do tenente sobre o decreto de aquiescência do Departamento de Justiça, sob cuja tutela o DPLA estava obrigado a operar, e as instruções para que os carros em patrulha nos bairros hispânicos preenchessem os Relatórios de Campo sobre os não-hispânicos presentes na área, mesmo que nenhum tivesse sido encontrado.

Os policiais faziam o que faziam desde Highland Park até Watts, os que patrulhavam os bairros negros e latinos. Inventavam suspeitos brancos e os lançavam nos RC que não tinham nomes, nem datas de nascimento, impossíveis de ser investigados. Por isso, lançavam um grande número de entrevistas com homens brancos e convenciam os monitores externos de que não estavam sendo tendenciosos. Numa das divisões da cidade houve um aumento de 290 por cento no número de homens brancos não-hispânicos abordados à noite, apesar de ninguém ter visto nenhum branco andando à noite naquela área. Um branco com pneu vazio preferia continuar dirigindo a se arriscar a parar. Os patrulheiros diziam que até mesmo os preto-e-brancos tinham de andar com cartazes presos nos vidros dizendo: "O motorista não carrega dinheiro."

Essa era a versão do decreto federal de aquiescência do não pergunte, não diga: Nós não perguntamos os nomes dos brancos no RC desde que você não nos diga.

Antes da chegada do comandante de turno, um tira disse em voz alta:

— Essa merda do RC é tão trabalhosa que a clonagem de embriões parece coisa fácil.

E outro completou:

— A gente devia virar advogado, pois eles ganham uma nota preta para mentir, mesmo tendo a obrigação de vestir terno e gravata.

Assim, parecia que o Departamento de Justiça, ao invés de promover a integridade policial, estava fazendo exatamente o contrário, transformando em mentirosos os policiais de rua do DPLA obrigados a viver cinco anos sob os termos do decreto de aquiescência, pelo menos até junho de 2006, o que deveria ocorrer dentro de um mês.

Hollywood Nate cochilava durante o sermão sobre o decreto de aquiescência e foi surpreendido quando Oráculo enfiou a cara pela porta, dizendo:

— Desculpe, tenente, me empresta Weiss por um minuto?

Ele não disse nada até os dois se encontrarem sozinhos na escada, quando se voltou para Nate e disse:

— A sua mulher está lá embaixo exigindo falar com o tenente. Ela quer denunciar você por um 128.

Nate ficou perplexo:

— Uma queixa pessoal? A Rosie?

— Você tem filhos?

— Ainda não. Nós decidimos esperar um pouco.

— Você quer salvar o seu casamento?

— Claro. Este é o meu primeiro e eu ainda ligo. E o pai dela tem dinheiro. O que aconteceu?

— Então desista e implore perdão. Não tente enganá-la com palavras, não vai adiantar.

— O que está acontecendo, sargento?

Hollywood Nate viu por si mesmo o que estava acontecendo quando ele, Rosie e Oráculo estavam no estacionamento sul, ao lado do SUV de Nate naquela noite lúgubre e úmida de inverno. Ainda perplexo, Nate passou as chaves para Oráculo, que as entregou a Rosie, que entrou no carro, ligou o motor e o ar-condicionado. Quando as janelas começaram a se embaçar, antes de clarear, ela saiu e mostrou triunfante o que seu trabalho de detetive havia descoberto. No pára-brisa embaçado, diante do assento do passageiro, marcas oleosas deixadas por pés descalços.

— Ela calça trinta e cinco — disse Rosie. Em seguida para Oráculo:

— Nate sempre preferiu as mignons. Eu sou meio cheinha para ele.

Quando Nate começou a falar, Oráculo disse:

— Cale a boca, Nate.

Ele então se voltou para Rosie:

— Sra. Weiss ...

— Rosie. Pode me chamar de Rosie, sargento.

— Rosie, não há necessidade de levar isto ao tenente. Estou certo de que você e Nate...

Ela o interrompeu:

— Já chamei o advogado do meu pai hoje à tarde enquanto este filho da puta estava dormindo. Acabou. Desta vez acabou. Vou tirar tudo do apartamento no domingo.

Oráculo respondeu:

— Rosie, tenho certeza de que Nate vai ser justo quando discutir com seu advogado. A sua idéia de fazer uma queixa oficial por conduta desabonadora não vai melhorar as coisas para você. Imagino que prefira que ele continue trabalhando e ganhando dinheiro, em vez de ser suspenso, caso em que você e ele perderiam dinheiro, não é verdade?

— Está bem, sargento. Mas não quero ver este verme no apartamento enquanto eu não tiver mudado.

— Ele vai dormir numa das salas da divisão. E vou indicar alguém para combinar com você uma hora para pegar as coisas do Nate antes da sua mudança.

Quando Rosie Weiss os deixou no estacionamento naquela noite, ela ainda deu mais uma informação a Oráculo.

— De qualquer forma, desde que desenvolveu toda essa musculatura na academia, ele só consegue uma ereção quando está na frente do espelho.

Entrou no carro e foi embora. Nate finalmente falou:

— Um policial nunca deveria casar com uma mulher judia, sargento. Pode acreditar, ela é uma terrorista. É sempre código vermelho a partir da hora em que o despertador dispara de manhã.

— Ela tem bons instintos de detetive. Bem que poderia ser útil aqui.

Agora, dois anos depois, sua mulher havia se casado com um pediatra e não recebia mais pensão, e Nate Weiss era um membro satisfeito do plantão noturno, assumindo todos os serviços extras para a TV, esperando uma chance de entrar para a Screen Actors Guild, o sindicato dos atores de cinema. Já estava cansado de explicar:

– Bem, ainda não tenho a carteira do sindicato, mas...

Hollywood Nate esperava que 2006 marcasse o início da sua nova vida, mas quase no meio do ano, já não tinha tanta certeza. Essa desagradável viagem ao passado foi interrompida ao final da chamada e ele recebeu um vigoroso aperto de mão de seu novo parceiro, Wesley Drubb, 22 anos, filho caçula do sócio da firma Lawford & Drubb, incorporações imobiliárias, com enormes propriedades em West Hollywood e Century City. Nate agora era parceiro do exestudante da USC que havia abandonado os estudos no último ano para "se encontrar", entrando impulsivamente para o DPLA, para desespero de seus pais. Agora, ao terminar os dezoito meses do seu estágio de treinamento, foi transferido da Divisão West Valley para Hollywood.

Nate pensou que deveria tirar o máximo proveito daquela oportunidade. Não era todo dia que alguém tinha um parceiro rico. Talvez ele conseguisse fazer uma boa amizade e se tornasse o irmão mais velho do garoto, quem sabe convencê-lo a conversar com o pai, Franklin Drubb, sobre um investimento num filme que Nate vinha tentando concretizar em sociedade com outro ator fracassado, Harley Wilkes.

Os tiras sempre chamavam seus carros de "oficina", por causa do número nas portas dianteiras e no teto, para que cada carro pudesse ser identificado do alto pelo helicóptero do DPLA, sempre chamado de "zepelim". Já instalados na sua oficina e percorrendo as ruas que Nate gostava de percorrer independentemente da rota que lhe fora destinada, o garoto ansioso virou a cabeça para a direita e disse:

– Parece um 51-50. – Estava se referindo à seção do Código de Bem-Estar e Instituições que define problemas mentais.

A pessoa em questão era mesmo um doente mental, um dos moradores de rua, do tipo que anda pelo Hollywood Boulevard entrando nas lojas de suvenires, lojas de pornografia e salões de tatuagem, incomodando os vendedores das bancas de jornais, recusando-se a sair enquanto alguém não lhe desse um trocado ou o atirasse na rua ou chamasse a polícia.

Era conhecido pela polícia como Al Intocável porque andava livremente e em geral recebia advertências, mas nunca era preso. Al tinha um passe livre para não ser preso que era ainda melhor que o do Teddy Trombone nos seus melhores dias, e nessa noite estava de péssimo humor, gritando e assustando os turistas, que preferiam ir pela rua a arriscar-se a passar perto dele na Calçada da Fama.

Nate disse:

– É o Al Intocável. Ele é intocável. Apenas diga a ele para sair da rua. Ele vai obedecer, a não ser que esteja mais irritado que o normal.

Hollywood Nate encostou o preto-e-branco depois da esquina da Las Palmas Avenue. Wesley Drubb desceu disposto a mostrar ao parceiro mais velho que tinha pique e enfrentou Al, dizendo:

– Vá embora. Você está perturbando o sossego público.

Al Intocável, que estava bêbado e de péssimo humor, disse:

– Vá se foder, soldadinho.

Wesley Drubb ficou perplexo e voltou-se para Nate, que tinha saído do carro e estava encostado com os braços apoiados no teto e balançou a cabeça:

– Ele está num dia de cabelo ruim. Dá pra ver pelo menos uma dúzia de fios pendurados no nariz dele.

– Nós não temos de agüentar isto – disse Wesley para Nate e se voltou para Al.

– Não temos de agüentar isto.

Na verdade, tinham. E Al estava disposto a demonstrar por quê. Quando Wesley acabou de calçar as luvas de borracha, deu um passo à frente e pôs a mão no ombro ossudo de Al. O doido fechou os olhos, fez uma careta, agachou-se e soltou.

A explosão foi tão ruidosa e molhada que o jovem policial deu um salto para trás. Imediatamente, foi atingido pelo fedor sulfuroso.

– Ele está cagando! – Wesley gritou sem acreditar. – Ele está cagando na calça!

– Não sei como ele caga na hora certa. É um talento raro. Uma espécie de última linha de defesa contra as forças da verdade e da justiça.

– Que nojo! – gritou o jovem policial. – Ele está cagando! Que nojo!

– Vamos embora, Wesley. Vamos tratar da nossa obrigação e deixar o Al terminar a dele.

Al Intocável gritou, quando o preto-e-branco arrancava.

– Soldadinho de merda!

Enquanto Al Intocável terminava a sua obrigação, um assalto extraordinário estava ocorrendo numa joalheria na Normandie Avenue, propriedade de um empresário tailandês que também possuía dois restaurantes. A pequena joalheria, que vendia principalmente relógios, nesta semana oferecia uma amostra especial de diamantes que o sobrinho de 29 anos do proprietário, Somchai "Sammy" Tanampai, planejava levar para casa quando fechasse naquela noite.

Os assaltantes, um armênio chamado Cosmo Betrossian, e sua namorada, uma massagista e prostituta ocasional russa chamada Ilya Roskova, entraram na loja pouco antes do horário de fechamento, usando máscaras de meia. Agora Sammy Tanampai estava sentado no chão no fundo da sala, os pulsos amarrados às costas com fita adesiva, chorando porque achava que eles o matariam conseguindo ou não o que queriam.

Sammy tentou evitar olhar para a lancheira do seu filho colocada sobre uma mesa junto à porta dos fundos. Ele havia guardado os diamantes em bandejas e sacolas de veludo e colocou tudo dentro da lancheira ao lado de um prato meio consumido de arroz, ovos e caranguejo.

Sammy Tanampai esperava que estivessem procurando relógios, mas os dois nem olharam para eles. O homem, que tinha sobrancelhas muito grossas e negras, levantou a máscara de meia para acender um cigarro. Sammy viu os dentes pequenos e quebrados, um incisivo de ouro e as gengivas pálidas.

O homem caminhou até onde Sammy estava sentado, levantou seu rosto agarrando um punhado de cabelo e disse num inglês com forte sotaque:

– Onde você esconde diamantes?

Sammy ficou tão perplexo que não respondeu, e a loura grande de boca amuada, de um vermelho vivo sob a máscara de meia, aproximou-se e lhe disse num inglês menos carregado:

– Diga e a gente não te mata.

Ele então começou a chorar e sentiu a urina molhar-lhe a virilha, e o homem apontou o cano de uma pistola Raven calibre .25 para o seu rosto. Sammy pensou: que arma vagabunda eles vão usar para me matar.

Então olhou involuntariamente para a lancheira. O homem seguiu o seu olhar e disse:

– A lancheira.

Sammy chorou copiosamente quando a loura abriu a lancheira contendo mais de 180 mil dólares em diamantes, anéis e brincos, dizendo:

– Peguei.

O homem então pegou um pedaço de fita adesiva e amordaçou a boca de Sammy.

Como eles souberam? Pensou Sammy, preparando-se para morrer. Quem sabia dos diamantes?

A mulher parou na porta da frente, enquanto o homem retirava um objeto pesado do bolso do casaco. Quando Sammy viu o que era, chorou ainda mais. Era uma granada de mão.

A mulher voltou e entregou ao homem um rolo de fita adesiva, e pela primeira vez Sammy observou que os dois usavam luvas de látex e imaginou por que não tinha notado antes. Ele então ficou confuso e aterrorizado quando o homem prendeu a granada entre os seus joelhos, enquanto a mulher prendia seus tornozelos com fita adesiva. O grampo da granada afundou na carne da sua coxa acima do joelho e ele olhou fixamente para ela.

Quando os ladrões terminaram, a mulher disse:

– É melhor você ter pernas fortes. Se relaxar, ela se solta e você vai morrer.

O homem então segurou os joelhos de Sammy, puxou o pino da granada e o deixou cair no chão ao lado dele.

Agora Sammy gemeu, o som abafado claramente audível mesmo com a boca amordaçada.

– Cale a boca. Fique com os joelhos apertados ou você morre. Se o grampo soltar, você é um homem morto.

A mulher disse:

– Vamos chamar a polícia daqui a dez minutos e eles vêm ajudar você. Mantenha os joelhos apertados, querido. Minha mãe sempre me disse isto, mas nunca ouvi.

Eles saíram mas não chamaram a polícia. Quem chamou foi um lavador de pratos mexicano chamado Pepe Ramirez. Ele estava a caminho do emprego no bairro tailandês e ao passar diante da joalheria do patrão estranhou a luz acesa. Devia estar apagada. O patrão sempre fechava mais cedo para poder estar nos dois restaurantes a tempo de se preparar para a multidão de clientes. Por que a loja do patrão estava aberta?

O lavador de pratos estacionou o carro e entrou na joalheria pela porta da frente. Falava pouco inglês e nada de tailandês, por isto limitou-se a gritar:

– Miister? Miister?

Quando não teve resposta, ele continuou cautelosamente para o fundo e parou quando pareceu ouvir um cachorrinho gemendo. Prestou atenção e achou que era um gato. Não estava gostando nem um pouco daquilo tudo. Em seguida, ouviu umas batidas abafadas. Saiu correndo da loja e chamou 911 no seu telefone celular novinho, o primeiro da sua vida.

Por causa do seu inglês quase ininteligível e por ele ter desligado antes de o operador conseguir transferir a sua ligação para outro que falasse espanhol, sua mensagem não foi bem compreendida. Outros imigrantes ilegais já lhe tinham dito que a polícia não era *la migra* e não iria chamar a imigração a menos que ele cometesse um crime grave, mas ele não se sentia bem perto de qualquer pessoa que usasse farda e distintivos, e achou melhor não estar ali quando a polícia chegasse.

A mensagem foi transmitida como "problema desconhecido", o tipo que deixa os policiais nervosos. Já havia problemas conhecidos suficientes na atividade policial sem os desconhecidos. Geralmente esses chamados atraíam mais de uma unidade de reserva, e Mag Takara e Benny Brewster atenderam ao chamado. Fausto

Gamboa e Budgie Polk foram a primeira unidade de reserva a chegar, seguidos logo depois por Nate Weiss e Wesley Drubb.

Quando entrou na joalheria, Mag sacou a automática e seguindo o facho da sua lanterna caminhou cautelosamente até a sala dos fundos seguida de perto por Benny Brewster. O que ela viu a fez engasgar.

Inutilmente Sammy Tanampai havia batido a cabeça contra a parede tentando atrair a atenção do lavador de pratos. Suas pernas estavam ficando dormentes e as lágrimas escorriam pelo seu rosto, e ele tentava pensar nos filhos e se manter forte. Tentou não deixar as pernas se abrirem.

Quando Mag deu dois passos na direção do joalheiro, Benny Brewster iluminou a granada e gritou:

– ESPERE!

Mag estacou e Fausto e Budgie, que tinham acabado de entrar pela porta da frente, também pararam.

Então Mag viu com clareza e gritou:

– GRANADA! SAIAM! – E ninguém sabia bem o que estava acontecendo nem o que fazer além de sacar as armas e agachar-se.

Fausto não saiu; nem os outros. Passou por Benny, pulou para dentro da sala dos fundos e viu Mag parada a meio metro do Sammy Tanampai, histérico e amarrado. E também viu a granada.

O rosto de Sammy sangrava onde ele havia arrancado um pedaço de fita adesiva com um prego, e ele tentou dizer alguma coisa com um bolo de fita preso ao canto da boca.

– Não agüento ... Não agüento...

Fausto disse para Mag:

– SAIA!

Mas a policial miniatura ignorou-o e avançou na ponta dos pés como se o movimento pudesse detoná-la. E estendeu cuidadosamente a mão.

Fausto deu um salto à frente depois de Sammy soltar o gemido mais aterrorizante que Mag já tinha ouvido quando os músculos das coxas relaxaram. Seus dedos estavam a alguns centímetros da granada quando ela caiu no chão e o grampo voou através da sala.

— SAIAM, SAIAM, SAIAM! — gritou Fausto para os policiais dentro da loja, mas Mag agarrou a granada e atirou-a no canto mais distante, atrás dos arquivos de aço.

Instantaneamente, Fausto agarrou Mag Takara pelo talabarte e Sammy Tanampai pelo colarinho da camisa, e levantou os dois esticando-se para trás até que eles estivessem fora da salinha dos fundos e no salão da loja, onde seis policiais e um lojista, deitados rente ao chão, esperavam aterrados a explosão.

Que não aconteceu. Era uma granada vazia.

Nada menos que 35 empregados do DPLA convergiram para a loja e para as ruas próximas naquela noite: detetives, criminalistas, especialistas em explosivos, supervisores de patrulha e até o capitão. Testemunhas foram entrevistadas, instalaram-se luzes, e a área isolada num raio de dois quarteirões foi examinada por policiais com lanternas.

Não encontraram nada que pudesse ser usado como prova, e um detetive da equipe de assaltos que havia sido chamado em casa entrevistou Sammy Tanampai na Emergência do Hospital Presbiteriano de Hollywood. A vítima disse ao detetive que o assaltante havia fumado um cigarro, mas não se achou nenhum na cena do crime.

Sammy ficou letárgico por causa da injeção que lhe deram, mas chegou a dizer ao detetive:

— Não sei como eles sabiam dos diamantes. Eles chegaram às dez horas esta manhã e deviam ser mostrados a um cliente de San Francisco que pediu algumas peças.

— Que tipo de cliente é ele?

— Meu tio tem negócios com ele há anos. É muito rico. Não é um ladrão.

— E a mulher loura que você acha que é russa? Fale mais dela.

— Acho que os dois eram russos. Existem muitos russos em Hollywood.

— Sei. Mas a mulher. Era atraente?

— Talvez. Não sei.

— Alguma coisa fora do comum?

– Seios grandes – disse Sammy, abrindo e fechando o queixo dolorido e tocando a carne ferida em torno da boca, as pálpebras pesadas.

– Você já foi a alguma das boates das redondezas? Muitas delas são de russos ou operadas por russos.

– Não. Sou casado. Tenho dois filhos.

– Mais alguma coisa que possa dizer sobre eles?

– Ela fez piada sobre eu manter os joelhos fechados. Disse que nunca conseguiu. Pensei nos meus filhos e que nunca mais ia vê-los de novo. E ela fez aquela piada. Espero que vocês matem os dois – disse Sammy, as lágrimas correndo.

Depois que todos os policiais presentes na joalheria foram entrevistados na Divisão Hollywood, Nate disse ao seu jovem parceiro:

– Belo truque, hem, Wesley? Na próxima vez em que eu trabalhar em algum show vou ensinar este truque para o aderecista. Uma granada vazia. Só mesmo em Hollywood.

Wesley Drubb estivera calado por muitas horas desde o trauma na joalheria. Respondeu às perguntas dos detetives da melhor forma, mas na verdade não tinha nada importante a informar. Respondeu a Nate:

– É. Brincadeira de mau gosto.

O que ele gostaria de ter dito era: "Quase morri hoje à noite. Podia ter sido assassinado! Se a granada fosse de verdade."

Era muito estranho contemplar a própria morte violenta. Wesley Drubb nunca tinha passado por essa experiência. Queria conversar com alguém, mas não havia ninguém. Não podia discutir a questão com o parceiro mais velho, Nate Weiss. Não tinha condições de explicar a um veterano como Nate que ele tinha abandonado a USC em troca disto, lá onde ele fazia parte do time de vela e estava namorando uma das garotas mais quentes da universidade. E tinha largado tudo aquilo por causa das emoções inexplicáveis que o afligiram quando chegou aos 25 anos.

Tinha se cansado da vida universitária, cansado de ser o filho de Franklin Drubb, cansado de morar em Fraternity Row no período letivo, cansado de morar durante as férias na grande casa dos pais em Pacific Palisades. Sentiu-se como um homem na cadeia e quis fugir. O DPLA era sem dúvida uma fuga possível. E ele completou os dezoito meses de estágio probatório e agora estava aqui, um novíssimo policial da Divisão Hollywood.

Os pais de Wesley ficaram chocados, os colegas de universidade, os companheiros da equipe de vela e especialmente a sua namorada, que agora estava namorando um jogador de futebol americano, todos ficaram chocados. Mas até agora ele não tinha se arrependido. Pensou que provavelmente ia continuar durante poucos anos, não estava pensando numa carreira, aproveitar o tipo de experiência que o diferenciasse do pai e do irmão mais velho, e de todos os corretores da empresa incorporadora de Lawford & Drubb.

Pensou que seria como fazer o serviço militar durante alguns anos, sem ter de sair de Los Angeles. Como um tipo de combate que ele poderia discutir com a família e com os amigos anos depois, quando inevitavelmente se tornasse um corretor da Lawford & Drubb. Aos olhos deles ele ia ser um ex-combatente, nada mais que isso.

E tudo estava indo tão bem. Até esta noite. Até aquela granada bater no chão diante dos seus olhos, e a policial miúda agarrá-la enquanto Fausto Gamboa berrava nos seus ouvidos. Aquilo não era trabalho de polícia, era? Ninguém nunca comentou coisas assim na academia. Um homem com uma granada presa entre os joelhos?

Ele se lembrava do especialista do Esquadrão de Bombas na Academia de Polícia falando sobre o terrível acontecimento de 1986 em North Hollywood, quando dois policiais do DPLA foram chamados para desarmar um artefato explosivo numa garagem residencial, montado por um suspeito de assassinato envolvido numa querela entre o estúdio e o sindicato. Eles o desarmaram, mas não perceberam um segundo artefato jogado ali ao lado de um exemplar do *Livro de receitas do anarquista*. O segundo artefato explodiu.

O que estava mais vivo na memória de Wesley não era a descrição da carnificina e do cheiro forte de sangue, era que um dos policiais sobreviventes, que entrara na casa antes da explosão, ainda tinha pesadelos recorrentes duas décadas depois. Acordava com o travesseiro encharcado de lágrimas e a mulher sacudindo-o e dizendo: "Isto *tem* de acabar."

Durante algum tempo naquela noite, após completar sua breve declaração, depois de sentar-se calado na estação tomando um café, Wesley Drubb só conseguia pensar em como se sentiu, tentando afundar as unhas no assoalho da joalheria. Foi uma reação instintiva. Uma reação animal. Ficara reduzido à sua essência animal.

E Wesley Drubb se fez a pergunta mais complexa e enlouquecedora que já se fizera em toda a sua curta vida: Como é que vim parar aqui?

Quando Fausto Gamboa terminou de vestir a roupa civil, encontrou Budgie a caminho do estacionamento. Caminharam em silêncio até seus carros, onde viram Mag Takara entrar no seu e sair.

Fausto disse:

– Eu ficava louco vendo aquela menina fazendo as unhas durante a chamada. Como se ela estivesse se arrumando para o namorado.

– Aposto que agora não vai te irritar tanto.

– Não tanto – concedeu Fausto Gamboa.

Capítulo 6

Deveria ter sido uma entrevista de rotina com um adolescente dado como desaparecido, nada mais. E Andi McCrea estivera sentada no seu pequeno cubículo na sala de detetives fitando a tela de um computador, organizando relatórios a serem levados ao escritório do promotor público, tratando do caso em que uma mulher agrediu o marido com uma martelada na cabeça, quando, depois de tomar seis latas de Scotch Ale, ele lambeu os lábios e lhe disse que o bolo de carne que ela tinha acabado de fazer cheirava "igual à xoxota da Gretchen".

Duas coisas estavam erradas: primeira, Gretchen era a irmã mais nova da esposa, duas vezes divorciada e namoradeira; segunda, ele tinha uma expressão de pânico que denuciava uma explicação inconsistente, quando disse: "É claro que eu não conheço o cheiro da ..." E continuou: "Eu só estava querendo fazer uma piadinha estilo Chris Rock, mas foi ruim, não é? O bolo de carne está ótimo, benzinho."

Ela não disse nada, mas foi até a varanda dos fundos onde o marido guardava as ferramentas e voltou com o martelo no momento em que ele comia o primeiro pedaço do bolo de carne que cheirava igual à xoxota da Gretchen.

Apesar de a mulher ter sido autuada por tentativa de assassinato, o marido teve apenas um traumatismo e recebeu 23 pontos.

Andi calculou que o promotor-assistente a quem o caso foi distribuído iria rejeitar a acusação de crime e encaminhar ao promotor para um indiciamento por contravenção, o que para ela estava ótimo. A vítima da martelada lhe lembrava o próprio ex-marido Jason, aposentado do DPLA e morando no Idaho junto com vários outros ex-policiais que fugiram para locais selvagens. Lugares onde os policiais locais anotam nos relatórios de prisão, no campo da raça do suspeito, "branco" ou "jardineiro".

Jason tinha sido um daqueles que várias policiais haviam experimentado, o tipo conhecido como "bombons", sujeitos que não lhe fazem bem, mas você precisa comer um. Ela era jovem, e pagou o preço de um casamento de cinco anos que nada lhe trouxe de bom, com exceção do Max.

O único filho dela, sargento Max Edward McCrea, estava servindo no Afeganistão com o exército americano, sua segunda missão, tendo sido a primeira no Iraque numa época em que Andi nunca conseguia dormir mais de algumas horas, antes de acordar suando frio. Agora estava melhor, ele estava no Afeganistão. Um pouquinho melhor. Dezoito anos, acabando de terminar o segundo grau, ele foi atacado pela comichão, e não houve nada que ela pudesse fazer para evitar que ele assinasse o contrato de alistamento. Nem ela nem o pai do menino, quando, pela primeira vez, Jason agiu como pai. Max disse que ia para o exército com dois amigos do time de futebol do colégio e pronto. Iraque para ele, tensão e dores de cabeça para ela, acordada na casa de dois andares em Van Nuys.

Depois de organizar a pasta do caso, Andi se preparava para tomar uma xícara de café quando um dos policiais do plantão 2 veio até o seu cubículo e disse:

— Detetive, poderia conversar com um rapaz de catorze anos? Fomos chamados ao Boliche Lucky Strike, onde ele estava jogando com um sujeito de quarenta anos que começou a lhe dar uns tapas. Ele disse que foi molestado pelo sujeito, que não quer falar. Ele está esperando numa cela.

— Você deve procurar uma equipe de crimes sexuais.

— Eu sei, mas eles não estão aqui, e acho que o garoto quer falar com uma mulher. Disse que as coisas que tem para contar são muito embaraçosas para contar para um homem. Acho que o que ele quer é uma mãezinha.

– E quem não quer? Ponham-no numa sala de entrevistas e vou falar com ele.

Cinco minutos mais tarde, depois de tomar o seu café, ela levou um refrigerante para o rapaz, avisou-o pela segunda vez dos seus direitos e fez um sinal mandando o policial fardado sair. Aaron Billings era delicado, quase bonito, cabelos escuros encaracolados, olhos grandes e expressivos e um olhar maduro que ela não esperava. Parecia mestiço, talvez um quarto negro, mas ela não tinha certeza. Tinha um sorriso brilhante.

– Você entendeu por que os policiais prenderam você e o seu companheiro? – perguntou ela.

– Claro. Mel estava me batendo. Todo mundo viu. A gente estava no boliche. Já estou farto, e quando eles pediram a identidade eu disse que tinha fugido. Tenho certeza de que a minha mãe me denunciou. Pelo menos acho que ela denunciou.

– De onde você é?

– Reno, Nevada.

– Há quanto tempo está fugindo?

– Três semanas.

– Você fugiu com o Mel?

– Não. Mas encontrei ele no dia seguinte, pedindo carona. Estou cansado da minha mãe. Ela sempre leva homens para casa, e eu e minha irmã ficamos vendo ela fazer sexo. Minha irmã tem dez anos.

– Você disse ao policial que o Mel abusou de você. É verdade?

– É. Uma porção de vezes.

– Diga-me o que aconteceu quando vocês se encontraram.

– Está bem – disse o garoto e tomou um gole da lata de refrigerante. – Primeiro ele me levou para um motel e a gente fez sexo. Eu não queria, mas ele me forçou. Então ele me deu dez dólares. Depois a gente foi para o cinema. E depois jantamos num restaurante chinês. Aí a gente decidiu vir para Hollywood e quem sabe ver umas artistas de cinema. Então o Mel comprou vodca e suco de laranja e a gente ficou bêbado. Então a gente foi para Fresno e parou num posto e dormiu. Então a gente acordou cedo. Aí nós matamos duas pessoas e tomamos o dinheiro delas. Aí a gente foi para o cinema de novo. E aí a gente foi para Bakersfield. Então ...

– Espere! Vamos voltar para o posto!

Vinte minutos depois Andi estava ao telefone falando com a polícia de Fresno, e depois de falar com um detetive ficou sabendo que era verdade, um casal de meia-idade foi assassinado a tiros onde parou para dormir durante a longa viagem de Kansas para passar férias na Califórnia. E também era verdade que a polícia não tinha suspeitos nem provas além da balas calibre 32 retiradas da cabeça das vítimas durante autópsia.

O detetive disse:

– Não temos nenhuma pista.

– Agora vocês já têm.

À tarde, quando a supervisora de Andi, a detetive D3 Rhonda Jenkins, voltou depois de um longo dia no tribunal depondo sobre um caso de assassinato de três anos antes, ela disse:

– O meu dia foi horroroso. Como foi o seu?

– Tentei fazer alguma coisa numa típica tarde de maio em Hollywood, EUA.

– É mesmo? O que você fez? – perguntou Rhonda, só por perguntar enquanto descalçava os mocassins e massageava os pés doloridos.

Andi respondeu de imediato:

– Primeiro fiz uns telefonemas sobre dois relatórios de ontem à noite. Depois reli um caso sobre os tiros no pizzaiolo. E entrevistei um viciado do Parker Center. Tomei café. E esclareci um duplo assassinato em Fresno. Escrevi uma carta para o Max. Então ...

– Epa! Vamos voltar ao duplo homicídio em Fresno.

– Aquela vaca! A gente não acha o coração dela nem procurando com uma lente – Jetsam se queixou ao parceiro.

Flotsam, que estava freqüentando uma faculdade comunitária durante o dia, disse:

– Cara, você é apenas mais uma vítima das relações incestuosas, entrelaçadas e atávicas da comunidade de imposição da lei.

Jetsam olhou de boca aberta para Flotsam ao volante, que subia em direção a Hollywood Hills.

– Deixa pra lá essa conversa de estudante universitário, está bem?

– Está bem, para dizer a verdade, pela foto que você me mostrou, ela era uma bola, cara. A mulher parecia uma merda de um Teletubby. Só que você ficou cego por uma enorme glândula mamária. Não existe essa história de juntar corações e mentes.

– Juntar... – Jetsam olhou sem acreditar para o parceiro. – Cara, o advogado daquela vaca quer tudo, até o meu aquário! Com as duas últimas tartarugas que sobraram! E adivinha: o decreto federal de aquiescência não vai acabar na data prevista. Um juiz federal disse que ainda não estamos prontos. É tudo uma mentira burocrática.

– Mentira! – Flotsam gritou. – Eu já estava preparado para gritar na chamada: Finalmente livre, finalmente livre, graças a Deus, finalmente livre!

– Eu estou puto da vida com o novo prefeito – disse Jetsam. – Transformou a comissão de polícia numa filial da União Norte-ameriana das Liberdades Civis. E estou puto da vida com o advogado da minha ex-mulher, que só aceita que eu fique com o que ganhar reciclando latinhas de alumínio. E estou puto da vida de morar num apartamento onde o mofo é tão agressivo que é capaz de atacar a gente como um cão de guarda. E estou puto da vida com a minha ex-namorada traidora. E estou puto da vida com o detetive que está comendo ela. Resumindo, estou a fim de atirar em alguém.

E na verdade, ele ia atirar em alguém.

A voz no rádio alertou a todas as unidades de um "código 37", veículo roubado, e viatura policial em perseguição ao veículo em questão.

Sempre pessimista, Jetsam disse:

– Divisão Devonshire. Ele nunca vai chegar até aqui.

Flotsam, mais otimista, disse:

– Nunca se sabe. Não é proibido sonhar.

– Como o político que é o nosso chefe não permite que a gente entre na perseguição a menos que o motorista seja considerado perigoso, você acha que esse maníaco já ultrapassou o limite da direção perigosa? Ou será que antes ele vai ter que atropelar um tira?

Os dois ouviram pelo rádio a perseguição ao longo de vias expressas e ruas em San Fernando Valley, tomando a direção de North Hollywood. E depois de poucos minutos ela chegava a North Hollywood e seguia na direção de Hollywood Freeway.

— Eles estão virando para o norte outra vez.

Mas a perseguição não virou para o norte. O carro roubado, um Toyota 4 Runner novo, tomou a direção sul na Hollywood Freeway e Jetsam disse:

— Pelo que me disseram, aquele carro tem um belo seis-cilindros debaixo do capô. Aposto que ele vai virar para trás agora. Provavelmente uma farra de garoto. Vai voltar, e quando chegar perto do bairro vai abandonar o carro e correr para casa.

Mas a perseguição saiu daquela via expressa e entrou em Ventura Freeway para o leste e depois Lankershim Boulevard para o sul. E então os dois surfistas olharam um para o outro e Jetsam disse.

— Puta merda! Vamos!

E eles foram. Flotsam pisou fundo e tomou a direção norte em Hollywood Freeway, passando por Universal City e desligou nas proximidades de Lakeside Country Club, onde uma dúzia de unidades do DPLA e do CHP já estavam em ação, além de um helicóptero da televisão, mas nenhum zepelim do DPLA.

E foi ali que o motorista abandonou o carro numa rua residencial perto do clube e correu por um jardim, pulou uma cerca para outro jardim, entrou no campo de golfe, e em seguida voltou para outra rua na área residencial de North Hollywood onde cerca de vinte policiais procuravam a pé, metade deles armados com escopeta.

Apesar de um sargento da Divisão North Hollywood estar ao lado do carro roubado, tentando informar o operador de comunicações que a força no local já era suficiente, as viaturas continuaram chegando, como geralmente acontece em perseguições como aquela. Logo apareceram também viaturas do Departamento do Xerife de Los Angeles, e mais carros do CHP e do DPLA, e o helicóptero da televisão pairava acima e iluminava os policiais correndo lá embaixo.

Flotsam se afastou dois quarteirões para oeste do pandemônio e perguntou:

– Quer sair e caçar um pouquinho? Nunca se sabe.

– Ótimo – disse Jetsam. E os dois saíram do carro com as lanternas apagadas, passando por um beco residencial escondido atrás de algumas casas e edifícios de apartamentos.

Ouviam as vozes na rua à sua direita onde outros policiais procuravam, e Flotsam disse:

– É melhor acender as lanternas antes que alguém dê um tiro na gente.

Então ouviram uma voz gritando:

– Lá está ele! Ei, lá está ele!

Correram na direção da voz e viram um policial jovem de cabelo louro e pele rosada montado num muro de dois metros separando um conjunto residencial do beco.

O rapaz viu os dois, ou melhor, duas sombras vestindo farda azul, e disse:

– Lá em cima! No alto da árvore!

Flotsam dirigiu o facho da lanterna para uma velha oliveira e viu um jovem latino lá em cima, vestindo uma camiseta branca muito grande, calça baggy e uma bandana na cabeça.

O policial jovem gritou:

– Pode descer! – e apontou sua automática para o rapaz com uma das mãos e com a outra dirigiu o facho da lanterna para o alto da árvore.

Flotsam e Jetsam se aproximaram. O rapaz no alto da árvore olhou para baixo, para o policial no muro, e gritou:

– Vai à merda. Vem me buscar.

Flotsam disse para Jetsam:

– Drogado. Está com a cabeça cheia de cristais.

– E quem não está?

O policial jovem, que tinha "novato" estampado na testa, puxou o rádio, mas antes de ligar perguntou:

– Qual a nossa localização? Vocês sabem o endereço daqui?

– Não – respondeu Jetsam. – Nós somos da Divisão Van Nuys.

Aquilo era estranho, pensou Flotsam. Por que o parceiro disse que eles eram da Divisão Van Nuys em vez de dizer a verdade?

Então o jovem policial disse:

— Vigiem ele, está bem? Tenho de correr até a rua e pegar o endereço.

— É só chegar na rua e começar a gritar. Tem tiras por todo lado.

Flotsam também achou estranho que Jetsam tenha apagado a lanterna e se colocado na sombra de outra árvore. Como se ele não quisesse que o rapaz o visse claramente. Mas por quê? O fato de eles terem saído da sua jurisdição não era assim tão importante.

Quando o calouro saiu correndo para a rua, Jetsam disse:

— O idiota não sabe tratar um ladrão em cima da árvore.

Ficaram olhando para o rapaz, que fechou os olhos à luz das suas lanternas, e Flotsam perguntou:

— O que você está pensando em fazer além de esperar reforços?

Jetsam olhou para cima e gritou:

— Ei, panaca, desce até aqui.

O ladrão respondeu:

— Daqui ninguém me tira.

— O que você acha de eu estourar você aí no alto da árvore? — gritou Jetsam apontando a sua Glock .40 para ele. — Estou com vontade de dar um tiro em alguém hoje.

— Você não vai atirar — respondeu o menino. — Eu sou de menor. E só fiz roubar um carro de farra.

Agora Jetsam ficou com raiva. E observou que o jovem recruta deixou apoiada no muro a sua escopeta Remington de ar comprimido, com coronha e acionador verde brilhante.

— Olha só, parceiro — disse para Flotsam. — O recruta pegou uma arma de brinquedo em vez de uma de verdade. Ele agora deve estar procurando uma serra para derrubar a árvore.

Tocando o seu spray de pimenta, Flotsam disse:

— Ele bem que podia estar mais perto, cara. Um jatinho de spray ia fazer maravilhas com ele.

Então Flotsam olhou para Jetsam e Jetsam olhou para Flotsam, que disse:

— Não. Eu sei o que você está pensando, mas não. Cai na real, cara.

Mas Jetsam disse em voz baixa:

— O idiota não viu o nosso rosto, cara. E a área está cheia de policiais.

– Não. Uma arma de ar comprimido não deve ser usada para forçar rendição. Isto aqui não é um pólo pit bull, cara.

– Será que ela poderia induzir à rendição neste caso?

– Eu não quero saber.

Mas Jetsam, que nunca havia atirado em alguém com uma arma de ar comprimido, nem com nenhuma outra arma, enfiou a mão no bolso, calçou um par de luvas de látex para não deixar impressões digitais, pegou a escopeta, apontou para a árvore, e disse:

– Ei, *vato*, desce já daí ou eu vou te derrubar da árvore.

O cano da escopeta era grande o bastante para caber um picolé, mas não assustou o ladrão de carros, que disse:

– Você e o seu parceiro podem me chupar ...

E a luz e a explosão assustaram Flotsam mais que o garoto, que gritou quando o chumbinho o atingiu na barriga.

– Ai, ai, filho da puta. Você atirou, seu filho da puta. Aaaaiiii!

Então Jetsam deu outro tiro, e dessa vez Flotsam correu para a rua em frente ao edifício de apartamentos e viu pelo menos cinco sombras gritando e correndo, enquanto o garoto gritava ainda mais alto e começava a descer da árvore.

– Vamos dar o fora daqui. – Flotsam voltou correndo e agarrou Jetsam pelo braço.

– Ele já está descendo, cara.

– Larga essa arma! – e Jetsam deixou cair a escopeta na grama e correu atrás do parceiro.

Os dois correram pelo beco na escuridão até o carro, e nenhum deles falou até Flotsam dizer:

– Cara, este caso vai ficar cheio de investigadores da corregedoria, seu louco! Você não pode atirar assim nem num sujeito branco.

Ainda correndo, e percebendo aos poucos que tinha acabado de violar vários regulamentos do departamento, talvez até do código penal, Jetsam disse:

– O ladrão não viu nosso rosto, cara. As luzes estavam o tempo todo na cara dele. O recruta também não viu a nossa cara. Merda, ele estava tão excitado que não será capaz de identificar nem o próprio pinto. De qualquer jeito, estamos na Divisão North Hollywood. Nós não trabalhamos aqui.

– Os melhores planos dos ratos! – disse Flotsam. Então ele teve um pensamento aterrador.

– Você informou um código 6? – referindo-se à regra de segurança de informar à divisão de comunicação a sua localização quando o policial sai do carro. – Eu não lembro.

Jetsam teve um momento de pânico, e então disse:

– Não. Tenho certeza que não. Ninguém sabe que estamos em North Hollywood.

– Vamos voltar logo para a nossa rota! – disse Flotsam quando chegaram ao carro, abriram-no e entraram.

Dirigiram com os faróis apagados afastando-se da cena e ouviram a voz no rádio informando: "Todas as unidades, suspeito sob custódia. Código 4."

Ficaram calados até estarem percorrendo em segurança o Hollywood Boulevard. Então Jetsam disse:

– Vamos informar um código 7. Nossa aventura de repente me deixou com uma fome de cão. E, cara, você anda meio pra baixo esses dias. A gente tem de levantar o astral. Você devia comer um daqueles burritos saudáveis, com pouca gordura, nadando em creme de leite e guacamole. – E acrescentou: – Devem ter sido aqueles dois tiros no garoto, mas agora estou megafeliz.

E Flotsam ouviu de boca aberta o Jetsam cantar o sucesso do U2:

– Dois tiros de felicidade, um tiro de triiiisteza.

– Você está de dar medo, cara – disse Flotsam. – Tanto medo quanto um médico calçando uma luva de borracha.

Ainda cantando:

– Dois tiros de felicidade, um tiro de triiiiisteza.

Flotsam continuou dirigindo na direção do Sunset Boulevard, e finalmente disse:

– Vou te levar para a Cadeira do Diretor na primeira noite de folga. Tomar umas cervejas. Jogar sinuca ou dardos.

– Está bem, mas nunca me amarrei muito naquele lugar. Por que não ir a um lugar onde não tenha tantos policiais?

– Gosto muito de um bar que tem uma placa: "Sem camisa, sem sapato, sem distintivo, sem atendimento." Além disso, tem sempre umas garotas que sempre dão para um tira, até você.

Jetsam respondeu:

– Obrigado, Doutora Ruth. Por que de repente você ficou tão preocupado com a minha vida sexual?

– Eu estou pensando é em mim mesmo, cara. Você tem de esquecer a sua ex e o advogado dela, e aquele monstro que te abandonou. Ou isso, ou, para proteger a minha carreira e aposentadoria, eu vou ter de encontrar aquele detetive que ela está namorando.

– Para quê?

– Para matar o sujeito. A gente não pode continuar assim. Está entendendo, cara?

Cosmo Betrossian sempre negou que tivesse qualquer ligação com a chamada máfia russa. As autoridades federais e locais viam qualquer um vindo da antiga União Soviética ou da Europa Oriental como membros da máfia russa. Ou melhor, qualquer conhecido de Cosmo, porque todos os conhecidos de Cosmo estavam envolvidos em uma ou outra forma de atividade ilegal. As denominações não faziam sentido para Cosmo que, apesar de ter crescido na Armênia soviética e falar uma forma bastarda de russo, considerava-se tão russo quanto George Bush. Segundo ele, os policiais americanos eram completamente ignorantes no que se referia aos imigrantes da Europa Oriental.

Mas, por causa dessa obsessão com a máfia russa, ele tinha de ser cauteloso para tratar com Dimitri, o proprietário do Gulag, uma boate na Western Avenue, que não ficava na parte mais nobre da cidade, mas que tinha um estacionamento bem iluminado e bem guardado. Os jovens de todo o West Side, e até mesmo os de Beverly Hills e Brentwood, não tinham receio de ir até a Pequena Sibéria, como também era conhecida.

A comida do Gulag era boa, as doses lá eram generosas, e Dimitri lhes oferecia os rocks conhecidos que eles preferiam, o que mantinha a pista de dança lotada até a hora do fechamento. E, nas ocasionais "Noites Russas", Dimitri anunciava shows ao vivo: dançarinos russos, balalaicas, violinos e uma linda cantora de Moscou, atraindo uma rica clientela de imigrantes de Los Angeles, ocupados em atividades legais, ou em contrabando, lavagem de dinheiro. Mas aquela não era uma dessas noites russas.

Já se tinha passado uma semana desde o assalto, e Cosmo se sentia suficientemente confiante para procurar Dimitri. A polícia era uma preocupação menor. Nenhum de seus conhecidos tinha sido interrogado. No início da noite, ele tomou o carro e foi ao Gulag, entrou e foi ao bar. Já conhecia o barman, a quem os americanos chamavam de Georgie por ele ser da República da Geórgia, e pediu para ver Dimitri. O barman lhe serviu uma dose de *ouzo* e Cosmo esperou-o atender duas garçonetes que lhe traziam mais pedidos do que ele conseguia dar conta.

Era uma boate típica de Hollywood em que havia uma área reservada. No Gulag essa área reservada ficava no segundo andar, com confortáveis sofás verdes encostados na parede coberta de papel colorido, a idéia que alguém tinha de "misterioso", aquele clichê hollywoodiano favorito, sendo o outro "vibrante". O Gulag era misterioso. O Gulag vibrava com mistério.

Naquela noite o DJ estava começando o seu show e tocou alguns rocks padrão para o fim da happy hour. Dois sujeitos consertavam as luzes estroboscópicas e trocavam as lâmpadas antes da chegada da clientela, e alguns corpos se contorciam na pista de dança. Garçons limpavam mesas e cadeiras e espanavam as poltronas no nível elevado para os clientes que molhassem a mão do gerente Andrei.

Passados dez minutos, Cosmo foi conduzido ao escritório surpreendentemente espartano de Dimitri, onde encontrou o proprietário à mesa, de chinelos, fumando um cigarro através de uma cigarreira de prata e assistindo pornô sadomasoquista na tela do seu computador. Todo mundo dizia que Dimitri praticava todo tipo de sexo exótico. Tinha 41 anos, não era alto, era magro e tinha mãos macias, olhos azuis injetados e usava uma peruca castanha. Parecia comum e inofensivo na sua camisa branca de linho e blazer cáqui, mas Cosmo tinha muito medo dele. Já conhecia a fama de Dimitri e seus amigos.

O proprietário da boate sabia que o russo de Cosmo não era bom, e adorava a gíria americana corrente, por isso, sempre falou inglês com Cosmo. Sem se levantar, ele disse:

— Aí vem um cara que acontece! Um cara que sempre está na sua. Alô, Cosmo.

Estendeu a mão macia e bateu na mão de Cosmo.

– Dimitri, obrigado esta conversa. Obrigado, irmão.

– Você tem alguma coisa que eu quero?

– Eu tem, irmão – disse Cosmo, sentando-se na cadeira diante da mesa.

– Espero que não seja informação sobre cartões de crédito. Não estou mais trabalhando com cartões de crédito, Cosmo. Estou começando novos negócios.

– Não, irmão. Eu traz uma coisa para te mostrar. – E mostrou um diamante, um dos maiores do assalto à joalheria, e o colocou lentamente sobre a mesa.

Dimitri colocou os pés no chão e olhou para a pedra.

– Não entendo de diamantes. Mas tenho um amigo que entende. Você tem mais?

– Tem. Muito mais. Muito anel e brinco. Tudo pedra muito bonita.

Dimitri parecia impressionado.

– Você está crescendo na América! Parou com os negócios com os viciados?

– Viciado não tem diamante. Eu acho você vai compra tudo meu diamante e vende lucro grande, irmão.

– É possível que eu me envolva outra vez com você, Cosmo. – Dimitri sorria. – Você hoje é um homem grande na América.

– Eu traz diamante logo. Vai vende só trinta e cinco mil. A moça televisão diz eles vale duzentas, trezentas mil.

– A granada! – disse Dimitri com um sorriso forçado. – Então foi você! Mas trinta e cinco mil? Você tem de me trazer coisa muito boa por trinta e cinco mil.

– É claro, irmão. Eu vai traz.

– Vou precisar de pelo menos um mês para levantar todo esse dinheiro. E tome cuidado para a polícia não prender você nesse meio tempo.

– É uma pena – disse Cosmo, o suor escorrendo pela testa. – Eu precisa dinheiro agora.

Dimitri deu de ombros e disse:

– Você pode levar o seu tesouro para um outro, Cosmo. Não tem problema.

Cosmo não podia contar com mais ninguém para uma coisa dessas e sabia que Dimitri estava ciente disso.

– OK. Eu espera. Avisa quando tem dinheiro.

Cosmo se curvou ligeiramente, preparando-se para sair.

– Agora que você está virando um homem de negócios americano, você devia separar as sobrancelhas. Os americanos gostam de duas sobrancelhas, não uma.

Na noite em que Jetsam deu dois tiros de felicidade e nenhum tiro de tristeza, haveria outro tiroteio, este na Divisão Hollywood que provocou vários tiros de tristeza para dois policiais envolvidos.

O chamado para um código 3 foi destinado ao 6-A-65 do plantão da tarde, enviando-o para uma rua residencial na zona oeste de Hollywood, uma área que raramente originava chamados como esse. Metade dos carros no plantão da noite correu para lá quando o rádio informou "Homem armado".

O carro chamado, graças às luzes e à sirene, chegou ao local segundos antes dos outros, mas duas unidades do plantão noturno chegaram antes de os dois policiais saírem da viatura. Uma das viaturas do plantão noturno era dirigida por Mag Takara. Seu parceiro, Benny Brewster, saltou armado com uma escopeta no momento em que chegou outro carro do plantão da tarde. Oito policiais, quatro armados de escopetas, aproximaram-se da casa de onde viera o chamado. As luzes da varanda estavam apagadas e a rua muito escura. Não era necessário tomar a decisão de se aproximar ou não da varanda. A porta da casa se abriu e os policiais mal puderam acreditar no que viram.

Um homem de 38 anos, depois identificado como Roland Tarkington, proprietário da casa, saiu para a varanda. Depois se saberia que o pai dele fora dono de muitas propriedades comerciais em Hollywood, mas tinha perdido tudo em maus investimentos, deixando ao filho único Roland a casa e o dinheiro suficiente para sobreviver. Roland mostrava um documento com uma das mãos e a outra estava oculta atrás das costas.

No clarão de meia dúzia de lanternas mais o holofote do preto-e-branco mais próximo, Roland não falou nada, mas segurava o papel como se fosse uma bandeira branca de rendição. Desceu tropeçando os degraus de cimento e avançou em direção aos policiais. O que deixava os policiais perplexos era o tamanho de Roland Tarkington, que seria medido no dia seguinte durante a autópsia: 1,62m de altura. O seu peso citado no relatório da autópsia era de 243 quilos. A sombra de Roland Tarkington lançada às suas costas era enorme.

Benny Brewster gritou:

– Deixa ver a outra mão!

E foi seguido por uma cacofonia de vozes:

– As duas mãos para o alto.

– Deita na calçada!

– Vigiem aquela mão! Vigiem a mão dele!

Um policial estagiário do plantão da tarde abandonou o policial responsável e se aproximou pela entrada do jardim até cerca de um metro de onde parou o homem obeso, ainda acenando silenciosamente o papel branco. O estagiário estava por trás de Roland Tarkington e gritou:

– Ele está armado!

Como se esperando a deixa, mais um espetáculo de Hollywood chegou ao fim quando Roland Tarkington mostrou o que tinha na mão, apontando o que parecia ser uma semi-automática de 9 mm para o policial mais próximo.

E foi atingido por dois tiros de escopeta de dois policiais do plantão da tarde, e cinco tiros de pistola de dois outros policiais do mesmo plantão. Roland Tarkington, apesar do tamanho, foi iluminado pelo clarão alaranjado dos tiros, arrancado do chão e caiu de costas, sangrando até a morte após alguns segundos, o coração literalmente estourado. Outros cinco tiros erraram o alvo e marcaram a frente da casa no momento em que Roland Tarkington caiu.

Os vizinhos então saíram de casa, ouviam-se vozes gritando e pelo menos duas mulheres do outro lado da rua choravam e gemiam. Oráculo, que chegou ao local no momento em que os tiros explodiam na noite, recolheu o papel encharcado de sangue caído na grama ao lado do morto. A arma de Roland Tarkington era uma pistola d'água muito realista.

O segundo policial a atirar perguntou:

— O que está escrito, sargento?

Oráculo leu em voz alta:

— "Minhas humildes desculpas aos excelentes policiais do DPLA. Esta foi a única maneira que encontrei para tomar coragem de dar fim à minha vida miserável. Peço que meus restos mortais sejam cremados. Não quero impor a ninguém a obrigação de carregar meu corpo até o jazigo da família no Cemitério Forest Lawn. Obrigado. Roland G. Tarkington."

Nenhum dos policiais do plantão noturno estava em posição de atirar, e Mag disse a Benny:

— Vamos embora. Isto é uma merda.

Quando chegaram ao carro e prenderam a escopeta no lugar, Mag ouviu dois policiais conversando com Oráculo.

O primeiro disse:

— Merda! Filho da puta! Por que não tomou veneno? Merda!

Oráculo respondeu:

— Vá para o seu carro e volte para a delegacia, filho. A perícia vai chegar logo.

Uma segunda voz disse a Oráculo:

— Não sou uma merda de um carrasco! Por que ele fez isso comigo?

O comentário final veio do detetive do plantão noturno, Charlie Bom Coração Gilford, que chegou quando as viaturas já se retiravam. A ambulância estava parada em fila dupla, e um paramédico de pé ao lado do monte de carne ensangüentada que havia sido Roland Tarkington ficou feliz por deixar esse cadáver para a equipe do legista.

Charlie Bom Coração pegou a pistola d'água, apertou o gatilho e, quando não saiu água, disse:

— Merda, ela nem estava carregada.

Depois ele iluminou com a lanterna o peito destroçado de Roland Tarkington e completou:

— É de cortar o coração, a conclusão de mais um melodrama hollywoodiano.

Capítulo 7

A noite da sexta-feira seguinte viu multidões no Hollywood Boulevard, onde transcorria mais uma das infinitas cerimônias com tapete vermelho, esta no Teatro Kodak, onde o show business se abraça e se dá tapinhas nas costas antes de voltar ao dia-a-dia de traições, calúnias e ataques de ciúmes contra um colega que conseguiu um trabalho que deveria ser meu! A oração secreta do show business: Senhor, dai-me o sucesso, e para os outros ... o fracasso.

Como sempre, o plantão noturno estava carente de pessoal. Fausto e Benny Brewster estavam em licença. Budgie Polk viu Oráculo sentado à mesa trabalhando e gostou de ver todas as divisas na sua manga esquerda, até quase o cotovelo. Ele não trazia o coração na manga, trazia a própria vida. Quarenta e seis anos e nove divisas de serviço. Quem poderia querer abusar dele? Oráculo havia dito que prometia quebrar o recorde do detetive da Divisão de Assaltos e Homicídios que tinha se aposentado em fevereiro com cinqüenta anos de serviço ativo. Mas às vezes, tal como agora, ele parecia cansado. E velho.

Oráculo ia fazer 69 anos em agosto e a idade aparecia no rosto enrugado, todos os anos no DPLA. Tinha servido sob sete chefes. Viu chefes e prefeitos chegar, ir embora e morrer. Mas nos dias de glória do DPLA ele nunca teria imaginado a possibilidade de servir sob um decreto federal de aquiescência que estava sufocando a vida do departamento de polícia que amava. O trabalho proativo da polícia tinha sido substituído pela paranóia policial, e ele parecia senti-la mais do que ninguém. Budgie o viu abrir um frasco de antiácido e engolir uma grande dose. Ela tinha a esperança de fazer parceria com Mag Takara, mas, quando entrou na sala do chefe de plantão e deu uma olhada na escala, chamou Oráculo e lhe perguntou em segredo:

– Foi o tenente quem decidiu a escala esta noite, sargento?

– Não. Fui eu – respondeu, mas parou de falar quando Hollywood Nate entrou com vários rolos de papel, carregando-os como se fossem mapas do tesouro.

– Espere até o senhor ver estes rolos, sargento.

Entregou dois a Budgie e cuidadosamente desenrolou o terceiro, revelando um cartaz do filme *Crepúsculo dos deuses*, de Billy Wilder, estrelando William Holden e Gloria Swanson.

– Nós já temos cartazes demais no prédio – disse Oráculo.

– Mas este está ótimo. É uma cópia, mas uma cópia bem velha. E está linda. As molduras vão ser doadas amanhã.

– Está bem. Coloque na sala de chamada junto com os outros.

Oráculo passou a mão pelo cabelo grisalho.

– Acho que qualquer coisa é melhor que ficar olhando essas paredes verdes e mortas. Quem projetou as nossas delegacias deve ter se formado na Albânia durante a Guerra Fria.

– Grande, sargento. Vamos decidir mais tarde onde colocar os outros. Um é do *Pacto de sangue* e o outro é do *Juventude transviada*, com o rosto do James Dean abaixo do título. Um monte de cenas clássicas de Hollywood nesses filmes.

– Está bem. Mas escolha paredes onde não possam ser vistos pelos cidadãos no hall de entrada. Não vá transformar esta delegacia numa agência de talentos.

Depois de Hollywood Nate subir a escada de dois em dois degraus, Oráculo disse a Budgie:

– Sou fanático por policiais jovens que respeitam coisas velhas. E por falar em coisas velhas, com o Fausto em licença, acho que você não se importa de trabalhar com Hank Driscoll durante alguns dias.

Budgie rolou os olhos. Ninguém gostava de trabalhar com o Hank, vulgo B. M. Driscoll. Não era apenas o fato de ele ser velho como Fausto, ele já tinha 19 anos de serviço e tinha pouco mais de 40 anos, mas trabalhar com ele era como trabalhar com uma tia velha. B. M., como os outros policiais o haviam apelidado, significava Barão de Münchhausen, pois as doenças que inventava resultavam em tratamentos médicos e hospitalizações, uma condição conhecida na comunidade psiquiátrica pelo nome de Síndrome de Münchhausen.

B. M. Driscoll tinha mais dias de licença que todos os outros policiais do plantão noturno juntos. Se fosse preciso prender um viciado com hepatite, dentro de 48 horas, Driscoll estava no consultório do seu médico, ouvindo sem acreditar que suas alegações eram impossíveis do ponto de vista médico.

As dez horas do plantão 5 escorriam lentamente quando alguém tinha de trabalhar com ele. Os policiais mais velhos diziam que, se alguém sentia a vida correr muito rápido, era possível parar o tempo simplesmente trabalhando por todo um período de 28 dias como parceiro de B. M. Driscoll.

Ele era alto e peludo, neto de fazendeiros do Wisconsin que vieram para a Califórnia durante a Grande Depressão, que segundo ele não permitiu que seus pais se alimentassem adequadamente, transmitindo a ele genes fracos. Seu cabelo era sempre cortado muito curto, quase tanto quanto o de Oráculo, porque acreditava que era mais higiênico. E já tinha se divorciado duas vezes, sendo um mistério ter encontrado alguém que não uma psiquiatra para se casar com ele.

Mas houve um acontecimento na sua carreira que o tornou quase uma lenda policial. Vários anos antes, quando fazia patrulha no *barrio* da Divisão Hollenbeck, ele se envolveu num entrevero com um viciado enlouquecido de rosto tatuado, que ameaçava cortar a garganta da namorada com uma faca de caçador.

Vários policiais estavam lá, no meio da rua, apontando pistolas e escopetas, pedindo e ameaçando sem resultado. O policial Driscoll tinha um Taser, e em dado momento que o viciado afastou a lâmina para brandi-la durante o seu discurso incoerente, B. M. Driscoll atirou. O dardo atingiu o rapaz no lado esquerdo do peito, perfurando um maço de cigarros no seu bolso e o isqueiro a gás, que explodiu em chamas, inflamado por um cigarro aceso. Arrancaram-lhe a camisa antes de ele se queimar com gravidade e o jogaram numa ambulância de resgate. B. M. Driscoll se tornou uma celebridade, especialmente entre os jovens latinos, que o conheciam como "o cara com um lança-chamas".

Mas lenda ou não, Budgie Polk ficou muito infeliz com a indicação. E disse para Oráculo:

— Me diga só uma coisa, sargento. O senhor não está me separando de Mag porque estou voltando da licença maternidade e ela é pequenininha. É difícil explicar o quanto isto é degradante para as mulheres. Quando um superintendente homem diz coisas como: "Estou separando vocês para sua própria segurança." E isso depois de toda a merda que as mulheres tiveram de enfrentar para chegar onde chegamos.

— Budgie, eu te garanto que não foi por isso que juntei você com o Driscoll, e não com a Mag. Não penso em você nesses termos. Você é uma policial. Ponto final.

— E não foi por isso que você me juntou com o Fausto? Para o urso velho tomar conta de mim?

— Você ainda não entendeu, Budgie? Fausto Gamboa ficou amargo e deprimido depois que a mulher morreu de câncer de intestino há dois anos. E os dois filhos não valem nada e não ajudam. Quando Ron LeCroix teve de operar as hemorróidas, foi a hora certa para juntá-lo com alguém jovem e animado. Preferivelmente uma mulher, para amaciá-lo um pouco. Eu não o indiquei para trabalhar com você por sua causa. Foi por causa dele.

Não é à toa que o chamavam de Oráculo, pensou Budgie. Ela agora estava acuada, sem ter para onde fugir.

— Presa pelo meu próprio rabo-de-cavalo — foi tudo que ela conseguiu murmurar.

Oráculo continuou:

— Enfie algodão nos ouvidos durante alguns dias. Driscoll é um bom policial e é generoso. Vai pagar capuccino e biscoitos para você sempre que tiver chance. E não é por você ser uma mulher. Ele é assim.

— Espero não pegar gripe aviária ou a doença da vaca louca só de ficar ouvindo.

Quando se encontraram ao lado da viatura, Budgie sentada ao volante, B. M. Driscoll jogou a sua sacola de serviço no porta-malas e disse:

— Tente não entrar na zona da minha respiração, Budgie. Você tem um filhinho e não quero lhe passar algum vírus. Acho que vou ficar doente. Não tenho certeza, mas sinto dores nos músculos e calafrios na espinha. Fiquei gripado em outubro e em janeiro. Este ano não está sendo bom para a minha saúde.

Depois tudo se perdeu nas mensagens do rádio. Budgie tentou se concentrar no som do aparelho e não dar atenção a ele. Lembrou-se de um evento de que tomou conhecimento quando foi transferida para a Divisão Hollywood e ficou conhecendo a detetive Andi McCrea. Outras policiais gostavam particularmente dessa história.

Parece que vários anos antes, um policial do DPLA de outra divisão foi ferido a tiros por um motorista em quem aplicou uma multa. Andi McCrea ainda era policial fardada na Divisão Hollywood e várias viaturas foram convocadas para a caçada na zona da fronteira leste, onde o suspeito havia abandonado o carro depois de uma curta perseguição.

O plantão já devia ter terminado, e os carros estavam em hora extra, em comunicação uns com os outros, verificando becos, áreas de estocagem, prédios vazios, sem nenhum sinal do atirador. Então Andi ficou sabendo que o policial ferido havia estudado com ela na academia de polícia e que estava gravemente ferido. Ela foi incansável naquela noite, iluminando com a sua lanterna todos os telhados e as copas das árvores. O seu parceiro, tal como B. M. Driscoll, era lamuriento, não por causa de doenças imaginárias, mas pela necessidade de descanso e sono. Era preguiçoso e nem um pouco confiável.

Andi McCrea, de acordo com todos os relatos, agüentou aquilo por duas horas, mas depois de ouvi-lo dizer: "Nós não vamos encontrar ninguém. Vamos dar o fora daqui e terminar o plantão. Tudo isso é mentira", ela entrou numa rampa de acesso à Hollywood Freeway e parou.

Quando o parceiro perguntou por que tinha parado, ela respondeu:

— Alguma coisa está errada. Saia e veja o pneu dianteiro direito.

Ele reclamou, mas desceu. Quando estava fora do carro, iluminando o pneu com a lanterna, ele disse:

— Aqui não tem nada errado.

— Claro que tem alguma coisa errada, seu babaca imprestável — disse ela e arrancou, deixando-o na rua, o seu rádio pessoal ainda no assento e o celular ainda no armário da divisão.

Andi continuou a procurar durante mais uma hora e só parou porque a busca foi cancelada. Ela voltou para a divisão, ainda irritada, e foi tomar o seu remédio.

Oráculo a estava esperando e, enquanto ela retirava a sacola do porta-malas, ele disse:

— O seu parceiro chegou há mais ou menos meia hora. Pegou uma carona. Está espumando de raiva. Fique longe dele.

— Sargento, estávamos procurando um verme que atirou num policial.

— Eu sei. E conhecendo a pessoa, imagino o que você teve de agüentar, mas ninguém larga um sujeito na estrada a menos que ele esteja morto e você seja um assassino em série.

— Ele vai apresentar queixa?

— Ele queria, mas eu o convenci a desistir. Disse que seria mais embaraçoso para ele do que para você. De qualquer forma, saiu a esperada transferência para a Divisão West L. A. e ele vai embora no fim do mês.

E acabou assim, só que a história se tornou uma das preferidas dos policiais da Divisão Hollywood que conheciam Andi McCrea. E B. M. Driscoll, que continuava suas lamúrias sobre os sintomas da sua gripe, fez Budgie Polk se lembrar da história, o que pôs um leve sorriso nos seus lábios, e ela pensou: "Até onde eu vou ter de agüentar? Será que eu ia conseguir me sair bem, como a Andi? Afinal, já existe um precedente."

E, embora ela já estivesse começando a gostar de algumas coisas do trabalho com Fausto, que já estava um pouco mais humano, não seria ótimo ter a Mag como parceira? Só pelo prazer de uma conversa de mulher. Durante um código 7, quando comiam salada no Soup Plantation, as duas poderiam fazer piadas sobre os homens do plantão noturno, coisas como "Você aceitaria transar com Hollywood Nate se tivesse a certeza de que ele ia manter a matraca fechada?" ou "Você agüentaria transar com um daqueles dois idiotas, Jetsam e Flotsam, se pudesse matá-lo logo depois?" Conversa de mulher, estilo policial.

Mag era uma garota legal e corajosa, com um senso discreto de humor que agradava a Budgie. E, sendo de origem japonesa, Mag toparia um código 7 no sushi bar do Melrose, para onde Budgie nunca conseguiu atrair os seus parceiros homens. É claro, duas mulheres, uma tão alta como Budgie e outra tão baixinha como a Mag, iam ser objeto de muitas piadas imbecis e sexistas com que as policiais são forçadas a conviver, a menos que queiram ser fritadas se reclamarem. Exemplo: Como se chama uma viatura com duas policiais? Pesqueiro de bacalhau.

E enquanto Budgie pensava em meios de trocar B. M. Driscoll por Mag Takara sem irritar Oráculo, Mag pensava como trocar Flotsam por qualquer outro. Jetsam estava em licença e os dois haviam sido reunidos pela primeira vez, a baixinha com o varapau, a calada e o tagarela. E, ai meu Deus!, ele sempre virava o olhar quando ela olhava para a rua, e se isso continuasse ele ia acabar batendo na traseira de um ônibus.

— Onde vamos pegar um código 7? — perguntou ele antes de se passarem vinte minutos do início do plantão. — E não me venha falar daquele sushi bar do Melrose, onde várias vezes já vi o seu carro parado.

— Então não falo — disse ela enquanto digitava a placa de um motorista lento na pista do meio, calculando que este surfista leva suas namoradas a lugares com guardanapos de papel e água da torneira.

Esperando um sorriso, ele disse:

— Para mim, um sushi não passa de um prato contendo moluscos crus recentemente mortos. Coisa assim fica espalhada na praia quando a maré baixa. Você gosta de surfe?

– Não – respondeu ela sem achar a menor graça.

– Você ia ficar linda num biquíni, surfando um tubo. Todo esse cabelo preto ao vento.

– Um tubo?

– É, um tubo. Surfar uma onda enquanto ela quebra sobre você.

– Ah! Um tubo.

E pensou: este idiota já levou tombos demais na vida. Ficou bobo como uma prancha.

– Num biquíni bem pequenininho, só um pedacinho de lycra do tamanho de uma rosquinha.

Que esta noite passe depressa e este monstro de hormônio desapareça, pensou Mag. Mas ela quase entrou em parafuso quando Flotsam falou:

– Um surfista poderia prever que esta noite pode ser o começo de uma amizade muito emocionante.

Wesley Drubb estava feliz por agora estar dirigindo. Hollywood Nate, sentado relaxado ao seu lado fazia o que entendia melhor, falava sobre o show business com o seu jovem parceiro que não ligava a mínima para o cinema que Nate lhe mostrava, na esquina de Fairfax e Melrose, um cinema que geralmente exibia filmes mudos.

– Ali houve um assassinato famoso nos anos noventa, envolvendo os antigos donos. Um deles foi traído pelo sócio que contratou a sua morte. O assassino contratado está cumprindo pena de prisão perpétua sem possibilidade de condicional. O Crime do Filme Mudo foi o nome dado pela imprensa.

– É mesmo? – disse Wesley sem entusiasmo.

– Posso lhe oferecer muita informação sobre o mundo do show business – disse Nate. – Nunca se sabe quando pode ser útil para quem trabalha nesta divisão. Sei que você é rico e tudo mais, mas você gostaria de uma oportunidade de fazer figuração no cinema? Eu posso apresentá-lo a um agente.

Wesley Drubb detestava quando os outros policiais falavam da riqueza da sua família e disse:

– Não sou rico. Meu pai é rico.

– Eu gostaria de encontrar seu pai um dia desses. Ele se interessa pelo cinema?

Wesley deu de ombros e respondeu:

–Ele e a minha mãe vão ao cinema de vez em quando.

– Estou falando da produção de filmes.

– O hobby dele é tiro ao prato. E já praticou um pouco de tiro de pistola comigo depois que entrei para o departamento.

– Armas não me interessam. Quando falo de milímetros estou falando de celulóide, não armas. Trinta e cinco milímetros. Vinte e quatro quadros por segundo. Tenho uma câmera digital de mil dólares. Panavision. Bacana.

– Hã-hã – murmurou Wesley.

– Conheço um sujeito. Ele e eu entramos no negócio de produzir filmes. Um desses dias, quando encontrarmos o tipo certo de investidor, vamos fazer um filmezinho independente e mostrar nos festivais. Já temos o roteiro e estamos perto. Só precisamos do investidor certo. Não podemos aceitar qualquer um.

Estavam parados numa esquina na zona leste de Hollywood, uma rua de que Wesley já tinha ouvido falar. Ele olhou para uma casa de dois andares, residência de alguns membros da gangue da rua 18.

Hollywood Nate estava a ponto de perguntar a Wesley se Franklin Drubb estaria interessado em incluir uma pequena produtora entre os seus investimentos, quando um sujeito branco de cabeça raspada, usando calça de imitação de couro, botas com cravos de metal e casaco de couro sobre um peito enorme coberto de tatuagens, passou pelo lado do passageiro da viatura e bateu na janela de Nate.

Os dois se assustaram, e Nate baixou o vidro e perguntou, polida mas cautelosamente:

– O que você deseja?

O homem respondeu numa voz baixa e macia:

– Me leve para Santa Monica e La Brea.

Hollywood Nate olhou rapidamente para Wesley e depois para o sujeito, iluminando o seu queixo com a lanterna, vendo os olhos dilatados e cavernosos, e lhe disse:

– Afaste-se do carro.

Nate saiu e Wesley informou à central que o 6-X-72 estava num código 6 naquela localização. Ele então colocou o carro em Park, desligou o motor, enfiou as chaves no cinturão e saiu pelo lado do motorista, contornando rapidamente a frente do carro, lanterna numa das mãos, a outra na coronha da sua Beretta.

Quando Nate levou o homem para a calçada e observou melhor, viu que ele era bem mais velho do que pareceu à primeira vista, mas tinha ombros largos, muitas veias nos braços musculosos e tatuagens nos dois antebraços. Estava muito escuro e a luz no poste da esquina estava apagada. Um ou outro carro passava e não se via vivalma na rua residencial.

O sujeito disse:

– Sou um veterano do Vietnã. Você é um servidor público. Me leva para Santa Monica e La Brea.

Hollywood Nate olhou para o sujeito, depois para o parceiro sem acreditar, e então disse:

– É, você é um veterano do Vietnã e tem olhos de napalm para provar, mas não fazemos serviço de táxi. Com que você se fritou, cara? Ecstasy?

O homem sorriu, um sorriso furtivo e secreto preso aos lábios, beirando a loucura. Abriu o casaco mostrando o peito nu e passou as mãos pela própria cintura, nádegas e virilha.

– Está vendo? Nenhuma arma. Nada. Só estas lindas tatuagens. Vamos para Santa Monica e La Brea.

Hollywood Nate tornou a olhar o parceiro, que estava tenso, e disse:

– É, estou vendo. Você tem mais tatuagens que a Angelina Jolie, mas não é ela. Então não vamos levar você a lugar nenhum. – Então ele pronunciou o mantra da Divisão Hollywood: – Cai na real, cara.

Aqueles olhos. Nate olhou outra vez com a lanterna sob o queixo do sujeito. Onde ele teria encontrado aqueles olhos? De alguma forma não pertenciam àquele rosto. Era como se pertencessem a outra pessoa. Ou a outra coisa.

Nate olhou para Wesley, que não sabia o que fazer. O homem não havia violado nenhuma lei. Wesley não sabia se devia pedir uma identificação ao sujeito. Esperou uma deixa de Nate. Aquilo estava ficando muito estranho. Um típico louco do código 5150. Pior, tudo que ele tinha feito foi pedir uma carona. Wesley se lembrou do instrutor da academia dizendo que, se não representavam perigo para si ou para os outros, eles não podiam ser presos e levados para o Centro Médico da USC, o antigo Hospital Municipal, e detidos por 72 horas.

Nate falou para o homem:

— Este carro só vai para a cadeia. Vá para casa dormir até passar o pileque, ou o que lhe deu esses olhos.

O homem disse:

— A guerra me deu esses olhos. A guerra.

Cautelosamente, Nate respondeu:

— Acho que vamos lhe dar boa-noite, soldado. Vá para casa. Agora.

Nate fez um sinal para o parceiro e recuou para o carro, mas quando ele entrou e fechou a porta, Wesley entrou pelo lado do motorista e ligou o motor, a transmissão ainda em ponto morto, o homem correu até o carro e chutou a porta traseira com as botas de cravos, uivando como um lobo.

— Merda! — Nate berrou, ligando o rádio e gritando —, 6-X-72, policiais pedem apoio!

Deu a localização, abriu a porta e saltou para fora com o cassetete, que perdeu durante os primeiros trinta segundos de luta.

Wesley saltou pelo lado do motorista, sem retirar as chaves, sem sequer desligar o motor, contornou o carro e pulou sobre o homem enlouquecido que tinha o cassetete de Nate numa das mãos e o próprio Nate preso numa chave de pescoço.

Todos aqueles músculos que Nate havia adquirido na academia, que tinham impressionado as gatas no bar Cadeira do Diretor, não impressionavam nem um pouco esse lunático. E mesmo quando Nate lançou o corpo de 100 quilos sobre o sujeito, ele continuou lutando e chutando e tentando morder como um cão hidrófobo.

Wesley tentou um jato de Jesus Líquido, mas o spray estava entupido e criou uma névoa de pimenta na frente do seu próprio rosto que quase o cegou. Tentou de novo, mas atingiu mais Nate do que o suspeito, então desistiu e jogou fora a lata.

E logo os três rolavam pelo gramado de uma casa de dois andares pertencente a imigrantes hondurenhos, pelo jardim lateral até o quintal nos fundos, onde Hollywood Nate estava começando a entrar em pânico ao sentir as forças lhe faltarem. E ele pensou que talvez tivesse de atirar nesse louco quando sentiu o homem tentar agarrar sua arma.

E, enquanto a batalha fervia, alguns garotos da gangue da rua 18 olharam pela janela de outra casa de dois andares, e outros vieram ver de perto e torcer para o louco chutar a bunda do tira. Quando os pit bulls tentaram entrar na briga, eles os prenderam na coleira, sabendo que logo chegariam muitos policiais.

Os cachorros pareciam apreciar a briga mais que a gangue, e de fato eles rosnavam e latiam, e sempre que o louco rosnava e chutava Wesley Drubb, que administrava golpes de cassetete aprovados pelo DPLA, os cães latiam mais alto. E então Loco Lennie chegou ao local.

Loco Lennie não era membro da gangue da rua 18, mas tinha muita vontade de ser. Era novo demais, bobo demais e impulsivo demais para ser usado pela gangue como avião para entregar drogas. Loco Lennie não estava olhando a briga com os cinco membros da gangue. Loco Lennie não conseguia tirar os olhos da viatura que Wesley Drubb tinha deixado ligada, a chave na ignição, na pressa de ajudar Hollywood Nate. E Loco Lennie viu uma chance de conquistar uma fama que viveria para sempre nos corações e mentes da gangue que até então o rejeitava.

Loco Lennie correu até o carro, saltou para dentro e arrancou gritando:

– Viva a rua 18!

Hollywood Nate e Wesley Drubb nem notaram que a viatura tinha sido roubada. Naquele momento os dois tinham acuado o sujeito na porta da garagem da casa decadente, e o jovem Wesley descobriu que todos os golpes de perna e braço que tinha aprendido na academia de polícia não valiam nada numa luta contra um sujeito forte com a cabeça cheia de PCP ou simplesmente louco.

E, antes de o primeiro socorro chegar derrapando na esquina, a sirene berrando mais alto que os cachorros dos garotos de gangue, mais até que os berros desse louco que tentava desesperadamente morder Hollywood Nate, o policial prendeu entre o antebraço e o bíceps o pescoço do homem. Nate aplicou o máximo de pressão sobre a carótida, enquanto Wesley se exauria batendo no sujeito em todos os pontos do corpo, desde os ombros até as pernas sem qualquer resultado.

Flotsam e Mag, Budgie e B. M. Driscoll e quatro policiais do plantão 3 vieram todos correndo para ajudar no momento em que o sujeito se sufocava, o cérebro sem oxigênio por causa da famosa "gravata". Era a pressão na carótida, que já havia matado várias pessoas durante décadas, mas tinha salvo a vida de muito mais policiais que todos os Tasers, armas de ar comprimido, cassetetes, Jesus Líquido e todo o resto das armas não-letais à sua disposição. Um tipo de violência não-letal que, no século da supervisão do Departamento de Justiça, das políticas raciais e da correção política, era tratada exatamente da mesma forma que um tiro dado por um policial. E que exigia quase tanta investigação e tantos relatórios, como se Hollywood Nate tivesse atirado no sujeito em legítima defesa com um tiro de espingarda de caça.

E, quando a situação parecia estar sob controle, um dos cachorros dos garotos fez o que fazem os cães de guarda quando vêem os policiais saltando das viaturas e correndo em direção aos seus donos. Deu um salto à frente, quebrou a corrente e correu direto para B. M. Driscoll, que tinha acabado de pisar na calçada. Quando viu aquelas presas ameaçadoras e os olhos malévolos, ele gritou e sacou sua 9 mm e atirou duas vezes, errando o primeiro, mas matando o cachorro instantaneamente com um tiro na cabeça.

O tiro interrompeu toda a ação. Hollywood Nate percebeu que o maníaco estava desacordado e o deixou cair no chão. Wesley Drubb olhou para a rua pela primeira vez e perguntou:

— Cadê o nosso carro?

Agora que a diversão tinha acabado, os garotos e os cachorros ainda vivos se retiraram para sua casa, sem queixas pela perda do cachorro sem licença. E houve muita conversa entre eles sobre como Loco Lennie tinha *pelotas* de aço inoxidável. Talvez fosse bom eles considerarem a possibilidade de usá-lo como avião, desde que não fosse identificado por algum policial que o prendesse no carro roubado.

Quando viu o lunático caído no chão, Flotsam disse a Mag:

— Vamos disputar na porrinha quem vai aplicar respiração boca-a-boca?

Mas quando Mag correu até o carro para buscar a sua máscara de ressuscitação, o homem inconsciente começou a respirar novamente. Gemeu e tentou se levantar, mas foi rapidamente algemado por Hollywood Nate, que então desabou ao lado dele, o rosto machucado e inchado.

Foi Flotsam quem notou uma coisa presa à cabeça careca do sujeito. Iluminou com a lanterna e viu "Weiss". O crachá de Hollywood Nate tinha se soltado e se prendido na pele do homem.

— Me arruma uma Polaroid.

Oráculo chegou e deu instruções a Flotsam e Mag para voltar com ele e dar o carro para Hollywood Nate e Wesley Drubb. O homem já estava desperto e disse para Hollywood Nate:

— Você só me machucou fisicamente.

E Nate, que ainda estava tentando recuperar o fôlego, encolheu os ombros doloridos.

— A gente só vive fisicamente, seu louco filho da puta.

Oráculo avisou que eles teriam de enfrentar duas equipes da perícia, uma para o tiro no cachorro e a outra porque Hollywood Nate tinha aplicado uma gravata. A Divisão de Investigação teria de ser convencida de que B. M. Driscoll tinha atirado em legítima defesa para evitar graves ferimentos e que Hollywood Nate tinha sufocado o louco como último recurso na defesa de uma vida, a saber, a dele próprio.

— Não uma, mas duas equipes da perícia no mesmo incidente — gemeu Oráculo.

E Flotsam respondeu:

— O DPLA tem muitas camadas de supervisão, chefe. Alguém virou a pirâmide e agora estamos enterrados debaixo da ponta. Agora temos mais camadas que um bolo de casamento da máfia.

Quando um carro estacionou com um detetive à paisana, Oráculo se perguntou como a perícia tinha chegado tão depressa, mas então viu que era apenas o detetive do plantão noturno, Charlie Bom Coração, que, como sempre, veio satisfazer sua mórbida curiosidade. Usava um dos paletós xadrez de Taiwan que muitos viam como um retardador de chamas. Charlie desceu do carro. Palitou os dentes e observou a cena para emitir um dos seus sábios pronunciamentos.

Flotsam conversou por alguns minutos com um dos garotos da gangue da rua 18 que tinha esperado para certificar-se de que o cachorro estava mesmo morto, e depois da conversa curta voltou até Oráculo e informou:

– Chefe, acho que a gente tem circunstâncias atenuantes nesse caso do tiro que poderiam ajudar o senhor com aqueles ratos da perícia.

– É? O quê?

Apontando o cachorro morto, Flotsam explicou:

– Um dos garotos me disse que ele era um bicho do gueto.

– O quê?

– Sabe, um daqueles cachorros que andam com a gangue? Um dos garotos acabou de me dizer que eles trouxeram o cachorro de Watts e colocaram na matilha. Mas no mês passado o cachorro apareceu com um câncer terminal e eles já tinham decidido sacrificar.

– E daí?

Charlie Bom Coração entrou na conversa dizendo a Oráculo:

– Você não está entendendo? Você não sabia que os cachorros são capazes de farejar um tumor maligno?

– O que você está querendo dizer, Charlie? – Oráculo perguntou. Estava ocupado demais para dar atenção aos comentários desse surfista idiota ou para uma das análises de Charlie.

Charlie Bom Coração balançou a cabeça, chupou entre os dentes e disse:

– Você pode dizer que é mais um drama tocante entre os muitos que acontecem toda noite nas ruas de Hollywood. O bicho sabia que tinha câncer e decidiu honrar a gangue e cometer suicídio por policial.

O jovem Wesley Drubb se sentia um pouco tonto durante todo o restante do plantão. Sua mente evitava todas as questões imediatas. Por exemplo, quando levaram o prisioneiro para a Cadeia

Central no Parker Center, onde poderia receber tratamento médico, tudo o que Wesley conseguiu pensar quando passaram pelo estacionamento foi: por que a entrada era bloqueada com uma barreira de aço e o portão de saída estava aberto sem qualquer proteção? Um terrorista poderia entrar pela saída. Esse era o estado da sua mente.

Depois de o prisioneiro ser tratado ali antes de ser autuado por agressão a um policial, Hollywood Nate e Wesley Drubb decidiram ir ao Cedros do Líbano para tratar das contusões e ferimentos e, no caso de Nate, espasmos musculares. Quanto ao prisioneiro, Nate disse a Wesley que a promotoria ia decidir se o preso era definitivamente louco ou se estava temporariamente louco por causa do PCP ou outra droga revelada no exame de sangue. A loucura induzida por drogas não era defesa num processo criminal, mas a loucura induzida pela experiência de vida, como a guerra, poderia evitar uma sentença de prisão, e colocá-lo temporariamente num hospital psiquiátrico.

A mente de Wesley Drubb continuou fora de foco durante mais de uma hora. Ficou alarmado pelas observações feitas pelo carcereiro que demorou demais para voltar do intervalo de almoço conquistado pelo seu sindicato.

Quando o prisioneiro foi despido e revistado, o carcereiro examinou as marcas em todo o corpo do homem e disse:

— Ele parece uma zebra.

Wesley Drubb nunca sonhara que um homem de 57 anos poderia lutar daquela forma, e ainda tentava organizar seus sentimentos sobre o primeiro ato de violência que jamais tinha aplicado a outro ser humano em toda a vida. E, sentindo-se enjoado por causa da preocupação pela perda do carro, tentou se explicar dizendo:

— Não tivemos escolha.

O carcereiro deu uma risadinha e disse:

— Rapaz, a sua sorte é ele ser branco. Se esse cara fosse negro você teria de enfrentar a ira da Câmara Municipal, do Departamento de Justiça dos Estados Unidos e do fantasma de Johnnie Cochran.

Loco Lennie pode ou não ter ouvido pelo rádio a voz informando a todas as unidades que o carro 6-X-72 tinha sido roubado, e pode ou não ter aberto as mensagens de texto enviadas por outras unidades para o 6-X-72 depois de saberem do incidente.

Uma mensagem dizia: "Quando eu te encontrar, você é um homem morto."

Outra dizia: "Vamos te matar a tiros e queimar o seu corpo."

E outra, aparentemente de uma unidade canina, dizia: "O cachorro vai morder a sua bunda até cansar. Até você morrer."

De qualquer forma, Loco Lennie imaginou que já tivesse deixado a sua mensagem para a gangue e abandonou o carro a dez quarteirões de casa. Achou uma pedra no chão, agarrou-a e atirou no pára-brisa, um tiro de despedida. Em seguida, correu gloriosamente para casa.

Quando, no final daquele plantão longo e horroroso, eles caminhavam para seus carros particulares, Wesley Drubb, que ficou calado a maior parte da noite, disse para Hollywood Nate:

— Não interessa o que eles ensinaram durante os anos que eu passei na USC. Não importa o quanto é anticientífico. Tudo o que sei é que, desde que assumi este emprego, deixei de acreditar em evolução. Agora acredito no criacionismo.

— E por quê?

— Por exemplo, o sujeito hoje. É impossível a existência de uma forma evoluída de vida igual a ele.

Capítulo 8

Depois de passar no Gulag para um drinque, Cosmo Betrossian dirigia o seu velho Cadillac na direção leste no Sunset para a Korea Town, onde estava vivendo temporariamente, e pensou na impressão que causara em Dimitri durante o encontro da semana anterior. Esse era o seu lugar, ao lado de gente como Dimitri. Cosmo tinha 43 anos, velho demais para negociar com viciados em cristais de metanfetamina. Velho demais para comprar papéis roubados de uma caixa de correio ou de bolsas abandonadas no carro, para depois negociar informações de cartões de crédito com outros viciados nas bibliotecas públicas e cibercafés onde vendiam a informação roubada e traficavam drogas pela internet.

Cosmo e Ilya nunca tinham cometido um assalto à mão armada antes do roubo à joalheria. A idéia da granada de mão veio de uma conversa com um dos viciados que lera sobre ela num jornal de San Diego. A razão por que o viciado a tinha mencionado foi o fato de os assaltantes serem armênios supostamente ligados à máfia russa. Cosmo não conseguiu conter o riso. Ele tinha roubado a idéia e o *modus operandi* deles, e foi fácil. E tudo tinha chegado ao seu conhecimento através de um imigrante armênio.

O conhecimento sobre a chegada dos diamantes chegara a ele por outro viciado com quem vinha negociando havia vários meses. A informação estava numa fatura acusando o recebimento, pela joalheria, de um lote de diamantes enviado por uma joalheria de Hong Kong. Junto com a carta roubada havia outra, que trazia o mesmo endereço do remetente, informando a um cliente que uma "entrega muito interessante" acabara de chegar e parecia ser exatamente o que ele tinha em mente na sua última visita à loja de Los Angeles. As cartas tinham sido roubadas de uma caixa de correio por um viciado que trocou, junto com as cartas, uma sacola cheia de informações sobre cheques e cartões de crédito por quatro embalagens de cristais de metanfetamina que Cosmo tinha comprado por 250 dólares e usado como barganha.

Ele já vinha negociando com viciados havia mais de um ano e somente em uma ocasião ele e Ilya tinham fumado o cristal com eles, e nenhum dos dois gostou do efeito, embora tivessem ficado sexualmente excitados. Preferiam cocaína e vodca. Cosmo disse aos viciados que ele e Ilya eram duas pessoas normais e fora de moda.

O que realmente o deixava animado agora era o fato de o assalto ter sido fácil. Foi excitante fazer o joalheiro chorar e urinar. Cosmo tinha transado toda aquela noite com Ilya. E ela também reconheceu que havia sido sexualmente estimulada. Apesar de ela afirmar que não ia mais participar de assaltos à mão armada, ele achava que poderia convencê-la.

Ilya o esperava quando ele voltou ao apartamento. Tão logo os diamantes fossem vendidos eles se mudariam, talvez para um apartamento melhor na Pequena Armênia. O cortiço dos dois, em cima de uma garagem residencial, fora alugado por um coreano que nunca perguntava nada sobre os dois homens, ambos brancos e asiáticos, que visitavam Ilya para uma massagem e saíam depois de mais ou menos uma hora. Ilya já tinha durante algum tempo feito programas acertados por telefone, até o dia em que foi presa num quarto de hotel por um belo tira da delegacia de costumes que tinha muito dinheiro, belas roupas e anéis nos dedos. Ilya chorou naquela noite quando ele lhe mostrou o distintivo. Ela fora ingênua o bastante para achar que o belo desconhecido oferecia outras possibilidades além de um boquete rápido.

Ilya estava com 36 anos e já não tinha a perspectiva de muito tempo nessa atividade, razão por que se juntou a Cosmo, que tinha prometido cuidar dela e garantido que nunca mais seria presa, e que ele ia ganhar dinheiro suficiente para ela não ter de vender o corpo. Mas até agora ela estava ganhando muito mais com seu corpo do que ele com os viciados que lhe traziam coisas para trocar por drogas.

Depois de estacionar a meio quarteirão de distância, Cosmo viu a luz externa acesa e caminhou pelo beco até o apartamento a que se chegava subindo por uma escada roída pelos cupins. Estava intrigado, porque Ilya não tinha massagem programada. Ele tinha lhe perguntado especificamente. Sentiu um calafrio de medo porque aquilo poderia ser um aviso da parte dela. Mas não, ele a via se movendo diante da janela. Se a polícia estivesse lá ela estaria sentada, provavelmente algemada.

Ele subiu a escada de dois em dois degraus e abriu a porta sem anunciar a sua chegada.

— Oi, Cosmo — disse Olívia Palito, com um sorriso sem dentes, sentada num sofá.

— Boa noite, Cosmo — disse Farley com seu sorriso afetado, sentado ao lado de Olívia.

— Boa noite, Olívia. Boa noite, Farley. Eu não espera vocês hoje.

— Eles me chamaram — Ilya falou —, depois que você foi encontrar o Dimitri.

Cosmo lançou-lhe um olhar. Mulher estúpida, mencionou Dimitri diante dos viciados. Voltou-se para Farley e disse:

— O que você traz hoje para eu?

— Uma proposta de negócio — disse Farley com o seu sorriso afetado.

Sem entender, Cosmo olhou para Ilya. O cabelo louro estava puxado para trás num coque, e ela não estaria assim se estivesse esperando visitas, mesmo viciados como esses. E a maquiagem foi aplicada com pressa, com linhas escuras sob os olhos. Imaginou que ela estava dormindo o longo sono da tarde quando os loucos chamaram, e não teve tempo de se arrumar quando eles chegaram. Tinha uma expressão de preocupação.

— Que negócio?

— Uma sociedade.

– Eu não entende.

– Calculamos que o último material que trouxemos valia mais que os cristais que você deu. Muito mais.

– É difícil vende informação e papel de banco hoje. Todo viciado faz muito negócio. Todo mundo sabe, como chama?

– Roubo de identidade – explicou Farley.

– É. Por isso, dinheiro eu não ganha nem pra paga cristal que eu dá, Farley.

– Uma porcaria de quatro papelotes – lembrou Farley. – Isso é um quarto de onça. No seu país isso seria sete gramas, certo? Quanto você pagou, uns sessenta dólares por papelote?

Cosmo estava ficando com raiva.

– Nós faz negócio. Pronto. Muito tarde para reclama, Farley. Negócio fechado. Outra vez você procura outra pessoa. Você não gosta nós.

O tom de Cosmo perturbou Olívia.

– Mas nós gostamos de você, Cosmo. E da Ilya também, não é, Farley?

– Cale a boca, Olívia. – E depois para Cosmo: – Sou um cara inteligente, Cosmo. Muito inteligente.

Olívia quis concordar, mas Farley reduziu-a ao silêncio com uma cotovelada.

– Cosmo, eu leio tudo o que vendo. Li aquelas cartas de uma joalheria. Pensei que talvez você quisesse fazer alguma coisa com a informação. Talvez vender a informação para um ladrão experiente, capaz de entrar pelo teto quando a loja estivesse fechada e roubar as pedras. Nunca me ocorreu que alguém pudesse entrar armado e invadir o lugar, como Bonnie e Clyde. Não sou um cara violento, e achei que você também não era.

Agora Ilya parecia a ponto de chorar e Cosmo ficou com mais raiva dela.

– Você fala bobagem, Farley.

– Eu vejo televisão, Cosmo. Os cristais fazem isso com a gente. Já não leio muito jornal, mas vejo muita TV. Aquela granada de mão estava em todos os noticiários na noite do assalto. Logo depois de eu lhe vender as cartas da joalheria.

Cosmo só conseguiu dizer:

– Você fala bobagem, Farley.

– A descrição no noticiário era você.

Ele então olhou para Ilya.

– E você, Ilya. Pensei muito. Não consigo imaginar mais nada.

Cosmo agora olhava com raiva para Farley e para Ilya.

– Eu não gosta desse papo.

– Tem mais uma carta que você não tem. Mas eu não trouxe comigo. Deixei com um amigo. – Farley teve um acesso de medo ao acrescentar: – Se eu não chegar hoje em casa são e salvo, ele vai entregar na delegacia de Hollywood.

Olívia olhou para Farley sem entender.

– Eu também, não é, Farley? Sã e salva, não é?

– Cale a boca, Olívia – disse Farley sentindo o cheiro do próprio suor, lembrando que a moça da TV dissera que o ladrão tinha uma arma na noite do assalto.

Depois de um longo silêncio, Cosmo disse:

– Você quer o que de mim?

– Ora, uns quinze mil dólares.

Cosmo deu um salto e gritou:

– Você louco. Homem louco.

– Não me toque! Não me toque! Eu tenho de chegar em casa são e salvo ou você morre!

Olívia abraçou Farley para acalmá-lo e fazê-lo parar de tremer. Cosmo voltou a se sentar, deu um suspiro e passou a mão pelo cabelo pesado e negro.

– Eu dá dez. Eu dá dez mil dólar mês que vem. Dinheiro chega mês que vem. Em junho. Eu não tem nada. Nada.

Farley calculou que era melhor aceitar os dez, e estava tremendo quando Olívia e ele se levantaram. Ele tomou a mão dela. Violência não era a sua praia. Um homem como esse, olhando para ele com ar assassino? Isso era completamente novo para Farley Ramsdale.

– Está bem, mas não vá tentar fugir da cidade. Tenho uma pessoa vigiando a casa noite e dia.

Então, antes que Cosmo pudesse responder e assustá-lo, Farley e Olívia dispararam escada abaixo, e ele deu um grito quando quase pisou num rato meio comido no último degrau. Um gato preto feroz bufou ameaçadoramente.

Quando chegaram à loja de donut em Santa Monica onde se reuniam os viciados, Farley já tinha se recuperado um pouco. Na verdade, ele estava se sentindo o próprio macho, pensando nos dez pacotes que ia receber no mês seguinte.

— Espero que você não tenha pensado que o comedor de bode me assustou — disse para Olívia, apesar de estar tão alterado que teve de parar e deixá-la dirigir.

— É claro que não, Farley. Você foi muito corajoso.

— Não tem nada para dar medo. Merda, eles usaram uma granada falsa, não foi? Aposto que a arma também era falsa. O que a garota do noticiário disse? Uma pistola semi-automática? Aposto que foi uma pistola de brinquedo preparada para parecer perigosa.

— É difícil imaginar Cosmo e Ilya atirando em alguém — concordou Olívia.

— O problema é que a gente não tem cristal bastante para fumar até o mês que vem. Temos de ir até o cibercafé e fazer uns negócios. Agora.

— Agora, Farley. — Mas ela queria mesmo era um pouco de dinheiro para uma boa refeição. Mais que nunca, Farley parecia um fantasma.

O cibercafé que escolheram ficava num shopping, um grande edifício comercial de dois andares com pelo menos cem computadores operando noite e dia. Havia muitos negócios possíveis na internet. Um viciado poderia comprar drogas de algum site, ou combinar programas pela rede, homem ou mulher, era só escolher. Era possível enviar dinheiro de uma conta para outra. Ou um viciado poderia ficar ali sentado tentando achar senhas ou informações de cartão de crédito. Era barato, e os computadores podiam ser pagos por hora. Tal como os travestis trabalhando na esquina perto do cibercafé.

Um dos travestis, uma drag queen de 1,80m, toda produzida: peruca loura, short vermelho curto e apertado, saltos sete e meio, braceletes de plástico vermelho e brincos amarelos viu Farley e Olívia e se aproximou dizendo:

– Vocês têm cristal? – O travesti já tinha feito negócios com Farley quando este traficava crack.

– Não. Estou procurando – disse Farley.

O travesti já ia voltar para a esquina e fazer sinais para os carros que passavam, quando um adolescente viciado em crack, muito alto e negro – com o boné de lado e camiseta numerada de basquete, calça larga até o joelho e tênis de cano alto, parecendo louco o bastante para jogar basquete na NBA – veio até o travesti.

– Ei, mama, onde eu arranjo algum? Preciso muito, tá entendendo?

– Hã-hã. To entendendo, pivete.

– E então? Como a gente acerta, mama? Eu posso pagar, tá entendendo?

– Com o quê?

O rapaz tirou do bolso várias pedras embrulhadas em plástico.

– Isso vai te levar ao paraíso, tá entendendo?

Mostrando o cibercafé, o travesti disse:

– Vai até ali e vende para eles. Quando tiver coisa fina, pode voltar e a gente conversa.

– Eu volto e mostro coisa fina. Você não vai só falar, vai gritar, tá entendendo?

– Hã-hã.

E quando o garoto saiu em direção ao cibercafé, o travesti disse a Farley e Olívia:

– A gente não vê mais negros em Hollywood, a não ser negros baratinados como este, que vêm do sul de Los Angeles para se prostituir e roubar. Ter eles por perto já é ruim demais para o meu negócio. Atrapalha tudo para todo mundo. – Então sorriu e disse: – Está entendendo?

Olívia ofereceu:

– Se a gente achar um pouco de cristal, a gente te dá um pouco. Você já deu um pouco para a gente.

Farley lançou para Olívia seu olhar de cala-a-boca e o travesti percebeu.

– Tudo bem, amorzinho. Pelo jeito o seu homem precisa muito mais que eu.

Antes de conhecer Olívia, a quem Farley se referia como OP, ele fazia muitos negócios aqui. Às vezes roubava um rádio de carro e vendia no cibercafé num computador alugado. O dinheiro era enviado para uma filial da Western Union onde Farley retirava. Então ele voltava para o cibercafé para comprar cristais. Era difícil imaginar a vida longe desse lugar. Entraram e Farley começou a procurar alguém com quem negociar. Viu um cara que tinha sido preso numa batida uns anos antes sentado diante de um dos computadores. Parou atrás do sujeito durante um minuto para ver o que ele estava negociando.

A mensagem de e-mail dizia: "Preciso de dois ingressos para o show da Tina Turner. E quero lugares na oitava fila. Vou levar um menino."

– É a porra de um tira – Farley disse para o viciado, que pulou e deu uma volta na cadeira. – Cara, você está negociando com um tira. – Não conseguia se lembrar do nome do viciado.

– Oi, Farley, por que você acha?

– Todo tira deste planeta sabe que Tina Turner é um código para droga. E oitava fila? Cara, pensa um pouco. É a bola oito, um oitavo de onça de droga. E menino só pode ser um papelote de pó. Portanto, ou você está negociando com o viciado mais imbecil da internet ou com um tira da Entorpecentes. Ele está usando um código que ninguém mais usa porque todo mundo entende.

– Você deve ter razão. Obrigado, cara.

– Se acabei de te fazer um favor, que tal fazer um para mim?

– Não tenho nenhum cristal para dividir nem dinheiro para emprestar. Te vejo mais tarde.

– Filho da puta ingrato – Farley disse a Olívia. – Quando nós dois fomos presos e levados algemados para a Divisão Hollywood, tivemos de baixar a calça, dobrar para a frente e abrir a bunda. E voou cristal do cu daquele cara. Ele disse para o tira que não era dele. Disse que foi um preso na condicional que o obrigou a esconder os cristais a ponta de faca quando os tiras chegaram.

– E você viu?

– O quê?

– O sujeito com a faca obrigando o rapaz a esconder os cristais lá dentro? Imagina, aposto que o seu amigo ficou apavorado.

Farley Ramsdale ficava sem fala nessas horas, e pensou que ela devia estar morta. Só que ela era tão enormemente estúpida que parecia realmente aproveitar a vida. Talvez fosse esse o jeito de tocar a vida, pensou ele. Cozinhar o cérebro e aproveitar a viagem enquanto durar.

Olhou para ela, e Olívia lhe sorriu, mostrando as gengivas e uma bolha estourou no intervalo entre os dentes quando ela disse:

— Acho que ainda tem um pouco de maconha em casa. E a gente podia arranjar uma vodca numa loja de bebidas da Melrose. O velho persa que fica à noite é quase cego, dizem.

— Persa é um gato, Olívia. Ele é iraniano. Eles estão por toda parte, como as baratas. Aqui é a Irângeles, Califórnia.

— A gente agüenta, Farley. Você devia comer alguma coisa. E não fica desanimado. Lembra que amanhã é outro dia.

— Meu Deus! — Farley olhou para ela. — *E o vento levou.*

— O quê, Farley?

Farley, que como quase todos os viciados passava noites inteiras acordado vendo televisão, respondeu:

— Você. Você é o que a Scarlett O'Hara teria virado na velhice se tivesse fumado um caminhão de cristais de Maui. Ela teria virado você. Amanhã é outro dia, puta merda!

Olívia não tinha a menor idéia do que ele estava falando. Ele precisava de uma cama, podendo dormir ou não. O dia tinha sido terrível para ele.

— Vamos Farley, vamos para casa e eu faço um delicioso sanduíche torrado para você. Com maionese!

Ninguém na praia, ou em todo o estado da Califórnia, estava mais louco que Jetsam naquela manhã de 1º de junho. Foi o que ele disse a Flotsam quando o encontrou em Malibu e tirou a prancha do Bronco e parou para olhar o oceano. Os dois vestiam roupa de surfe.

O sol era um disco de ouro ofuscante se elevando, e manchas de cinza corriam ao longo do horizonte. Olhou para trás, na direção dos lugares onde estavam as pessoas, o smog baixo em tênues véus e nuvens pesadas se aglutinando sobre todos aqueles lugares onde as pessoas viviam em desespero. Jetsam deu as costas a tudo aquilo e olhou para o mar, para o horizonte carregado de esperança brilhando como um fio de prata sem fim, sem falar por um longo momento.

– O que há de errado, cara? – perguntou Flotsam.

– Fui tocaiado na última quinta-feira, cara.

– Tocaiado?

– Um cara da corregedoria me pegou. Se você estivesse de serviço, também ia ser tocaiado. Eu estava trabalhando com B. M. Driscoll. O coitado é mesmo o cara que toca fogo nos viciados e atira nos cachorros. Vive sempre enrolado.

– O que aconteceu?

– Se lembra da tocaia da corregedoria no Sudeste, no ano passado, ou retrasado? Quando eles colocaram uma arma na merda da cabine telefônica?

– Mais ou menos – disse Flotsam, enquanto Jetsam encerava a prancha de três metros e falava.

– Num daqueles casos que os incompetentes que operam a tocaia deixam uma arma numa cabine telefônica, e um dos agentes disfarçados ao lado dela. Fazem um chamado falso para conduzir uma unidade de patrulha até o local. O negócio é que a unidade que interessa a eles vai chegar, ver o cara, fazer uma inspeção no local e ver a arma bem na cara. A unidade pergunta ao homem o que ele sabe da arma e ele vai responder "Quem, eu?", como os caras dizem naquelas bandas. A turma da corregedoria espera que a unidade prenda o homem alegando que ele estava armado. E se tiverem muita sorte, pode até ser que eles dêem uns cascudos no homem quando ele reclamar. E o grande prêmio é quando eles chamam o cara de negro, o que, claro, vai lhes custar uma sentença de morte por injeção letal. Aí eles fazem uma festa por um trabalho bem-feito. Mas não desta vez. Deu tudo errado.

– O que aconteceu? Um tiroteio?

– Uma gangue passou por ali antes do preto-e-branco chegar. Eles vêem um preto estranho que não é um deles e dão um tiro nele. E então a equipe da corregedoria sai para ajudar e devolvem os tiros, mas não enfrentam de verdade. Sempre pensei que é preciso enfrentar tiros hostis, mas aquele é o esquadrão dos ratos. Eles vêem a vida diferente dos tiras de verdade. A gangue se manda, e o que fazem os caras da corregedoria? Eles correm, pegam a arma plantada e somem antes da chegada da Divisão de Investigação. Então eles violam todas as regras a que a gente tem de obedecer nessas ocasiões. A desculpa é que eles têm de proteger a identidade do agente disfarçado.

— Isso é bobagem, cara — disse Flotsam. — Quando a gente aperta demais o gatilho, a gente espera e conversa com o Homem e faz os relatórios. Uma operação secreta termina quando o cano esquenta.

— A não ser para aqueles ratos.

— E como eles te pegaram?

— É o que me deixa louco. Eles usaram o mesmo truque, aqueles burros sem imaginação! De início pensei que eles estivessem atrás do B. M. Driscoll. Ele me disse que foi envolvido num tiroteio mal explicado antes de ser transferido para Hollywood e estava preocupado. Um daqueles casos em que ele atirou num mexicano ilegal que quase atropelou ele sem parar, fugindo de uma longa perseguição. No dia seguinte, ele recebe um telefonema de um cidadão irritado que lhe diz: "Você tem de vir cuidar do meu jardim. Você atirou no meu jardineiro."

Flotsam concordou.

— É mesmo, o nosso chefe sempre diz que a gente deve sair do caminho dos carros que vêm na nossa direção, quem sabe mostrar uma capa como um toureiro. E em seguida perseguir o carro, sem colocar ninguém em risco, a não ser nós mesmos. Qualquer coisa, menos atirar num ladrão que pode ser menor. Ou não ser branco. Eu queria que alguém me dissesse quais não-brancos não podem ser alvejados e pedisse ao governador Arnold um adesivo de placa. Aí a gente ia saber.

— A retirada vai contra todos os instintos de um tira. Quem sabe eles querem que a gente volte ao tempo da política de dirigir e acenar que havia sob o comando do Lord Voldemort.

— Ou pôr cadeados de gatilho nas nossas armas.

— De qualquer forma, o B.M. Driscoll estava convencido de que a corregedoria andava atrás dele. Semana sim, semana não ele revira a casa procurando grampos. Mas você conhece a peça. Ele pega um resfriado e acha que é câncer.

— Mas fale da tocaia de ontem à noite. Eles deixaram uma arma numa cabine telefônica?

— Uma bolsa.

Jetsam disse que era uma cabine telefônica no Hollywood Boulevard, onde uma porção de turistas poderia fazer uma bobagem dessas. Uma cabine ao lado da estação do metrô. Ele se lembrava de como ficou irritado quando aquilo surgiu na sua tela. Nada de mais. Um telefonema anônimo informara que havia uma bolsa esquecida na cabine. E o chamado foi encaminhado para o 6-X-32, numa noite em que B. M. Driscoll estava substituindo Flotsam.

B. M. Driscoll, que não estava dirigindo, disse:

— Merda, propriedade perdida para registrar. Que chateação. Mas está bem. Isso me dá uma chance de pegar o meu inalador. Estou ficando meio sem ar.

— Você não está sem ar — disse Jetsam. Os problemas de saúde do sujeito estavam deprimindo Jetsam. — A minha ex-mulher tinha falta de ar. Tinha um ataque de asma toda vez que eu tentava alguma coisa na cama. Isso acontecia uma vez em cada período de descanso. Mal sabia eu que ela e o gerente do posto no fim da rua estavam trocando óleo duas vezes por semana.

Jetsam estacionou em local proibido, na esquina de Hollywood e Highland, enquanto B. M. Driscoll explicava:

— Não gosto de inaladores de esteróides, mas não existe nada tão fundamental quanto a respiração.

Quando Jetsam estava saindo do carro, ele disse:

— Não vá esquecer de trancar.

Ele não estava preocupado com a escopeta ou com algum grampo no carro, estava preocupado é com os dois uniformes que os dois haviam retirado da lavanderia e que estavam no banco de trás.

Depois de trancar o carro, Jetsam pegou o cassetete e caminhou até a cabine, deixando B. M. Driscoll para trás terminando a sua dissertação médica sobre o tratamento da asma com inaladores de esteróide, e mal podia ouvi-lo.

Era uma daquelas noites do início do verão quando uma camada de smog apagava o brilho do sol poente e lançava uma luz dourada sobre a área de Los Angeles, e sobre Hollywood em particular. Aquela luz dizia às pessoas: Aqui existem possibilidades maravilhosas.

Sentindo no rosto o calor seco, vendo as criaturas coloridas à sua volta, Jetsam também viu viciados e prostitutas, mendigos e os loucos de sempre misturando-se aos turistas. Viu um Mickey Mouse e o dinossauro Barney, além de um Darth Vader (só um essa noite) e um par de King Kongs.

Mas os sujeitos dentro das fantasias não tinham altura suficiente para representar o grande gorila, e ele viu um homem, em quem reconheceu o Al Intocável, aproximar-se de um deles e dizer: "King Kong uma merda. Você tem mais é cara da Chita."

Jetsam se virou rapidamente porque, se houvesse qualquer perturbação, ele queria estar longe do Al Intocável, especialmente aqui no Hollywood Boulevard, onde multidões iriam testemunhar o terrível resultado inevitável.

Dois policiais ciclistas, um homem e uma mulher que Jetsam conhecia do plantão 3, passaram lentamente pela calçada, sobre os famosos blocos de mármore e latão de mais de cem quilos dedicados à magia de Hollywood e ao glamour do passado.

Os ciclistas fizeram um aceno de cabeça, mas continuaram a sua patrulha quando ele balançou a sua para informar que não havia nada de importante. Pensou que eles pareciam estranhos com os capacetes de ciclistas e aquela roupa azul engraçada que os outros policiais chamavam de pijamas.

Quando chegou até ele, B. M. Driscoll disse:

— Isso não está parecendo um pouco estranho? Quer dizer, uma bolsa deixada aqui por uma pessoa desconhecida?

Jetsam não entendeu.

— O que você quer dizer?

— Eles estão atrás de mim.

— Quem?

— A corregedoria. Na verdade, todo o pessoal dos padrões profissionais. Fui tratado como um terrorista da Al-Qaeda por um grupo de investigação quando dei um tiro num viciado que tentou me atropelar. Estou lhe dizendo, a corregedoria está atrás de mim.

– Cara, você tem que consultar o psiquiatra do Departamento. Você está parecendo louco.

– Pois eu lhe digo uma coisa: se a bolsa ainda estiver lá no meio dessa agitação, isso só pode ter um significado. Um grupo da corregedoria espantou todos os viciados que tentaram pegar a bolsa nos últimos dez minutos.

E agora Jetsam estava começando a ficar paranóico. Começou a olhar para todos os turistas. Será que aquele era um tira? E aquele outro parece ser. E aquela garota que fingia ler o nome em um dos blocos de mármore da calçada. Merda, a bolsa dela estava gorda como se lá dentro houvesse uma Glock 9 mm e algemas.

Quando chegaram à cabine e viram uma bolsa marrom na prateleira, B. M. Driscoll disse:

– A bolsa ainda está aí. Ninguém pegou. Nenhum viciado. Nenhum bom samaritano. Ela ainda está aí. Se tiver dinheiro dentro, pode apostar o que quiser que é uma tocaia.

– Se tiver dinheiro, vou ter de admitir que talvez você tenha razão.

Jetsam olhou para trás procurando a garota com a bolsa gorda. E, puta merda, ela estava olhando diretamente para ele! Então ela lhe fez um aceno convidativo e se foi. Merda, era só uma fã da polícia.

B. M. Driscoll pegou a bolsa e abriu como se esperasse uma cobra saltar lá de dentro, retirou a gorda carteira de couro e passou-a a Jetsam.

– Me diga que estou errado.

Dentro, Jetsam encontrou uma carteira de motorista, cartões de crédito e outras identificações de Mary R. Rollins, de Seattle, Washington. E 367 dólares em dinheiro.

– Cara, acho que você não é paranóico coisa nenhuma. Esqueça o que eu disse sobre o psiquiatra.

– Vamos levar diretamente para a divisão e fazer um dez-dez – replicou B. M. Driscoll, referindo-se ao relatório sobre propriedade perdida.

– Vamos levar para Oráculo. Vamos procurar o número do telefone de Mary Rollins. Vamos verificar se esta identidade é autêntica. Não gosto de ser vigiado como se fosse um ladrão.

– Não é você – disse B. M Driscoll, que agora tinha contrações na pele e piscava. – Sou eu. Sou um homem marcado!

Quando chegaram à divisão, Oráculo estava na privada lendo um jornal. Jetsam parou à porta e disse:

– O senhor está aí, chefe?

Reconhecendo a voz, Oráculo respondeu:

– É melhor isso ser mais importante que o seu surfe de amanhã. Na minha idade, aliviar-se é coisa muito séria.

– O senhor pode atender o Driscoll e eu na sala de chamada?

– No devido tempo. Tem hora para tudo.

Escolheram a sala da chamada por causa da privacidade. Oráculo examinou a carteira e o conteúdo e olhou para o jovem policial surfista de cabelo armado como uma porção de feixes dourados, e para o parceiro mais velho, mexendo o nariz como se fosse um coelho.

– Você está certo. Tem de ser uma tocaia. Isto é a mais deslavada sacanagem!

Flotsam e Jetsam estavam deitados na areia ao lado das suas pranchas, toalhas e garrafas d'água, quando Jetsam chegou a esta parte da história e parou para tomar um longo gole d'água.

Flotsam perguntou:

– Não pare, cara. Vá logo para o último rolo. O que aconteceu?

– O que aconteceu foi o seguinte. Oráculo partiu como El Niño e todo mundo saiu da frente. Ele estava puto da vida, cara. E eu vi o que todas aquelas divisas oferecem a você.

– Apenas a morte antes da hora.

Jetsam completou:

– Rugas fundas e muita coragem, cara. Oráculo forçou a barra até a história ser esclarecida. Era mesmo uma tocaia, mas como sempre a Seção de Ética fez tudo errado. Não era para B. M. Driscoll. Ele é tão direito que nem arranca a etiqueta do tapete, mas eles não quiseram dizer para quem ela foi preparada. Talvez alguém do plantão 3. Nós achamos que Comunicações encaminhou o chamado para a unidade errada.

— A SE devia se contentar em pegar tiras que trabalham fora quando deviam estar em casa tratando da dor nas costas. Eles não prestam para mais nada.

— Ser policial no DPLA é como um jogo de queimada, mas as bolas vêm de todos os lados — disse Jetsam.

Flotsam olhou para a expressão distante do parceiro.

— O seu monitor está na proteção de tela, cara. Acione o HD e fique na real.

— Tudo bem, mas eu não gosto de ser tratado como ladrão.

— Eles têm de jogar o joguinho deles para poder dizer: "Veja, Sr. Promotor Público, estamos impondo o decreto de aquiescência ao antes orgulhoso DPLA." Esqueça.

— Mas nós fomos afastados, cara.

— O quê?

— Fomos queimados.

— Por quê?

— O grupo disfarçado descobriu o uniforme de B.M. Driscoll no carro. Nós pegamos na lavanderia antes do chamado. Eles tinham de apresentar alguma acusação quando nós não caímos na tocaia imbecil deles, por isso estamos recebendo uma censura oficial por resolver assuntos particulares no horário de serviço.

— Parar na lavanderia?

— É isso, cara.

— O que Oráculo disse?

— Na hora ele não estava lá. Ele já tinha saído para o Alfonso's Tex Mex quando apareceu um rato do PSB. Um daqueles que estão sempre coçando a bunda. E o comandante do turno informou que estávamos sendo queimados.

— Isso é uma merda, cara. Você imagina quantas horas foram desperdiçadas naquela tocaia? E nós aqui, com metade dos homens que precisamos para patrulhar as ruas.

— É a vida no DPLA hoje, cara.

— Como está o seu moral?

— Uma merda.

— E como ele ficaria se fosse para a cama com uma mulher na quinta-feira?

— Muito melhor.

— Tem essa garota que ouvi falar na Cadeira do Diretor. Dizem que ela gosta de uma praia à meia-noite.

— Pensei que você tivesse falado que estava a fim da Mag Takara.

— Estou a fim, mas não vai indo bem.

— Você disse que tinha esperanças.

— Vamos para a água, cara — Flotsam mudou de assunto, agarrou a prancha e correu para as ondas. Mergulhou numa onda na manhã fria e reapareceu sorrindo na espuma do oceano.

Jetsam remou até o colega, olhou para Flotsam e disse:

— Então, o que rolou entre você e a Mag? É doloroso demais para falar?

— Ela tem tudo, cara. A gata mais perfeita que já vi. Você sabe o que Oráculo me disse? Quando ele fazia patrulha na Pequena Tóquio, cem anos atrás, ele conheceu a família da Takara. Eles têm uns dois hoteizinhos, três restaurantes e não sei quantas propriedades alugadas. Algum dia a garota vai ser muito rica.

— Não admira que você esteja apaixonado.

— E ela é uma gata. Você já viu lábios mais lindos? E o jeito dela andar que nem uma pantera? E a pele de marfim, e o jeito como o cabelo sedoso cai sobre a curva graciosa do pescoço?

Montado sobre a prancha, Jetsam disse:

— Curva graciosa ... cara, você está perdido! Fica na real! Isso pode ser um encantamento falso porque ela agarrou aquela granada aquele dia.

— Então fiquei muito animado na última noite que trabalhamos juntos. Eu sabia que depois do meu descanso você e eu íamos ser parceiros de novo, por isso agarrei o freio nos dentes e enfiei a cara. Eu disse alguma coisa como: "Mag, espero que eu possa te convencer a pegar um biquíni e vir surfar comigo no oceano no crepúsculo com o sol derretido afundando no mar escuro."

— Não, cara! Nada de oceano escuro! É tão bobo. — Fez uma pausa, e então: — O que ela respondeu?

— No começo, nada. Ela é uma gata muito reservada. Mas finalmente disse: "Acho que prefiro encher o meu biquíni de costeletas de porco e nadar numa piscina cheia de piranhas a ir surfar com você no crepúsculo, na alvorada ou em qualquer hora."

– É assim mesmo, desanimador paca, cara. Não dá para ver?

Flotsam e Jetsam não eram os únicos a reclamar dos fiscais do DPLA naquele dia. Um dos fiscais, detetive D2 Brant Hinkle, estava usando o tempo disponível na corregedoria. Estava na lista de promoções a tenente, mas sempre achou que a lista ia caducar antes de surgir uma oportunidade para ele. Agora estava otimista, depois que todos os homens negros e mulheres de qualquer raça aprovados abaixo dele nos exames orais e escritos já tinham sido promovidos. Apesar de não ser um supervisor D3, ele já tinha a experiência necessária para se habilitar ao exame de promoção a tenente, e tinha se saído muito bem. Não acreditava que ninguém pudesse passar por cima dele antes de a lista caducar.

Fora um trabalho interessante os dois anos passados na corregedoria, bom para o seu currículo pessoal mas não tão bom para o estômago. Ultimamente, vinha sentindo refluxos ácidos e já se via na descendente no seu aniversário de 53 anos. Com 29 anos de serviço, esta era a sua última chance realista de chegar a tenente antes de se aposentar ... não sabia bem onde. Algum lugar fora de Los Angeles, antes da implosão da cidade.

Brantley Hinkle havia se divorciado muito tempo antes, tinha duas filhas casadas e nenhum neto, e tinha esperanças de ter uma mulher para programas quinzenais depois de ter ouvido uma colega mais ou menos da sua idade dizer: "Merda, Charles Manson recebe um monte de propostas de casamento por ano, e não consigo nem um convite para um programa."

Essa frase o acordou para a raridade de um namoro de verdade, para não falar de dormir com alguém, por isso ele estava se esforçando mais ultimamente. Havia uma mulher de 40 anos cuja voz aveludada no rádio da polícia era suficiente para provocar uma ereção incipiente. Havia uma promotora-assistente que ele conheceu numa festa pela aposentadoria de um dos detetives da Delegacia de Roubos e Homicídios. Havia também uma jornalista que cobria os tribunais, instrutora de pilates nas horas vagas, de 46 anos mas aparentando dez anos menos e que nunca foi casada. Ela melhorou a sua forma com uma dieta e tanto pilates quanto ele foi capaz de suportar. Suas calças ficaram tão folgadas que ele já não sentia o celular vibrando.

Agora estava numa condição decente e ainda tinha bastante cabelo, apesar de grisalho metálico, e só precisava de óculos para leitura. Ele geralmente ligava para uma das três mulheres quando se sentia sozinho e carente, mas ultimamente deixou de fazê-lo. Estava mais preocupado em deixar a corregedoria e voltar a um trabalho decente de detetive para esperar a promoção a tenente. Se ela viesse.

Na corregedoria ele tinha visto queixas investigadas obsessivamente por alegações que teriam provocado risos nas festas de despedida nos dias anteriores ao espancamento de Rodney King e ao escândalo Rampart. Antes do decreto federal de aquiescência.

E essas queixas não vinham apenas dos cidadãos, vinham também de outros policiais. Ele investigou uma em que um velho sargento da sua idade olhou para uma policial que tinha acabado de sair da ginástica, ainda de top e short justos. Ao olhar para a barriga suada, o sargento tinha suspirado. Só isso, suspirou. A policial acusou o sargento, e aquele suspiro caro lhe tinha custado cinco dias de suspensão por assédio no local de trabalho.

Depois houve o caso da luta na escola de detenção e controle, onde um policial lutou com uma policial para aprender alguns golpes imobilizadores. O policial gritou para os colegas de turma: "Não acredito que ainda estão me pagando."

Ela apresentou queixa e ele foi punido também com cinco dias.

Um outro envolveu um sargento recém-promovido que, a caminho da sua primeira missão como sargento, viu uma das unidades de patrulha avançar um sinal de parada quando se dirigia para atender a um chamado importante para o qual não fora convocada. O sargento chegou ao seu novo posto e imediatamente escreveu uma queixa pessoal 1.28.

Durante o seu primeiro mês, aquele sargento, um homem que usava com orgulho as suas divisas, chamou de idiota um dos policiais do seu plantão. O policial apresentou uma queixa contra ele. O sargento recebeu uma suspensão de cinco dias. A tropa vibrou. Sob as imposições do decreto federal de aquiescência, com legiões de supervisores do DPLA, os policiais começaram a se voltar uns contra os outros e destruir-se aos poucos. Era uma vida diferente da que ele conheceu quando se juntou ao mundialmente famoso DPLA, líder inconteste da imposição da lei na cidade. No mundo atual de Brant Hinkle, até mesmo os investigadores da corregedoria estavam sujeitos a testes aleatórios de urina realizados pela Divisão de Investigações Científicas.

Os investigadores da corregedoria que o precederam lhe disseram que durante o reinado de terror do Lord Voldemort eles chegaram a ter seis Comissões de Direitos – o equivalente no DPLA de uma corte marcial – correndo simultaneamente, apesar de só existirem cinco salas para a comissão. As pessoas tinham de esperar no corredor até uma sala ser desocupada. Era uma linha de montagem de medo que provocou o fenômeno de policiais discutindo aspectos legais com os advogados contratados para eles pelo sindicato, a Associação Protetora da Polícia de Los Angeles.

Os investigadores mais antigos lhe disseram que naquela época todo mundo brincava amargamente que esperava um tira sair da sua Comissão de Direitos depois de perder a carreira e aposentadoria e saltar sobre o parapeito de ferro batido do Bradbury Building e cair no saguão cinco andares abaixo.

O Bradbury Building, no número 304 da South Broadway, era um lugar incoerente onde acomodar o malfadado Departamento de Padrões Profissionais, incluindo a corregedoria, com seus 300 sargentos e detetives encarregados de dar atendimento a 7.000 queixas por ano, tanto internas quanto externas, apresentadas contra uma força policial de 9.000 policiais. A obra-prima arquitetônica de 1893, com seus elevadores de porta pantográfica, escadarias de mármore e um pé-direito de cinco andares era provavelmente o interior mais fotografado de toda Los Angeles.

Muitos clássicos do cinema noir foram filmados no interior daquele saguão de estilo mexicano iluminado por luz natural. Era capaz de imaginar Robert Mitchum ou Bogart saindo de uma das salas dos balcões vestindo capa de chuva e chapéu fedora, enquanto as samambaias plantadas em vasos lançavam sombras ominosas sobre seus rostos quando acendiam o inevitável cigarro. Brant sabia que hoje ninguém tinha coragem de acender um cigarro no interior do Bradbury Building, nesta Los Angeles do século XXI, em que fumar cigarros era uma contravenção virtual, se não real.

Brant estava atualmente investigando uma queixa contra uma policial de treinamento numa divisão de patrulhamento cujo trabalho era todo dia trazer uma lista de verificação para o sargento assinar. Depois de um ano dessa contagem burocrática, em que na metade das vezes não foi capaz de encontrar um sargento, ela simplesmente decidiu criar uma lista com título e número de série fictícios.

Mas então se descobriu a "fraude" e nenhum falsificador de cheques foi perseguido com tanta presteza. A corregedoria enviou espécimes de caligrafia à central para fortalecer o processo contra essa mulher infeliz que a chefia estava decidida a demitir. Acontece que esse tipo de falta caducava em um ano, e não puderam demiti-la. De fato, não puderam fazer nada contra ela além de transferi-la para outra divisão mais distante, onde provavelmente seria infeliz, essa policial veterana que tinha uma ficha imaculada mas finalmente afogou-se no dilúvio de auditorias e burocracia.

Brant Hinkle e seu grupo estavam felizes por ela ter conservado o emprego. Tal como Hinkle, quase todos estavam na corregedoria para cumprir um passo em direção à promoção e não eram os ratos que os policiais de rua pensavam.

Como ele explicava: "Somos apenas ratinhos assustados presos numa ratoeira de cola."

Quando reclamavam da avalanche de queixas sem mérito e desmoralizantes patrocinadas pelos exércitos opressores da supervisão, Brant dizia para os colegas: "Quando eu era menino e *Dragnet* era um dos maiores sucessos da TV, a voz de Jack Webb dizia: 'Esta é a cidade. Los Angeles, Califórnia. Eu trabalho aqui. Eu sou um policial'. Hoje, tudo o que podemos dizer é: 'Esta é a cidade. Los Angeles, Califórnia. Eu trabalho aqui. Eu sou um auditor'."

O caso mais notável que Brant Hinkle teve de investigar durante os anos em que "Investigamos todas as queixas" foi o de uma mulher obcecada por um policial que apresentou contra ele uma queixa assinada e datada em que afirmou: "Ele roubou os meus ovários."

Foi uma investigação longa e completa, que incluiu longas entrevistas. Os autos tinham de trazer a negativa do policial em questão, que disse a Brant: "Bem, estou feliz por a corregedoria ter levado a sério a queixa dela. Deve ter algo de verdade nessa questão do roubo dos ovários. Afinal, vocês estão a fim de roubar meus bagos e quase conseguiram."

Foi provavelmente nessa ocasião que Brant Hinkle falou com o seu chefe sobre a transferência para uma divisão de investigações.

Capítulo 9

O plantão 5, o plantão de 10 horas entre as 5h15 da tarde e as 4 horas da madrugada, cuja parada para refeição não é reembolsada (Código 7), tinha cerca de cinqüenta policiais alocados. Cinco eram mulheres, mas três delas estavam fazendo trabalho burocrático por diversas razões, e apenas duas estavam trabalhando nas ruas, Budgie e Mag. Com as folgas, licenças e burocracia, Oráculo tinha dificuldades para encontrar pessoal suficiente para ocupar mais que seis ou oito carros. Por isso, quando o sargento da unidade de costumes lhe pediu as duas mulheres do plantão noturno para uma versão da Força Tarefa Disfarçada, teve de discutir muito.

— Você já tem a maior unidade de costumes da cidade. Meia dúzia de mulheres. Por que não usa estas?

— Só duas operam disfarçadas, e as duas estão de licença médica. Esta não vai ser uma força-tarefa de verdade. Não vai ter perseguição. Nada de muito importante. Só queremos checar uns dois operadores e completar nossas unidades por umas duas horas.

— E por que não usam as suas mulheres fardadas?

— Temos três. Uma está de férias, uma está no serviço burocrático, e a outra está grávida.

— E por que não usa esta? Todo mundo sabe que tem muito otário que prefere mulher grávida. Uma espécie de fixação materna. Acho que eles gostam de umas palmadas.

– A gravidez dela ainda não é visível, mas ela está vomitando tanto que nossa delegacia parece um barco na maior tempestade. Se eu pedir para ela ir para o bulevar, ela vai vomitar nos meus sapatos.

– Que merda! – disse Oráculo. – Como vamos policiar a cidade se temos que gastar a metade do tempo policiando a nós mesmos e provando por escrito que foi para valer?

– Não respondo a esse tipo de pergunta. E então? É só por uma noite.

Quando Oráculo perguntou a Budgie Polk e Mag Takara se elas gostariam de ser prostitutas do bulevar na noite de sábado, elas concordaram. O problema foi discutir o assunto com o parceiro de Budgie, Fausto Gamboa.

Ele entrou na sala onde três supervisores tratavam da burocracia e, sendo um dos poucos policiais de patrulha com idade suficiente para chamar o sargento de 68 anos pelo nome, reclamou com Oráculo.

– Não estou gostando, Merv.

– E por que você não gosta, Fausto?

– Budgie tem uma criança em casa.

– E o que tem isso?

– Ela às vezes perde leite. E é doloroso.

– Ela sabe resolver esse problema, Fausto. Ela é policial – retrucou Oráculo, enquanto os outros sargentos fingiam não estar prestando atenção.

– E se ela se machucar? Quem vai amamentar o bebê?

– A turma de apoio não vai deixar ela se machucar. E os bebês não morrem por falta do leite da mãe.

– Que merda! – reclamou Fausto, repetindo os sentimentos do próprio Oráculo.

Depois que ele se foi, Oráculo disse para os outros dois sargentos:

– Às vezes as minhas idéias dão mais certo do que eu esperava. Fausto não só saiu daquela amargura, mas acho que ele vai acabar adotando a Budgie Polk.

– Logo a filha dela vai chamar o Fausto de vovô.

Cosmo Betrossian estava muito mais infeliz que Fausto Gamboa. Logo ia ter de entregar os diamantes para Dimitri no Gulag, mas antes tinha de matar aquele viciado miserável Farley Ramsdale e a namorada dele, Olívia. A alegação de Farley de que tinha alguém vigiando o apartamento de Cosmo e Ilya era ridícula. O mesmo valia para a outra afirmação dele de que tinha uma carta a ser entregue à polícia se alguma coisa lhe acontecesse. O garoto gostava muito de cinema. Mesmo que a carta existisse, a polícia teria de provar que era verdadeira sem o garoto e a namorada para atestar a sua autenticidade.

Cosmo ia fazer os dois desaparecerem, e gostaria de discutir com Dimitri a melhor forma. Ele poderia lhe dar boas idéias sobre como sumir com alguém, mas, se soubesse dos dois viciados, Dimitri poderia ver neles um problema em potencial e desistir do negócio. Não, Cosmo teria de resolver o problema só com a ajuda de Ilya. E não ia ser fácil. Com exceção de um rival de gangue na Armênia, que havia matado a tiros quando tinha dezoito anos, Cosmo nunca matara mais ninguém. Nos Estados Unidos ele nunca havia cometido nenhum crime violento antes do assalto à joalheria. Sua vida criminosa se limitava ao contrabando de drogas, que ele mesmo não consumia, à venda de mercadorias roubadas e, recentemente, ao roubo de identidade que tinha aprendido com um cigano.

Ele conheceu o cigano numa boate na Sunset Strip. Cosmo freqüentava a Strip na época, fazendo pequenas vendas de cocaína. Mas o cigano apresentou-o a um mundo novo. Mostrou-lhe como era fácil ir ao Departamento de Trânsito com alguns dados pessoais roubados por ladrões de correspondência como Farley Ramsdale e dizer ao funcionário que precisava de uma nova habilitação por ter se mudado e perdido a carteira antiga. O funcionário pedia o número do seguro social, mas raramente puxava a fotografia para verificar a identidade do portador e comparar com o rosto à sua frente. Ele pegava a nova fotografia, alterava o endereço para onde enviar a nova habilitação, e era só.

Ele e o cigano geralmente usavam um endereço do bairro cujo morador não ficasse em casa durante o dia. E então todo dia eles verificavam a caixa de correio do morador até a chegada da carteira.

Mas depois o DT começou a pedir uma certidão de nascimento, e ele descobriu que com a informação da correspondência roubada o cigano era capaz de fazer uma certidão de nascimento aceitável para a maioria dos funcionários do departamento.

Cosmo e o cigano ficaram preguiçosos e em vez de irem ao DT começaram a usar um CD que circulava entre os ladrões de identidade e que ensinava como fazer carteiras de motoristas, cartões do seguro social, certificados de seguro de carro e outros documentos.

Depois que começaram a roubar números de cartões de crédito ficou ainda melhor. Era fácil comprar qualquer coisa. Até automóveis, o que era ainda mais fácil pois as agências tinham seguro. Quando o legítimo proprietário do cartão recebia a fatura, Cosmo e o cigano já tinham abandonado aquele e passado para outro. Às vezes a fatura era enviada para um endereço falso fornecido por eles, e o proprietário só ia descobrir a fraude quando tentasse comprar alguma coisa de valor.

Na época o cigano tinha uma decoradora a seu serviço. Ela lhe disse que era impressionante como as pessoas ricas da zona oeste da cidade costumavam deixar os seus cartões, e até cartões de banco, abandonados dentro de uma gaveta qualquer. Ninguém se importava. A operadora do cartão de crédito só tinha prejuízo quando o cartão era apresentado pelo ladrão em pessoa. Se o negócio fosse feito pela internet ou por telefone, a operadora não era responsável. As operadoras e os bancos demoravam muito para descobrir a fraude, e, como o roubo de identidade envolvia uma enorme burocracia, a polícia ficava sobrecarregada.

Durante algum tempo, Cosmo e o cigano tiveram tanto sucesso que já estavam pensando em negociar com os russos, cujos contatos na Europa Oriental já invadiam os bancos americanos à caça de números de cartões de crédito, e encomendaram na China equipamentos para gravar cartões e faixas magnéticas. Até então se limitavam a negociar on line através dos cibercafés ou por telefone, e mandavam entregar num endereço que já controlavam.

A entrega era feita quando o dono não estava em casa, e os pacotes eram recolhidos por Cosmo enquanto o cigano esperava no carro. O morador ficava chocado quando, depois de um mês, a polícia aparecia com um mandado de busca para recuperar propriedade roubada.

Então, um dia o cigano e a decoradora se mudaram para Nova York e só avisaram Cosmo quando já estavam lá. Cosmo continuou a se mover no mundo em que o cigano navegava de olhos fechados, e agora era obrigado a negociar com ladrões de caixas de correio e operar nos cibercafés da melhor forma possível. Já quase tinha sido preso duas vezes, e começava a perder a confiança, agora que todo mundo estava praticando o roubo de identidades.

A sorte grande veio no lote de correspondência roubado por Farley Ramsdale, onde ele descobriu a carta informando sobre os diamantes, e então Cosmo cometeu o seu primeiro crime violento nos Estados Unidos. Ficou pasmo quando descobriu que tinha gostado. A excitação do assalto, aquela sensação de poder sobre o dono da joalheria. O medo nos olhos dele. O choro. Cosmo tinha controle completo sobre tudo, até mesmo sobre a vida daquele homem. Aquela sensação era impossível de descrever em palavras, mas ele calculava que Ilya também tinha sentido a mesma coisa. Se surgisse outra oportunidade de um assalto seguro e lucrativo, ele já sabia que ia aproveitar.

Mas a primeira preocupação era Farley Ramsdale e Olívia. E Cosmo não estava tranqüilo quanto à participação de Ilya num assassinato. Será que ela ia ser capaz?, pensou. Desde que eles apareceram no apartamento com a ameaça de chantagem, ele ainda não tinha discutido com ela o problema dos dois viciados. Cosmo sentia que Ilya sabia o que tinha de ser feito, mas esperava que ele resolvesse sozinho a questão. Não ia ser desse jeito. Ele não tinha condições de resolver sozinho. Eles não iam confiar nele. Ilya era uma russa muito esperta e ele ia precisar dela para inventar um plano.

Era uma daquelas noites em que Hollywood Nate Weiss e Wesley Drubb recebiam muitos chamados estranhos. Sempre acontecia quando a lua estava sobre o bulevar e cercanias.

De fato, Oráculo, que tinha lido um ou dois livros na sua longa vida, avisou a todos durante a chamada:

– Lua cheia. A lua de Hollywood. Esta é a noite em que os nossos cidadãos vivem suas vidas de silencioso desespero. Tragam as suas histórias na chamada de amanhã e vamos dar um prêmio de desespero silencioso para a dupla que apresentar a mais memorável. – E acrescentou: – Cuidado, cuidado! Os olhos faiscantes, os cabelos ao vento!

As escoriações de Nate, resultantes da briga com o veterano que queria uma carona, estavam se curando depressa, e, embora nunca admitisse para ninguém, ele esperava que o louco tivesse conseguido a carona que queria. O olho preto lhe tinha custado um trabalho como extra num filme de baixo orçamento que estava sendo rodado em Westwood.

Wesley voltou a dirigir e, com a proteção de Oráculo, esperava não sofrer punição disciplinar por a viatura ter sido roubada e danificada pelo pequeno gângster que não tinha sido preso, mas já havia sido identificado. Oráculo declarara no relatório que era compreensível o fato de Wesley não ter desligado o carro nem tirado as chaves, dada a extrema urgência de ajudar o parceiro a dominar um suspeito muito violento.

Hollywood Nate lhe disse que, como ele tinha acabado de concluir o estágio probatório, aquilo não ia lhe custar o emprego, mas que ele devia receber uns dois dias de suspensão.

– O perdão é dado nas igrejas, nos templos e pelo Oráculo, mas não está escrito no Decreto Federal de Aquiescência nem na filosofia da corregedoria.

O primeiro chamado estranho ainda cedo naquela noite veio do Sycamore, a vários quarteirões dà agitação da Melrose. Veio de uma mulher de 95 anos num vestido desbotado de algodão, sentada numa cadeira de balanço na varanda, e acariciando um gato. Ela informou que o homem que morava na casa do outro lado da rua "não aparecia há mais de uma semana".

Era tão velha e enrugada que o pergaminho da sua pele era quase transparente, e o cabelo sem cor era muito ralo. As pernas frágeis estavam envolvidas em ataduras elásticas e, apesar de ser um pouco confusa, ela se mantinha ereta e chegou à calçada sem ajuda.

– Ele vinha tomar uma xícara de chá com biscoitos comigo. Agora não aparece, mas sua gata vem e eu a alimento todos os dias.

Hollywood Nate piscou para Wesley e deu um tapinha no ombro da velha senhora.

– Pode ficar tranqüila. Vamos verificar e quando soubermos que ele está bem, pediremos para passar e tomar um chazinho com a senhora, e para agradecer pela gata.

– Obrigada, policial – ela agradeceu e voltou para a sua cadeira de balanço.

Os dois atravessaram a rua e chegaram à varanda. O pequeno caminho de terra entre a casa e a calçada não recebia cuidados havia muito tempo, mas estava tão seco que só o mato crescia ao longo dele. As outras casas pareciam estar tão descuidadas quanto aquela, portanto não parecia haver nada de anormal.

Hollywood Nate bateu na porta e, quando não houve resposta, disse:

– O sujeito deve ter viajado para o fim de semana. A velha senhora não deve saber a diferença entre alguns dias e algumas semanas.

Ou, como se veio a descobrir, alguns anos.

Wesley Drubb abriu a fresta do correio na porta para dar uma olhada.

– É melhor dar uma olhada, parceiro.

Nate olhou e viu correspondência acumulada até quase a altura da fresta. A maioria parecia ser propaganda, e cobria completamente o chão da varanda interna.

–Vamos ver a porta dos fundos.

Não estava trancada. Nate imaginou encontrar um homem morto, mas não se sentia nada do cheiro característico. Passaram por uma pequena cozinha e chegaram à sala, e lá estava ele, sentado na poltrona vestindo uma camisa havaiana e calça cáqui.

Estava muito mais enrugado que a amiga do outro lado da rua. Os olhos, ou o que sobrava deles, estavam abertos. Quando vivo, ele obviamente usava barba, que agora tinha caído sobre o peito, junto com a maior parte do cabelo. O que não tinha caído se prendia em manchas sobre o couro cabeludo. Ao lado da poltrona havia uma mesinha de dobrar e sobre ela o controle remoto, uma *TV Guide* e dois vidros de remédio para o coração.

Wesley testou as trempes do fogão, os interruptores e a torneira da cozinha, mas nada funcionava. Sobre a mesa da cozinha uma passagem para o Havaí, o que explicava a camisa. O homem estava se preparando.

Nate se dobrou e olhou a *TV Guide* para ver a data. Era velha, de dois anos e três meses antes.

Wesley perguntou a Nate se aquilo poderia ser um crime, porque faltava a perna do homem morto.

Nate olhou atrás do pequeno sofá e lá estava ela, ao lado da portinhola por onde a gata entrava e saía à vontade. Quase não tinha carne ressecada no pé, apenas os restos da meia vermelha presos ao osso. Aparentemente a perna tinha caído sozinha.

— Foi bom ele não ter um cachorro. Se a vovó do outro lado da rua encontrasse isso no jardim, ela própria ia ter um ataque cardíaco.

— Vamos chamar os paramédicos?

— Não. Só a turma do legista. Tenho certeza de que este homem está morto.

Quando voltaram para a divisão no fim do plantão e todo mundo estava comparando as histórias da lua cheia, não houve discussão quando o prêmio do desespero silencioso foi para Mag Takara e Benny Brewster.

Começou quando uma mulher a oeste do Los Feliz Boulevard pegou o telefone e discou 911, deu o endereço e disse: "A minha vizinha está pedindo socorro! A porta dela está trancada! Venham depressa!"

Mag e Benny acusaram o chamado, código 3, ligaram a barra de luzes e a sirene e se puseram a caminho. Quando chegaram à casa velha de dois andares ouviram da rua os gritos de "Socorro! Me ajudem! Socorro!"

Correram até a porta e a encontraram trancada. Mag deu um passo de lado e Benny Brewster chutou a porta, arrebentou o batente e a porta bateu na parede.

Dentro da casa ouviram os gritos de socorro com maior intensidade: "Pelo amor de Deus, me ajudem! Socorro! Socorro!"

Mag e Benny subiram correndo a escada, ouvindo portas de carro batendo pois Fausto Gamboa e Budgie estavam acabando de chegar com mais dois carros. A porta do quarto estava entreaberta e Mag parou de um lado e Benny do outro, os dois, policiais experientes, já segurando a coronha das suas armas.

Mag empurrou a porta com o pé. Tudo ficou em silêncio durante um longo momento e eles ouviram o tique-taque do grande relógio, acompanhando o movimento do pêndulo para um lado e para o outro.

Então, no canto mais distante do quarto uma voz: "Ajudem-me! Ajudem-me! Ajudem-me!"

Mag e Benny automaticamente entraram agachados em posição de luta e a encontraram. Era uma inválida de 55 anos, terrivelmente deformada pela artrite, abandonada sozinha naquela noite pelo filho solteiro. Estava sentada numa cadeira de rodas ao lado de uma mesinha redonda perto da janela, onde evidentemente tinha passado muito tempo olhando a rua lá embaixo.

Segurava uma semi-automática calibre 32 numa garra retorcida e um carregador vazio na outra. As balas estavam espalhadas no chão à sua volta, onde tinham caído.

O rosto surpreendentemente jovem estava manchado pelas lágrimas e ela gritou para eles.

– Me ajudem! Por favor, me ajudem a carregar esta coisa! E depois vão embora!

Dois detetives trabalhavam em horas extras na Divisão Hollywood naquela noite. Uma era Andi McCrea, que recebeu a incumbência de terminar o que havia começado inocentemente algumas semanas antes, substituindo uma turma de crimes de sexo. Mas ela não se importava nem um pouco, porque esta era a primeira vez na sua carreira em que havia solucionado um homicídio duplo sem nada saber sobre ele.

O menino de Reno estava na Vara de Adolescentes esperando ser ouvido. Mas, o que era mais importante, seu cúmplice de assassinato de 40 anos, Melvin Simpson, que vinha de San Francisco e já tinha três condenações, e que esteve em Reno jogando, ia ser acusado de homicídio em primeiro grau.

Agora, detetives de Las Vegas passaram a se interessar por Simpson quando se descobriu por meio do seu cartão de crédito que ele também havia estado na sua cidade durante uma semana. Sem emprego, ele mesmo assim tinha dinheiro para jogar nos dois lugares. Coincidentemente, no mesmo dia em que um engenheiro de Chicago presente a uma convenção tinha sido assaltado e assassinado num posto nas cercanias de Las Vegas, Simpson tinha fechado a conta e saído do seu hotel.

O relatório da balística ainda não estava pronto, mas Andi tinha grandes esperanças. Isso poderia ser apresentado à comissão oral no próximo exame para promoção a tenente. Poderia até render uma reportagem no *L. A. Times*, apesar de ninguém mais ler o *Times*, ou qualquer outro jornal, e assim não havia razão para tanta excitação com relação a esta parte.

O outro detetive trabalhando até mais tarde naquela noite era Viktor Chernenko, um imigrante de 43 anos vindo da Ucrânia, um dos dois cidadãos naturalizados que trabalhavam como detetives em Hollywood, sendo o outro um imigrante de Guadalajara, no México. Viktor tinha uma massa de cabelos grossos que ele considerava "rebeldes", um largo rosto eslavo, um corpo troncudo e um pescoço tão grosso que ele sempre perdia os botões da camisa.

Certa vez, quando o seu grupo de furtos e roubos foi chamado a uma clínica no leste de Hollywood para entrevistar a vítima de um roubo violento da sua bolsa, a recepcionista o viu chegar e avisou a uma mulher que esperava no saguão que o táxi já tinha chegado.

Mas ele era possivelmente o policial mais dedicado, trabalhador e desejoso de agradar que Andi McCrea já tinha conhecido.

Viktor tinha emigrado para os Estados Unidos em setembro de 1991, um mês após o colapso da União Soviética, quando era um capitão de 28 anos do Exército Vermelho. Sua saída da URSS ainda era cercada de mistério, levando a boatos de que ele desertara com informações muito valiosas e que tinha sido trazido para Los

Angeles pela CIA. Ou talvez não. Ninguém sabia com certeza e Viktor parecia gostar dessa situação.

Era a ele que o DPLA recorria quando precisavam de um tradutor de russo ou um interrogador que falasse russo, e por isso ele se tornou conhecido da maioria dos gângsteres locais vindos dos países da Cortina de Ferro. E era por isso que estava trabalhando até mais tarde. Tinham lhe dado a incumbência de acompanhar a equipe encarregada do caso do "assalto da granada de mão", como ficou conhecido o assalto à joalheria. Viktor vinha mantendo contatos com todos os imigrantes que conhecia pessoalmente e que pudessem estar, ainda que remotamente, associados com a chamada máfia russa. E isso queria dizer qualquer criminoso de Los Angeles vindo do bloco oriental, inclusive os IACS: iugoslavos, albaneses, croatas e sérvios.

Viktor teve uma boa educação quando vivia na Ucrânia e mais tarde na Rússia. Seu conhecimento de inglês tinha lhe garantido a promoção a capitão do exército muito antes dos seus colegas da mesma idade, mas o inglês que tinha estudado na URSS não incluía expressões que provavelmente o deixariam confuso para o resto da vida. Naquela noite, quando Andi lhe ofereceu café, ele declinou educadamente, até ela lhe perguntar se ele preferia uma xícara de chá.

Usando como sempre o seu nome de batismo, ele disse:
– Obrigado Andrea. Para mim seria a sorte grande.

Durante os seus anos em Los Angeles, Viktor Chernenko tinha aprendido que uma semelhança entre a vida na antiga URSS e a vida em Los Angeles – a vida sob uma economia planejada e uma economia de mercado – é que existe uma enorme quantidade de negócios conduzidos por pessoas nas subculturas que ninguém conhece, somente a polícia. Viktor ficou fascinado pela onda de roubos de identidade que inundou Los Angeles e a nação, e, apesar de os detetives de Hollywood não se envolverem diretamente nesses casos – encaminhando-os para uma divisão especializada em falsificações bancárias no centro –, quase todo mundo que Viktor conhecia na comunidade criminosa de Hollywood tinha alguma coisa a ver com identidades roubadas ou falsificadas.

Depois de várias conversas com a vítima do assalto à joalheria, Sammy Tanampai, e com o pai dele, Viktor estava convicto de que nenhum deles tinha negócios, legítimos ou não, com a máfia russa ou com prostitutas russas. Sammy Tanampai tinha certeza de ter percebido um sotaque russo na fala da mulher, ou pelo menos alguma coisa semelhante ao sotaque dos imigrantes russos que se hospedaram temporariamente nas pensões baratas do seu pai na Pequena Tailândia.

Foi durante uma entrevista subseqüente que Sammy lhe disse que o homem não havia falado muito, por isso não tinha muita certeza, mas que o sotaque da mulher parecia o de Viktor Chernenko.

Assim, quanto mais Viktor pensava em como os russos, se é que eram mesmo russos, tinham obtido a informação sobre os diamantes, mais ele se convencia de que ela poderia ter vindo de um roubo comum de correspondência. Tomando o chá que Andi lhe tinha trazido, ele decidiu telefonar mais uma vez para Sammy Tanampai.

— Você enviou cartas para alguém informando sobre os diamantes? — perguntou depois que a esposa o chamou ao telefone.

— Não. Não enviei.

— Você sabe se o seu pai enviou?

— Por que ele faria isso?

— Talvez para um cliente que desejasse o tipo de diamantes que vocês receberam. Alguma coisa assim?

A conversa foi interrompida por um longo momento. Quando voltou a falar, Sammy disse:

— É verdade. Meu pai escreveu para um cliente de San Francisco sobre os diamantes. Ele acabou de me dizer.

— Você sabe onde ele postou a carta?

— Eu postei. Numa caixa de correio na Gower, vários quarteirões na direção sul do Hollywood Boulevard. Eu ia buscar meus filhos na creche. Isso é importante?

— Há gente que rouba correspondência das caixas de correio — explicou Viktor.

Depois de desligar, Viktor disse:

— Amanhã vou examinar o livro da população flutuante para ver se há muitos sem-teto perto da de Gower e Hollywood.

– Por quê? – perguntou Andi. – Você não está pensando que um sem-teto executou um assalto tão sofisticado.

Com um sorriso amplo, ele disse:

– Não, Andrea, mas os sem-teto são capazes de roubar de uma caixa de correio. E os sem-teto vêem tudo o que acontece, mas ninguém vê os sem-teto que vivem abaixo da subcultura. Meus assaltantes russos se acham muito espertos, mas creio que eles vão descobrir que não conseguiram lançar névoa sobre os nossos olhos.

Uma das razões para colocar Budgie Polk e Mag Takara no bulevar na noite de sábado era que o "Compstat" havia indicado que muitos otários estavam sendo assaltados por ladrões oportunistas e pelas próprias prostitutas. E todo mundo sabe que esses roubos não são informados porque os otários são homens casados que não querem que a cara-metade saiba para onde eles vão depois do trabalho.

Compstat era o programa do atual chefe de polícia, que ele usava quando era comissário de polícia no DPNY e que afirmava ter reduzido a criminalidade naquela cidade, ainda que isso fosse numa época em que a criminalidade estava em queda em todo o país por questões demográficas que nada tinham a ver com o programa. Ainda assim, ninguém jamais manifestou dúvidas em voz alta, e todos pularam no bonde, pelo menos fingindo exuberância para o filho importado do chefe, fazendo gracinhas e dando-lhe tapinhas no bumbum quando alguém estava vendo.

Brant Hinkle, da corregedoria, considerava possível que o Compstat tivesse sido útil em Nova York com seus trinta mil policiais, ou até mesmo em Boston, onde o chefe havia servido como policial de rua. Talvez seja um instrumento valioso numa cidade em que milhares vivem e trabalham um em cima do outro em estruturas de vários andares de altura. Mas não é assim que as pessoas vivem na área de Los Angeles, onde ninguém sabe o nome do vizinho. Onde todo mundo tem carro e as vias expressas cortam as áreas residenciais e os distritos comerciais. Onde apenas nove mil policiais têm de vigiar 1.200 quilômetros quadrados.

Quando ocorria um crime em Los Angeles, o criminoso já podia estar muito longe antes que a Central indicasse um carro para investigar. Se conseguisse encontrar um. E quanto a inundar uma área com policiais, o DPLA não tinha recursos suficientes para inundar coisa alguma: ele só pingava.

Houve algumas ocasiões em que Brant Hinkle chegou a ver o Compstat em ação, durante os primeiros anos após a chegada do novo chefe. Foi quando o novo chefe ainda se sentia um pouco inseguro na Costa Oeste e trouxe com ele de Nova York um amigo jornalista que nunca tinha sido policial e lhe deu um distintivo de Chefe de Imprensa. E lhe deu um porte de arma, e assim ele tinha distintivo e porte de arma como um policial de verdade. O sujeito não fez mal algum e já tinha ido embora, o chefe de polícia já se aclimatara e se sentia mais seguro, mas, apesar do amigo ter ido embora, o Compstat ficou.

Na época, o chefe também trouxe vários policiais aposentados de Nova York, como se tentasse recriar Nova York em Los Angeles. Eles apresentavam slides com dois ou três capitães na platéia. Num dos slides se via um prédio de apartamentos, e um dos policiais aposentados de Nova York comentava em voz portentosa e sotaque do Bronx com os capitães do DPLA: "Vocês não calculam os problemas criminais nesse lugar."

E é claro que nenhum dos capitães tinha a menor idéia dos problemas criminais daquele lugar, nem onde ficava "esse lugar". Um prédio de dois andares? Havia centenas em cada divisão, até milhares em algumas.

E o segundo em volume de voz, com sotaque do Brooklyn, gritava diante deles: "O roubo que ocorreu aí numa tarde de segunda-feira é apenas um roubo, ou parte de uma tendência?"

E o capitão gaguejava e suava, tentando decidir se adivinhava ou se esperava por um terremoto.

Mas Brant Hinkle descobriu que algumas pessoas no DPLA adoravam as sessões do Compstat. Eram policiais de rua que detestavam seus capitães. Adoravam imaginar os seus chefes se dissolvendo numa poça enquanto os nova-iorquinos irritantes faziam chover saliva. Pelo menos era assim que se descrevia para os policiais que desejavam estar lá para ver o comando ter um gostinho da merda que era jogada todo dia sobre a tropa. Os policiais de rua nem se importariam de pagar para ver.

No caso da tropa da Divisão Hollywood, o chefe da Costa Oeste não era o Lord Voldemort, e só isso já era a resposta a uma oração. E ele se interessava em reduzir a criminalidade e o tempo de resposta aos chamados. E ele não se limitava a falar sobre o moral da tropa. Quando estavam de serviço, ele permitia aos detetives levar para casa os veículos da corporação, em vez de usar seus carros particulares. E, o que era muito importante, ele instituiu o horário comprimido de trabalho que Lord Voldemort teria detestado, mas que permitia aos policiais do DPLA trabalhar quatro dias de dez horas por semana ou três de doze horas, em vez do horário normal de oito às cinco. Isso permitia aos policiais do DPLA, a maioria dos quais não tinha condições de viver em Los Angeles e eram forçados a longas viagens para chegar ao trabalho, o luxo de dois ou três dias em casa.

Com relação ao Compstat, os policiais de rua tinham uma atitude filosófica e fatalista, igual à que tinham com relação à natureza incontrolável da vida do policial. Um dia, durante a chamada, Oráculo, que já era velho o bastante e já tinha tempo suficiente de serviço para dizer a verdade que ninguém mais ousava dizer, perguntou retoricamente ao tenente: "Por que o comando não pára de cansar o Compstat? Ele só gera uma série de mapas fincados de alfinetes, nada mais. Dê um tempo para o chefe se adaptar ao novo ambiente de Hollywood e comparecer a algumas daquelas festas em Beverly Hills com bufê de Wolfgang Puck. Espere até ele conhecer as armas da sedução em massa. Ele vai largar toda essa bobagem da Costa Leste e virar um palhaço de Hollywood, tal como os que estão na Prefeitura."

Quando chegou sua transferência, Brant Hinkle ficou exultante. Esperava ser transferido para Hollywood e já tivera uma entrevista informal com o tenente responsável. Também passou por uma entrevista com o responsável pela Divisão Van Nuys, a divisão em que tinha trabalhado, e com a de West L.A., certo de que iria para uma delas.

Quando se apresentou, foi informado de que ia trabalhar na divisão de roubos, pelo menos durante algum tempo, e foi apresentado ao grupo e descobriu que já conhecia a metade dos detetives, sem saber onde estavam os outros. Contou 22 pessoas trabalhando ao telefone ou computador, sentadas atrás de mesas metálicas em seus cubículos separados apenas por barreiras de um metro de madeira.

Andi McCrea lhe informou:

— Parte do pessoal está em licença, mas essencialmente é isso aí. Devíamos ter cinqüenta pessoas, mas só temos a metade. Há algum tempo tínhamos dez detetives investigando roubos de carros, mas hoje só temos dois.

— É a mesma coisa em toda parte. Ninguém quer ser policial hoje em dia.

— Especialmente no DPLA. Você deve saber por quê. Acabou de sair da corregedoria.

— Mais baixo — disse ele, o dedo sobre os lábios. — Gostaria de manter fora do conhecimento da tropa que passei dois anos no grupo da fritura.

— Nosso segredo — disse Andi, observando que ele tinha um sorriso bem simpático e belos olhos verdes.

— E qual vai ser o meu grupo?

— Bem atrás de você.

Ele se virou e sofreu um entusiástico aperto de mão ucraniano de Viktor Chernenko.

— Eu não pertenço realmente ao grupo de roubos, mas agora trabalho com eles por causa do assalto com a granada de mão. Faça o favor de se sentar e vamos falar de ladrões russos.

— Você vai gostar desse caso — disse Andi, apreciando cada vez mais o sorriso de Brant. — Viktor é muito minucioso nas investigações.

— Obrigado, Andrea — disse ele timidamente. — Tentei fazer o máximo para revirar todas as pedras.

Oráculo decidiu que ele próprio merecia a menção honrosa por desespero silencioso naquela noite de lua cheia. Tinha acabado de voltar de um código 7 e estava com uma forte azia provocada por dois hambúrgueres e fritas, quando o policial da recepção entrou.

— Sargento, acho que o senhor vai ter de atender esse telefonema. Um sujeito insiste em falar com um sargento.

— Você não sabe do que se trata? — perguntou Oráculo procurando os comprimidos de antiácido.

— Ele não quis dizer. Diz que é padre.

— Oh, merda. Por acaso ele disse que o nome é padre William?

— Como é que o senhor sabe?

— Hoje é noite de lua. Ele vai me segurar no telefone pelo menos uma hora. Está bem, falo com ele.

Oráculo pegou o telefone.

— Qual é o problema desta vez, padre William?

— Sargento, por favor, mande dois guardas jovens e fortes imediatamente! Tenho de ser preso, algemado e completamente humilhado! É urgente.

Capítulo 10

No sábado, 3 de junho, a policial Kristina Ripatti, da Divisão Sudoeste, foi ferida a tiros por um ex-condenado que tinha acabado de assaltar um posto de gasolina. O parceiro dela matou o assaltante, mas foi ameaçado por uma gangue quando tentava socorrer a policial ferida, cujo ferimento na coluna a tinha paralisado da cintura para baixo. Quando Fausto ficou sabendo que a policial Ripatti, de 33 anos, também tinha uma filhinha, começou a se preocupar seriamente com o próximo trabalho da sua parceira.

Na noite de sábado, Budgie e Mag foram saudadas com assovios por toda a divisão. Budgie sorriu, tentando não parecer muito sem graça. Usava um sutiã que levantava os seios e que não era nada confortável na sua condição, uma blusa verde-limão com um decote profundo sob um casaco curto que escondia a fiação e o microfone, e a saia mais justa que jamais tinha vestido, emprestada pela vizinha adolescente.

A vizinha entrou no espírito da coisa e insistiu para que Budgie usasse um par de sapatos de salto agulha sete e meio, que serviram, pois, apesar de ser muito alta, Budgie tinha pés pequenos. Uma bolsa verde para usar a tiracolo completava o conjunto. E ela aplicou muita maquiagem, o brilho mais cremoso e brilhante que tinha, e não economizou no delineador. O rabo-de-cavalo trançado foi salpicado de brilho.

Flotsam olhou para ela e comentou com Jetsam:

— Cara, isso é que é brilho!

Fausto olhou para ela com desaprovação, depois tirou do bolso um Smith & Wesson de cinco tiros e cano curto e disse a ela:

— Ponha na sua bolsa.

— Não é preciso, Fausto. A turma da segurança vai me acompanhar o tempo todo.

— Faça o que estou mandando, por favor.

Como foi a primeira vez que ele pediu por favor, ela pegou a arma e viu que olhava para o seu pescoço. Ela ergueu os braços e abriu o fecho da delicada correntinha e a medalha de ouro e entregou a ele.

— Que tipo de puta usa isso? Guarde para mim.

Fausto pegou a medalha e perguntou:

— Mas quem é o santo?

— São Miguel, santo padroeiro dos policiais.

Ele lhe devolveu a medalha.

— Guarde na bolsa, junto da arma.

Mag não era tão magra quanto Budgie e era quase trinta centímetros mais baixa. Tinha todas as curvas sem precisar de enchimentos, e se apresentou como uma dominadora. Usava uma blusa preta de gola rulê, short preto, botas até os joelhos compradas para a ocasião e brincos grandes de plástico. O cabelo estava preso em um coque severo.

Sua aparência declarava: "Vou te machucar, mas não muito."

Quando o restante do turno da noite assoviou para ela, Mag fez uma pose e deu um tapa no quadril direito, lançou um olhar quente e disse: "Que tal apanhar do meu chicote preto?"

Durante a chamada, os homens da Costumes acompanharam as policiais emprestadas até a sala da sua delegacia para instalar os microfones e pô-las a par dos elementos do artigo 647b do código penal, que define como crime a oferta de sexo em troca de dinheiro. As iscas tinham de ficar passivas, sem se oferecer abertamente, mas os clientes mais espertos tentavam levá-las a fazê-lo, sabendo que a mentira iria viciar a prisão caso se descobrisse que as prostitutas eram policiais.

Depois da chamada, Oráculo chamou Fausto Gamboa de lado.

– Fique longe da Budgie, Fausto. É sério. Se você começar a passar de preto-e-branco pelo bulevar, vai estragar tudo.

– Eu só digo que ninguém devia dar esse trabalho para uma mãe recente – resmungou e foi procurar o parceiro daquela noite, Benny Brewster.

Sentadas no banco de trás de um carro da Costumes que seguia em direção ao trecho leste do Sunset Boulevard, Mag, que já havia sido emprestada uma vez à Força-Tarefa da Costumes, e Budgie, que nunca havia trabalhado disfarçada, mantiveram o alto nível de energia com muita conversa nervosa. Afinal, as duas iam ser levadas ao palco, deveriam se colocar nas suas marcas e esperar o diretor gritar "Ação!" Sabendo o tempo todo que o seu papel envolvia uma dose de perigo que as atrizes mais bem pagas de Hollywood nunca tiveram de enfrentar. Mas as duas mulheres estavam ansiosas e queriam se sair bem. Eram policiais jovens, inteligentes e ambiciosas.

Budgie notou que suas mãos tremiam, e escondeu-as sob a bolsa de plástico verde. Perguntou-se se Mag estava tão nervosa quanto ela e lhe disse:

– Eu queria usar um top de ginástica, mas achei que seria mais difícil esconder o fio.

– Eu queria mostrar o meu piercing de umbigo, mas pensei a mesma coisa sobre esconder o microfone. Ainda gosto do meu piercing, e estou feliz por ter resistido ao impulso de tatuar uma borboleta acima da bunda na época em que era o maior sucesso.

– Eu também – disse a Budgie, sentindo que a conversa já a estava acalmando. – Tatuagens estão fora. E estou até pensando em tirar o meu piercing. O cinturão esfrega nele. Levou quase um ano para sarar.

– O meu também esfregava, mas agora eu coloco algodão e um esparadrapo por cima antes de pegar serviço.

– Eu coloquei o meu um dia, logo depois do plantão. Naquela época, eu já saía de uniforme para o trabalho para ganhar tempo para as aulas de biologia no City College. Você devia ver a cara do sujeito quando entrei e tirei o cinturão. Ele olhou para mim de boca aberta, sem acreditar que ia colocar um piercing numa policial. As mãos dele tremeram todo o tempo.

As duas riram e Simmons, o policial mais velho, que estava dirigindo, virou-se para o parceiro Lane, no assento do passageiro, e comentou.

– A cultura popular finalmente alcançou o DPLA.

Antes de deixar as duas em dois quarteirões separados do Sunset Boulevard, Simmons disse para Mag:

– A ordem de desejabilidade é: primeiro as asiáticas, em seguida as brancas.

– Desculpe, Budgie – disse Mag com um sorriso tenso.

Budgie também tinha um sorriso tenso.

– Aposto que eu pego mais. Vou pegar todos os anões que sonham com uma loura alta.

– Por ora, vou deixar vocês duas a um quarteirão de distância uma da outra – disse Simmons. – Temos duas equipes uniformizadas para agir depois que vocês conseguirem a oferta: e duas equipes de segurança, inclusive nós dois, que vão dar proteção. Uma delas já está vigiando as duas esquinas. Talvez aconteça de alguma concorrente se aproximar e fazer perguntas, suspeitando que vocês sejam policiais. Vocês duas são saudáveis demais.

– Eu consigo ficar pior, sem dificuldade.

– E isso não vai atrapalhar? Nós sermos descobertas por alguma prostituta?

– Não. Elas vão pegar uma carona até outro ponto a dez quarteirões e vão ficar longe de vocês. Elas sabem que, se vocês são iscas, nós estamos por perto vigiando.

Lane disse:

– A maioria dos fregueses é nojenta, mas a esta hora do anoitecer pode acontecer de vocês pegarem um homem de negócios a caminho de casa vindo dos edifícios no centro. Eles sabem que as prostitutas de mais classe fazem ponto na Sunset, e uma vez ou outra eles param para uma rapidinha.

Budgie perguntou:

– Não estou em Hollywood há tanto tempo assim, mas, depois de um estouro de ponto de droga, já trabalhei como policial encarregada do transporte de travestis. Um deles pode me reconhecer.

– Os travestis geralmente trabalham no Santa Monica Boulevard – explicou Simmons. – Ganham bem com todos os condenados em condicional, que gostam do ponto porque tomam gosto pelo bi quando ficam presos. São cheios de doenças. Evitam agulhas por medo da AIDS, e então fumam cristal ou consomem pelo reto. Isso faz algum sentido? Metanfetamina é uma droga erótica. Nem pense em apertar sem luva a mão de nenhum daqueles travestis.

Sabendo que este era o primeiro trabalho de Budgie, Lane lhe disse:

– Se você ver uma prostituta asiática na Sunset pode logo imaginar que seja transexual. Às vezes travestis asiáticos ganham bom dinheiro aqui porque conseguem enganar os otários hétero. Neles a perna raspada fica mais lisa. Costumam chegar na hora dos bares fecharem, quando os otários já estão bêbados demais. Mas todos os travestis devem ser considerados criminosos violentos vestidos de mulher. Gostam de roubar o carro do otário quando é possível e a maioria deles não gosta de admitir como o carro foi roubado, e assim os travestis nunca aparecem no relatório como suspeitos. É melhor evitar todas as outras prostitutas, se for possível. As normais e os travestis.

– *Outras* prostitutas? – perguntou Budgie.

– Desculpe. Você está convincente e me confundi.

Quando desceram a meio quarteirão do bulevar, Simmons disse:

– Se um cliente preto puxar conversa, vá em frente e converse, mas de uma maneira elegante. Ele pode ser um gigolô da Wilshire que veio avaliar a concorrência ou tentar se impor. Pode falar bobagem e tentar te atrair, e gostaríamos que isso acontecesse, mas fique com os dois pés na calçada. Nunca entre num carro. E lembre-se, às vezes aparece interferência na comunicação e não conseguimos entender exatamente o que o sujeito está falando, e prestamos atenção no que você diz. A escuta às vezes falha completamente. Se você estiver em perigo, a palavra-código é "bacana". Use-a numa sentença e a gente vem correndo. Se for preciso, grite. Não esqueça: bacana.

Depois de tudo aquilo as duas estavam nervosas novamente quando desembarcaram. Cada uma delas falou em voz normal para o sutiã e ouviu a unidade de escuta informar a Simmons e Lane que a recepção estava ótima.

O policial mais velho parecia mais preocupado com a segurança.

— Não entendam mal. Espero não estar sendo machista, mas sempre digo às novas operadoras para não assumir riscos desnecessários num caso de contravenção como este. Vocês são policiais competentes, mas ainda assim são mulheres.

— Prestem atenção no meu rosnado — disse Budgie sem convicção.

O policial mais novo:

— Hora do show!

As duas mulheres viram ação logo nos primeiros dez minutos. Budgie trocou olhares com um operário branco numa picape GMC. Ele deu uma volta no quarteirão, saiu da Sunset e estacionou. Ela andou até o carro, ensaiando mentalmente as palavras que poderia usar para não caracterizar uma cilada. Não precisava ter se preocupado.

Quando ela se curvou e olhou-o pela janela do passageiro, ele disse:

— Não tenho tempo para mais nada, só para um boquete. Não quero ir para um motel. Se você topa, entra e faz no beco atrás da próxima esquina. Eu te pago quarenta dólares. Se não topa, te vejo outro dia.

Foi tão rápido e fácil que Budgie ficou espantada. Não houve barganha, nem jogos de palavras para ver se ela era policial. Nada. Ela não sabia bem como responder e se limitou a dizer:

— Está bem. Pare no próximo quarteirão da Sunset, ao lado do estacionamento, e me espere.

E foi tudo que ela teve de fazer, além de coçar a perna para avisar que o negócio estava fechado. Dentro de um minuto um preto-e-branco do plantão 3 parou atrás do sujeito e acendeu a barra de luzes com um toque da sirene, e depois de dez minutos tudo tinha acabado. O sujeito foi levado até o posto móvel de comando parado a uma distância de dois quarteirões do Sunset Boulevard.

No PC havia bancos para os otários, umas mesas dobráveis para os relatórios de prisão e um equipamento eletrônico para tirar as digitais e fotografias dos sujeitos assustados, depois do que eles eram liberados. Se não passasse no teste de atitude ou se houvesse outros fatores, como antecedentes graves ou posse de drogas, ele seria levado para a Divisão Hollywood e autuado.

Se tudo acabasse numa liberação no local, o otário encontrava o seu carro ao lado do PC, levado por um dos policiais uniformizados, mas não podia ir com ele para casa. Os carros eram apreendidos, pois o promotor municipal acreditava que esta era uma forma de desencorajar a prostituição.

Budgie foi levada até o PC onde completou um relatório sumário de prisão depois de dizer ao sujeito que havia instalado a sua escuta que não queria ouvir a gravação da conversa com o cliente. Ele estava sentado, olhando irritado para ela.

– Muito obrigado. Boceta.

Budgie comentou com o policial da Costumes:

– Talvez seja um problema hormonal, mas estou começando a odiar este sujeito.

– Ele é o tipo fodido que passou a maior parte da vida dançando e estourando caixas de correio.

Depois, para o otário fumegante:

– Aqui é Hollywood, cara. Vamos fazer um cinema-verdade.

O otário fez cara feia e perguntou:

– O que é essa merda?

– Continue usando essa boca suja e finja que não estamos aqui com uma câmera escondida para uma cena que depois você pode representar para a cara-metade e as crianças.

O primeiro da Mag apareceu alguns minutos depois do da Budgie. Era um homem branco que dirigia um Lexus e, pela aparência, era um dos homens de negócio a caminho de casa na zona oeste da cidade. Este era mais cuidadoso que o cliente da Budgie e deu duas voltas no quarteirão. Mas Mag era um ímã atraindo otários. Depois da segunda passada, ele encostou e estacionou.

Os policiais da Costumes disseram esperar que Budgie recebesse muitas perguntas suspeitosas sobre ela ser uma policial, mas Mag era tão pequenininha, tão exótica e sensual que a sua aparência deveria tranqüilizar qualquer um. E, de fato, o homem de negócios não estava interessado na sua folha corrida.

— Você parece ser uma garota muito limpa. É?

— Sou sim — ela pensou em tentar um sotaque japonês, mas mudou de idéia. — Muito limpa.

— Eu te acho muito bonita. — Ele então olhou em volta, cauteloso. — Mas tenho de saber se você é limpa e sã.

— Sou uma garota muito limpa.

— Tenho família. Três filhos. Não quero levar nenhuma doença para casa.

Para acalmá-lo, Mag disse:

— Não, claro que não. Onde você mora?

— Bel-Air. Nunca fiz uma coisa assim antes.

— Não. Claro que não.

Então começaram as negociações.

— Quanto você cobra?

— O que você está querendo?

— Depende de quanto você cobra.

— Isso depende do que você quer.

— Você é linda. Suas pernas são tão bem torneadas e ainda assim fortes.

— Obrigada, senhor — respondeu, imaginando que, ajustando-se à educação dele, ela iria resolver tudo.

— Você deve sempre usar short.

— Eu geralmente uso.

— Você parece inteligente, tão amável. Aposto que sabe conquistar um homem.

— É verdade — disse ela, pensando que ele talvez quisesse uma gueixa.

— Tenho idade para ser seu pai. Isso incomoda?

– Nem um pouco.

– Excita?

– Bem ... talvez.

E então ele abriu a braguilha e puxou o pênis ereto e começou a se masturbar, gritando:

– Você é tão jovem e linda!

Para informação da equipe de cobertura e para sua surpresa, Mag gritou para o sutiã:

– Puta merda! Você está destripando o mico! Cai fora daqui!

Por um instante, ela esqueceu de coçar a perna.

Dentro de dois minutos o grupo fardado acendeu as luzes do teto e fez parar o Lexus, e quando chegou a turma da Costumes ela disse:

– Meu Deus, ele esporrou no carro de setenta e cinco mil dólares inteirinho.

Depois de chegar ao PC, onde o sujeito foi autuado por atentado ao pudor, Mag sentia um pouco de pena do sem-vergonha.

Até que depois de ter tiradas a fotografia e as digitais, ele se virou para ela e disse:

– A verdade é que você tem as coxas gordas. E aposto que você tem problemas com a figura do pai.

– Ah, então você é psicólogo. Só de olhar as minhas coxas você já me entendeu. Tchau, papaizinho querido.

Ela se virou para sair e notou um jovem policial da Costumes chamado Turner que olhava para ela. Mag corou e involuntariamente olhou para as próprias coxas.

– Elas são tão lindas como você inteira. Com ou sem problemas com a figura do pai.

Mag Takara fisgou três otários em duas horas, e Budgie Polk, dois. Quando o terceiro otário de Budgie, um vagabundo num Pontiac arrebentado, lhe ofereceu cristal em troca de sexo, Budgie o prendeu por posse de drogas.

– Que tal esta? Crime de prostituição – disse ela sorrindo para Simmons quando chegou ao PC.

– Você está indo muito bem, Budgie. Divirta-se, mas fique alerta. Tem muita gente estranha lá fora.

Mag pegou outro depois de mais dez minutos. Era um sujeito de cara larga perto dos quarenta anos. Dirigia um Audi novo e vestia roupas que Mag reconheceu como sendo da Banana. Era o tipo de homem com quem, se fosse convidada, ela teria dançado nas boates da Strip que ela e as amigas freqüentavam.

Ele se manteve distante enquanto os outros passavam perto dela, com alguma conversa mole e depois arrancavam com medo. Medo da polícia, medo de assalto, medo de doença, há muitos medos misturados com o desejo, às vezes aumentando-o. E havia muitas neuroses.

Quando o homem do Audi se aproximou de Mag e tocou relutantemente no assunto do sexo por dinheiro, tornou-se o segundo naquela noite a se excitar tão depressa a ponto de abrir a braguilha e se expor.

Mag falou para o sutiã:

– Meu Deus! Você está se masturbando! Que excitante!

– É você! É você! Eu estaria disposto a pagar por um boquete, mas estou sem dinheiro. E não consigo levantar o pinto, merda!

E enquanto a turma da Costumes corria para a esquina, as luzes de uma grande van se acenderam iluminando o interior do carro. Mag olhou com mais atenção e viu que era verdade, o pinto estava com sono. Mas estava todo vermelho.

– Meu Deus! Você está sangrando aí embaixo?

Ele parou e olhou para ela. Então soltou o membro flácido.

– Ah, isto. É batom das outras três putas que me fizeram um boquete. Foi como gastei todo o meu dinheiro.

Pouco depois, Budgie violou uma ordem de Simmons, quando não manteve os pés na calçada. Ela não acreditou quando um caminhão de três eixos apareceu na esquina carregado de bezerros e parou num beco.

Ela não conseguiu resistir e se aproximou da cabine do caminhão, apesar de estar muito escuro no beco. Subiu no estribo e ouviu nervosa o motorista, com o rosto marcado por uma cicatriz vestindo camiseta e chapéu de caubói, falar:

— Eu te pago cinqüenta dólares. Toma. Agora entra e me faz um boquete, meu bem.

Era tão bizarro que, quando o segundo grupo da Costumes apareceu, um dos policiais disse ao sujeito:

— Imagina o que o patrão vai dizer se a gente te prender e apreender o caminhão?

Budgie perguntou:

— Eles vão para o matadouro?

O caubói estava com tanta raiva que demorou a responder.

— E você não gosta de vitela? Será que você mata a lagosta antes de jogar na água fervendo? Não me enche o saco, dona.

Ele apresentou tantos problemas logísticos que foi liberado com o caminhão.

Quando voltou para a esquina depois de terminar o indiciamento no PC, ela tentou não se lembrar dos bezerros condenados. Pela primeira vez, estava realmente triste.

Não se tinham passado nem três minutos quando um Hyundai com placas do Arkansas encostou com dois adolescentes. Ainda se sentia deprimida por causa dos bezerros e dos pais e maridos patéticos que tinha pegado naquela noite, imaginando quantas doenças eles levavam para casa, para suas mulheres. Quem sabe alguma doença fatal? A Grande A.

Ela logo viu com quem estava tratando: dois fuzileiros navais. Estavam queimados do meio da testa para baixo, o cabelo raspado dos lados, com um pouquinho no alto da cabeça. Os dois vestiam camisetas baratas com o nome de uma banda de rock, que deviam ter comprado em alguma loja de suvenires no Hollywood Boulevard. Os dois tinham um sorriso nervoso no rosto meio pateta, e, depois da tristeza inexplicável, Budgie sentiu uma raiva inexplicável.

O passageiro lhe disse:

— Oi, belezura.

Budgie andou até o carro.

— Se você disser "como tá tudo", eu te dou um tiro.

A palavra tiro mudou imediatamente a dinâmica. O rapaz disse:

— Nossa! Você não anda armada, anda?

— E por que não? Será que uma garota não tem o direito de se defender?

O rapaz tentou recuperar um pouco da pose.

— Sabe onde a gente acha um pouco de ação?

— Ação? E o que é isso?

O passageiro olhou para o motorista, que estava ainda mais nervoso.

— A gente está a fim de diversão. Está entendendo?

— É. Eu sei do que você está falando.

— Se não for muito caro.

— E quanto é muito caro?

— A gente paga setenta dólares, mas você vai ter de atender os dois, tá?

— Onde vocês estão aquartelados? — perguntou ela, imaginando que uma turma da Costumes já estava se preparando.

— O quê?

Ela pensou que eles não poderiam ter mais de dezoito anos.

— Eu nasci à noite, mas não foi ontem à noite.

— Camp Pendleton — e o garoto parou de sorrir.

— E quando vocês vão para o Iraque?

Agora o garoto estava realmente confuso. Olhou para o motorista e para Budgie, e tentou recuperar um pouco da pose.

— Daqui a três semanas. Por quê? Você vai dar de graça por patriotismo?

— Não, seu idiota. Vou dar um passe para vocês irem para o Iraque e se foder. Sou policial e há uma equipe da Costumes aqui perto, e, se vocês ainda estiverem aqui quando ela chegar, vão ter muito que explicar para o seu comandante. Agora, sumam de Hollywood e não voltem nunca mais.

— Sim, senhora. Obrigado, senhora.

E os dois desapareceram antes de a equipe passar lentamente pela esquina, e Budgie viu o policial chamado Turner sacudir a cabeça e dar de ombros, como se dissesse: "Não tem problema soltar na água um ou outro peixe. Mas não vá se acostumar."

A turma da Costumes sabia que suas operadoras precisavam de um intervalo de descanso e sugeriram um código 7 num Burger King próximo, mas Mag e Budgie pediram para ir a um restaurante japonês mais adiante na Sunset. Calculavam que os homens não iam querer peixe cru, e já estavam cansadas daquele gênero. Trinta minutos para descansar os pés e conversar sobre o trabalho daquela noite seriam uma bênção. Foram deixadas no restaurante e informadas de que alguém viria buscá-las para mais uma hora de trabalho e então encerrar a noite.

Turner disse, olhando o tempo todo para Mag:

– Mais uma hora e fechamos o pacote.

Quando entraram no restaurante, Budgie disse:

– Meu Deus, os policiais dessa divisão só usam expressões de cinema.

Mag pediu um prato misto de sashimi e Budgie um prato de sushis, tentando observar o protocolo e não raspar os pauzinhos um no outro, como muita gente de olhos redondos costuma fazer nos restaurantes japoneses. Baixou-os até o colo e esfregou, soltando algumas farpas dos utensílios baratos e descartáveis.

Budgie começou.

– Como detesto usar esses pauzinhos.

– Meus caninos também estão latindo – respondeu Mag, olhando para baixo.

– Quantos você pegou até agora?

– Três.

– Ei, então eu peguei um a mais. E devolvi dois. Fuzileiros de Camp Pendleton. Fui a puta virtuosa que saiu do inferno e eles nunca mais vão esquecer.

– Não achei ninguém que valesse a pena devolver para a água. O pior tipo de lixo que já vi. Talvez fosse melhor se eu não tivesse usado a fantasia de dominadora.

Mudando de assunto, Budgie perguntou:

– Você ainda pratica tiro de competição? Li sobre você no Blue Line quando ainda trabalhava na Central.

– Perdi um pouco o interesse. Os homens não gostam de atirar comigo. Medo de eu ganhar. Parei até de usar o distintivo de atiradora de elite na farda.

– Sei – concordou Budgie. – As garotas não podem nem falar em armas que logo são consideradas gays, não é?

– A Alfândega fez há pouco uma competição e fui convidada. Até eu ver que era uma "Competição de tiro para mulheres". Dá para entender? Quando me convidaram, eu disse: "Ai meu Deus! E vai ter chá e cotilhão?" O sujeito da Alfândega não entendeu. Budgie mudou outra vez de assunto.

– Três caras esta noite me perguntaram se eu era da polícia. Fiquei tentada a responder: "Quer perguntar de novo com o pau na minha boca?"

As duas riram e Mag disse:

– Tenho a sensação de que Simmons ia considerar uma cilada. Você viu o Turner? Um doce para os olhos.

– Notei que ele só via você.

– Talvez ele seja um apreciador das dominadoras.

– Pois tenho a impressão de que ele ia ficar interessado mesmo que você estivesse de macacão e coturno.

– Será que ele é casado?

– Meu Deus, por que a gente só se junta com policiais? Por que não fazer polinização cruzada com algum bombeiro ou outra coisa?

– É mesmo. Deve ter outro jeito de estragar a vida. Mas ele é lindo.

– Provavelmente, ruim de cama. Os lindos geralmente são.

Mag ponderou:

– Não pode ser tão ruim quanto um detetive da rua 77 que namorei. O tipo que paga duas bebidas e já espera te comer dentro de uma hora. O idiota roubou um dos meus cintos.

– Peguei um bêbado que mal conseguia dirigir o carro. Quando a turma da cobertura chamou uma viatura para levá-lo para a cadeia, ele me perguntou se eu estava comprometida. Depois me perguntou se eu podia tirá-lo da cadeia. "Eu estou comprometida e não posso tirar você da cadeia. Não posso evitar que você tenha sentimentos ternos com relação a mim. E este encontro não foi provocado pelo destino, foi causado pelo Compstat." Meu Deus, eu ligo o botão da loura burra e eles não me largam mais. Um deles tentou me abraçar enquanto eles estavam preenchendo os papéis. Disse que me perdoava.

Mag disse:

— Um otário queria me machucar de verdade quando foi preso. Dava para ver. Ele estava me fodendo com os olhos e me disse: "Eu ainda te vejo outra vez na rua, tira."

— E o que você respondeu?

— Eu disse: "É, você pode ser maior que eu. E sei que você pode me machucar. Mas se eu te encontrar e você tentar, te dou um tiro e te mato. Atiro na sua cara e você vai ter de ser enterrado em caixão fechado."

Budgie disse:

— Quando eu fazia patrulha na rua, costumava dizer para vermes iguais a esse: "Você não ganha pontos por bater numa mulher. Mas se tentar, meus parceiros vão te encher a bunda de pontapés e te aplicar um spray de pimenta."

— E o que você diz hoje em dia?

— Não digo nada. Se ninguém está vendo, eu lhe aplico um spray de Jesus Líquido. Durante algum tempo os meus parceiros me chamavam de Jesus Polk.

Mag disse:

— O único momento de medo nesta noite foi quando um otário parou longe na Sunset e tive de passar na frente do estacionamento. E um rato enorme passou pelos meus pés!

— Ai, meu Deus. E o que você fez?

— Gritei. E tive de avisar à equipe que estava tudo bem. Não quis admitir que foi só um rato.

— Tenho pavor de ratos. E de aranhas. Nessa aí eu ia acabar chorando.

— Eu quase chorei. Mas tive de agüentar firme.

— Como está o seu sashimi?

— Não está tão fresco como eu gosto. E o seu sushi?

— Saudável. Com o Fausto eu como burritos e ganho mais gordura que toda a população feminina do Laurel Canyon consome em uma semana.

— É, mas elas queimam calorias procurando cirurgiões plásticos e preparando as refeições. Imagine uma dieta semanal de aipo e tiras de cenoura de acordo com o feng shui.

Budgie pensou como era bom e repousante simplesmente conversar e beber chá com outra garota.

Durante a última hora Budgie fisgou mais um otário e Mag queria ultrapassá-la com dois, mas os negócios estavam ficando fracos. Faltavam apenas trinta minutos para o final quando Mag viu aquele Mercedes SUV vermelho-cereja com rodas cromadas passar lentamente. O motorista era um jovem negro vestindo um macacão de ginástica de 300 dólares e um elegante Adidas. Passou uma vez, e depois uma segunda.

Mag não lhe devolveu o sorriso como vinha fazendo com os outros otários, inclusive dois negros. O sujeito lhe provocava um único pensamento: cafetão. Então ela pensou que, se estivesse certa, aquele seria o maior peixe da noite. Uma prisão por crime de cafetinagem. Assim, na passada seguinte, ela devolveu o sorriso e ele estacionou na esquina. O CD de hip-hop estava berrando no máximo e ele reduziu o volume.

Quando ela se aproximou cautelosa, ele disse:

– Que é que há? Não curte uma delícia de chocolate?

É. Ele é um cafetão, pensou ela.

– Eu curto todas as delícias.

– Aposto que curte mesmo. Entra aqui e vamos tratar de negócios.

– Estou bem aqui mesmo.

– O que é que há? Você é meganha?

Ele deu um sorriso amplo ao dizê-lo e ela sabia que ele não acreditava.

– Não posso conversar aqui.

– Ora, boneca – e as pupilas dele pareciam dilatadas. – Talvez eu tenha uma coisinha pra você.

– Que tipo de coisinha?

– Entra.

Ela não gostou da forma como ele falou. Ele estava a mil. Talvez crack, talvez cristal.

– Acho melhor não – e começou a se afastar. Aquilo não estava indo bem.

Ele abriu a porta do SUV e saltou, contornou correndo a traseira e ficou entre ela e o Sunset Boulevard.

Ela estava a ponto de usar a palavra código "bacana", mas pensou no que ela ia significar se prendesse um cafetão.

– É melhor falar depressa porque não posso perder tempo.
– Você acha que pode chegar e trabalhar nesta esquina? Não pode. Não sem alguém para te proteger. E isso não é conversa mole. É pra valer.

– Não entendi.

– Eu vou ser seu protetor.

– Igual ao meu pai? Não preciso.

– Precisa, sim, puta. E a proteção começa agora mesmo. Quanto você ganhou esta noite? Trabalhando na minha esquina? No meu bulevar?

– É melhor você se mandar, bacana.

E agora ela estava realmente com medo, e viu um dos policiais da Costumes correndo na sua direção.

Ela ainda estava procurando a turma de cobertura quando ele atacou. Ela não esperava. Seu rosto estava virado para o bulevar esperando a segurança, pensando: venham depressa. A cabeça bateu na calçada quando ela caiu. Ela se sentiu tonta e enjoada, e tentou se levantar, mas ele estava sentado em cima dela, passando as mãos por todo o seu corpo, procurando o dinheiro.

– Na xoxota? – perguntou e ela sentiu as mãos dele lá embaixo, explorando dentro dela.

Então ela ouviu portas de carro batendo, vozes gritando e um berro do cafetão. Ela se sentia tão mal que vomitou na sua roupa de dominadora. E a cortina desceu sobre o último espetáculo daquela noite.

Fausto Gamboa estava dirigindo quando ouviu o aviso de "Policial Caído" que lhe gelou as vísceras, e que uma ambulância já estava indo atender um código 3 no calçadão das putas do Sunset Boulevard. Ele quase quebrou o pescoço de Benny Brewster ao virar o volante para a esquerda e avançando um sinal vermelho como se ele não existisse. Disparado em direção ao Sunset Boulevard.

– Oh, Deus. É uma das garotas. Eu sabia! Eu sabia!

Benny Brewster, que tinha trabalhado com Mag Takara a maior parte daquele mês, disse:

– Espero que não seja a Mag.

Fausto olhou para ele e sentiu uma onda de raiva, mas então pensou: "Não posso culpar o Benny por desejar que seja a Budgie. Eu espero que seja a Mag." Era um sentimento horrível, mas não havia tempo para tentar entender. Ao fazer a próxima curva, ele sentiu que duas rodas quase se levantaram.

Oráculo estava em Código 7 no seu boteco de tacos favorito no Hollywood Boulevard quando chegou o chamado. Estava parado ao lado do carro, comendo a segunda *carne asada* e tomando um enorme copo de *horchata*, água de arroz mexicano com canela, quando ouviu: "Policial Caído".

Foi o primeiro a chegar à cena do crime, logo depois das equipes de segurança e dos paramédicos colocando Mag numa ambulância. Budgie estava sentada no banco traseiro de uma viatura da Costumes, chorando, e o cafetão estava algemado deitado na calçada perto do beco, urrando de dor.

Simmons, o policial mais velho da Costumes, lhe disse:

— Tem outra ambulância chegando.

— Como está a Mag?

— Muito mal, sargento. O olho esquerdo estava caído sobre a face. Pelo que pude ver, os ossos da órbita estavam triturados.

— Ah, não!

— Ele atingiu uma vez, ela caiu e a cabeça bateu na calçada. Acho que ela estava acordada quando a socorremos, mas agora não.

Oráculo apontou para o cafetão.

— E ele?

Então ele entendeu a expressão de Simmons quando este hesitou e disse:

— Ele resistiu.

— Você sabe se a Divisão de Investigações da Força foi notificada?

— Foi. Nós chamamos o chefe. Eles vão chegar logo.

Os olhos do policial evitaram os de Oráculo quando ele finalmente disse:

— Tem um sujeito na loja de bebidas que talvez queira apresentar uma queixa sobre ... a forma como fizemos a prisão. Estava gritando para quem quisesse ouvir. Eu lhe disse que tinha de esperar até a Divisão de Investigações chegar. Espero que ele mude de idéia.

— Vou falar com ele. Talvez eu consiga acalmá-lo.

Enquanto andava em direção à loja de bebidas, Oráculo viu um policial da Costumes muito agitado, ouvindo o que os colegas lhe diziam com muita seriedade. A segunda ambulância chegou e ele ouviu o cafetão gemer quando foi colocado na maca.

Na loja, o velho proprietário paquistanês acabou de atender um cliente e se voltou para Oráculo.

— O senhor veio para ouvir o meu relato?

— O que o senhor viu?

— Ouvi as portas do carro batendo. Ouvi um homem gritar. Alto. Ouvi gritos. Insultos. Um homem berra mais alto. Eu vou lá fora. Vejo um jovem branco chutar um negro caído no chão. Chutou. Chutou. Chutou. Insultos e chutes. Vi outro homem branco agarrar o jovem e tirar ele dali. O negro continua a berrar. Muitos gritos. Vi as algemas. Eu conheço esses polícias. Sei que eles vêm até aqui para prender as mulheres da rua. Este é o meu relato.

— Um investigador vem falar com o senhor — disse Oráculo, e saiu da loja.

Budgie e uma viatura da Costumes já tinham ido embora. Quatro policiais e duas viaturas daquela delegacia ainda esperavam. O jovem policial nervoso veio até Oráculo.

— Sei que estou na pior aqui, sargento. Sei que há uma testemunha civil.

— Talvez fosse melhor você telefonar para a Liga de Proteção e pedir instruções antes de fazer qualquer declaração.

— É o que vou fazer.

— Qual é o seu nome, filho? Não consigo lembrar o nome de mais ninguém.

— Turner. Rob Turner. Nunca trabalhei no seu plantão quando estava na patrulha.

— Rob. Não quero que você faça nenhuma declaração para mim. Chame a Liga. Você tem direitos, por isso não fique com medo de exercer.

Estava claro que Turner confiava em Oráculo pela reputação.

— Eu só queria que o senhor soubesse ... que todo mundo soubesse ... que, quando cheguei, aquele cafetão de merda estava sentado sobre a garota e com as mãos dentro da calcinha dela. Aquela garota linda, o rosto uma visão pavorosa. Quero que todos os tiras saibam o que vi quando cheguei. E que não me arrependo de nada, só de perder o meu distintivo. Disso eu me arrependo de verdade.

— Você já falou bastante, filho. Vá sentar no seu carro e ordene os seus pensamentos. Procure assistência legal. Esta noite vai ser longa.

Quando voltou ao seu carro para preparar as notificações, Oráculo viu Fausto e Benny Brewster estacionados do outro lado da rua, conversando com um tira da Costumes. Estavam tristes. Fausto cruzou a rua na sua direção, e Oráculo esperou que não fosse haver mais uma sessão de "Eu te disse" porque ele não estava disposto.

Mas Fausto se limitou a dizer, antes de ele e Benny deixarem o local:

— É um emprego nojento, Merv.

Oráculo abriu uma embalagem de antiácido.

— Cachorros velhos como eu e você, Fausto? É só o que sobra para nós. *Semper* tira.

Capítulo 11

Bem cedo naquela manhã, Mag Takara foi submetida a uma cirurgia no Cedars-Sinai para reconstruir os ossos da face, na expectativa de outras cirurgias, sendo a preocupação imediata salvar a sua visão do olho esquerdo. Depois de ser autuado na ala de prisioneiros do USCMC, o cafetão, Reginald Clinton Walker, também entrou na faca para remoção do baço rompido. Walker seria acusado de agressão por causa dos ferimentos sofridos pela policial Takara, mas é claro que neste caso não se poderia alegar agressão criminosa a um policial.

Não havia um só policial no plantão noturno que não considerasse este um caso de agressão criminosa, e a acusação de cafetinagem não seria objeto de negociação, mas tanto o capitão da área como o de patrulha juraram fazer todo o possível para manter a bordo a promotoria para uma acusação enérgica. Entretanto, logo se acrescentou o aviso de que, quando Walker instaurasse um processo de milhões de dólares contra o DPLA e a cidade de Los Angeles por causa do baço destruído, quem poderia prever o resultado?

Naquela tarde, uma hora antes da chamada para o turno da noite, a enfermeira do andar no Cedars viu um homem alto de camiseta e calça jeans, bronzeado e com o cabelo descolorido entrar na sua ala com um enorme buquê de rosas amarelas. Sentados chorando diante da porta do quarto da policial Takara estavam a sua mãe, o pai e duas irmãs mais novas.

A enfermeira perguntou:

– Por acaso elas são para a policial Takara?

– São.

– Foi o que pensei. Você já é o quarto. Mas ela não pode receber ninguém hoje, só a família imediata. Estão esperando diante do quarto enquanto trocam o curativo. Pode falar com eles, se quiser.

– Não quero incomodar.

– As flores são lindas. Quer que eu leve para o quarto?

– Claro. Coloque no quarto dela quando tiver uma chance.

– Tem um cartão?

– Esqueci. Não, não tem cartão.

– Devo dizer quem trouxe?

– Diga que... quando ela estiver melhor, deve pedir à família para ir com ela à praia.

– Praia?

– É. O oceano é uma grande cura. Diga isso, se quiser.

Na chamada do turno da noite, o tenente estava presente, bem como três sargentos, inclusive Oráculo. Coube a ele explicar e tentar dar sentido a todo o acontecido, como se isso fosse possível. Os policiais estavam com o moral baixo e com raiva por causa dos eventos do Sunset Boulevard na noite anterior, como sabiam todos os supervisores.

Quando lhe pediram para falar sobre aquilo tudo, Oráculo disse ao tenente que "nas suas memórias, T. E. Lawrence disse: 'Velho e sábio significa cansado e desapontado'. Ele não viveu tempo bastante para saber o quanto estava certo."

Às 17h30, Oráculo, sentado ao lado do tenente, tomou dois comprimidos de antiácido e disse aos policiais reunidos:

– De acordo com as informações mais recentes, Mag está consciente e descansando. Não parece haver danos ao cérebro, e o cirurgião encarregado diz que eles estão otimistas quanto à recuperação da visão. Pelo menos grande parte da visão.

A sala ficou em silêncio, mais silenciosa que em qualquer outra ocasião, até que Budgie Polk, a voz trêmula, perguntou:

– Ela vai manter a mesma aparência ... o que eles acham?

– Ela tem os melhores cirurgiões cuidando dela. Tenho certeza de que ela vai ficar linda. Quem sabe?

– Ela vai voltar ao serviço depois?

– Ainda é muito cedo. Vai depender dela. De como se sentir depois de tudo.

– Ela vai voltar. Ela pegou a granada, não foi? – disse Fausto.

Budgie tentou dizer alguma coisa, mas não conseguiu. Fausto lhe deu um tapinha na mão.

Oráculo continuou:

– Os detetives e nosso capitão prometeram que, se for possível, o cafetão vai para a cadeia por isso.

B. M. Driscoll:

– Talvez não seja possível. Ele agora deve estar com meia dúzia de advogados trocando o penico para ele. Ele vai ganhar mais dinheiro com um processo do que jamais ganhou com todas as putas do Sunset.

Jetsam:

– É verdade. O nosso prefeito ativista e o seu comissário que detesta a polícia vão fazer o possível. E nós vamos ouvir o pessoal do decreto de aquiescência. Tenho certeza.

Antes que Oráculo pudesse responder, Flotsam disse:

– Aposto que eles vão jogar a carta da raça. Como sempre, puxada do fundo do baralho.

Era o que o tenente não queria: debater a questão da raça naquela ocasião nervosa. Mas a raça afetava tudo em Los Angeles, inclusive o DPLA, e disso ele também sabia.

Muito pouco à vontade, o tenente disse:

– É verdade que a mídia e os ativistas e outros vão ter um dia de glória com esses acontecimentos. Um policial branco chutando um preso negro. Eles vão querer não somente demitir o policial Turner, mas também levá-lo aos tribunais, e talvez consigam. E vocês vão ouvir acusações de que isso prova que somos todos racistas.

– Tenente, quero falar.

Pararam todas as conversas. Benny Brewster, o antigo parceiro de Mag Takara, o único policial negro no turno da noite e na sala, com exceção de um sargento negro sentado à direita do tenente, queria falar sobre essa questão? A questão da raça? Preto ou branco? O tenente ficou sem jeito. Ele não queria essa discussão.

Todos os olhos se fixaram em Benny Brewster.

– Se eu tivesse chegado antes do Turner e visse o que ele viu, eu ia estar na cadeia. Porque ia esvaziar a minha 9 mm naquele cafetão. E ia estar na cadeia. É só o que eu queria dizer.

Houve um murmúrio de aprovação, alguns policiais chegaram a bater palmas. O tenente queria restaurar a ordem e estava pensando num meio de fazê-lo quando Oráculo retomou a palavra.

Olhou para todos aqueles rostos, sem saber como eles podiam ser tão jovens.

– O distintivo que vocês usam é o mais bonito e mais famoso do mundo. Muitos departamentos de polícia já copiaram, e todo mundo tem inveja, mas vocês têm o original. E todos esses críticos e políticos e idiotas da mídia vêm e vão, mas o seu distintivo não muda. Vocês podem ter toda a raiva que quiserem, mas não fiquem cínicos. Ser cínico vai fazer vocês ficarem velhos. Fazer um bom trabalho policial é divertido. Mais divertido que qualquer outra coisa na vida de vocês. Então, vão lá para fora e se divirtam. E, Fausto, tente se contentar com só dois burritos. Está chegando a estação do Speedo.

Depois de atenderem a dois chamados e aplicado uma multa de trânsito, Budgie Polk voltou-se para Fausto Gamboa, que era o passageiro.

– Estou bem, Fausto. De verdade.

– O que está querendo dizer?

– Você não precisa ficar me perguntando se quero fechar a janela, nem onde quero o código 7, nem onde está o meu casaco. A noite de ontem já acabou. Estou bem.

– Eu não queria ser uma ...

– Vovó. Então pode parar agora mesmo.

Fausto ficou calado, um pouco envergonhado, e ela continuou:

– Os meninos não aceitaram a Luluzinha no clube. Mas nós entramos. Por isso vocês vão ter de aprender a conviver conosco, especialmente você, seu velho machista.

Budgie olhou para ele, que voltou a olhar para a rua. Mas ela viu o fantasma de um sorriso que ele não conseguiu esconder.

As coisas voltaram ao normal quando Budgie viu um Saab prata sair a toda do estúdio da Paramount e tomar a direção oeste, uns três segundos depois de o sinal fechar. O motorista estava falando ao celular.

– Meu Deus! O que ele está fazendo, conversando com o agente?

Quando pararam o Saab, ele tentou enrolar Budgie, que devia aplicar a multa. Falou com um sorriso encantador.

– Não avancei o sinal, policial. Ele nem estava amarelo quando cheguei na esquina.

– Já estava vermelho, senhor – disse ela, olhando a sua carteira e depois para o sujeito, cujo sorriso estava ficando irritante.

– Eu não discuto com uma policial tão linda, mas será que você não se enganou? Sou um motorista muito cuidadoso.

Budgie voltou para a viatura, colocou o talão de multas sobre o capô para escrever, enquanto Fausto mantinha os olhos no motorista que saiu e foi até ela. Budgie fez um sinal para Fausto dizendo que ela era capaz de controlar aquele idiota, e ele esperou.

– Antes de você começar a escrever – disse ele, agora sem o charme de antes. – Por favor, dê uma maneirada. Mais uma multa e perco o meu seguro. Trabalho no cinema e preciso da minha carteira.

Sem olhar, Budgie disse:

– Ah, então você tem outras multas. Eu pensei que fosse um motorista cuidadoso.

Ele voltou pisando duro para o carro, entrou e fez uma chamada pelo celular.

Budgie terminou de escrever a notificação e a levou para o motorista, mas Fausto continuou grudado na traseira do carro, observando as mãos do homem como se fosse um anjo da guarda, mas e daí? De certa forma era até tranqüilizador.

Ela apresentou a notificação e disse:

— Isto não é uma admissão de culpa, é só a promessa de comparecer.

O motorista arrancou o talão das mãos dela, rabiscou uma assinatura e devolveu, dizendo algo em voz baixa que Fausto não conseguiu ouvir.

— Aposto que você relaxa castigando os homens, não é? Aposto que nem sabe como é a cara de um caralho sem pilhas. Te vejo no tribunal.

Budgie arrancou uma cópia e entregou-lhe.

— Conheço a cara de um gravador cassete com as pilhas. É esta — e ela bateu no gravador preso no ombro. — Vamos para o tribunal. Vou adorar quando eles ouvirem o que você pensa de policiais mulheres.

Sem mais nenhuma palavra, ele arrancou e Budgie falou para o carro que sumia:

— Adeus, inseto.

Quando entrou no carro, Fausto comentou:

— Eis um cidadão infeliz.

— Mas ele não vai me acusar.

— E como você sabe?

Ela deu um tapinha no gravador.

— Ele disse coisas horríveis e gravei no meu gravadorzinho.

— E ele caiu nessa?

— Caiu direitinho.

— Você às vezes não é tão chata quanto os outros policiais jovens. Como você está?

— Não vá começar de novo.

— Não. Estou falando do problema de mãe.

— Mais tarde vou ter de parar para tirar leite.

— E dessa vez vou guardar a sua arma no carro.

Farley Ramsdale estava de péssimo humor naquela tarde. O cristal que ele comprou de um idiota fracassado no Pablo's Tacos, onde os viciados faziam negócios 24 horas por dia, sete dias por semana, era uma merda. O pior era ter de sentar ali durante uma hora esperando o sujeito e ouvindo o hip-hop berrando do carro de dois maconheiros que também estavam esperando o gringo.

Mas foi o pior cristal que ele já tinha experimentado. Até Olívia se queixou de que eles tinham sido enganados. Mas foi o bastante para deixar os dois a mil, pois passaram a noite acordados, o pulso acelerado, tentando consertar um videocassete que tinha parado de rebobinar. As peças estavam espalhadas pelo chão, e os dois conseguiram dormir por uma hora perto do meio-dia.

Quando acordou, Farley estava com tanta raiva que chutou as peças do vídeo para debaixo do sofá e gritou:

– Olívia! Acorda e mexe essa bunda ossuda. Temos de trabalhar.

Ela se levantou antes de ele acabar de resmungar.

– Está bem, Farley. O que você vai querer comer?

Farley se levantou penosamente. Ele tinha de parar de desmaiar no sofá. Já não era criança e a dor nas costas estava de matar. Olhou para Olívia, que olhava para ele com aquela grelha cheia de falhas. Ele se aproximou dela e olhou a boca.

– Meu Deus, Olívia. Você perdeu mais um dente?

– Acho que não, Farley.

Ele também não tinha certeza. Estava com dor de cabeça, parecia que a Nelly ou alguma outra negra estava dançando o rap dentro do seu crânio.

– Você perdeu mais um dente, e pronto. Um dia desses vou te chutar para fora daqui.

– Eu arranjo uma dentadura, Farley!

– Você já parece o George Washington. Vai preparar a merda da aveia.

– Será que posso ir na Mabel primeiro? Ela é muito velha e estou preocupada.

– Claro! Vai cuidar da bruxa velha. Quem sabe da próxima vez ela guarda uma tigela da poção de ratos e sapos para a gente?

Olívia saiu correndo da casa, cruzou a rua e três casas abaixo chegou à única casa onde o mato era mais alto do que na casa de Farley. A casa de Mabel era de madeira, construída décadas depois da casa de Farley, durante a era de construções baratas da década de cinqüenta. A pintura estava descascada em muitos pontos, e a porta de tela estava tão enferrujada que podia ser desmanchada por uma batida mais forte.

A porta estava aberta, e Olívia olhou através da tela e gritou:

— Mabel, você está em casa?

— Estou, Olívia, entre.

Olívia entrou e encontrou Mabel sentada à mesa da cozinha tomando uma xícara de chá com rodelas de limão. Num pires, ao lado de uma bola de lã e agulhas de tricô, havia alguns biscoitos de baunilha. Mabel tinha 88 anos e era dona da casa há 47. Usava um roupão de banho sobre uma camiseta e calça de ginástica. Seu rosto estava enrugado, mas ainda mantinha a forma. Pesava menos de 45 quilos, porém tinha mais dentes que Olívia. Vivia sozinha e era independente.

— Olá, Olívia querida. Sirva-se de uma xícara de chá e um biscoito.

— Não posso demorar, Mabel. Farley está esperando o café da manhã.

— Café da manhã? A esta hora?

— Ele dormiu até tarde. Eu só queria saber se você estava bem e se ia querer alguma coisa da mercearia.

— Que gentileza, meu bem. Não preciso de nada hoje.

Olívia sentiu uma pontada de culpa, porque toda vez que fazia compras para Mabel, Farley roubava uns cinco dólares do troco, apesar de a velha depender do Seguro Social e da pequena aposentadoria do falecido marido. Uma vez Farley tomou treze dólares, e Olívia percebeu que Mabel sabia, mas nunca disse uma palavra.

Mabel não tinha filhos nem outros parentes, e disse a Olívia muitas vezes que morria de medo do dia em que seria obrigada a vender a casa e se mudar para um asilo público, onde o dinheiro da venda ia ser usado pelos burocratas do condado para mantê-la pelo resto da vida. Todos os antigos amigos já tinham morrido ou se mudado, e agora Olívia era a única amiga que ela tinha. E Mabel estava grata.

— Leve uns biscoitos com você, meu bem. Está ficando tão magra que me preocupo.

Olívia pegou dois biscoitos.

– Obrigada, Mabel. Volto mais tarde. Para saber se está bem.

– Você bem que podia vir assistir a televisão comigo. Não consigo dormir, e sei que você não dorme muito. A sua luz está sempre acesa.

– Farley não dorme bem.

– Ele bem que podia tratá-la melhor. Não gosto de dizer isso, mas é o que penso.

– Ele não é mau. Você precisa conhecê-lo.

– Vou guardar um pouco de comida para quando você chegar esta noite. Nunca consigo comer tudo que preparo. É o que acontece com as viúvas como eu. Sempre cozinhamos como no tempo em que o marido ainda era vivo.

– Volto mais tarde. Adoro a sua sopa.

Mostrando a gata cor-de-laranja, Mabel pediu:

– Olívia, se a Tillie aparecer na sua casa, por favor, traga ela de volta quando vier.

– Eu adoro a Tillie. Ela caça todos os ratos.

Mais tarde naquele dia, eles finalmente foram para a rua, o primeiro dia em que usaram o carro de Farley e devolveram o Pinto para Sam.

– A merda da transmissão está falhando nesse lixo japonês. Quando a gente receber do armênio, vou procurar outro carango.

– A gente também precisa de máquina de lavar, Farley.

– Não. Eu gosto das minhas camisetas engomadas, bem duras para rebentar uma faca. Me sinto mais seguro perto daqueles gringos do Pablo's Tacos.

Pensava: quando Cosmo me pagar, adeus Olívia. Nem as cracas são tão agarradas quanto esta idiota.

Acendeu um cigarro enquanto dirigia e, como sempre acontecia depois dos trinta anos, há três, ele começou a sentir saudade de Hollywood, a se lembrar de como ela era quando ele era menino, naqueles dias gloriosos de estudante da Hollywood High School.

Soltou anéis de fumaça no pára-brisa.

– Olha pela janela, Olívia. O que você está vendo?

Ela detestava quando ele fazia perguntas como aquela. Sabia que se respondesse errado ele ia gritar com ela. Mas era obediente e olhou para as propriedades comerciais do bulevar na zona leste de Hollywood.

— Estou vendo... bem... estou vendo... lojas.

Farley balançou a cabeça e soltou mais fumaça pelo nariz, mas o fez com um ronco de desprezo que deixou Olívia nervosa.

— E não está vendo nenhuma placa na sua língua-mãe?

— Na minha...

— Em inglês, idiota.

— Bem, uma ou duas.

— O que quero dizer é que você pode viver em Bangcoc ou perto do Hollywood Boulevard, tanto faz. Só que aqui, droga e boceta são muito mais caras do que lá. O que quero dizer é que os gringos e coreanos estão por toda parte. Para não falar dos russos e armênios, igual àqueles dois ladrões, Ilya e Cosmo, que querem dominar Hollywood. E não posso esquecer os filipinos. Os flips estão em todas as ruas perto do Santa Monica Boulevard, roubando os empregos dos outros, esvaziando penicos e estourando os carros no concreto, porque nenhum coreano sabe dirigir como um branco. E então, o que está acontecendo conosco, os americanos?

— É, Farley.

— O quê, Olívia? O que está acontecendo com os americanos?

Olívia sentiu as mãos molhadas, e não era por causa do cristal. Mais uma vez ela estava na berlinda, tendo de responder a uma pergunta sem ter a menor idéia da resposta. Era como quando morava na casa dos outros, no condado de San Bernardino, vivendo com uma família em Cucamonga, freqüentando a escola sem nunca saber a resposta quando o professor perguntava.

E então ela se lembrou:

— Nós é que vamos precisar do green card, Farley.

— Muito bem. Resposta certa.

Quando chegaram ao ferro-velho e passaram pelo portão aberto que geralmente era trancado com cadeado e corrente, ele parou perto do escritório. Estava quase saindo, quando descobriu por que o portão agora ficava aberto. Eles tinham trocado o sistema de segurança.

– Merda! – gritou ele quando um doberman correu até o carro latindo e rosnando.

O proprietário, conhecido de Farley pelo nome Gregori, saiu do escritório e gritou:

– Odar!

O cachorro recuou e foi preso.

Quando voltou, o rosto manchado de graxa, Gregori veio limpando as mãos.

– Melhor que passar corrente no portão. E Odar não tem medo da polícia.

Era um homem magro e musculoso com o cabelo preto e ralo que vestia uma camiseta e calça sujas de graxa. Na garagem havia um modelo recente do Cadillac Escalade, ou pelo menos a maior parte dele, no alto do elevador hidráulico. Faltavam as rodas e o pára-choque dianteiro, e dois empregados latinos trabalhavam no chassi.

Olívia ficou no carro, e, quando os dois estavam sozinhos, Farley mostrou a Gregori uma pilha de 23 cartões de fechadura eletrônica.

– De qual hotel eles são?

– Olívia acha eles ficando de olho no saguão dos hotéis dos bulevares. As pessoas largam no balcão da recepção e no saguão, junto dos telefones. E nos bares dos hotéis.

Ele então percebeu que parecia muito fácil.

– É um negócio arriscado e demorado, e é preciso uma mulher para o serviço. Se você ou eu ficarmos de bobeira perto de um hotel, a segurança logo cai em cima. Além do mais, é preciso saber os hotéis que têm a chave certa. Olívia sabe, mas não conta para ninguém.

– Cinco dólar cada eu te dou.

– Ora, Gregori. Estes cartões são de primeira. Tamanho e cor perfeitos. Uma boa tarja magnética. Você pode comprar as carteiras de motorista falsas que o Cosmo vende e elas colam perfeitamente no cartão. Passam no exame de qualquer tira na rua.

– Eu não fala com Cosmo muito tempo. Você vê ele?

– Não. Não vejo ele há mais de um ano. Olha, Gregori, por uma merreca de dinheiro, qualquer um que trabalha para você pode ser um motorista habilitado. Para não falar nos amigos e parentes que chegam da terra.

– Amigos e parentes da Armênia tira carteira de verdade.

– É claro que tiram. Eu só queria dizer quando eles acabaram de chegar. Eu já fui em algumas casas de armênios na zona leste de Hollywood. Por fora ninguém diz, mas por dentro tem uma TV de cinqüenta e duas polegadas e um sistema de som de primeira. E às vezes um Bentley branco na garagem. Eu sei que vocês são grandes negociantes.

– Você sabe, Farley, então sabe que eu só paga cinco dólar cada.

Quando aceitou o negócio e já estava voltando ao bulevar para comprar mais cristal, Farley disse a Olívia:

– Aquele veado comunista! Você viu o que tem no alto do elevador?

– Um carro novo?

– Um Escalade novo. Aquele armênio manda um dos mecânicos roubar. Depois ele desmancha tudo e joga fora a lataria. Depois eles procuram em todo ferro-velho do país e encontram um batido. Ele compra a lataria, traz para cá e torna a montar o carro na lataria nova, e então regulariza o carro no trânsito. É um truque armênio. Eles são iguais a tribos ciganas. Cosmo é um deles. A gente devia ter estourado umas bombas atômicas nos estados soviéticos quando teve a chance.

– Estou com medo do Cosmo, Farley.

Ele a ignorou, ainda com raiva do preço que teve de aceitar pelos cartões.

– Ouviu como ele chamou o cachorro? Odar. É como eles chamam os não-armênios. Comedor de bode sem-vergonha. Se eu não tivesse propriedades, ia embora de Hollywood e ficava longe de todos esses imigrantes de merda.

– Farley, quando sua mãe te deixou a casa, ela já estava paga, não estava?

– Claro que estava paga. Quando meus pais compraram a casa, ela só custou trinta e nove mil.

— Você podia vender a casa por muito mais agora, Farley. E a gente podia ir para outro lugar e não fazer esse negócio com o Cosmo e a Ilya.

— Cria coragem. Este é o maior golpe da minha vida. E não vou fugir. Então agüenta firme.

— A gente podia largar o cristal. Você entrava numa recuperação e eu acho que conseguia largar se você começasse uma recuperação.

— Ah, entendi. Fui eu que te levou para essa vida de crimes e drogas, não é? Você era uma pobre estudante virgem antes de me encontrar.

— Não foi isso que eu quis dizer, Farley. Só acho que eu largo se você largar.

— Conta esta para o diretor de elenco se ele pedir para você falar de si mesma. Você foi uma boa moça seduzida para essa vida por um homem muito mau. Que, por coincidência, lhe dá casa, carro, comida, roupas e tudo mais que faz a vida valer a pena!

Farley estacionou a quatro quarteirões de distância do Hollywood Boulevard para não ser multado, e os dois foram até um dos estúdios de tatuagem, este de propriedade de um membro de uma gangue de motociclistas. Um rapaz nervoso estava sentado numa cadeira e nele um artista barbudo com um rabo-de-cavalo sujo, com uma camiseta vermelha, calça jeans e sandálias, tatuava. Estava desenhando o que parecia ser um unicórnio no ombro esquerdo do cliente.

O artista fez um sinal com a cabeça para Farley, limpou um pouco de sangue do braço do cliente.

— Espere um pouco. Volto já.

Então ele entrou numa sala nos fundos seguido por Farley.

Na sala dos fundos, Farley pediu:

— Um par de papéis.

O artista entrou numa segunda sala e voltou depois de alguns minutos com as embalagens de plástico.

Farley lhe deu uma nota de vinte dólares e voltou para a sala da frente, onde Olívia admirava o desenho no ombro do rapaz, mas este parecia enjoado e arrependido.

Olívia sorriu para ele.

— Vai ser um cavalo ou uma zebra?

— Olívia, vamos embora — chamou Farley.

Andando até o carro, Farley comentou:

— Estes motociclistas são uns artistas de merda. A gente fica com bolhas debaixo da pele. Tudo machucado. Eles são uns falsários.

A meio caminho de casa, pararam num sinal fechado e Olívia explodiu.

— Quer saber, Farley? Você não acha que pode ser demais para nós? Quer dizer, tentar fazer o Cosmo dar dez mil dólares? Isso não te assusta nem um pouquinho?

— Me assustar? Vou te dizer o que estou pensando. Estou pensando em fazer a mesma coisa com o Gregori, é o que estou pensando. Não vou mais negociar com o filho da puta, por isso fiquei pensando o que ele ia achar se eu telefonar para ele e dizer que vou contar para os tiras tudo o que sei dos negócios dele. Acho que ele ia enfiar a mão naquela carteira gorda e tirar erva de verdade para me calar.

As mãos de Olívia agora estavam suando mais. Ela não gostava de como as coisas estavam mudando tão depressa. A forma como Farley estava mudando. Ela tinha medo de Cosmo e Ilya.

— Acho que vai ser horrível encontrar com o Cosmo para receber o dinheiro dele. Estou muito preocupada com você, Farley.

Farley olhou surpreso para ela.

— Não sou um idiota, Olívia. O filho da puta assaltou uma joalheria com uma arma. Você acha que vou encontrar com ele em algum lugar isolado? De jeito nenhum. Vai acontecer num lugar bonito e seguro, com muita gente em volta.

— Assim é melhor.

— E é você que vai encontrar com ele, é claro. Eu não.

— Eu?

— É muito mais seguro para você. É a mim que ele odeia. Você vai ficar bem.

Às sete horas naquela mesma noite, Gregori telefonou para o amigo Cosmo Betrossian e conversou com ele na sua língua.

Contou que recebeu a visita de Farley e comprou dele uma pilha de cartões de hotel. Farley era o viciado que Cosmo lhe tinha apresentado no ano anterior, quando ele precisava de identificação para os empregados que trabalhavam no seu ferro-velho.

Cosmo mentiu.

— Farley? Não vejo o viciado há muito tempo.

— Pois, meu amigo, eu precisava saber somente se o ladrão é confiável.

— De que forma?

— Pessoas como ele às vezes se tornam informantes da polícia. A polícia gosta de trocar peixes pequenos por grandes tubarões. Eles poderiam considerar que eu sou um tubarão.

— Nesse caso você pode confiar nele. Ele é um viciado tão sem valor que a polícia nem vai querer tratar com ele. Mas você não pode lhe emprestar dinheiro. Eu fiz essa bobagem.

— Obrigado. Eu gostaria de um dia desses convidar você e a sua adorável Ilya para um jantar no Gulag.

— Seria ótimo, obrigado. Mas tenho uma idéia. Você poderia me fazer um favor.

— Claro.

— Ficarei muito grato se, no mês que vem, numa data que eu fixar, você chamasse o Farley e lhe dissesse que precisava de mais cartões de hotel porque tem empregados novos vindos do México com a família. Ofereça mais do que você pagou hoje. E então lhe diga para entregar os cartões no ferro-velho. À noite.

— Mas eu fecho o meu negócio à noite. Mesmo no sábado.

— Eu sei, mas gostaria que você me desse uma cópia da chave do portão. Vou estar lá quando Farley chegar.

— Espere um pouco. O que significa tudo isso?

— Trata-se apenas do dinheiro que ele me deve — Cosmo foi tranqüilizador. — Quero dar um susto no viciado. Acho que vou tomar todo o dinheiro que ele tiver no bolso. Tenho o direito.

— Cosmo, não gosto de violência.

— É claro. O máximo que vou fazer é tomar o carro até receber dele. Tomo-lhe as chaves e levo o carro para minha casa. Faço ele ir a pé para casa. Só isso.

– Mas isso é roubo. Ele não poderia chamar a polícia?

Cosmo riu.

– É uma discussão de negócios. E Farley é o último homem em Hollywood a pensar em chamar a polícia. Ele nunca trabalhou na vida.

– Não tenho tanta certeza.

– Ouça, primo. Deixe a chave do portão no meu apartamento esta noite. Não vou poder estar lá por causa de outros negócios, mas Ilya vai estar. Ela vai lhe preparar um chá especial, em copos de vidro. O que você acha?

Gregori ficou em silêncio por um instante, mas então se lembrou de Ilya, das suas longas pernas e seios enormes.

Ficou muito tempo calado, e então Cosmo disse:

– E também vou lhe dar cem dólares pelo incômodo.

– Está bem, Cosmo. Mas não pode haver violência na minha propriedade.

Depois de desligar, Cosmo disse em inglês para Ilya:

– Você não acredita sorte nossa. Gregori, do ferro-velho, vai passa aqui e deixa chave. Eu promete cem dólares pela chave. Trata ele bem. Dá copo de chá ele.

Duas horas depois, quando Gregori chegou, descobriu que, conforme tinha dito, Cosmo não estava lá. Ilya convidou-o a entrar e, depois que colocou a chave do portão na mesa, ele foi convidado a se sentar enquanto ela preparava o chá.

Ilya vestia um vestido de algodão vermelho que se abria toda vez que ela se curvava, e ele via aquelas coxas grossas e brancas. E os seios não cabiam no sutiã, que Gregori viu ser preto e rendado.

Depois de colocar dois copos e pires com biscoitos na mesa, Ilya disse em inglês:

– Cosmo saiu e não volta esta noite. Negócios.

– Você não fica solitária?

– Fico. Gregori, Cosmo prometeu paga cem dólares?

– Promete – disse ele, incapaz de tirar os olhos daqueles seios.

– Eu estou com o dinheiro para você, mas...

– O quê, Ilya?

– Eu preciso compra sapatos, e Cosmo não é homem generoso. Eu diz a ele que paguei, mas ...

– Sim, Ilya?

– Quem sabe a gente faz como diz os americanos ...

– Sim, Ilya?

– A gente trepa como louco.

O chá foi adiado e, dentro de dois minutos, Gregori vestia apenas as meias. Mas de repente começou se preocupar com Cosmo.

– Ilya, você tem que promete. Cosmo nunca pode sabe nós faz isso.

Soltando o sutiã e tirando a meia preta, Ilya disse:

– Gregori, não tem nada a temer. Cosmo diz que na América alguém fode alguém em todo negócio. De um jeito ou de outro.

Capítulo 12

Hollywood Nate sempre dizia que há dois tipos de tira na Divisão Hollywood: os Starbucks e os 7-Eleven. Nate era sem dúvida um Starbucks, e para sua sorte o seu protegido, Wesley Drubb, vinha de uma família que nunca tinha posto os pés num 7-Eleven. Nate não agüentava esperar muito até entrar no Starbucks da esquina de Sunset e La Brea ou no da esquina de Sunset e Gower. Havia policiais (os 7-Eleven) que preferiam tomar o código 7 no IHOP. Nate, por sua vez, dizia que comer no IHOP produzia tanto colesterol ruim que seria capaz de entupir até a Linha Vermelha do metrô. Ele também raramente ia ao Hamburger Hamlet, preferindo outros restaurantes de Thai Town, nas proximidades do Hollywood Boulevard e Kingsley. Ou um dos lugares mais saudáveis no lado oeste do Sunset que serviam um ótimo *latte*.

O rosto de falcão de Nate Weiss já se recuperava da batalha contra o veterano de guerra que insistia em ser levado a Santa Monica e La Brea. A última notícia que Nate teve dele era de que havia negociado com a promotoria a desqualificação da acusação para agressão simples e logo estaria na rua consumindo drogas e tendo visões e brigando por uma corrida até Santa Monica e La Brea.

Nate havia voltado à musculação na academia e à corrida três vezes por semana, e já tinha um encontro com um agente de verdade capaz de fazer a sua carreira andar. Conheceu o agente por ser um dos poucos policiais da Divisão Hollywood que adoravam trabalhar em todos os eventos de tapete vermelho no Grauman's ou no Teatro Kodak, onde às vezes havia centenas de policiais.

– Sabe, Wesley, aquele filme de índio que estou tentando realizar? Você teve oportunidade de conversar com seu pai sobre ele?

– Ainda não, Nate. Papai está em Tóquio. Mas eu não teria muitas esperanças. Ele é muito conservador nos negócios.

– Eu também. Mas nunca houve um negócio tão tranqüilo no cinema. Eu já te contei que vou ganhar uma carteira do Sindicato dos Atores?

– Não me lembro se contou.

Wesley pensou: "Meu Deus, esse cara nunca pára. Já tem 35 anos. Ele só vai ser um astro quando a USC trocar o futebol por lacrosse.

– Cada vez que faço um trabalho oferecido pelo sindicato, como figurante não sindicalizado, ganho uma declaração. Mais uma declaração e passo a pagar as contribuições. Então vou ter condições de ser membro do Sindicato dos Atores.

– Incrível, Nate.

Quando se deitava depois de largar o serviço, Hollywood Nate sonhava com a vida numa cadeira de lona sendo maquiado, sem nunca namorar alguém abaixo do seu nível, usando a palavra "energia" em pelo menos uma a cada três frases, morando numa casa tão grande que era preciso ter um guia xerpa para encontrar os quartos de hóspedes. Eram assim os sonhos de Nate Weiss.

Quanto ao jovem Wesley Drubb, o seu sonho não era tão nítido. Ultimamente ele passava grande parte do tempo tentando se convencer de que não cometera um erro terrível ao abandonar a USC, ao não tentar um MBA. Ele sempre questionava a prudência de se mudar da casa da família em Pacific Palisades para um apartamento mais ou menos na zona oeste de Hollywood, que só conseguia pagar dividindo-o com um companheiro. E somente com os cheques que sua mãe lhe enviava secretamente, que ele, orgulhoso, se recusava no início a descontar, mas acabou por sucumbir. O que ele estava provando? E para quem?

Depois do incidente da granada de mão e da luta em que Nate se feriu mais do que alardeava, Wesley conversou com o irmão Timothy, na esperança de que, sendo mais velho, pudesse lhe dar algum conselho.

Timothy, que trabalhava na Lawford and Drubb há três anos, já tinha ganhado mais de 175 mil dólares no ano anterior (a idéia do pai de que os filhos tinham de começar por baixo), disse a ele:

– O que você ganha com isso, Wesley? E por favor não me venha com essa conversa existencial de estudante.

– Eu... não sei. De modo geral eu gosto do que faço.

– Você é um idiota. Tente não morrer, ficar só aleijado. Mamãe ia sofrer um horror se perdesse o filho querido.

Wesley Drubb não achava que tinha medo de ficar aleijado ou morrer. Era jovem bastante para pensar que essas coisas podem acontecer a qualquer um, ou a qualquer uma, como Mag Takara. Não, o que ele não conseguia explicar ao irmão, ou ao pai, ou à mãe, ou aos colegas de faculdade que continuaram a pós-graduação, era que Oráculo tinha razão. O seu trabalho era mais divertido que qualquer outro emprego que ele tivesse tido.

Havia as noites chatas, quando nada acontecia, mas nem tão chatas assim. O lado ruim era a terrível supervisão a que o DPLA estava submetido que criava montanhas de papéis e críticas da imprensa, e a consciência do politicamente correto que um civil nunca iria entender ou tolerar. Mas no final do dia, o jovem Wesley Drubb tinha se divertido. E era por isso que ainda estava na polícia. E era por isso que ele iria continuar no futuro previsível. Mas o seu processo mental saía dos trilhos nesse ponto. Na sua idade, ele não conseguia imaginar o que realmente significava a expressão "futuro previsível".

Depois que Hollywood Nate consumiu o seu *latte* no Starbucks e já estava de bom humor, eles receberam a ordem de ir até a esquina de Hollywood e Cahuenga, onde dois moradores de rua de Hollywood estavam brigando. Nenhum dos dois bêbados era capaz de ferir o outro sem puxar uma arma, mas a luta estava acontecendo no Hollywood Boulevard e uma arma não seria tolerada pelos comerciantes do local. O Projeto Reviver Hollywood estava andando a pleno vapor e todos sonhavam com mais e mais turistas, e de algum dia transformar a decadente Hollywood numa nova Westwood ou Beverly Hills, ou quem sabe uma nova Santa Barbara sem o mar.

Os lutadores tinham levado a briga para um beco atrás de uma livraria pornográfica e estavam exaustos de tentar acertar um soco no adversário. Estavam agora no estágio de parar a três metros um do outro trocando insultos e brandindo os punhos. Wesley estacionou na Cahuenga e os dois abordaram os lutadores andrajosos.

Nate comentou:

— O magro é o Teddy Trombone. Foi um jazzista da moda há muitos uísques atrás. O magro de *verdade* eu já vi por aí, mas acho que nunca falei com ele.

O magro *de verdade*, um palito de homem de idade indeterminada mas provavelmente mais novo que Teddy Trombone, usava um chapéu fedora preto e imundo, uma gravata verde mais imunda sobre uma camisa cinzenta ainda mais imunda e calças de cor indefinida. Usava o que já tinha sido um par de sapatos de couro, mas que agora quase só tinha fita adesiva, e passava pelo bulevar insultando quem não lhe colocasse na mão uma nota de um dólar.

Não valia a pena discutir quem ia fazer o contato e quem ia fazer a cobertura no caso desses dois párias. Nate queria terminar logo com aquilo e se aproximou.

— Meu Deus, Teddy, que história é esta de você brigar em pleno Hollywood Boulevard?

— Foi ele, seu guarda. Foi ele que começou.

— Vai à merda — disse o antagonista com o olhar perdido de quem consome bebida barata.

— Calma — disse Nate, olhando o sujeito e o seu carrinho de compras cheio de tralhas. Não seria ele que ia prender o cara e ter o trabalho de relacionar todo aquele lixo.

Wesley perguntou ao mais magro:

— Qual é o seu nome?

— Não te interessa.

— Não força a barra. Responde ao policial.

— Filmore U. Bracken.

Tentando ser simpático, Wesley sorriu e perguntou:

– E o que significa o U?

– Vou soletrar para você. U-s-e-u-c-u.

– Nome incomum.

– Ele está te insultando – explicou Nate. E para o cara: – É isso aí, Filmore. Você vai dançar.

Quando Nate tirou as luvas de borracha do bolso, Filmore disse:

– Upton.

Antes de calçar as luvas, Nate sugeriu:

– Muito bem. Última chance. Você concorda em seguir o seu caminho e deixar o Teddy aqui em paz e esquecer tudo?

– Claro – Filmore U. Bracken estendeu a mão.

Teddy hesitou, mas olhou para Nate e também estendeu a sua. Filmore agarrou-a e deu um gancho de esquerda na barriga de Teddy que o jogou sentado no chão.

– Ah! – Filmore olhou orgulhoso o punho fechado.

Os dois policiais calçaram as luvas, e os pulsos ossudos de Filmore foram algemados, mas quando era levado para o carro, ele disse:

– E as minhas coisas?

– Isso aí é lixo sem valor – respondeu Nate.

– A minha bigorna está aí.

Wesley revirou o entulho e, debaixo das latas de alumínio e de uma cueca limpa, provavelmente roubada de uma Laundromat, encontrou uma bigorna.

– Parece bem pesada.

– Essa bigorna é a minha vida.

Nate disse:

– Você não precisa de uma bigorna em Hollywood. Quantos cavalos você já viu por aqui?

– É minha propriedade – berrou o prisioneiro.

Então, da loja de pornografia surgiu um homem gordo e asmático.

– Policial, esse sujeito está fazendo um inferno na frente da minha loja, assediando os meus clientes e cuspindo em quem não lhe dá dinheiro.

– Vá se foder também, seu degenerado! – disse o prisioneiro.

Nate pediu ao proprietário:

– Tenho de lhe pedir um favor. O senhor pode guardar o carrinho dele no seu depósito até ele sair da cadeia?

– E quanto tempo ele vai ficar preso?

– Depende de nós o autuarmos por embriaguez ou pela agressão que acabamos de testemunhar.

– Não vou dar queixa – interveio Teddy.

– Cale a boca, Teddy.

– Sim, senhor.

– Não estou tão bêbado quanto ele – disse o prisioneiro, apontando para Teddy.

Todo mundo sabia que ele tinha razão. Teddy estava tonto, e não era por causa do soco.

Nate decidiu aplicar a justiça de rua.

– Muito bem, eis o que vamos fazer. Filmore vai se desintoxicar por umas duas horas e depois pode voltar para pegar a sua propriedade. Que tal?

Todo mundo pareceu concordar e o dono da loja levou o carrinho para o depósito nos fundos.

Enquanto Nate levava o prisioneiro até o carro, Teddy Trombone foi até Wesley Drubb.

– Obrigado, seu guarda. Ele é um mau ator, aquele vagabundo. Um bêbado sem vergonha.

– Tudo bem. Até mais ver – disse Wesley.

Mas Teddy mostrava um cartão de visitas na mão e o estendeu a Wesley.

– Talvez isto lhe possa ser útil.

Era o cartão de um restaurante chinês, o House of Chang.

– Obrigado. Vou experimentar um dia desses.

– Do outro lado. Tem o número de uma placa.

Wesley virou o cartão e viu o que parecia ser uma placa da Califórnia.

– E então?

– É um Pinto azul. Dois viciados estavam nele, um homem e uma mulher. Ela chamou ele de Freddy. Ou talvez tenha sido Morley, não me lembro bem. Vi os dois pescando numa caixa de correio na Gower. Eles roubaram correspondência. Isso é crime federal, não é?

– Um momento, Teddy.

Foi até o parceiro que tinha acabado de colocar Filmore U. Bracken no banco de trás do carro.

– Teddy me deu essa placa. Pertence a dois viciados que estavam roubando uma caixa de correio. O nome do homem é Freddy ou Morley.

– Todos os viciados roubam caixas de correio. Ou qualquer coisa que conseguem roubar.

Wesley achou que não devia ignorar a informação. Mas não queria agir como mais um calouro. Voltou e devolveu o cartão a Teddy.

– Por que você não leva isto ao correio? Eles têm gente que investiga esse tipo de coisa.

– Acho melhor guardar. – Teddy estava claramente desapontado.

A caminho da divisão, Nate começou a pensar na secretária da agência de figurantes que ele tinha visitado na terça passada. Ela olhou interessada para ele e lhe deu o telefone. Achou que ele e Wesley podiam pegar alguma coisa para comer e sentar sozinhos na divisão e telefonar para ela pelo celular.

– Parceiro, que tal uns hambúrgueres?

– Claro. Você é que é o cara sarado que não gosta de hambúrguer.

E então, pensando na pequena secretária e no que poderiam fazer juntos na próxima noite de folga e que ela talvez até pudesse dar uma mãozinha na agência de atores, ele sentiu a felicidade baixar sobre ele. "Felicidade Hollywood", como dizia ele.

– E você, Filmore. Que tal um hambúrguer?

– Beleza. É claro!

Passaram por um drive-in e pediram quatro hambúrgueres, dois para Wesley, com fritas à vontade, e seguiram para a divisão.

Lá, Nate combinou com o prisioneiro.

– O negócio é o seguinte. Não vou te dar só um hambúrguer com fritas, vou te dar também um passe livre para sair da cadeia.

Você senta ali no canto e come o seu hambúrguer, e vou te dar uma Coca também. Então, depois que o meu parceiro preencher um formulário para referência futura, você pode voltar para o bulevar, pegar o seu carrinho e voltar para o ninho, não importa onde.

— Quer dizer que não vou para a cadeia nem desintoxicar?

— Isso mesmo. Tenho um telefonema importante e não posso perder tempo vigiando você. De acordo?

— Beleza!

Quando o passageiro saiu do carro no estacionamento da divisão, Wesley olhou para o banco.

— O que é isso no banco do carro? Areia da praia?

— Não. É psoríase — respondeu Filmore.

— Que nojo!

B. M. Driscoll e Benny Brewster receberam um chamado para um edifício de apartamentos na Stanley, lado norte da Fountain. Estavam a meio quarteirão da jurisdição de West Hollywood, e mais tarde Benny iria pensar nessa localização e desejar que aquilo tivesse ocorrido meio quarteirão para o sul.

A síndica atendeu à porta e convidou os dois a entrar. Não era de forma alguma um edifício decadente. Na verdade, B. M. Driscoll chegou mesmo a pensar que poderia viver ali se conseguisse pagar o aluguel. A mulher vestia blazer e saia e parecia ter acabado de chegar do trabalho. O cabelo riscado de prateado era cortado como de homem e ela era o que as mulheres da sua idade costumam chamar de elegante.

— Meu nome é Cora Sheldon e chamei por causa da nova inquilina do número 14. O nome dela é Eileen Leffer. Ela se mudou no mês passado e tem dois filhos. — Fez uma pausa para ler o contrato de aluguel e continuou: — Um filho de seis anos, Terry, e uma filha de sete, Sylvia. Disse que é modelo. Parecia muito respeitável e prometeu apresentar referências, mas ainda não trouxe. Acho que ela pode ser um problema.

— Que tipo de problema? — perguntou Benny.

– Eu trabalho durante o dia, mas ninguém ouve nem vê as crianças. O proprietário do edifício costumava alugar somente para adultos, e isso para mim é novidade. Nunca me casei, mas acho que crianças normais fazem barulho, mas essas duas não fazem. Acho que não vão à escola. Mesmo nos fins de semana, quando estou em casa, nunca vejo nem ouço as crianças.

– A senhora já investigou? – perguntou B. M. Driscoll. – A senhora sabe, bater na porta e oferecer uma xícara de café?

– Duas vezes. Em nenhuma delas tive resposta. Estou preocupada. Tenho uma chave, mas tenho medo de abrir a porta e olhar.

– Não existe uma justificativa provável para entrar. Quando foi a última vez que a senhora bateu na porta?

– Ontem, às oito da noite.

– Dê-me a chave – pediu B. M. Driscoll. – E venha conosco. Se não tiver ninguém em casa, a gente volta na ponta dos pés e ninguém fica sabendo. Só vamos fazer isso por causa da presença de crianças.

Quando chegaram ao número 14, Benny bateu. Ninguém respondeu. Ele bateu com a lanterna. Não houve resposta.

Gritou:

– Polícia. Alguém em casa? E bateu de novo.

Cora Sheldon mordia os lábios, e B. M. Driscoll enfiou a chave-mestra na porta, abriu e acendeu a luz da sala. A sala estava uma bagunça, com revistas espalhadas e algumas garrafas de vodca no chão. A cozinha cheirava a lixo e quando olharam viram a pia cheia de pratos sujos. O fogão a gás estava sujo com alguma coisa que parecia leite derramado.

B. M. Driscoll acendeu a luz do corredor e olhou o banheiro, que estava mais sujo que a cozinha. Benny olhou o quarto principal, viu a cama desfeita, um sutiã e uma calcinha no chão. A porta do outro quarto estava fechada.

Cora explicou:

– Este quarto tem duas camas. Deve ser o quarto das crianças.

B. M. Driscoll abriu a porta e acendeu a luz. Estava pior que o quarto principal. Pratos com pasta de amendoim e biscoitos no chão e sobre a cômoda. Diante da TV, latas vazias de refrigerantes e caixas de cereais espalhadas no chão.

– Bem, ela não é uma boa dona de casa, mas nada além disso.

– Parceiro – Benny mostrou a cama, aproximou-se e iluminou manchas escuras com a lanterna. – Parece sangue.

– Oh, meu Deus! – disse Cora Sheldon.

B. M. Driscoll olhou debaixo da cama enquanto Benny ia até o armário parcialmente aberto. E eles estavam ali. As duas crianças sentadas sob as roupas da mãe nos cabides. O menino de 6 anos soluçava e a irmã de 7 tinha passado o braço pelo seu ombro. Os dois tinham olhos azuis, mas o menino era louro e a menina morena. Nenhum dos dois tomava um banho decente há vários dias e estavam aterrorizados. O menino vestia um short e uma camiseta suja de comida, sem sapatos. E a menina um vestido de algodão com rendas, também manchado de comida. Usava tênis cor-de-rosa.

– Não vamos machucar vocês. Venham cá para fora – disse Benny, enquanto Cora repetia "Oh, meu Deus!"

– Onde está a sua mamãe? – perguntou B. M. Driscoll.

– Ela saiu com o Steve – respondeu a menina.

– O Steve mora aqui? – perguntou Benny, e quando Cora Sheldon ia explicar que nenhum Steve tinha alugado o apartamento ele a fez calar, levantando a mão.

A menina respondeu:

– Às vezes.

B. M. Driscoll então perguntou:

– Eles saíram há muito tempo?

– Acho que saíram.

– Quanto tempo? Dois dias? Mais que dois dias?

– Não sei.

– Muito bem, saiam e deixem eu dar uma olhada em vocês.

Benny estava examinando a mancha na cama e perguntou à menina:

– Alguém machucou você?

Ela fez que sim com a cabeça e começou a chorar, saindo com dificuldade do armário.

— Quem? Quem machucou você?

— O Steve.

— Como? Como ele te machucou?

— Aqui. — E ela levantou um pouco o vestido de algodão e eles viram crostas de sangue seco nas duas pernas das coxas para baixo, e o que parecia ser sangue seco nas meias brancas.

— Por favor, vamos sair — Benny disse a Cora Sheldon, pegando as duas crianças pela mão e saindo para a sala. Fechou a porta do quarto para preservar a cena do crime.

B. M. Driscoll pegou o rádio para informar aos detetives a situação e pedir uma ambulância para levar duas crianças ao hospital.

— Espere no seu apartamento, Sra. Sheldon — pediu Benny.

Olhando para as crianças, ela começou a chorar e saiu pela porta.

Quando ela saiu, a menina se voltou para o irmão menor.

— Não chora, Terry. Mamãe já está chegando.

Já era quase meia-noite quando Flotsam e Jetsam chegaram à divisão para recolher a assinatura do sargento num relatório de assalto. Um travesti alegava estar andando normalmente pelo bulevar quando um carro parou com dois homens e um deles saltou e roubou a sua bolsa com 50 dólares em dinheiro e uma "linda" peruca que custou 350 dólares. Então ele lhe deu um soco e os dois se foram.

Jetsam estava ao telefone pedindo a ficha do travesti, se havia muitas prisões por prostituição, quando o responsável pela recepção chamou Flotsam e lhe pediu para tomar conta da mesa, pois ele tinha de ir urgentemente ao banheiro.

Flotsam concordou, e estava ali quando um certo Filmore U. Bracken apareceu espumando de raiva.

Flotsam deu uma olhada no sujeito.

— Cara, você está com a caveira muito cheia para entrar numa delegacia de vontade própria.

— Quero fazer uma queixa.

— Que tipo de queixa?

— Contra um policial.

— O que ele fez?

— Primeiro, reconheço que ele me deu um hambúrguer.

— Ah, já sei por que você está com raiva. Devia ser filé mignon, não é?

— Ele me trouxe aqui para comer um hambúrguer e deixou a minha propriedade com um degenerado gordo numa loja de sujeira no Hollywood Boulevard.

— Qual loja?

— Eu te mostro. De qualquer jeito o degenerado não vigiou minha propriedade como falou que ia vigiar, e agora ela sumiu. Tudo que tinha no meu carrinho de compras.

— E o que tinha no seu carrinho?

— Minha bigorna.

— Uma bigorna?

— É. Ela é a minha vida.

— Ora. Você é ferreiro. A Polícia Montada pode ter trabalho para você.

— Quero ver o chefe e fazer uma queixa.

— Qual é o seu nome?

— Filmore Upton Bracken.

— Espere aqui um pouquinho, Sr. Bracken. Vou falar com meu sargento.

Enquanto Jetsam esperava Oráculo aprovar o boletim de ocorrência, Flotsam foi consultar o catálogo telefônico e procurou o endereço de Harold G. Lowenstein, um advogado conhecido e odiado nos círculos do DPLA por ganhar a vida processando policiais e a cidade que os contratava. Sempre havia alguém dizendo que ia se vingar de Harold G. Lowenstein se o pegasse dirigindo embriagado.

Flotsam então ligou para o telefone público do saguão, achando que a idéia não ia dar certo, mas, depois de tocar oito vezes, o telefone foi atendido.

Filmore Upton Bracken atendeu:

– Alô.

– Sr. Bracken – disse Flotsam, fazendo a melhor imitação de Anthony Hopkins representando um mordomo. – Estou falando com o Sr. Filmore Upton Bracken?

– Está. Quem é?

– Aqui é o serviço de emergência do escritório de advocacia de Harold G. Lowenstein, Sr. Bracken. Um policial de Los Angeles acaba de nos telefonar da Divisão Hollywood dizendo que o senhor talvez precise dos nossos serviços.

– É? E você é advogado?

– Não. Sou apenas um estagiário, Sr. Bracken. Mas o Sr. Lowenstein tem muito interesse em qualquer caso envolvendo violações por parte dos policiais do DPLA. Poderia comparecer ao nosso escritório amanhã às 11h para discutir o assunto?

– É claro que posso. Deixa eu pegar um lápis aqui na mesa.

Ele se calou por um instante e Flotsam ouviu um berro.

– Ei, preciso de um lápis.

Filmore voltou.

– Fala, irmão.

Flotsam lhe deu o endereço de Harold G. Lowenstein na Sunset Strip, inclusive o número da sala, e lhe disse:

– Sr. Bracken, a pessoa que acabou de telefonar em seu nome disse que o senhor provavelmente está privado de recursos no momento, mas não deve se deixar intimidar se nossos empregados tentarem desencorajá-lo. O Sr. Lowenstein deseja vê-lo pessoalmente. Por isso, não aceite um não de alguma recepcionista arrogante.

– Eu faço um escândalo se alguém tentar me segurar.

– É isso mesmo, Sr. Bracken – mas o seu sotaque estava escorregando mais para o de Sean Connery.

– Vou estar aí às 11h.

Filmore ainda estava esperando quando Flotsam voltou.

– Sr. Bracken, o sargento vai recebê-lo agora.

Filmore se elevou nas pontas dos pés para olhar nos olhos do policial.

— Que se foda o sargento. Ele vai conversar com o meu advogado. Vou processar vocês todos. Quando acabar, vou ser dono dessa porra toda e talvez, se você tiver sorte, eu te ofereço um hambúrguer. Bundão!

E com isso, Filmore saiu porta afora com um sorriso tão largo quanto o Hollywood Boulevard.

B. M. Driscoll e Benny Brewster terminaram o turno no início da manhã e encontraram Flotsam e Jetsam no vestiário comentando as aventuras de Filmore Upton Bracken com Hollywood Nate e Wesley Drubb.

Depois que o riso cessou, Nate disse a Flotsam e Jetsam:

— Por falar nisso, vocês estão convidados para uma festa de aniversário. Minha amiguinha mais recente vai dar uma festa na casa dela em Westwood. Talvez tenha uma ou duas gatas da indústria do entretenimento para vocês conhecerem.

— Alguém da tribo vai? — perguntou Flotsam. — Sem querer ofender, tenho um limite de no máximo dois judeus. Quando três ou mais se reúnem eles começam a espetar botões de lapela em todo objeto animado ou inanimado que aparece, o que pode incluir a minha bunda.

— Ora, seu porco surfista anti-semita.

— Você vai convidar a Budgie?

— Provavelmente.

— Então está bem. Meu parceiro admira a moça a distância.

A conversa acabou quando B. M. Driscoll e Benny Brewster entraram muito sérios. Os dois começaram a se despir rapidamente e em silêncio.

— O que há de errado com vocês? Vão parar de passar o Show de Luta-Livre na televisão?

B. M. Driscoll estava quase arrancando os botões da camisa como se ela estivesse em fogo.

— Nem é bom falar. Coisa ruim. Crianças.

— Fiquem frios. Vocês não ouviram Oráculo falar? Este trabalho é divertido.

De repente, Jetsam começou a sua imitação de Bono.

– Dois tiros de felicidade, um tiro de tristeeeza.

Benny Brewster tirou o colete à prova de balas e o enfiou furiosamente no armário.

– Não houve tiros de felicidade esta noite. Só um de tristeza. *Muito* triste.

Capítulo 13

A manhã chegava ao fim, quando Viktor Chernenko disse:

– Queira me desculpar, Andrea.

Havia apenas seis detetives na sala, o restante estava fora no campo ou no tribunal ou, no caso dos detetives da Divisão Hollywood, eram não-existentes por redução de pessoal imposta por restrições orçamentárias.

– Sim, Viktor? – respondeu ela, sorrindo sobre o copo de café, os dedos ainda no teclado do computador.

– Acho que você está muito bonita hoje, Andrea – disse ele com o seu sorriso tímido. – Creio reconhecer esta linda blusa da Banana Republic, onde a minha mulher costuma comprar.

– É. Comprei lá.

Ele então voltou para o seu lugar. Era assim o Viktor. Ele queria alguma coisa, mas gastava metade do dia até pedir. Em compensação, ninguém a elogiava como Viktor quando precisava de uma detetive para uma coisa ou outra.

Andi estava feliz por ver que Brant Hinkle ainda era parceiro de Viktor, e por isso ela provavelmente iria concordar com tudo o que Viktor lhe pedisse. Desde que Brant tinha chegado, ela calculava que suas possibilidades aumentavam. Já havia examinado a sua ficha e descoberto que ele acabava de completar 53 anos, só casou e divorciou uma vez, uma raridade entre policiais, tinha duas filhas adultas casadas e, pela sua matrícula, tinha quatro anos de serviço a mais que ela. Em outras palavras, ele era um bom partido. E ela sabia que ele estava interessado pela forma como a olhava, mas ainda não tinha tomado a iniciativa.

Mais vinte minutos se passaram, e ela se preparava para sair em campo para entrevistar algumas testemunhas do que parecia ser uma tentativa de homicídio, em que um cafetão bateu numa prostituta e deu dois tiros na sua direção quando ela correu. Ela estava certa de que a prostituta já devia ter mudado de idéia, ou alguém a tinha convencido a mudar, e tudo seria esquecido. Mas Andi tinha de se garantir para o caso de ele assassiná-la numa outra noite.

— Andrea — Viktor se aproximou outra vez.

— Sim, Viktor?

— Você poderia ter a gentileza de ajudar ao Brant e a mim? Temos uma missão para uma detetive e, como pode ver, você é a única mulher aqui.

— Quanto tempo vai demorar?

— Algumas horas, e eu gostaria de ter a honra de convidá-la para almoçar.

Andi deu uma olhada em Brant Hinkle, que estava ao telefone, usando os óculos de leitura para escrever num bloco, e disse:

— Está bem, Viktor. Minha prostituta ferida pode esperar.

Viktor se dirigiu para Glendale com Andi ao seu lado e Brant no banco de trás. Viktor foi muito solícito, e se desculpou por o ar-condicionado não estar funcionando.

— Estão é isso. Tudo o que tenho de fazer é seguir esse sujeito russo do trabalho numa loja de autopeças até onde ele for almoçar.

— Fomos informados de que ele vai a um restaurante próximo, mas existem vários nas proximidades.

Brant completou.

— O informante de Viktor disse que esse sujeito, Lidorov, é muito cuidadoso e difícil de ser seguido, mas provavelmente não vai notar uma mulher.

— E tudo o que queremos é uma amostra de DNA?

— É tudo. Meu informante às vezes é confiável, às vezes não.

– A sua evidência de DNA não é tão confiável assim – disse ela, voltando-se no banco para olhar Brant, que tinha erguido os olhos, como se comentasse que Viktor era obsessivo.

Viktor continuou:

– Andrea, nas minhas investigações encontrei uma ponta de cigarro na joalheria, bem atrás do arquivo de aço, e no fundo do meu coração sei que ela foi deixada lá pelo suspeito.

– Apesar de a vítima estar aterrorizada demais para se lembrar se ele deixou o cigarro ou se saiu com ele – comentou Brant.

Viktor retrucou:

– É um sentimento íntimo. E esse russo de Glendale tem duas condenações por assalto à mão armada em joalherias.

– Mas, Viktor, já ouvi você dizer que você não tem nem mesmo certeza de que o assaltante da joalheria é russo.

– Andrea, o sotaque que o proprietário ouviu era diferente do da mulher. Mas para as pessoas de Hollywood todo mundo pertence à máfia russa. Na verdade, Glendale tem uma grande população armênia. Muitos freqüentam o Gulag, que é de onde veio a minha pista. Criminosos de toda a antiga URSS freqüentam o Gulag para beber e jantar, inclusive os criminosos da República Soviética da Armênia. Mas por enquanto temos este russo que já foi assaltante de joalherias na vida pregressa.

– Não é muito – disse Andi.

– É tudo o que temos. Mas acredito que a informação acerca dos diamantes veio de um roubo de uma caixa de correio na Gower. Se eu pudesse ter uma pista do ladrão do correio!

– Não podemos vigiar todas as caixas de correio da área.

– Não, Brant, não podemos. E é por isso que quero tentar isso hoje. Sei que é esperar muito.

Estacionaram no quarteirão seguinte e Viktor observou cuidadosamente a porta da loja de peças com binóculos, enquanto Andi conversava com Brant para saber se estava gostando de Hollywood, e qual a posição dele na lista de promoção a tenente.

Brant ficou surpreso ao saber que Andi tinha um filho no exército servindo no Afeganistão.

– Não pense que digo isto para todas as mulheres, mas você não parece ter idade bastante.

– Já sou bem velhinha – disse ela, esperando não ter ruborizado. Se não se controlasse, logo estaria batendo pestanas para ele.

– Acho que o Afeganistão está mais tranqüilo agora.

– No ano passado foi o Iraque. Nem gosto de lembrar de como eu me sentia naquela época.

Brant se calou, sentindo-se feliz por ter duas filhas vivendo em segurança. Não conseguia imaginar como seria perder o filho único naquele inferno. Especialmente para os policiais cuja personalidade assertiva e direta não ajudava nada nessas situações. Sentir-se desamparado e com medo o tempo todo? Ele calculava que deveria ser muito mais difícil quando os pais de soldados eram policiais.

Viktor baixou o binóculo, pegou uma fotografia no colo e disse:

– É o Lidorov. Está usando camisa preta e calça jeans. O cabelo parece feito de couro, e ele tem bigode grisalho e estatura mediana. Está se encaminhando para o shopping a meio quarteirão da loja.

Andi desceu no outro lado da rua em frente ao shopping e entrou um minuto depois de Lidorov. De início ela pensou ter perdido a pista, mas um pouco adiante o viu na praça de alimentação.

Lidorov parou diante do restaurante grego, onde dois homens latinos faziam *gyros*, depois seguiu até um restaurante italiano, onde outro jovem latino estava girando uma pizza. Decidiu-se por um restaurante chinês, onde pediu alguma coisa numa embalagem de cartolina e um refrigerante para viagem. Servidos por mais um latino.

Andi vigiou do restaurante italiano e imaginou se os pauzinhos seriam melhores para retirar uma amostra de DNA. Mas Lidorov recusou os pauzinhos e pegou um garfo de plástico. Sentou-se a uma das três mesinhas diante do balcão e comeu da embalagem e tomou refrigerante com canudinho, olhando toda mulher jovem que passava.

Quando se levantou, ela estava pronta para limpar a mesa e recolher o garfo e o canudinho. Mas não teve chance. Ele levou consigo a embalagem de comida e o refrigerante, e voltou até a entrada chupando o canudinho. Ela calculou que o garfo estava dentro da embalagem. E agora?

Lidorov saiu para o sol, esticou-se um pouco e passou diante de dois receptáculos de lixo onde poderia ter jogado a embalagem e o copo.

Joga na rua, sem-vergonha!, Andi pensou, seguindo-o até onde foi possível. Mas como havia poucos pedestres na calçada, ela atravessou para o outro lado da rua e esperou os outros dois.

Quando Viktor chegou, ela entrou e disse:

– Sinto muito, Viktor. Ele levou o almoço de volta para a loja.

– Não tem importância, Andrea.

– Epa! – Brant estava olhando pelo binóculo. – Ele não vai sujar a rua.

Dois minutos depois eles estavam estacionados ao lado do conjunto comercial onde ficava a loja de peças. Junto à parede do estacionamento havia uma lixeira alta sobre uma laje de concreto. Os três detetives estavam diante da lixeira com a tampa levantada.

Viktor e Brant, que tinham ambos mais de 1,80m, se esticaram, tirando os pés do asfalto, e olharam para o interior da lixeira.

Depois de descerem, Viktor disse a Andi.

– Você quer ouvir primeiro a boa notícia ou a ruim?

– A boa.

Brant explicou:

– Parece que eles recolheram o lixo hoje cedo. Não tem quase nada aí dentro. Dá para ver a embalagem e o copo com o canudinho.

– E a notícia ruim?

– Não dá para pegar se alguém não entrar lá dentro.

– Bem, acho que um dos dois elegantes vai ter de sujar o terno.

– Andrea, não estou em boa forma e realmente acho que não consigo. Penso que, se eu estender o meu paletó sobre a borda para você não sujar a sua linda blusa da Banana, você poderia se apoiar na borda e esticar o braço para pegar o garfo e o canudo.

– E como faço para não cair de cabeça aí dentro?

– Nós dois seguramos você pelas pernas – disse Brant.

– Ah, você também acha que é uma boa idéia.

— Eu juro, Andi. Não acho que não sou capaz de fazer isso sem uma escada. E, se a gente demorar aqui, alguém vai notar e perdemos o elemento surpresa. Mesmo que a amostra seja dele mesmo, ele vai estar longe, talvez até na Rússia.

— Meus heróis. Ainda bem que eu vim de calça comprida.

Andi tirou os sapatos.

Com cada um dos homens segurando um pé descalço, Andi foi elevada até a borda da lixeira e se deitou sobre o paletó de Viktor. Relutantemente, ela se deixou abaixar de cabeça para baixo e pegou a embalagem e o copo.

— Me tirem daqui. Está fedendo.

De volta ao carro, o garfo e o canudo guardados seguramente em embalagens de prova, Viktor disse:

— Meu paletó vai ter de ir para a lavanderia. Como está a sua blusa, Andrea?

— A não ser por uma alça estourada de sutiã e marcas na minha barriga e nas coxas, estou bem. É melhor esse almoço ser muito bom, Viktor.

E foi. Viktor levou-os a um restaurante russo caprichosamente decorado na Melrose, onde comeram borche e pão preto e blinis, acompanhados de chá quente num copo. E ouviram sonhadores violinos russos que saíam do sistema de som, e Viktor fazendo o anfitrião perfeito.

— Eles às vezes oferecem pratos ucranianos aqui.

— Acho que esta noite não vou fazer pilates. Vocês dois distenderam todos os músculos do meu corpo.

— Por falar em músculos, os seus são bem mais desenvolvidos que os meus. Suas pernas são rijas. Quero dizer, elas pareciam fortes quando segurei.

Aquele olhar de novo. Andi tinha certeza de que ele ia tomar a iniciativa, depois do pequeno exercício daquele dia. Talvez depois que voltassem à Divisão e Viktor se ocupasse com outra coisa.

— Tento manter a forma para o caso de ser chamada para uma prova de mergulho na lixeira. Eles deviam criar essa modalidade na olimpíada da polícia.

Quando Viktor foi ao banheiro, Brant disse:

— Andi, gostaria de, quem sabe, convidar você para um jantar comigo num restaurante novo chamado Jade.

Pensando, finalmente ela disse:

— Eu gostaria muito de jantar com você, mas pelo que li, esse restaurante é bem caro.

— E daí? Minhas filhas já passaram da idade de querer pensão, e a minha ex se casou há dez anos, por isso sou independente. Mas talvez eu seja um pouco velho para um lugar como o Jade.

— Você parece mais jovem do que eu.

— Deus te abençoe, minha filha. Então, está combinado?

— Está. Vamos tentar a quinta-feira para evitar o movimento do fim de semana. Não sei o que vou vestir.

— Você vai ficar maravilhosa com qualquer roupa — e ele baixou os olhos timidamente.

Andi pensou: Ah, esses olhos verdes! Este vai me levar ao céu ou me fazer esborrachar no chão. Seu coração batia acelerado quando Viktor voltou à mesa.

— Uma coisa é certa — disse ele, depois de dar o cartão de crédito ao garçom — mesmo que Lidorov não seja o nosso ladrão, vai ser bom ter o seu DNA. Ele é um ladrão violento. E o leopardo nunca perde as manchas.

Era um ladrão diferente, agora seduzido pela excitação do poder e controle, que naquela tarde estava no processo de cometer o seu segundo assalto à mão armada. Mas a companheira, fumando excessivamente, não estava nem um pouco seduzida enquanto esperavam no carro roubado num estacionamento lotado.

— Vou te avisar, Cosmo — disse Ilya, olhando para Cosmo como um palhaço, na peruca vermelha e grandes óculos escuros. — Isso é uma bobagem que nós vamos fazer.

— Dimitri me fala é fácil.

— Foda-se o Dimitri!

Cosmo lhe deu um tapa com as costas da mão, arrependendo-se no ato.

— Dimitri fala planeja há muito tempo. Ele fala procura alguém como eu e você para faz isso. Nós tem sorte, Ilya. Sorte!

– A gente morre – Ilya começou a retocar a maquiagem.

– A gente fica rico. Você vê o homem da joalheria quando vê o meu pistola? Ele mija na calça! Você vê ele chora, não vê? Os guardas do dinheiro não quer morrer. Dimitri fala dinheiro tem seguro. Os guardas vê pistola e dá o dinheiro para eu.

Cosmo, desta vez usando um boné dos Dodgers e óculos escuros, tinha recebido um chamado de Dimitri na tarde do dia anterior. Pensou que era por causa dos diamantes, e quando apareceu no Gulag pouco antes da happy hour, foi logo levado para o escritório no andar de cima.

Ele não ficou surpreso ao encontrar Dimitri sentado com os pés na mesa, mais uma vez olhando pornografia na tela do computador. Mas dessa vez era pornografia infantil. Quando Cosmo entrou, Dimitri baixou o som mas deixou a imagem na tela, olhando vez por outra.

– Você quer fala diamantes?

– Não. Mas tenho pensado muito no homem, Cosmo, que é meu amigo. Penso em você pegando os diamantes e como nós vamos fechar logo o negócio dos diamantes. Quem sabe você está pronto para negócio maior?

– É?

Dimitri percebeu o olhar e soube que Cosmo estava na sua mão.

– Como você sente? Forte? Sexy? Com vontade de trepar quando aponta a arma para a cara de um homem. Não é assim, Cosmo?

– Eu sente bem. É. Eu não importa.

– Então. Eu tenho um serviço para você ganhar muito dinheiro. Vivo. Pelo menos cem mil dólares, talvez mais.

– É?

– Você sabe dos quiosques nos estacionamentos dos shopping centers? Eu sei de um. Sei exatamente quando chega o dinheiro. Exatamente.

– Carro blindado, grande? Eu não pode rouba carro blindado, Dimitri.

– Não, Cosmo. É uma van com dois homens. Eles trazem o dinheiro numa caixa grande. Igual à que os soldados na Rússia usam para carregar munição. Um homem entra no quiosque com chave e tranca. Recarrega a máquina com lindas balas verdes da caixa de munição.

– Dimitri, como você sabe disso?

– Todo mundo bebe no Gulag – disse Dimitri com aquele risinho que assustava Cosmo. Ele sonhava com o riso de Dimitri como se estivesse lhe furando os olhos.

– Os homens têm armas, Dimitri.

– É, mas eles são guardas comuns de segurança. Eles são contratados para essas entregas. Eu sei dos dois homens. Eles não vão morrer para salvar o dinheiro. O seguro paga. Todo mundo sabe. Ninguém perde nada, só a companhia de seguro. Sem problema.

– Dois homens, duas armas, duas chaves?

– É. Duas chaves para, como você diz, segurança interna. Você tem de pegar o dinheiro antes do primeiro entrar no quiosque. É por isso que eu quero você. Você provou na joalheria que tem tutano. E você tem a mulher de peito grande.

– Ilya?

– É. Eu te digo o dia e a hora exatos. Ilya vai estar lá para tirar dinheiro na máquina. Ilya sabe como distrair homem que sai da van com dinheiro. O outro tem um costume. Sempre o mesmo. Ele espera o outro chegar ao quiosque. Então ele sai e vem com a sua chave. – Dimitri sorriu e continuou: – Só precisa de um minuto. Você é uma rocha, Cosmo.

E agora eles estavam sentados num estacionamento lotado em Hollywood, no velho Mazda vermelho que o barman georgiano do Gulag tinha roubado para ele com instruções para limpá-lo bem e abandoná-lo em algum lugar da zona leste de Hollywood.

Ilya se recompôs, mas a todo instante ela se voltava para ele e via o ódio no seu rosto. Ele já lhe tinha batido antes, mas desta vez foi diferente. Ele sentia o cheiro do seu próprio suor e do medo dela. Pensou que agora ela talvez o abandonasse. Mas se Dimitri estava certo com relação ao dinheiro na caixa, ele podia pagar a ela e deixá-la ir embora.

Pensou em tentar a cota de 50 por cento de Dimitri, dizendo que o dinheiro na caixa era menos que o anunciado. Este pensamento o deixou animado, mas foi temperado pela lembrança da risadinha sinistra. E talvez um dos guardas fosse o informante de Dimitri e soubesse exatamente quanto estava entregando.

Cosmo olhou para o seu Rolex falsificado.

– Ilya, vai quiosque agora.

A van Chevrolet azul parecia ser qualquer coisa que não um veículo blindado e Cosmo ficou aliviado. E ela ficou parada por alguns minutos, exatamente como Dimitri tinha explicado, enquanto os dois examinavam a redondeza, mas não viram nada fora do comum. Só pessoas entrando e saindo do shopping. Só uma mulher, uma ruiva de seios enormes, estava no quiosque, parecendo muito frustrada.

A bolsa estava ao seu lado na prateleira e ela pegou o telefone celular e fez um chamado, olhando em volta, como se precisasse ... do quê? Tentou o cartão mais uma vez, mas não conseguiu fazer a máquina funcionar, e andou uma certa distância olhando para a loja de eletrônica do outro lado do estacionamento. Quem sabe procurando o marido?

Os guardas olharam um para o outro. Esta era a última parada do dia, e eles não podiam ficar sentados ali por causa de uma mulher desajeitada. O passageiro saiu, abriu a porta corrediça da van, pegou a única caixa que restava lá dentro e fechou a porta. Ele então caminhou da van para o quiosque, e quando chegou diante dele viu que a mulher ruiva estava chorando.

O noticiário das 18 horas iria informar que a idade do guarda era 25 anos. Era um "ator" que tinha vindo de Illinois para Hollywood, à procura de trabalho e de uma carteira do Sindicato dos Atores. Já trabalhava na empresa de segurança havia 18 meses. Chamava-se Ethan Munger.

– A senhora está bem?

Ela enxugava o rosto com um lencinho de papel.

– Não consigo fazer o cartão funcionar.

E quando tornou a colocar o lencinho na bolsa, ela puxou uma Raven, calibre .25, uma das pistolas baratas que Cosmo tinha recebido do barman. Ilya apontou para o guarda perplexo.

O motorista da van acionou o microfone e avisou do assalto, e saltou para fora do carro, a pistola na mão. Contornou a traseira da van, onde Cosmo Betrossian, agachado atrás de um carro, falou:

– Larga arma ou morre.

O motorista largou a arma e levantou as mãos, deitando-se de bruços quando mandado. Era exatamente como Dimitri tinha dito, sem problema.

Mas Ethan Munger era um problema. O jovem guarda começou a recuar na direção da van, sem saber que o parceiro tinha sido desarmado. Ethan Munger estava com a mão livre levantada, a outra segurando a caixa de metal.

– Moça, a senhora não vai fazer uma coisa dessas. Por favor, guarde a arma. É mais fácil ela explodir na sua cara. Guarde a arma.

– Larga a caixa! – gritou Ilya, e foi o máximo que ela conseguiu fazer para não romper em lágrimas. Estava muito assustada.

– Calma, moça.

O jovem guarda continuou a recuar e Ilya a se aproximar dele.

Para Ilya pareceu que minutos se passaram, mas foram apenas segundos, e ela já esperava ouvir as sirenes porque várias pessoas estavam olhando e uma mulher gritava:

– Socorro! Alguém chame a polícia!

Outra mulher gritava ao celular.

Então Cosmo veio por trás do jovem guarda de segurança com uma pistola em cada mão. Ethan Munger se virou. Viu Cosmo e, talvez por ter visto muitos filmes de Hollywood, ou jogado jogos eletrônicos demais, tentou sacar a pistola. Cosmo atirou no guarda com a pistola do outro. Três vezes no peito.

Ilya não agarrou a caixa. Colocou a pistola na bolsa e correu gritando para o carro roubado, os tiros ecoando nos seus ouvidos. Um minuto depois, que pareceu dez, Cosmo abriu a porta de trás do carro e jogou lá dentro a caixa e as duas pistolas. E, durante um instante terrível, não conseguiu ligar o velho Mazda. Cosmo desligou a chave e tentou ligar outra vez. Três vezes, e então ele funcionou e eles dispararam para fora do estacionamento.

O plantão 5 estava preparando o equipamento quando chegou o aviso de um código 3 para o 6-A-65 do Plantão 2. E é claro que todo policial do plantão da noite acelerou seu carro, saindo do estacionamento cantando os pneus, tomando a direção do assalto, mas na verdade esperando encontrar um Mazda vermelho com um homem de cabelo preto com boné de beisebol e uma mulher ruiva. Não era todo dia que eles começavam a noite com um assalto e um guarda de segurança atingido.

Benny Brewster e B. M. Driscoll, do 6-X-66, foram a última dupla a sair do estacionamento, o que não foi surpresa para Benny. B. M. Driscoll teve de voltar ao prédio na última hora para pegar os comprimidos de anti-histamínico que tinha esquecido no armário, porque os ventos do verão o estavam matando. Benny Brewster ficou sentado batendo os dedos no volante e pensou na sua falta de sorte de perder uma parceira heróica como Mag Takara e herdar um hipocondríaco que ninguém mais queria.

Benny tinha ido visitar Mag três vezes no hospital, e na casa dela todos os dias desde que teve alta. Não estava certo se o osso da face esquerda poderia ser reconstruído para ficar exatamente como era. Mag dizia que já tinha recuperado 60 por cento da visão do olho esquerdo, mas que esperava que ele melhorasse mais. Mag prometeu a Benny que ia voltar ao serviço e ele respondeu que sonhava com esse dia.

Ainda não se tinha definido uma data para o julgamento do cafetão que a tinha agredido. Mag havia sugerido a Benny que, com o processo milionário contra a cidade pelos ferimentos internos provocados pelos chutes do policial Turner, talvez houvesse uma negociação. Uma barganha em que o cafetão ia se declarar culpado para cumprir sentença numa cadeia e não na penitenciária, e se faria um acordo com a cidade financeiramente apertada. Mag disse que tinha pena do Turner, que havia se demitido para não ser demitido, e ainda não sabia se seria processado.

— Eu é quem queria estar lá, Mag — disse Benny quando discutiram o assunto.

Mag olhou para o parceiro alto e negro.

— Estou feliz por você não estar, Benny. Você tem uma boa carreira pela frente. Falei isso com Oráculo na primeira vez em que você trabalhou comigo.

Benny Brewster pensava em tudo aquilo até que finalmente B. M. Driscoll voltou.

— Vamos manter as janelas fechadas, a menos que seja necessário. — Ele então fungou e assoou o nariz com outro lenço de papel que tirou da caixa que colocou no chão do carro.

Benny ligou o carro e saiu lentamente do estacionamento.

— Os dois suspeitos de dois-onze que atiraram no guarda já devem estar fora do país.

B. M. Driscoll não respondeu. Limitou-se a limpar os óculos para ler a dosagem no rótulo do anti-histamínico.

Enquanto fugia da cena do crime e o guarda morria, Cosmo só conseguia pensar no barman do Gulag. Ele ia pedir a Dimitri para torturar e matar aquele georgiano filho da puta, se ele e a Ilya não fossem mortos nos minutos seguintes. O Mazda roubado, que o barman tinha lhe jurado que estava em boas condições, havia parado no primeiro semáforo. E Cosmo ficou lá, girando o arranque enquanto um carro da polícia passava correndo por ele com as luzes acesas e a sirene aberta, indo exatamente para o local de onde eles vinham.

— Vamos largar o carro!

— O dinheiro! Tem o dinheiro!

— Foda-se o dinheiro! — disse Ilya

O motor quase funcionou, mas ele o afogou. Esperou, tentou de novo e o Mazda começou a se deslocar lentamente na direção sul pela Gower.

Cosmo decidiu que Ilya tinha razão, que tinham de largar o carro e fugir a pé.

— Filho de égua. Eu mata aquele georgiano filho da puta que me dá esse carro!

— Vamos parar agora? Cosmo, pare.

Então ele teve uma idéia.

— Ilya, você sabe onde nós está agora?

— Sei. Na Gower. Pare o carro!

— Não, Ilya. Nós está quase na casa daquele viciado miserável, o Farley.

Ilya nunca tinha ido à casa do Farley, e não via a importância do fato.

— E quem liga para um viciado de merda?

Cosmo percebeu que estava a um quarteirão e meio, só isso. Um quarteirão e meio.

— Ilya, não salta fora. Farley tem garagem! Farley estaciona sempre merda do carro dele na rua. É fácil empurrar.

— Cosmo, ou eu te mato ou eu me mato. Pára o carro! Eu quero descer!

— Dois minutos. Nós chega casa de Farley. Nós guarda carro garagem. Dinheiro fica seguro. Nós fica seguro.

O Mazda tremeu e pulou ao longo da Gower até chegar à rua residencial de Farley Ramsdale. Cosmo Betrossian tinha medo de o carro não fazer a curva, mas ele fez. E como se tivesse vontade própria, o Mazda se atirou num último esforço até a porta da garagem de Farley, onde engasgou e parou de vez.

Cosmo e Ilya saíram depressa, abriram a garagem, afastaram uns trecos e uma velha bicicleta enferrujada e entraram com o Mazda. Cosmo e Ilya tiveram de empurrá-lo para entrar na garagem. Cosmo enfiou as duas pistolas no cinto, pegou a caixa de dinheiro e fechou a porta roída pelos cupins.

Foram até a porta da frente do bangalô e bateram, mas não tiveram resposta. Cosmo forçou a porta, mas ela estava trancada. Foram então até a porta dos fundos, que Cosmo abriu com um cartão de crédito e eles entraram para esperar os "sócios".

Agora Cosmo estava pensando que tinha ainda mais razão para matar os dois viciados, e tinha de ser logo que eles entrassem pela porta. Mas não com a pistola. As casas vizinhas eram muito próximas. Mas então como? E será que Ilya iria ajudar?

A caixa tinha 93.260 dólares, tudo em notas de vinte. Quando terminaram de contar, Ilya já tinha fumado meia dúzia de cigarros e parecia bem calma, a não ser pelas mãos trêmulas. Cosmo começou a rir e não conseguia mais parar.

– Não é tanto quanto Dimitri fala, mas eu está feliz. Eu não é porco ambicioso.

Aquilo lhe deu tanto prazer que ele riu ainda mais.

– Precisa chamar Dimitri logo.

– Você matou o guarda. Eles nos pegam, nós vamos para o corredor da morte.

– Como você sabe ele está morto?

– Eu vi as balas. Três. Bem aqui. – E ela tocou o peito. – Ele está morto.

– Merda. Ele não dá dinheiro. Dimitri fala não tem problema. O guarda dá dinheiro. Não é culpa minha, Ilya.

Ilya balançou a cabeça e acendeu outro cigarro e Cosmo acendeu um para si próprio, enquanto colocava as pilhas de dinheiro dentro da caixa, deixando 800 dólares que dividiu com Ilya.

– Isso faz você não preocupada corredor da morte, não é?

Levou a caixa de volta ao carro, tentou guardá-la no porta-malas, mas a chave não o abriu. Ele xingou o georgiano mais uma vez e colocou a caixa no banco de trás do carro e trancou a porta.

Quando voltou para a casa, Ilya estava deitada no sofá, como se tivesse uma terrível dor de cabeça. Ele se aproximou dela e ajoelhou, sentindo-se muito excitado.

– Ilya, lembra sexo na noite nós rouba diamantes? Agora eu sente mesmo sexo. E você? Eu quer foder até estourar cabeça.

– Se você me tocar, Cosmo, juro que te arrebento a cabeça. Juro pela Santíssima Virgem.

A pouco menos de um quilômetro dali, Farley e Olívia estavam sentados no Pinto do Sam, estacionado diante de um cibercafé. Viram vários viciados entrando e saindo depois de concluir seus negócios na internet, mas não viram ninguém de quem pudessem comprar um cristal decente.

— Vamos tentar a barraca de tacos. Temos de devolver o carro do Sam antes da noite e pegar o nosso bagulho. Ele já deve ter consertado o carburador. Uma coisa boa dos viciados, o Sam passa a noite inteira com o carburador desmontado em um milhão de pedaços e acha bom. Como um quebra-cabeça. O cristal tem suas vantagens, se a gente pensa nisso.

— Ainda bem que os carros da polícia e as ambulâncias pararam as sirenes. Eu já estava ficando com dor de cabeça.

Ela era igual a um cachorro, pensou Farley. Ouvidos supersensíveis até quando não estava alta. Era capaz de sentar num restaurante e ouvir conversas do outro lado do salão lotado. Ele devia imaginar um jeito de aproveitar esse único talento que ela tinha.

— Alguma coisa deve ter acontecido numa das lojas do shopping. Talvez um judeu de merda tenha cobrado um preço decente. Isso provocou a morte de um punhado de judeus e a necessidade das ambulâncias.

Ele estava saindo do estacionamento e virando para o leste quando um carro vindo do sul também virou para o leste e passou na sua frente, forçando-o a frear imediatamente.

— Vai à merda! — ele gritou para a velha senhora depois de ter feito um sinal com os dedos.

Não tinha andado meio quarteirão quando ouviu a buzina atrás dele. Olhou pelo espelho.

— Merda. Polícia. Minha sorte de merda.

Benny Brewster disse para B. M. Driscoll.

— É a sua vez.

O tira mais velho limpou o nariz com um lenço de papel, levantou os óculos de leitura para a testa e suspirou.

— Eu não estou bem para trabalhar esta noite. Devia ter avisado que estava doente.

Ele então saiu, abordou o outro carro pelo lado do motorista e viu Farley Ramsdale revirando a carteira para achar a habilitação. Olívia olhou para o policial à sua direita e viu Benny Brewster olhando para ela e para o interior do carro.

— Olá, seu guarda.

– Boa noite.

Enquanto B. M. Driscoll examinava os seus documentos, Farley perguntou:

– Qual é o problema?

– O senhor saiu do estacionamento para a rua, forçando um carro a brecar e desviar. É uma infração de trânsito.

Benny disse a Farley:

– O senhor poderia mostrar ao policial o certificado de propriedade do veículo?

– Ah, merda, este não é o meu carro. É do meu amigo, Sam Culhane. Meu carro está com ele para consertar.

Quando ele estendeu a mão para o porta-luvas, Benny levou a mão à arma. Não havia nada no porta-luvas, só uma lanterna e a chave da garagem de Sam.

– Diga para o policial, Olívia. Este carro é do Sam.

– É verdade, seu guarda. O carburador do nosso carro está sendo consertado. Está espalhado na mesa do Sam como se fosse um quebra-cabeça.

– Já basta, Olívia. Eu tenho um telefone celular. O senhor pode telefonar para o Sam. Eu disco para o senhor. Este carro não é quente. Ora, moro a dez quarteirões daqui, passando pelo cemitério do Hollywood Boulevard.

Benny olhou para o parceiro sobre o teto do carro e disse para ele, sem voz:

– Viciados.

Então, enquanto B. M. Driscoll voltava para a viatura para se informar sobre Farley Ramsdale e o registro do carro, e para preencher a notificação de infração, Benny decidiu brincar com os dois viciados.

– E se nós o seguíssemos à sua casa para ter certeza de que você é quem está na habilitação, você nos convidaria a entrar?

– Claro.

– E existe alguma coisa na sua casa que você não gostaria que a gente descobrisse?

– Um momento. Você está falando em fazer uma busca na minha casa?

– Quantas vezes você foi preso por posse de drogas?

– Já fui presa três vezes. Uma vez foi porque o cara com quem eu andava me fez roubar umas coisas na Sears.

– Cala a boca, Olívia. Se o senhor não me der a multa, pode me revistar e revistar o carro e a Olívia e pode vir na minha casa e eu provo o que for preciso, mas não vou deixar vocês revirarem a minha casa e examinar a minha gaveta de cuecas.

– Você quer dizer chão de cuecas. Farley sempre joga a cueca no chão e eu tenho de pegar.

– Olívia, pelo amor de Deus, cala a boca!

Benny viu B. M. Driscoll voltando com o caderno de notificações.

– Tarde demais. Parece que a notificação já foi preenchida.

B. M. Driscoll disse a Benny por sobre o teto do carro:

– O Sr. Ramsdale tem várias prisões por posse de drogas e pequenos roubos, não é verdade, Sr. Ramsdale?

– Coisa pouca – respondeu ele, assinando a notificação.

– Não multei o senhor por falta do certificado de propriedade. Mas diga ao seu amigo, Samuel Culhane ... onde ele mora, por falar nisso?

– Na Kingsley. Não sei o número.

B. M. Driscoll assentiu com a cabeça.

– Está certo. Boa noite, Sr. Ramsdale.

E agora estavam novamente a caminho da barraca de tacos para comprar um pouco de cristal, de que Farley agora precisava desesperadamente.

– Você viu o que acontece quando dá um distintivo para um negro? Aquele watusi queria fazer uma expedição de pesca na minha casa.

– Você devia ter convidado eles para ir lá em casa para ver que você é um proprietário e que a sua carteira de motorista está correta. E não tinha importância se eles procurassem. É por isso que estamos aqui. Não temos cristal nem nada em casa.

Farley se virou e olhou para ela, até quase bater na traseira de uma picape.

– Convidar a polícia para revistar a minha casa? E você ia fazer café para eles?

— Se tivesse café em casa. E só se eles não te dessem a multa. É sempre melhor ser amigo da polícia. Não ser amigo sempre vai causar problema.

— Meu Deus! E depois o quê? Você ia oferecer uma foda para cada um só por amizade? Pois eu espero que não, Olívia. Porque fazer ameaças de terrorismo é crime.

Capítulo 14

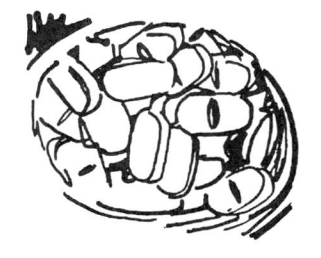

Budgie e Fausto foram os primeiros grupos do plantão noturno a abandonar a caça ao Mazda vermelho. Praticamente todos os carros foram para o leste, na direção do território das gangues e dos bairros mais pobres onde residia a maioria dos criminosos de rua de Hollywood, mas a descrição dos suspeitos poderia colocá-los em qualquer lugar. As viaturas estavam então procurando um homem branco, possivelmente hispânico, dos seus quarenta e poucos anos, de estatura e peso medianos e cabelo preto. Vestia um boné dos Dodgers e óculos escuros, uma camiseta azul e calça jeans. Sua companheira era uma mulher branca, também pelos quarenta anos, alta, esbelta, cabelo ruivo que duas mulheres latinas tinham classificado como uma peruca barata. A mulher armada usava óculos escuros, um vestido de algodão justo e multicolorido e sandálias brancas. As duas testemunhas comentaram que ela tinha "seios grandes".

Uma descrição suplementar foi passada à divisão de comunicações por Viktor Chernenko durante uma entrevista na cena do crime, quando a área em torno do quiosque foi isolada e controlada por policiais fardados. Apesar de saber que a Divisão de Assaltos e Homicídios iria assumir as investigações, ele calculava que os suspeitos eram os mesmos do assalto à joalheria.

Quando o chamado chegou à sua unidade, Fausto disse a Budgie:
— Bem, agora eles já devem estar na toca. Mas ainda podemos encontrar um Mazda abandonado. Provavelmente foi abandonado por aí.

A missão atribuída aos dois foi uma "tentativa de homicídio", que em Hollywood poderia significar qualquer coisa. Afinal, esta era a terra dos sonhos e da fantasia. Era uma casa de alto preço, toda decorada, de andar e meio, em Laurel Canyon, localizada numa área em que não se esperavam muitas tentativas de homicídio. O fato de nenhum código ter sido associado ao chamado fazia pensar que quem o recebeu na central de comunicações não o considerou merecedor de resposta urgente.

A pessoa que chamou esperava na sacada de madeira sob um teto abobadado. Acenou quando eles estacionaram e começaram a subir a escada externa de madeira. Ainda faltava uma hora para anoitecer e eles não tiveram de iluminar o caminho, mas já estava escuro por causa das sombras das samambaias, palmeiras e aves-do-paraíso dos dois lados da escadaria.

Fausto, que estava ofegante por causa da escada íngreme, imaginou que os jardineiros deviam ganhar muito.

Foram recebidos pela pessoa que fez o chamado.

— Por aqui, senhores.

Tinha 79 anos, vestia um roupão de banho branco com lapelas de cetim e chinelos de couro com monograma. Tinha cabelos tingidos de castanho e um bigode grisalho que ele chamava de "escova de dentes". Apresentou-se como James R. Houston, mas acrescentou que seus amigos o chamavam de Jim.

O interior da casa era todo 1965: tapetes peludos, um sofá verde estampado de flores, uma moderna mobília de jantar dinamarquesa e até um elaborado palhaço pintado numa moldura dourada, parecido com os pintados pelo falecido ator e comediante Red Skelton.

Quando Fausto perguntou se era um Red Skelton e recebeu uma resposta negativa, Budgie perguntou:

— Quem é Red Skelton?

— Um famoso ator cômico antigo. E um grande pintor.

Somente depois de o anfitrião insistir, eles concordaram em tomar um copo de limonada de uma jarra na mesa da sala de jantar. Então ele disse para Fausto.

– Apesar de não ter a honra de possuir um Red Skelton, trabalhei com ele num filme. Foi em 1955, acho. Mas não garanto.

Claro, ele estava sugerindo que era um ator. Budgie Polk já sabia que na Divisão Hollywood, sempre que um suspeito ou vítima dizia ser ator, a resposta automática do policial era: "O que você faz quando não está atuando?"

A resposta do homem foi:

– Trabalho há anos como administrador de imóveis. Minha mulher tem imóveis alugados que administro. Jackie Lee é a minha segunda esposa. – Ele então parou para pensar e disse: – Na verdade ela é a terceira. Minha primeira mulher morreu e a segunda, bem...

– Com isso ele fez um gesto significando esqueçam e continuou: – Eu chamei os senhores por causa da minha mulher atual.

Budgie abriu a caderneta de relatórios.

– Alguém está tentando assassinar a sua mulher?

– Não. Ela está tentando me assassinar.

De repente a mão que segurava o copo de limonada começou a tremer e o gelo tilintou.

Com a sua longa experiência em Hollywood, Fausto presumiu.

– E onde ela está agora?

– Ela foi a San Francisco com a cunhada. Estarão de volta na segunda pela manhã, e esta é a razão por que considerei seguro chamar os senhores aqui. Pensei que talvez quisessem procurar pistas como no ...

– *CSI* – completou Fausto. Naquela época eram sempre os episódios do *CSI* na TV. Policiais de verdade não tinham condições de competir.

– É. *CSI*.

– Como ela está tentando matar o senhor? – perguntou Budgie.

– Ela está tentando me envenenar.

– E como sabe?

– Meu estômago dói toda vez que ela prepara uma refeição. Passei a jantar fora porque estou com medo.

— Mas o senhor não tem nenhuma prova, tem? Alguma coisa que guardou? Como eles fazem no *CSI*?

— Não. Mas acontece toda vez. É uma tentativa gradual de me matar. Ela é uma mulher muito sofisticada e inteligente.

— Existe alguma outra evidência de intenção homicida que possa apresentar? — perguntou Fausto.

— Existe. Ela está colocando uma substância tóxica nos meus sapatos.

— Continue. Como o senhor sabe? — perguntou Budgie.

— Meus pés estão sempre cansados. E às vezes eles doem sem nenhuma razão aparente.

Fausto olhou para o relógio.

— Alguma coisa mais?

— Existe. Ela está colocando alguma coisa tóxica no meu chapéu.

— Vou adivinhar. O senhor tem dores de cabeça.

— Como sabe?

— Na minha opinião, Sr. Houston, a situação é a seguinte. Se prendermos a sua mulher, um advogado famoso como os que representam Michael Jackson ia ver todas essas provas e dizer que a sua mulher é uma péssima cozinheira, que os seus sapatos são apertados, e também os seus chapéus. O senhor está me entendendo?

— Estou entendendo o que quer dizer, policial.

— Por isto minha sugestão é a seguinte: esqueça tudo isso e volte a nos chamar quando tiver mais provas. Muito mais provas.

— Acha que devo arriscar a vida e comer a comida dela para recolher evidências?

— Comida pouco temperada. Não é fácil disfarçar um veneno em comida com pouco tempero. Pode comer purê de batatas, legumes, carne e frango, mas não frango frito. Mas evite alimentos muito condimentados e molhos pesados. Esses podem trazer riscos. E compre sapatos um pouco maiores. O senhor bebe álcool no jantar?

— Três martínis. A minha mulher prepara.

— Reduza para um martíni. É muito difícil colocar uma dose tóxica em só um martíni. Tome depois do jantar, mas não antes de dormir. E só ponha chapéu quando for sair no sol. Acho que tudo isso vai interromper um plano de assassinato ou frustrar o autor.

— E os senhores voltam se eu tiver mais provas?

— Claro. Vai ser um prazer.

Não havia prazer na casa de Farley Ramsdale. Já haviam se passado 3 horas desde que Cosmo e Ilya tinham empurrado o carro para dentro da garagem, e Farley e Olívia ainda não tinham voltado. Em certo momento, Cosmo pensou que Ilya estivesse dormindo, deitada no sofá com os olhos fechados.

Mas, quando ele se levantou e foi até a janela para olhar a rua escura, ela disse:

— Sai da janela. Toda a polícia de Hollywood está procurando um homem de camiseta azul e uma mulher com um cabelo que todo mundo sabe que é uma peruca. Nós não podemos chamar um táxi. O motorista vai lembrar quando ouvir falar do assalto e vai chamar a polícia. E a polícia vem aqui e fala com Farley e ele vai saber que fomos nós e vai dizer para eles.

— Cala a boca, Ilya. Eu precisa pensa.

— Não podemos tomar um ônibus. A polícia pode ver a gente. Não podemos chamar os amigos, a não ser que você quer dividir o dinheiro, porque eles vão descobrir. Estamos encurralados.

— Cala a boca. Nós não está encurralado. Nós tem dinheiro. Já está escuro.

— E como nós vamos para casa, Cosmo. Como?

— Quem sabe carro funciona?

— Eu não entro mais naquele carro! A polícia inteira está procurando aquele carro. Todos os tiras de Hollywood. Todos os tiras de Los Angeles.

— O carro tem fica aqui. Nós põe dinheiro na sacola. Tem sacola na cozinha.

— Ah, sei. Nós saímos da casa porque não temos coragem de chamar um táxi? E então a gente chama táxi do meu celular e pede para ele pegar a gente na rua onde a gente espera na sombra? E a gente sai do táxi a alguns quarteirões de casa?

— É. Exatamente correto.

— E então Farley e Olívia chegam em casa e encontram um carro na garagem e logo eles vão ligar a TV e vão saber sobre o assalto e vão saber quem fez? E você não acha que eles vão ligar para a polícia e perguntar se tem uma recompensa pelo nome dos assassinos? O carro está aqui. Você não acha que é isso o que vai acontecer, Cosmo?

Cosmo sentou-se e afundou a cabeça nas mãos. Ele já estava pensando havia 3 horas e não via alternativa. Ele tinha planejado matar Farley e Olívia no ferro-velho antes de receber o dinheiro dos diamantes, mas e agora? Ele tinha de matar os dois quando entrassem. Mas não podia arriscar um tiro.

Ele foi até Ilya e se ajoelhou no chão ao seu lado.

— Ilya, os dois viciados precisa morre aqui. Nós não tem escolha. Nós tem de mata eles. Com faca da cozinha. Você tem me ajuda, Ilya.

Ela se sentou.

— Eu não vou matar mais ninguém com você, Cosmo. Ninguém.

— Mas então o que nós vai faz?

— Nós vamos dizer o que fizemos. Eles ficam sócios. Dê a eles metade do dinheiro. Então eles nos ajudam a empurrar o carro daqui e pôr fogo nele. Então eles levam a gente para casa. E durante todo esse tempo a gente reza para a polícia não ver a gente. É isso que nós vamos fazer, Cosmo. Eu não vou matar mais ninguém.

— Por favor, Ilya, pensa!

— Se você tentar matar Farley e Olívia, você vai ter de me matar. Você não consegue esfaquear nós todos. Eu atiro em você.

E, dizendo isso, ela tirou a pistola da bolsa, levantou-se e atravessou a sala até a cadeira de assistir a TV, e sentou-se com a arma no colo.

— Por favor, não fala bobagem. Precisa chamar Dimitri, mas não agora. Hoje não. Eu não fala Dimitri agora. Nós precisa sabe o que é o quê antes eu telefona.

— Nós vamos ser presos. Ou mortos.

— Ilya. Nós faz amor, Ilya. Você vai sente melhor se nós faz amor.

— Não chega perto de mim ou tudo acaba aqui com tiros. E você não pode arriscar tiros nesta rua silenciosa, Cosmo. Ou você vai querer esfaquear todos os vizinhos também?

Budgie e Fausto pensavam no que fazer, quando Budgie sugeriu.

— Vamos ao Pablo's Tacos e apertar um ou dois viciados. Talvez a gente ache algum cristal. Seria bom ter uma prisão para observação no relatório.

— Está bem. Mas não vá pedir nenhum taco naquela espelunca. Você ouviu falar do viciado que enfiou pacotes de cristal na bunda e tentou dizer que o parceiro mandou enfiar? Às vezes ele aparece por lá.

Farley estava absolutamente lívido, e Olívia enjoada por causa de toda aquela tensão. Pela décima vez ele gritou:

— Será que não existe um mísero pacote de cristal nessa cidade de merda?

— Por favor, Farley. Assim você fica doente.

— Eu preciso de cristal! Merda, Olívia, nós estamos procurando há horas!

— Vamos tentar a loja de donuts de novo.

— Já tentamos duas vezes! Já tentamos todos os lugares que conheço. Você lembra de um lugar que não tentamos?

— Não, Farley. Não sei.

Farley se ergueu um pouco e olhou para a direita e viu o 6-X-76 chegando ao estacionamento. Uma policial loura e alta saiu junto com um velho rinoceronte que Farley calculou ser mexicano, ou um salvadorenho, o que era ainda pior.

Farley virou o rosto.

— Olívia, não me diga que esses tiras vão ferrar a gente. Duas vezes na mesma noite! É demais.

— Eles estão olhando para nós.

Então Farley ouviu-a dizer animada.

— Boa noite, policiais.

Farley pôs as duas mãos no volante para evitar que eles ficassem nervosos e lhe estourassem a cabeça. A mulher perguntou:

— Boa noite. Esperando alguém?

Farley apontou para Olívia.

— É. Ela é atriz. Esperando ser descoberta.

Foi o bastante. Fausto ordenou:

— Saiam do carro.

Como isso já tinha acontecido com Farley dezenas de vezes, ele manteve as mãos à vista quando Fausto abriu a porta do motorista. Farley saiu, balançando a cabeça e imaginando por que tudo acontecia com ele.

Fausto o revistou e pediu.

— Vamos ver a sua identidade.

Quando Olívia saiu do carro, Budgie olhou para o seu peito magérrimo coberto apenas por uma camiseta curta, revelando uma barriga funda e quadris ossudos. A calça jeans era pequena, infantil, e Budgie tateou os bolsos aparentemente vazios para ver se encontrava embalagens de cristal. Ela então iluminou com a lanterna os braços de Olívia, mas, como ela raramente se injetava, não havia marcas.

— Vê se maneira, amigo. Alguns dos seus colegas já pegaram a gente esta noite. Revistaram a gente e o carro e me aplicaram uma multa. Posso pegar no porta-luva para provar?

— Não. Fique aqui, amigo — disse Fausto, pintando a frase com sarcasmo. E para Budgie: — Parceira, dê uma olhada no porta-luvas. Veja se acha uma notificação.

Ela abriu o porta-luvas e pegou a notificação de infração.

— Foi preenchida por B. M. Driscoll pouco depois da chamada. Perto do cibercafé.

— Aposto que nunca lhe ocorre, amigo, que talvez a razão para você ser parado por tantos policiais seja porque você fica onde os viciados negociam cristal. Você já viu isso na tela do seu computador?

Farley achou melhor abandonar as palavras em espanhol porque elas não estavam dando resultado com este gringo. Então adotou uma tática diferente.

— Policial, fique à vontade. Não precisa nem pedir. Pode revistar meu carro.

— Está bem — disse Budgie.

Enquanto ela procurava, Farley explicou:

— É verdade, sou fichado por pequeno roubo e posse de cristais de metanfetamina. Não, eu não tenho drogas comigo. Se o senhor quiser, eu tiro o sapato. Se a gente não estivesse aqui fora, eu tirava a calça também. Estou cansado demais para discutir com vocês. Façam o que tiverem de fazer e me deixem ir para casa.

— Cheguei a dizer para os outros policiais que podiam ir na nossa casa — disse Olívia, solícita. — A gente não se importa se os senhores revistarem a nossa casa. Podem fazer uma exposição de pescaria, a gente nem liga.

— Olívia, pelo amor de Deus, cala a boca!

— É verdade? Vocês estão tão limpos que podem nos levar à sua casa agora e nos deixar revistar tudo, sem problema? O que você acha, parceiro?

— Vocês fazem mesmo isso? — perguntou Fausto, preenchendo o cartão de entrevista de campo (EC). — Levar-nos ao seu ninho? Vocês estão tão limpos assim?

— Cara, nesta altura estou tentado a deixar. Você me deixa ir para casa dormir e podem revirar tudo de pernas pro ar, por dentro e por fora. E se encontrarem alguma droga, significa que a Olívia aqui tem um amante que fornece para ela. E, se Olívia pode ter um amante, então os milagres existem e quem sabe eu ganho na loteria da Califórnia. E se ganhar, vou embora dessa cidade de merda e para longe de vocês, porque vocês estão me matando!

Fausto examinou o rosto angustiado e úmido de Farley Ramsdale e lhe entregou a carteira de motorista.

— Cara, é melhor você tentar uma clínica de reabilitação imediatamente. Se continuar nesse bonde, a próxima parada é o final da linha. Só o final da linha. Nada mais.

Fausto e Budgie voltaram para a viatura.

— Estou tentada a passar mais tarde pelo endereço na EC.

— Aquele sujeito vai arranjar algum cristal de uma forma ou de outra. Ou aqueles dois vão fumar cristal naquela casa esta noite ou ele acaba numa camisa-de-força. Ele está a ponto de desabar.

Ilya estava andando e fumando. Cosmo estava agora no sofá, exausto de tanto discutir com ela.

— Quanto tempo nós espera aqui?

— Há quase 6 horas. Não podemos esperar mais. Temos de ir embora.

— Sem dinheiro, Ilya?

— Você limpou bem o carro, Cosmo?

— Eu fala que limpa. Agora cala a boca.

— Você limpou o cinzeiro do carro? Também é prova.

— Limpa.

— Tirou a caixa de dinheiro do carro?

— Você tem idéia, Ilya. Ótimo. Você não gosta minha idéia. Nós tem que mata viciados.

— Cala a boca, Cosmo. Você vai pôr a caixa de dinheiro debaixo da casa. Encontre a porta que dá embaixo da casa. Guarda a caixa lá.

Ela começou a esvaziar os cinzeiros numa sacola de papel da cozinha.

— Ilya, o carro. Não funciona. O que você pensa?

— Vamos deixar aqui.

— Aqui? Ilya, você louca. Farley e Olívia ...

Ela o interrompeu, assumindo o comando.

— Você tirou coisas da garagem?

— Eu tira. Bicicleta e caixas. Merda de garagem, cheia entulho. Quase não tem lugar para carro.

— Como eu imaginava. Ponha tudo de novo na garagem.

— O que você está pensa, Ilya?

— Os dois são viciados, Cosmo. Olha esta casa. Lixo por toda parte. Eles não guardam o carro na garagem. Eles não entram na garagem. O carro pode ficar dias. Eles nem vão saber.

— E nós?

— Pega uma camisa do Farley. Olha no quarto. Vou tirar a peruca e nós vamos andar alguns quarteirões e chamar um táxi. Agora já é mais seguro. Então vamos para casa.

— Está bem, Ilya. Mas você pensa na idéia. Viciados tem que morre. Nós não tem outra saída. Você tem entender.

— Vou pensar. Agora vamos embora. Depressa.

Quando Cosmo voltou à sala, estava vestindo uma camisa estampada, suja e de mangas compridas por cima da camiseta.

— Espera você alegre, Ilya. Antes de chega em casa eu é mordido por bichos roupa do Farley.

Depois de serem deixados pelos policiais no estacionamento do Pablo's, Farley se voltou para Olívia:

— Olívia, acho que temos de ir para casa e agüentar a crise. Não vamos arrumar nada esta noite.

— Lá tem quase um litro de vodca. Vou misturar com ponche e você pode beber tudo que agüentar.

— Está bem. Com isso eu atravesso a noite.

— Só espero que não vá vomitar. Você está tão magro e cansado.

— Não vou, não.

— E vou preparar uma coisa deliciosa para você comer.

— Aí é que eu vomito mesmo.

Quando chegaram, ele estava quase cansado demais para subir os degraus da varanda. Quando entraram, Olívia disse:

— Farley, alguém fumou aqui.

Ele se atirou no sofá e agarrou o controle remoto.

— Olívia, você esqueceu que nós fumamos cristal aqui. Sempre que a gente tem, o que é raro ultimamente.

— É, mas parece fumaça de cigarro. Você não está sentindo?

— Eu estou cansado demais, Olívia. Eu não ia sentir cheiro de fumaça nem se você pegasse fogo. O que não seria má idéia.

— Você vai se sentir melhor depois de comer. Que tal um sanduíche de queijo na torrada?

O operador do rádio decidiu se divertir um pouco com o chamado para o 6-X-32 no Grauman's.

— Todas as unidades próximas e o 6-X-32, atender uma mulher no Hollywood Boulevard, a leste da Highland. Agressão em andamento. Batman contra Homem-Aranha. Batman visto correndo para o Kodak Center. A pessoa que informou é Marilyn Monroe. Seis-X-32, atender código 3.

Quando chegaram ao local, Marilyn Monroe acenava para eles da calçada do Grauman's Chinese Theater e os turistas tirando fotos como loucos. B. M. Driscoll e Benny Brewster chegaram logo depois deles.

Jetsam, que dirigia, perguntou:

— Qual Marilyn Monroe você acha que é? Uma delas é quente, cara. Sabe de qual estou falando?

— Não é a quente.

Aquela Marilyn estava na famosa pose do vento, mas não havia vento levantando a sua saia. Vestia o famoso vestido, e a sua peruca era excelente. Até mesmo o seu sorriso tímido mas sensual era genuíno. O problema era que tinha 1,88m e não era mulher.

Flotsam saiu primeiro e viu o Homem-Aranha sentado no meio-fio, segurando a cabeça e esfregando o queixo. Jetsam chegou até ele para pegar os detalhes, que, é claro, envolviam uma briga entre dois achacadores de turistas.

Enquanto Flotsam conversava com Marilyn Monroe, um turista pediu aos dois se afastassem para o lado para ele poder enquadrar o Grauman's na foto. Marilyn atendeu imediatamente. Depois de um instante de hesitação, em que vários turistas implicaram por ele estar sendo chato, Flotsam a acompanhou e teve de suportar cerca de cem flashes vindos de todos os lados.

— Foi terrível — disse finalmente a Marilyn. — Foi horrível, policial! O Batman atingiu o Homem-Aranha com a lanterna sem nenhuma razão. Ele é um porco, o Batman. Sempre achei o Homem-Aranha uma gracinha. Espero que vocês encontrem aquele rato de capa e ele acabe na cadeia.

Houve muitos aplausos e Marilyn Monroe deu um sorriso que só podia ser chamado de ofuscante na sua brancura.

Enquanto tentava tirar informações de Marilyn Monroe, Flotsam foi cercado por três Elvis. Só trabalhavam em conjunto nas grandes noites de sexta-feira, como aquela, e viram que a comoção era uma boa chance de verdadeira publicidade. E não se desapontaram. A primeira equipe de TV a ouvir o rádio da polícia chegou com um câmera e uma repórter à esquina de Hollywood e Highland no momento em que os Elvis se reuniram.

Eles falavam ao mesmo tempo com Flotsam: o Elvis Magro, o Elvis Gordo e o Fedelvis, com manchas amarelas de suor sob os braços no casaco, que faziam os turistas prenderem a respiração durante as fotos.

– Batman nunca mais vai comer nesta cidade – gritou o Elvis Magro.

– O Homem-Aranha venceu! – gritou o Elvis Gordo.

– Sou testemunha do ataque criminoso do justiceiro mascarado! – Fedelvis anunciou para a multidão, e fedia tanto que Flotsam teve de dar dois passos para trás.

Flotsam pediu a B. M. Driscoll para verificar no Kodak Center, e, quando ele perguntou: "Como é ele?", respondeu:

– Basta botar um sujeito de capa preta pendurado no teto de cabeça para baixo. Se for o Conde Drácula, você pede desculpas.

Os policiais do turno da noite não sabiam que havia um grupo disfarçado no meio da multidão, fingindo-se de turistas com mochilas e câmeras fotográficas. O grupo disfarçado prendeu o Gugu da Vila Sésamo por agressão a uma turista que tirou uma fotografia e se recusou a pagar a tarifa de três dólares.

Gugu agarrou-a pelo braço e lhe disse:

– Vai à merda, sua vaca! – Foi imediatamente preso e encostado à parede do Kodak Center pelo grupo disfarçado. Arrancaram-lhe a cabeça, onde encontraram duzentos dólares em notas de um e um grama de cocaína.

Agora os turistas tiravam fotos do Gugu, mas as equipes de TV ainda se concentravam na Marilyn Monroe, e Benny Brewster disse a Flotsam:

– Cara, o Gugu estava com a cabeça cheia de droga.

Ao ouvir isto, a equipe de TV virou as câmeras para o Gugu, que gritava que sua cabeça não tinha droga nenhuma quando ele a vestiu, sugerindo que a droga tinha sido plantada.

Jetsam decidiu procurar no Kodak Center, onde, depois de alguns minutos, encontrou o Batman. Foi uma caçada rápida, pois a enorme barriga do Batman cobria o seu cinto de utilidades e ele se arrastava na frente do Kodak Theater quando Jetsam saltou sobre ele. Por um instante Jetsam teve medo de que o exausto Batman fosse sofrer um ataque cardíaco depois de ser algemado.

– Como se faz ressuscitação cardiorrespiratória num sujeito mascarado usando um colete rígido? – perguntou ele a B. M. Driscoll.

Quando finalmente ele saiu da calçada com o seu prisioneiro abatido, a multidão se juntou, os flashes espocaram e a repórter correu até ele para perguntar.

– Policial, foi difícil prender o Batman? Foi uma caçada emocionante?

O surfista fez uma pose semi-heróica para a câmera e disse:

– Molho ralo. – E saiu rapidamente para levar o Batman para a viatura, onde ele foi colocado no banco de trás.

Esta repórter em particular era uma jornalista incansável e orgulhosa disso. Correu atrás de Jetsam e parou perto do carro da polícia, mostrando ostensivamente que passava o microfone à equipe de gravação para poder conversar com Jetsam com as mãos vazias.

– Molho... ralo? – perguntou ela, batendo as pestanas perfeitamente delineadas, sorrindo e passando a língua nos lábios, o que deixou louco o tira surfista. – O senhor pode traduzir para nós? Em off?

Jetsam olhou para o decote. E ela passou novamente a língua pelos lábios. Ele olhou para a equipe de gravação que tinha voltado para a calçada e já nem conseguia ver o seu rosto, curvou-se e disse baixinho no ouvido da moça:

– Quer dizer que, sem o batmóvel, ele é uma bosta rala.

Então, piscando o olho com um ar de quem está se lixando, ele virou e entrou no carro ao volante. Ficou excitado ao ver a repórter mandar a equipe filmar o 6-X-32 que se afastava.

O que ele não viu é que a lindeza de repórter tinha um microfone escondido na lapela do casaco. E o sorriso triunfante que ela deu para o homem do som foi ainda mais sexy do que o que ela deu a Jetsam.

No noticiário da noite, o produtor apagou a palavra bosta, mas pelo contexto todo mundo entendeu o que tinha sido dito. E então a repórter linda apareceu diante das câmeras, desta vez na frente do Grauman's Chinese Theater.

Com o sorriso de conhecedora dos bastidores de Hollywood ela disse aos ouvintes:

— Esta é a sua super-repórter diretamente do Hollywood Boulevard, onde até os super-heróis têm de se render às forças do DPLA. Que não passam de ... molho ralo.

O comandante de turno avisou a Jetsam que ele provavelmente iria receber uma advertência ou talvez uma pequena suspensão pela maneira como se expressou na "entrevista".

Cosmo só acordou às 13h do dia seguinte. O cheiro do chá que Ilya tinha feito o acordou, e de início ele sentiu uma pontada de pânico. E se ela tivesse voltado para pegar o dinheiro? Mas então ele a ouviu lavando os pratos e entrou no banheiro para tomar um banho.

Quando entrou na cozinha ela estava à mesa fumando e bebendo um copo de chá quente. Outro copo o esperava. Nenhum dos dois falou e ele bebeu um pouco e acendeu um cigarro.

— Quanto tempo você acordada?

— Três horas. Estou pensando muitas coisas.

— E qual idéia nova?

— Quanto Dimitri vai dar pelos diamantes?

— Vinte mil.

— Muito bem. Entregue os diamantes para ele. De graça. Nós guardamos o dinheiro.

— Dinheiro todo?

— Não. Nós dividimos com Farley e Olívia. Fazemos o melhor negócio possível. Então saímos de Los Angeles. Vamos para San Francisco. Começar de novo. Sem armas. Sem mortes.

— Ilya, Dimitri sabe quanto dinheiro nós tem. Você não liga TV e ouve notícia?

— Não. E nem quero ouvir.

— Notícia diz quanto nós tem. Dimitri quer metade.

— Nós podemos ir embora de Los Angeles com quase cinqüenta mil, se Farley ficar com a metade. Não podemos dar dinheiro para o Dimitri. Nós damos os diamantes.

— Não basta. Ele mata nós, Ilya. Eu sabe ele louco porque eu não chama ele. Eu sabe ele muito louco.

— Nós vamos sair de Los Angeles.

— Ele acha nós e mata em San Francisco.

— A gente arrisca.

— Você acha Farley e Olívia não conta polícia depois nós dá dinheiro?

— Não. Eles precisam de drogas. Eles precisam do dinheiro para drogas. Depois de receber metade do dinheiro eles ficam, como dizer, parceiros no crime. Eles não podem contar nada para a polícia. Nós vamos esperar dois ou três dias. Eu digo que os viciados não vão descobrir o Mazda na garagem. E debaixo da casa eles nunca vão. Estamos bem por dois ou três dias. Escondemos aqui.

— Ilya, nós pode ficar metade do dinheiro e dá metade para Dimitri. — Ele então quase disse a verdade sobre os diamantes. — Eu negocia Dimitri. Eu fala para ele eu precisa 35 mil. E nós tem quase 85 mil e fica Los Angeles. Tudo se você deixa eu mata viciados. Eu sabe como. Você não precisa faz nada. — Já tinha acabado de dizer tudo, mas decidiu acrescentar um PS. — Você gosta vida aqui. Você gosta muito vida Hollywood. Eu está certo?

A maquiagem de Ilya estava escorrendo quando ela se levantou e foi até o fogão. Ficou parada ali por um momento antes de falar. De costas para ele, ela disse:

— Está bem, Cosmo. Mata os dois. E nunca me conta nada. Nunca!

Capítulo 15

A região sudeste da Divisão Hollywood, perto do Santa Monica Boulevard e da Western Avenue, era a área das gangues latinas, entre elas a gangue da rua 18 e alguns salvadorenhos da enorme gangue MS-13. Cerca Branca, uma das gangues mais antigas de mexicanos, tinha atividades perto do Hollywood Boulevard e Western, e a Máfia Mexicana, também conhecida como MM ou El Eme, aparecia aqui e ali, mas de certa forma era uma das gangues mais poderosas e operava letalmente do interior das penitenciárias estaduais. Não havia gangues de negros, como os Crips ou os Bloods, das áreas centro-sul e centro-leste, operando em Hollywood porque muito poucos negros viviam na área de Hollywood.

Wesley Drubb estava mergulhado no que era para ele essa informação excitante, depois de ter acesso a novas experiências quando trabalhou por empréstimo durante duas noites na 6-G-1, a unidade de gangues da Divisão Hollywood. Mas agora, dirigindo pela Rossmore Avenue que margeava o Wilshire Country Club, aquela conversa sobre gangues parecia ridiculamente inadequada e especialmente irritante para Nate Weiss.

— O Departamento de Correções da Califórnia estima que El Eme tem cerca de duzentos membros no sistema prisional — explicou Wesley.

– Não diga – comentou Nate, olhando para os apartamentos e condomínios luxuosos nos dois lados da sua rua favorita de Los Angeles.

– Eles são geralmente identificados por uma tatuagem de uma mão negra com um M na palma. Na penitenciária de segurança máxima de Pelican Bay, um membro da gangue MM tinha sessenta mil dólares em conta, que depois foi congelada pelas autoridades. Ele negociava do interior da penitenciária mais vigiada.

– Não diga. – Nate imaginava Clark Gable de smoking e Carole Lombard usando um visom, os dois sorrindo para o porteiro ao sair para uma noitada na cidade. Talvez no Coconut Grove.

Ele então colocou Tracy e Hepburn no seu sonho, apesar de saber que nenhum dos dois tinha vivido naquela rua. Mas e daí? Ele era o dono do sonho.

– Sabe-se que as grandes gangues encomendam assassinatos de dentro das suas celas. Estar "no chapéu" ou estar "com a luz verde" significa que você esta marcado para morrer.

– É estranho. No mundo do cinema estar com a luz verde significa que você está muito vivo. Na prisão significa que você está morto. Estranho.

– Me contaram que às vezes em Hollywood você pode encontrar membros asiáticos das gangues Tiny Oriental Crips e Oriental Boy Soldiers. Já viu algum deles?

– Acho que não. O que já vi foi asiáticos respeitadores da lei que são capazes de enfiar um machado no seu pescoço se você se referir a eles como orientais.

– E uma gangue cujo nome eu adoro é a Tiny Magicians Club, vulgo TMC.

– Nossa Senhora! TMC é The Movie Channel. Será que nada mais é sagrado?

– Eu já sabia das injunções civis para controle das gangues, mas você sabia que são necessários documentos legais enormes para intimar os membros de gangues para aplicar todos os termos dessas injunções? A reunião de dois ou três membros já pode violar a injunção, e até mesmo a posse e o uso de telefones celulares podem ser uma violação. Você sabia?

– Se quer saber, a posse de telefone celular por qualquer membro do sexo feminino tentando operar um veículo já devia ser crime.

– Da próxima vez eu poderia examinar as tatuagens e conversar na divisão para saber das guerras de gangues.

– Será que percebo um rato de gueto em formação? Você está pensando em pedir transferência, Wesley? Talvez a rua 77 ou a Sudeste, onde as pessoas têm lançadores de foguetes em casa para proteção pessoal?

– Quando vim para a Divisão Hollywood, ouvi dizer que ela era uma grande divisão de contravenções. Acho que quero ir para uma divisão de crimes. Me disseram que nos dias anteriores ao decreto de anuência a Divisão Rampart tinha um letreiro que dizia: "Nós intimidamos quem intimida outros." Imagine como seria trabalhar na unidade de gangues.

Nate olhou para Wesley como teria olhado para um viciado numa loja Dunkin Donuts ou Hostess Ding Dong.

– Wesley, os dias de glória do DPLA são passado. Eles não voltam mais.

– Eu só acho que um lugar como a Divisão Sudeste poderia oferecer mais... desafios.

– Vá em frente. Lá você se diverte entrando no gueto e gritando "Polícia!" para ouvir milhares de descargas de privada no quarteirão inteiro. Essa é a diversão dos tiras no gueto. Ouvir os garotos trocando sinais é muito melhor que qualquer evento de tapete vermelho onde os peitos se estendem do Hollywood Boulevard até o infinito, não é?

Wesley Drubb estava ansioso para fazer trabalho de polícia nos territórios das gangues ou em qualquer outro lugar onde houvesse ação de verdade. Estava cada dia mais tenso e nervoso, e Nate o matava de tédio ao afastá-lo das ruas semiperigosas de Hollywood para contar suas longas histórias do passado de Hollywood. O território das gangues estava lá e ele estava aqui. Fazendo turismo.

Em silêncio, Wesley começou a roer uma unha enquanto dirigia. Nate finalmente notou.

— Ei, parceiro, você parece particularmente estressado. Problemas de mulher? Sou especialista nessas questões.

O período probatório de Wesley ainda não estava assim tão distante, para ele dizer: — "Estou é morto de tédio, Nate. Você me mata com essas viagens pela história do cinema."

Em vez disso, ele disse:

— Nate, você acha que deveríamos estar patrulhando a área do country club? Aqui é a Área Wilshire, e nós somos da Área Hollywood.

— Pare de falar área. Divisão parece mais policial. Não suporto esses novos termos para tudo.

— Está bem, Divisão Hollywood. Agora mesmo nós estamos fora dela.

— Só alguns quarteirões, sabidão. Olhe à sua volta. Isso é lindo.

Nate se referia à Rossmore Avenue, com seus apartamentos elegantes e condomínios de alto preço com nomes como Rossmore, El Royale, Marlowe e Country Club Manor, todos eles próximos ao exclusivo campo de golfe. Eram construídos nos estilos francês, espanhol ou Beaux Arts da era de ouro de Hollywood.

Nate percebeu a falta de entusiasmo de Wesley pela arquitetura.

— Talvez você prefira patrulhar o Centro de Celebridades da Igreja de Cientologia. A gente pode até ver John Travolta. Mas não podemos assediar os paroquianos, ou vamos ser atacados pelos guardas de segurança. Você sabe que uma vez eles chegaram a atacar o nosso zepelim. Disseram que queriam fazer da sua sede uma zona de exclusão de vôo do DPLA.

— Não, a cientologia não me interessa, Nate. Para falar a verdade, nem John Travolta.

— Aqui parece que nós estamos na Europa — disse Nate, enquanto o sol poente iluminava a entrada do El Royale. — Quase dá para ver a Mae West deslizando pela porta, arrastando um ator musculoso pelo braço, até a limusine esperando na rua.

Mae West era o nome que o pai de Wesley dava aos salva-vidas a bordo da sua lancha de 75 pés atracada na marina. Wesley não sabia que o nome era homenagem a uma pessoa.

– É. A Mae West.

– Um dia vou morar num desses edifícios. O country club não aceitava judeus. E atores. Ouvi dizer que foi Randolph Scott quem disse para eles: "Não sou ator e tenho mais de cem filmes para provar." Mas depois ouvi dizer que foi o Victor Mature. Ou John Wayne, e ele nem jogava golfe. É uma história interessante, não interessa quem falou.

Wesley nunca tinha ouvido falar dos dois primeiros atores-golfistas e estava sentindo o pescoço e queixo tensos. Estava rilhando os dentes e só relaxou quando Nate deu um suspiro.

– Está bem, vamos procurar um bandido para você pôr na cadeia.

E finalmente, com uma enorme sensação de alívio, Wesley Drubb teve a autorização de Nate para se afastar da Hollywood dos filmes e ir para a Hollywood real.

A noite caía quando passaram diante do Centro de Gays e Lésbicas.

– É aí que vêm as pessoas que querem cortar ou colocar extensões nos cabelos. Em Hollywood existe um lugar dos sonhos de cada um. Não entendo como você não gosta.

Alguns minutos depois, chegavam ao Santa Monica Boulevard.

– Veja como aquele sujeito anda. Vamos averiguar.

Nate viu no outro lado da rua um sujeito pálido e magro, dos seus quarenta anos, camisa sem gola, de mangas compridas e calça jeans, andando com as mãos nos bolsos.

– O que você está vendo que eu não estou?

– Aquele sujeito está em condicional, aposto. Ele anda como os presos andam no pátio da prisão.

– Você aprendeu muito nesse estágio na unidade de gangues. Talvez valha a pena, mas ainda não notei.

– Os oficiais da condicional estão atrasados na entrada de mandados de prisão no computador, mas podemos verificar, está bem? Mesmo que não exista um mandado, ele pode estar com drogas.

– Ou ele está procurando homem. Aqui é Santa Monica, lar do amor entre rapazes e dos homossexuais truculentos. Ele pode estar procurando alguém igual ao que deixou na prisão. Um cara com uma tatuagem de uma mulher pelada nas costas e um cu tão largo quanto o metrô de Hollywood.

— Vamos verificar?

— É. Vamos. Tira isso do seu sistema.

Wesley parou vários metros atrás do sujeito, os dois tiras saíram e o iluminaram com as lanternas.

Ele já estava acostumado. Parou e tirou as mãos dos bolsos. Com um sujeito como aquele as preliminares eram poucas, e, quando Wesley pediu uma identidade, o sujeito lançou um olhar rancoroso de rendição e, sem que lhe fosse pedido, puxou as mangas da camisa e mostrou os braços cobertos de tatuagens sobre a pele marcada de cicatrizes.

— Eu não uso mais.

Nate iluminou o rosto do homem.

— Os seus olhos estão bem, cara.

— Eu bebo igual a um mendigo, mas não injeto mais. Cansei de ser preso por onze-cinqüenta. Estava sempre drogado e sempre era preso. Eu estava em prisão perpétua algumas semanas de cada vez.

Wesley preencheu um cartão de entrevista de campo sobre o sujeito cuja identidade dava o seu nome como sendo Brian Allen Wilkie, passou a informação no terminal do computador e recebeu uma longa lista de prisões por droga, mas nenhum mandado.

Antes de deixá-lo ir embora, Nate perguntou:

— Aonde você vai?

— No Pablo's, comer um taco.

— Aquilo é área de viciados. Não me diga que você agora fuma cristal em vez de injetar heroína.

— Um dia de cada vez, cara. Eu não quero que o meu agente da condicional fique sabendo, mas eu agora só bebo, e de vez em quando um pouquinho de meta. Já é uma melhoria, não é?

— Acho que não é isso que o AA quer dizer com um dia de cada vez. Fica firme.

Pouco depois, quando Wesley passou diante do Pablo's Tacos, viram um carro velho estacionado e dois viciados magérrimos discutindo com outro sujeito que também era evidentemente um viciado. A discussão estava tão animada que eles não viram a viatura quando Wesley estacionou a meio quarteirão de distância e desligou as luzes para observar.

– Talvez um deles esfaqueie o outro – disse Nate. – E você pode pegá-lo por crime grave. Ou, melhor ainda, talvez um deles saque uma arma e nós entramos num tiroteio. Isso é suficiente para aliviar o seu tédio?

Farley Ramsdale agitava os braços como um daqueles sujeitos com aquela doença cujo nome ele não conseguia lembrar, e Olívia estava ficando assustada. A saliva escorria pelo queixo de Farley e ele estava berrando porque o pequeno viciado que eles conheciam como Little Bart se recusava a lhes vender duas embalagens que tinha. Farley não queria aceitar o que ele pedia e tentava barganhar o preço.

Olívia achava que era maldade do Little Bart, porque várias vezes Farley lhe vendeu droga por um preço decente. Mas toda aquela gritaria só ia criar problema para eles.

– Você é um vômito mal-agradecido. Lembra que salvei a sua vida quando você precisava tanto que estava quase matando um negro para conseguir?

Little Bart, que tinha mais ou menos a idade de Farley e que trazia no pescoço uma coleira tatuada, respondeu:

– Cara, as coisas estão ruins, muito ruins esses dias. Isso é tudo que eu tenho e vou ter durante alguns dias. Tenho de pagar o aluguel.

– Viado!

– Ei, cara. Toma um calmante. Você está louco.

Olívia deu um passo adiante.

– Farley, por favor. Vamos para casa. Por favor!

De repente, Farley fez uma coisa que nunca tinha feito durante todo o tempo em que estavam juntos. Ele lhe deu um tapa no rosto, e ela ficou tão perplexa que olhou para ele durante um instante e então rompeu em lágrimas.

– Já basta – disse Wesley, saindo do carro seguido por Hollywood Nate.

Farley não os tinha visto, mas Little Bart viu. O pequeno viciado disse:

– Opa! Hora de se mandar.

E começou a correr até Wesley gritar.

– Pare aí mesmo!

Alguns minutos depois Little Bart e Farley eram revistados por Wesley e Nate, enquanto Olívia enxugava as lágrimas na manga da blusa.

– O que significa isso? – perguntou Farley. – Eu não fiz nada.

– Você cometeu uma agressão. Eu vi.

– Foi um acidente. Não foi, Olívia? Eu não queria bater nela. Estava só discutindo com este cara.

– E qual era a discussão? – perguntou Nate.

– Sobre se George W. Bush é tão idiota quanto parece. Era uma discussão política.

Little Bart não estava preocupado, porque o cristal estava escondido debaixo do tapete do carro, a meio quarteirão de distância. Então ele se tranqüilizou e tentou não irritar os tiras até achar que podia se mandar.

Nate levou Farley a dez metros de distância dos outros dois.

– Olívia, diz para esses caras que foi um acidente.

– Cale a boca! Onde está o seu carro?

– Não tenho carro.

Farley mentiu e em seguida se perguntou por que tinha mentido. Não havia cristal no seu carro. Ele não fumava cristal há dois dias e meio. Era por isso que os seus nervos estavam estourados. Por isso que ele estava a ponto de estrangular Little Bart. Estava tão farto de ser assediado pela polícia que mentiu. Mentir era uma forma de rebelião contra todos eles. Todos os idiotas que ferravam a sua vida.

Durante os vinte minutos seguintes, os dados foram preenchidos e cada nome foi passado no computador, com uma ficha para Farley Ramsdale e nada para Olívia O. Ramsdale. Farley finalmente parou de reclamar e Olívia de chorar.

Little Bart tentou falar de política com Farley para confirmar a mentira sobre George Bush, mas os tiras não estavam acreditando. Eles sabiam que ali havia algum negócio com drogas e Little Bart não queria lhes dar uma razão para experimentar as chaves do seu carro nas portas dos oito estacionados até onde estava o seu. E especialmente não queria que eles olhassem debaixo do tapete.

Farley imaginou que aquilo ia demorar, porém o tira mais jovem chamou o outro.

— Seqüestro em andamento. Omar's Lounge, na Ivar! Vamos embora, Nate!

Farley, Olívia e Little Bart ficaram sozinhos no Pablo's Tacos.

— Aqueles tiras salvaram a sua vida de merda.

— Cara, você precisa de ajuda. Você está para lá de Bagdá.

E ele correu para o carro e partiu.

— Farley, vamos embora agora e eu ...

— Olívia, se você disser que vai preparar um delicioso sanduíche de queijo, juro que lhe arranco o dente.

Os detetives da Divisão Hollywood foram forçados a investigar vários casos de estupro chamados pela polícia de "estupros por relação". Geralmente a queixa era: "Acordei nua ao lado de alguém que não conhecia. Fui drogada."

Esses casos nunca eram levados aos tribunais. As exigências de constituição de prova determinavam um teste de urina realizado imediatamente, mas as drogas usadas neste tipo de estupro eram metabolizadas em quatro a seis horas. Geralmente já era tarde demais para uma análise especial que tinha de ser feita em laboratório independente, porque o laboratório do DPLA tinha apenas os recursos necessários para os exames básicos para identificação de substâncias controladas. De fato, como insistiam os advogados de defesa, excesso de bebida produzia os mesmos efeitos que uma droga usada para um estupro por relação.

Os casos eram relatados à Divisão Hollywood por pessoas dos dois gêneros, mas uma única vez houve a instauração de processo pela promotoria. A vítima tinha vomitado logo depois do encontro e a droga pôde ser recolhida e identificada.

A unidade 6-X-76 foi destacada para atender a um código 3 no Omar's Lounge, mas Budgie e Fausto foram precedidos por Wesley Drubb e Hollywood Nate, seguidos de perto por Benny Brewster e B. M. Driscoll, que se queixava de enjôo por causa da direção temerária de Benny Brewster.

As primeiras unidades a chegar ao local deram passagem a Budgie e Fausto, a quem tinha sido atribuída a tarefa, e Budgie entrou na boate para entrevistar a vítima. Apesar de Fausto ser o encarregado dos relatórios naquela noite e Budgie estivesse dirigindo, ela assumiu o relatório porque a vítima era uma mulher.

Quando entraram e eram conduzidos a um escritório privativo, Fausto explicou a ela:

— Esta baiúca é vendida para um novo dono sempre que troca as toalhas de mesa. É impossível saber quem é o dono, mas você pode apostar que é um russo.

Sara Butler estava sendo atendida no escritório por uma garçonete vestida com uma blusa branca engomada, gravata-borboleta e calça pretas. A garçonete era uma loura natural, mas a vítima de estupro, que tinha mais ou menos a idade de Budgie, era uma loura de cabelos tingidos e mais bonita. As alças do vestido preto eram presas com alfinetes de segurança e a meia-calça estava completamente rasgada em torno dos tornozelos. Os joelhos estavam esfolados e sangravam, bem como as palmas das duas mãos. A maquiagem de olho estava toda borrada nas suas faces e ela tinha muito batom no queixo. Estava com raiva e bêbada.

A garçonete aplicava gelo dentro de um guardanapo ao joelho direito dela quando os policiais chegaram. Um casaco de pele artificial estava pendurado nas costas da cadeira da vítima.

Budgie sentou-se

— Diga o que aconteceu.

— Fui raptada por quatro iranianos.

— Quando?

— Há mais ou menos uma hora.

Budgie fez um sinal para Fausto, que saiu para enviar um código 4, indicando que não havia necessidade de reforços, já que os suspeitos já estavam longe.

— O que você informou no chamado? Tive a impressão de que havia acabado de acontecer.

— Não me lembro do que eu disse. Estava muito confusa.

— Muito bem. Do começo, por favor.

Depois de dar todas as informações de contato para o relatório, e depois de informar que a sua ocupação era atriz, Sara Butler disse:

— Eu devia encontrar a minha amiga aqui, mas ela me chamou no celular e disse que o marido tinha chegado de viagem inesperadamente. E resolvi tomar um drinque, já que estava aqui.

— Você tomou mais de um?

— Não sei quantos tomei.

— Continue.

— Comecei a conversar com um sujeito no bar e ele me ofereceu martínis. Não tomei tantos assim.

Preocupada com a licença do estabelecimento para vender bebidas, a garçonete informou que não atendia pessoas que já estavam embriagadas.

— Continue, por favor.

— E logo comecei a me sentir estranha. Tonta de um jeito esquisito. Acho que o sujeito colocou droga na minha bebida, mas não bebi o bastante para apagar.

— Quantos martínis você bebeu?

— Só quatro. Talvez cinco.

— Isso dá para apagar um hipopótamo. Continue.

— O sujeito que me pagou os martínis se ofereceu para me levar em casa. Disse que tinha um Mercedes preto com motorista parado aí na frente. Disse que ia esperar no carro. Concordei e fui para o toalete retocar a maquiagem.

— Não se preocupou com a possibilidade de droga?

— Na hora, não. Só pensei nisso depois do rapto.

— Muito bem. Continue.

— Então saí da boate, e tinha um carro preto e comprido estacionado. Fui para a porta traseira, que estava aberta. Merda. No carro havia quatro iranianos bêbados, e um deles fechou a porta e o carro saiu comigo, todos eles rindo. E percebi que aquele carro era uma limusine e eu estava no carro errado. Gritei para eles pararem e me deixarem sair.

— Como sabia que eles eram iranianos?

— Eu freqüento um curso para atores com dois iranianos, e eles estão sempre conversando na língua deles. Eu conheço os iranianos, pode acreditar. Ou persas, como eles preferem ser chamados quando vivem num país livre, os cachorros.

– Está bem. E depois?

– Eles estavam me passando a mão e me beijando. Arranhei um deles no rosto e ele mandou o motorista parar. Aí me jogaram para fora do carro e corri para cá. Quero ver eles presos e processados por seqüestro.

– Pode ser muito difícil alegar seqüestro neste caso, mas vamos terminar o relatório e ver o que os detetives pensam.

– Não me importa o que os detetives pensam. Já fiz a metade do serviço deles. – E então ela mostrou um lenço cuidadosamente dobrado. – Isso é o material raspado debaixo das minhas unhas que arranquei da cara do iraniano. E o meu casaco pode ser examinado para ver se tem impressões digitais.

– Não é possível encontrar impressões digitais nos pêlos do casaco.

– Moça, não venha me dizer o que você não pode fazer. Meu pai é advogado e nenhum detetive vai empurrar o meu relatório para debaixo do tapete. A sujeira no meu vestido pode identificar onde caí na rua no caso de alguém dizer que não fui jogada do carro. E as raspas das unhas podem identificar positivamente um dos meus agressores por uma análise de DNA. – Fez uma pausa e continuou: – E o Canal Sete está vindo para cá.

– Aqui?

– É. Eu chamei. Por isso sugiro que vocês levem este caso muito a sério.

– Diga-me, Srta. Butler: você assiste ao *CSI*?

– Sempre. E sei que um advogado barato dos iranianos vai dizer que entrei de propósito no carro, e não por acidente, mas isso eu também já investiguei.

– É claro.

– O homem que me ofereceu drinques vai depor que ele tinha um carro à minha espera e isso prova que me enganei e entrei no carro errado.

– E suponho que você tem o nome do homem e um meio de nós o encontrarmos.

– O nome dele é Andrei. É um senhor russo que disse que era gerente do Gulag, na zona leste de Hollywood. Ele me deu um cartão. Acho que devem procurá-lo e ver se ele já foi acusado de batizar o drinque de alguma garota na boate dele ou em outro lugar. Ainda acho que fui afetada depressa demais pelos martínis.

– Mais alguma coisa? – Budgie queria sair de lá antes da chegada da equipe da TV.

– Só que vou pedir ao meu pai para telefonar para o Gulag ou ir lá em pessoa, se necessário, para saber se alguém da polícia está investigando direito a minha denúncia. Agora, se me dá licença, tenho de me preparar para o Canal Sete.

Quando Budgie voltou para a rua, Fausto, que esteve no escritório durante parte da entrevista, lhe disse:

– Você chamaria isso de um crime de hipocrisia ou um exemplo de alcoolismo com um pouquinho de TPM?

– Pela primeira vez, seu machista sem-vergonha, acho que vou concordar.

Dimitri poderia estar com mais raiva, se fosse possível, caso soubesse que Andrei, o gerente da noite, estava de folga e tentando pegar uma mulher que logo depois se envolveu com a polícia. Dimitri não queria a polícia no seu estabelecimento. Mas naquela noite a boate estava fervilhando de policiais, inclusive Andi McCrea, que tinha sido chamada em casa pelo detetive Charlie Bom Coração Gilford.

Quando ele informou a Andi que não estava encontrando outros grupos da unidade de Homicídios, pois estavam em licença por gripe, ela sugeriu que ele procurasse um dos detetives de Roubos e lhe passou o número do celular de Brant Hinkle.

Charlie telefonou para Brant Hinkle e lhe disse que ocorrera um assassinato no Gulag e perguntou se ele estaria disposto a ajudar Andi. Brant disse que estava e que chegaria lá imediatamente.

Ele então desligou o celular e olhou para Andi, deitada nua ao seu lado.

– É um truque muito sujo.

Ela o beijou e pulou da cama.

– Você prefere ir investigar um assassinato comigo a ficar aqui sozinho a noite toda, não é?

– Acho que prefiro. É a isso que se dá o nome de compromisso?

– Quando dois tiras estão comprometidos, a definição é semelhante à que se aplica aos residentes de um asilo. Vamos trabalhar.

Havia uma festa fechada na área VIP do segundo andar do Gulag, uma área isolada por cordão de isolamento e guardada por um segurança. Dimitri indicou duas garçonetes para atender à festa e depois achou que deveria ter indicado três, pois a festa ficou muito maior que o esperado. Logo os sofás encostados nas paredes estavam ocupados em camadas, com mulheres sentadas no colo de qualquer homem que o permitisse. Todos os outros se espremiam junto ao balaústre, observando a massa de dançarinos que se contorcia na pista no térreo.

Eram estudantes estrangeiros de uma escola técnica numa festa organizada por um promotor de eventos que tinha negócios com várias boates de Hollywood. A maioria era árabe, alguns indianos e outros paquistaneses. E havia dois penetras da zona sul de Los Angeles, membros da gangue dos Crips, que resolveram passar uma noite em Hollywood. Um deles se apresentava como primo do organizador.

Dimitri havia instalado uma câmera no pátio externo onde os clientes iam fumar, e foi ali que ocorreu o crime. Um dos jovens árabes, estudante de 22 anos, não gostou de alguma coisa dita pelo Crip mais alto a sua namorada e a briga começou. O Crip mais alto, que usava um chapéu fedora cor de framboesa sobre uma bandana, foi derrubado pelo árabe com alguma ajuda dos amigos. Enquanto várias pessoas separavam os dois, o Crip mais baixo, o caladão, chegou por trás do árabe e o esfaqueou na barriga.

E então os dois Crips fugiram correndo pela porta principal da boate enquanto as pessoas gritavam e alguém chamava uma ambulância. O jovem árabe entrou em convulsão e sangrou, deixando de mostrar sinais de vida antes mesmo da chegada da ambulância e das primeiras viaturas da polícia. Mesmo assim, foi levado diretamente para o Hospital Presbiteriano de Hollywood, enquanto um paramédico tentava futilmente mantê-lo vivo.

Benny Brewster e B. M. Driscoll isolaram a área e tentaram controlar as testemunhas da melhor maneira possível, mas a boate esvaziou no momento em que se ficou sabendo da agressão. Quando Andi McCrea e Brant Hinkle chegaram (em carros separados para não dar na vista), Benny Brewster e B. M. Driscoll estavam anotando informações de uma meia dúzia de árabes e duas moças americanas que choravam.

Benny Brewster colocou Andi a par da situação, indicando-lhe o promotor da festa, Maurice Wooley, um negro muito preocupado, sentado na ponta do bar vazio bebendo um copo alto de Jack. Era gordo, acima de cinqüenta anos, e vestia um terno cinza conservador. Estava obviamente embriagado.

Benny se apresentou.

— Sr. Wooley, esta é a detetive McCrea. Conte a ela sobre o delinqüente autor do crime.

— Na verdade, pouco sei dele. Só sei que ele é um sujeito de Jordan Downs, onde fui criado, nada mais. Não moro mais lá.

— Me disseram que ele é seu primo.

— É primo do meu primo. Não sei o nome verdadeiro.

Benny Brewster resolveu mudar de tática, assumiu um ar de raiva e perguntou:

— E em qual rua mora o primo do seu primo? Qual o apelido dele?

— Eu o conheço por Doobie D. Sempre o chamei assim, Doobie D. Juro pelo túmulo da minha mãe.

Benny Brewster franziu a testa.

— Talvez a sua mãe arrume um lugar para mais alguém.

— E qual o número do telefone dele? — perguntou Andi.

— Não sei. — O promotor de eventos torceu nervosamente o anel de zircônio, sempre olhando o policial negro e alto que parecia disposto a agarrá-lo pela garganta.

— Este policial me disse que o senhor o chamou para vir aqui como seu convidado — disse Andi.

— Foi porque encontrei ele na rua quando fui visitar minha mãe. Ele disse que queria ir a uma festa de Hollywood que organizo. E sou um idiota. Eu disse tudo bem, quando tiver uma eu aviso. Então apareceu este serviço e avisei que ele era meu convidado. Com mais um da turma dele. E olha aí o problema.

— Se o senhor não tem o telefone dele, como fez contato?

— Tenho o e-mail dele. O celular dele é daqueles que também recebem e-mails.

Quando terminaram no Gulag e já estavam prontos para ir embora, Andi foi abordada por um homem com uma peruca escandalosa e um sorriso peculiar. Ele estendeu a mão para os dois detetives.

— Eu sou Dimitri Zotkin, proprietário do Gulag. Estou mortificado pelo terrível incidente envolvendo minha boate esta noite. Estou sempre à disposição dos senhores, se precisam de alguma coisa. Qualquer coisa.

Deu-lhes o seu cartão e se curvou ligeiramente.

— Devemos ter perguntas para o senhor amanhã — disse Andi.

— No verso do meu cartão está o número do meu celular. Podem chamar Dimitri a qualquer hora. Estou à disposição dos senhores.

Depois de voltarem à divisão, Andi entrou na internet para verificar o endereço de Doobie D na mensagem de texto. Ela então enviou uma mensagem ao provedor pedindo o nome do cliente e seu número de telefone, garantindo que um mandado de busca seria encaminhado por fax no dia seguinte pela manhã, antes de o provedor ter as informações pedidas.

— Vamos ter de escrever um mandado de busca de três páginas e enviar para o tribunal amanhã. Você já escreveu um?

— Estou meio enferrujado — respondeu ele.

— O provedor vai triangular entre as torres. Se tivermos sorte, e Doobie D usar o telefone, o provedor vai nos chamar de hora em hora para informar onde ele está. É como um GPS no celular. Se ele jogar fora o celular, azar nosso.

– E agora podemos voltar para casa e terminar a nossa noite de sono?

– É só nisso que você está interessado, em dormir?

– É *uma* das coisas que me interessam.

Capítulo 16

Oráculo se apresentou naquela noite de quinta-feira com um detetive que a maioria deles já tinha visto na divisão e alguns dos mais velhos conheciam de nome.

O sargento fez as apresentações.

– Muito bem, ouçam. Este é o detetive Chernenko. Ele tem algumas coisas a dizer, e elas são importantes.

Viktor se levantou diante deles com o seu terno amassado com manchas de comida nas lapelas.

– Boa noite, vocês todos. Estou investigando o dois-onze na joalheria, em que a policial Takara demonstrou tanta coragem. E tenho também um grande interesse no dois-onze de três dias atrás, quando um guarda foi assassinado. Penso que as mesmas duas pessoas realizaram os dois assaltos e agora todo mundo concorda comigo.

"Quero que vocês procurem qualquer pessoa que possa estar roubando caixas de correio. É um crime típico de viciados, e vocês podem observar esses elementos rondando caixas de correio nas esquinas das ruas. Especialmente na região da Gower ao sul do Hollywood Boulevard. Se encontrarem um suspeito, procurem uma fita adesiva e um barbante que eles usam para pescar na caixa. Se não encontrarem nada, por favor, redijam um bom EC e deixem para mim no final do plantão."

Wesley Drubb se voltou e deu uma olhada para Hollywood Nate, que parecia intimidado e estava obviamente pensando o mesmo que ele.

Fausto Gamboa, o velho do plantão noturno, estava interessado.

— Por que a Gower ao sul do bulevar, Viktor? Pode explicar?

— Claro, não é segredo nenhum, Fausto. É uma pista muito pequena. Acho que a informação relativa aos diamantes foi obtida numa carta roubada de uma caixa de correio na Gower.

Wesley Drubb olhou para Hollywood Nate, mas não conseguiu esperar se ele ia admitir ter talvez perdido uma pista vários dias antes. Levantou a mão.

— Pois não, Drubb. Tem alguma pergunta?

— Na semana passada recebemos um chamado para separar uma briga de dois homens de rua no Hollywood Boulevard. Um deles disse que algumas semanas antes tinha visto um homem e uma mulher roubando correspondência de uma caixa de correio na Gower, a alguns quarteirões do Hollywood Boulevard.

Aquilo não provocou grande comoção, mas Viktor ficou moderadamente interessado.

— E ele ofereceu mais detalhes?

— Ofereceu. Disse que o homem estava dirigindo um Pinto azul. E que a sua parceira o chamava de Freddy ou Morley.

— Obrigado, policial. Vou verificar os EC mais recentes e procurar os nomes Freddy e Morley, mas não deve ser fácil.

Oráculo viu que Wesley tornou a olhar para Hollywood Nate.

— Parece que você ainda não terminou, Drubb. Mais alguma coisa?

— Sargento, o homem de rua tinha um cartão com o número da placa do ladrão.

Agora o queixo de Viktor caiu.

— Fantástico! Por favor, dê de presente esse cartão, policial.

Wesley estava acabrunhado, mas foi leal ao companheiro.

— Lamento, mas eu lhe devolvi o cartão.

Hollywood Nate então falou:

– Fui eu que disse a ele para devolver. Dois viciados roubando correspondência acontece a toda hora. Foi culpa minha, não do Wesley.

– Ninguém está discutindo culpas – disse Oráculo. – Qual era o nome do mendigo com o cartão? Onde o detetive Chernenko pode encontrá-lo?

– Todo mundo chama o sujeito de Teddy Trombone. Fizemos um EC sobre ele e o outro mendigo, o agressor. Mas nenhum dos dois tem endereço. Eles moram na rua.

– Weiss, você e Drubb têm uma tarefa especial esta noite. Não atendam a nenhum chamado. Desliguem o rádio e vão procurar e encontrar esse Teddy Trombone. Consiga o número da placa para o detetive Chernenko.

– Desculpe, sargento – pediu um Hollywood Nate humilhado.

– Não se aborreça, policial – agora era Viktor Chernenko. – Esses suspeitos estão se ocultando durante alguns dias, mas logo vão ter de agir. A bola agora está no campo deles.

Em noites muito agitadas, as unidades do plantão noturno às vezes comparavam suas anotações para ver quem ganhava o IBH, o prêmio pelo Incidente Bizarro de Hollywood da noite. O 6-X-32 ganhou menção honrosa por um chamado vindo da zona leste de Hollywood, onde um garoto da gangue da rua 18 estava circulando na frente de uma loja de bebidas com dois outros. O comerciante libanês ficou com medo porque o garoto estava escondendo alguma coisa grande sob a camiseta. Numa era de terrorismo, o comerciante estava com medo de que o pessoal da rua 18 estivesse pensando em colocar uma bomba na loja porque uma vez um deles roubou uma garrafa de gim e ele chamou a polícia.

Flotsam e Jetsam responderam e colocaram os três contra a parede da loja de bebidas, auxiliados por Hollywood Nate e Wesley Drubb, que estavam cansados de procurar Teddy Trombone. Wesley estava entusiasmado por poder oferecer cobertura quando havia membros de gangue envolvidos.

Com as lanternas e o néon da loja, o mais baixinho, de 21 anos, cabeça raspada, coberto de tatuagens, calça larga e uma camiseta enorme, olhava para eles por sobre o ombro. Alguma coisa muito grande estava sobre o seu peito.

Flotsam sacou a sua 9 mm e segurou-a junto da perna.

— OK, caras, virem-se. E você, levante a camiseta bem devagar. Vamos ver o que está escondendo.

Quando ele atendeu, viram um enorme catálogo das páginas amarelas da telefônica de Los Angeles preso ao seu peito com elásticos.

— Que negócio é este?

— É um catálogo de telefone.

— Isso eu sei. Mas por que você está com ele preso no corpo?

Ele deu uma olhada em volta.

— Um *veterano* da Cerca Branca está atrás de mim, cara. Você acha que vou ficar parado esperando uma bala sem nenhuma proteção?

— Cara, sabe o que você fez? Acho que pode vender esta idéia no país inteiro. Você acabou de inventar um colete à prova de balas bem barato.

No sábado, dois dias depois de Cosmo e Ilya terem escondido o carro roubado e o dinheiro na casa de Farley Ramsdale, Cosmo resolveu que eles já tinham se escondido o bastante. Telefonou para Gregori no ferro-velho naquela manhã e pediu para um dos mexicanos ir com o reboque até a casa de Farley. Insistiu para o caminhão estar lá às sete horas da noite.

— Por que você vai comprar um carro velho que não funciona? — Gregori perguntou em armênio.

— Para Ilya. Nós precisamos de dois carros. Vou pedir para você fazer o conserto e pagar trezentos dólares pelo reboque, porque vai ser no sábado à noite. E vou dar uma gorjeta de cinqüenta dólares para o motorista se ele chegar precisamente às 19 horas.

— Você é generoso. E quando vai me devolver a chave da minha oficina que deixei com Ilya?

— Na segunda-feira pela manhã. Quando eu for ver o custo do conserto do Mazda.

— Está bem, Cosmo. Meu motorista se chama Luis. Fala um inglês muito bom. Ele vai rebocar o carro para o nosso pátio.

– Obrigado, meu irmão. Vejo você na segunda.

Quando terminou o telefonema, encontrou Ilya deitada na cama, vendo um velho musical da MGM.

– E o que você vai fazer hoje?

– Você quer ouve plano meu, Ilya?

– Sei que disse que você não devia me contar. Mudei de idéia sobre algumas coisas. Agora quero que você me diga como vai se livrar do carro e pegar nosso dinheiro. Não diga nada mais que isso.

– OK, Ilya. Eu vai casa do Farley 7 hora, ajuda motorista reboque que tira carro. Eu dá cinqüenta dólares para ele telefona quando chega no ferro-velho Gregori. Se ele não chama, eu sabe que polícia prende carro. Então nós pega dinheiro e diamante e vai para San Francisco e nunca mais volta.

– E se o Farley encontrou o dinheiro e o carro ontem ou anteontem e chamou a polícia e a polícia vem aqui para esperar você?

– Se eu não telefona 7h30 tudo bem, você pega táxi e vai San Francisco e carrega diamante. E tem vida boa. Eu jura não conta nada polícia. Nunca.

– É um risco grande, Cosmo.

– É. Mas eu acha tudo OK. Eu acha Olívia e Farley não olha garagem nem baixo casa. Eles só olha droga. Nada mais.

– Como você sabe que eles não estão lá quando você for pegar o carro?

– Agora você pergunta o que não quer sabe.

– Certo. Não diga nada.

A pergunta sem resposta tinha uma resposta simples. Cosmo ia telefonar para Farley e propor uma reunião, e chegar à casa de Farley às seis da tarde levando uma bolsa de lona grande. Nela estariam uma pistola, um rolo de fita adesiva e uma faca de cozinha que ele tinha afiado enquanto Ilya estava fora comprando cigarros. Se Farley e Olívia estivessem em casa, ele ia bater e entrar sob o pretexto de pagar a chantagem, prender os dois, amarrá-los e lhes tapar a boca com a fita adesiva, e então cortar-lhes a garganta. A polícia ia pensar que era apenas o assassinato de mais dois viciados, provavelmente uma venda de drogas que azedou.

Se por qualquer razão Farley e Olívia não estivessem em casa na hora combinada, ele tinha um plano alternativo que dependia da chave do ferro-velho. Eles seriam atraídos para lá por um telefonema de Gregori sobre cartões. Cosmo iria esperá-los lá e abandonar os corpos em algum lugar da zona leste de Los Angeles. Apenas mais um assassinato de viciados.

Quanto ao carro, quando o motorista avisasse que o carro já estava no ferro-velho, Cosmo ia procurar Gregori na segunda-feira e lhe dizer que tinha mudado de idéia e pedir para ele destruir o carro. Por mil dólares em dinheiro, ele tinha certeza de que Gregori não ia fazer perguntas.

Ele não conseguia ver nenhuma falha no plano. Bem que gostaria de que Ilya lhe permitisse contar a ela. Ilya iria ficar impressionada pela inteligência do plano. A única coisa que o preocupava era que Dimitri devia estar com muita raiva por ele não ter dado notícias, e podia pensar que estava sendo traído e colocar os capangas russos na sua cola.

As mãos de Cosmo tremiam às 5h15 da tarde, quando dirigia até a casa de Farley. Resolveu dar dois telefonemas que poderiam decidir seu destino. O primeiro era para o número de celular que Dimitri lhe passara para informar que o trabalho foi feito.

O telefone chamou cinco vezes e então:

– Alô?

– Dimitri, é eu.

– Eu sei. Pensei que tinha fugido de mim. Uma coisa estúpida.

– Não. Não, Dimitri. Nós está escondido dois ou três dias.

– Não precisa contar. Quando eu te vejo para o nosso negócio? Você tem algumas coisas para mim?

– Tem mais coisa eu tem de acabar, Dimitri. Talvez eu vai aí hoje noite.

– Muito bom.

– Talvez eu tem de espera até segunda.

– Já não gostei.

– Tem duas pessoas ...

– Não precisa me contar os seus negócios. Se você não aparecer hoje, estou aqui na segunda. Se você não vier na segunda você é muito estúpido.

— Obrigado, Dimitri. Eu é correto negócio nosso.

Depois de desligar, Cosmo fez o segundo telefonema crucial para o número do celular de Farley Ramsdale e foi atendido pela caixa postal. Foi a primeira vez que isso aconteceu. O viciado nunca dormia e estava sempre aberto a propostas de negócio. Ficou intrigado. Resolveu tentar de novo dentro de trinta minutos. Ele ainda tinha o plano alternativo para Farley e Olívia, mas isto não era um bom sinal. Já tinha consigo todos os instrumentos de matar e estava pronto.

Onde estava Olívia? Ela sabia que eles estavam praticamente reduzidos ao último dólar e tinham de roubar uma caixa de correio, ou tentar passar um pouco do dinheiro falso que ainda tinham. Ou ir a uma loja da RadioShack tentar roubar um DVD para vender no cibercafé. A situação estava ficando desesperada.

Mas onde estava aquela vaca estúpida? Tudo que sabia é que ela tinha saído para procurar a droga da gata da Mabel! Estava saindo para procurá-la quando recebeu um telefonema de Little Bart.

— O que você quer?

— Estou chateado pelo jeito como as coisas ficaram entre nós dois.

— Então você está telefonando para dizer que vai mandar flores?

— Quero fazer um negócio com você.

— Que negócio?

— Tenho de entregar dois computadores novinhos numa casa bacana perto do Laurel Canyon.

— Entregar como?

— No seu carro.

— E por que você não entrega?

— Perdi minha carteira de motorista numa batida do departamento de trânsito.

— Só isso?

— E estou com as costas doendo e não posso carregar peso.

— Computador não é pesado. E se eu entregar no seu carro?

— Meu carro foi apreendido na batida.

— Ah! E quanto eu ganho por essa entrega?

— Cinqüenta dólares.

— Adeus, Bart.

— Não. Espera. Cem dólares. Só vai levar uma meia hora.

— Cento e cinqüenta.

— Farley, não estou ganhando tanto assim nesse negócio. Os computadores não são top de linha.

— Por menos de 125 eu não vou arriscar a pele para entregar computadores quentes que você é covarde demais para entregar.

— Está fechado.

— Quando?

— Você me encontra na Hollywood com Fairfax dentro de vinte minutos, está bem? Vou esperar na esquina. Eu vou andando e você me segue até o lugar onde estão as máquinas. A mercadoria está numa garagem. E, quando você já tiver a coisa, vou com você até o endereço da entrega.

— Por que você vai andando em vez de vir comigo no carro?

— Não posso estar perto desse lugar. Não dá para explicar.

— E você vai levar o dinheiro?

— Metade. A outra metade eu dou quando o serviço terminar.

— Não pode ser mais tarde? Não consigo achar aquela minha vaca.

— Você não vai precisar dela.

— E quem você acha que vai pegar peso? E ela entra primeiro para ver se tem alguma coisa esquisita.

— Não podemos esperar. Vinte minutos, Farley.

Farley procurou em toda a rua, mas nada da Olívia. Parou um instante na casa da Mabel e encontrou a bruxa velha passando cartas de tarô em que Olívia acreditava piamente.

Ele espiou pela tela enferrujada.

— Ei, Mabel. Você viu a Olívia?

— Vi. Ela está procurando a Tillie. Acho que ela está prenha. Está agindo de modo estranho e andando por aí como se estivesse procurando um lugar para um ninho. Ela já foi um animal selvagem. Eu a recolhi e amansei.

– É. Tenho certeza que você tem uma medalha da Sociedade Protetora dos Animais. Se encontrar Olívia, diz pra ela que tive de fazer um trabalho rápido e para ela esperar em casa.

– Está bem, Farley. Talvez seja bom saber que as cartas não prenunciam coisa boa para você. É melhor também ficar em casa.

Ela o ouviu resmungar.

– Bruxa louca.

Olívia estava no quintal de um vizinho seis casas mais à frente, procurando Tillie e conversando com a vizinha sobre as lindas camélias que margeavam o jardim. E Olívia adorava as azaléias branco e rosa que subiam pela cerca. Disse à vizinha que um dia ela ainda ia ter um jardim. A mulher se ofereceu para lhe ensinar o básico e lhe dar as sementes certas e algumas mudas.

Olívia pensou ter ouvido o Corolla de Farley, pediu licença e correu para a rua a tempo de ver o carro parado no sinal. Gritou, mas ele não a ouviu e arrancou. Olívia então voltou para casa, esperando que ele não estivesse com raiva dela.

E lá estava ele na esquina de Fairfax e Hollywood, pulando como se precisasse urinar. Farley não estava gostando nada daquilo. Little Bart não podia dirigir porque tinha perdido a carteira? E quando carteira foi problema para um viciado? Não podia carregar os computadores por causa de dor nas costas? Não podia ir com Farley no carro até a garagem onde estavam os computadores? Ali tinha coisa.

Little Bart veio até o carro.

– Me segue bem devagar até o meio do quarteirão. Quando chegar na frente da casa eu mostro com o dedo atrás das costas. Então você entra na garagem. A porta abre manualmente. Pega os computadores e me encontra dois quarteirões mais à frente.

Dirigindo lentamente atrás de Bart, ele sentia mais falta de Olívia do que em qualquer outra época nos 18 meses em que viviam juntos. Esse negócio não estava cheirando bem. Bart estava com medo de pegar a mercadoria, o que significava que ele não confiava no ladrão que tinha roubado os computadores, ou no intermediário que o tinha contratado para fazer a entrega.

Se Olívia estivesse aqui, não havia problema. Ele a deixaria no endereço para ir até a garagem e verificar. Se a polícia estivesse esperando e a prendesse, ele continuaria descendo a rua. Se ele tinha uma certeza, esta era a de que Olívia nunca iria traí-lo. Ela absorveria o golpe, cumpriria pena se fosse necessário e depois voltaria para ele quando saísse da cadeia, como se nada tivesse acontecido.

Mas Olívia não estava com ele. E o filho da puta do Little Bart estava apontando uma casa, modesta pelos padrões daquele bairro. Então Bart continuou andando. Farley parou do outro lado da rua e examinou a garagem.

A casa parecia a dele próprio. Tinha aquele estilo californiano que todos chamavam de "espanhol", o que não quer dizer nada mais que um teto de telhas de cerâmica e paredes de estuque. Quanto mais olhava, mais se sentia mal com relação a todo o negócio.

Farley saiu do carro, atravessou a rua até a casa. Foi até a porta da frente e tocou a campainha. Quando ninguém respondeu, ele foi até a porta lateral e gritou.

— Olívia, você está aí? Alô, Olívia.

Foi então que os dois detetives da Divisão Hollywood saíram da garagem, apresentaram-se e o encostaram à parede, depois o revistaram e então entraram com ele na garagem. Ali não havia quase nada: apenas uma bancada, algumas ferramentas, pneus e duas caixas de computadores.

— O que é isto? — perguntou ele.

— Você é quem vai explicar — disse o detetive mais velho.

— A minha namorada Olívia foi almoçar com uma amiga e me deu esse endereço. Só isso.

— Claro. E por que você já foi preso?

— Coisa sem importância. Por que isso tudo?

— Você já foi preso por furto?

— Não.

— Receptação?

— Receptação do quê?

— Não brinca conosco. Receptação de propriedade roubada.

— Não. Só coisa sem importância. Posse de drogas. Pequenos furtos umas duas vezes.

— Você vai usar a defesa OCFI?

— O que é isso?

— Outro cara fez isso.

— Estou inocente! — gritou Farley.

— Muito bem, parceiro — o detetive mais moço disse para o outro. — Vamos levar o "coisa-sem-importância" para a divisão. Parece que estragaram a nossa surpresa.

— Ei, cara. Eu devo ter escrito o endereço errado, só isso. Minha namorada Olívia vai me procurar. Se vocês me deixarem telefonar, ela explica tudo.

— Vire-se, coisa-sem-importância. Ponha as mãos atrás das costas.

Depois de algemá-lo e levá-lo para a rua, uma viatura apareceu de onde estava escondida. Eles então revistaram o Corolla, que evidentemente estava limpo. Nem uma guimba no cinzeiro.

Quando chegaram à divisão, ele viu alguns cartazes de cinema na parede. Que espécie de delegacia de polícia tem cartazes nas paredes? E como ele entrou nesse filme de horror? Tudo que ele sabia era, se Olívia estivesse no carro, ele não estaria aqui. Aquela vaca tinha acabado de ferrá-lo.

Já passava das cinco horas e Farley não tinha voltado para casa nem telefonado. Olívia estava cansada e com muita fome. Lembrou-se de Mabel ter oferecido um pouco de comida. Será que Mabel iria deixá-la ajudar na cozinha? Seria bom comer e conversar com Mabel.

Quando chegou à casa de Mabel, a velha senhora ficou encantada por vê-la.

— Sinto muito, Mabel. Não consegui achar a Tillie.

— Não se preocupe, meu bem. Ela aparece. Sempre aparece. Ainda é um pouco selvagem, tem um pouco de cigana na alma.

— Posso ajudar você a cozinhar?

— Claro. Se você prometer ficar e jantar comigo.

— Obrigada, Mabel. Vou ficar superfeliz de jantar com você.

— E depois vamos jogar canastra. Se você não souber, não importa, eu ensino. Sei tudo sobre as cartas. Já lhe contei que ganhei um bom dinheiro prevendo o futuro nas cartas? Foi há sessenta e cinco anos.

— Verdade?

— Verdade. Havia algumas técnicas de previsão do destino que não eram permitidas. Fui presa duas vezes e levada para a Divisão Hollywood por ignorar essas minúcias.

— Você foi presa? — Olívia não podia acreditar.

— Sim. Fui uma garota má na juventude. A divisão ficava num prédio lindo construído em 1913, o ano em que meus pais se casaram. Quando nasci, eles me deram o nome de uma estrela do cinema mudo, Mabel Normand. Nunca tive irmãos. Namorei um detetive da Divisão Hollywood, o que me prendeu pela segunda vez e me convenceu a abandonar a leitura das cartas por dinheiro. Morreu na guerra. Uma semana depois do Dia-D.

Olívia adorava as histórias de Mabel sobre os velhos dias de Hollywood, e por isto detestou interrompê-la, mas se lembrou de Farley.

— Mabel, vou correr em casa e deixar um bilhete para o Farley para dizer onde estou. Volto já.

— Corra, meu bem. Vou contar muitas histórias sobre a vida na era de ouro de Hollywood. E nós vamos jogar baralho. Vai ser ótimo.

Capítulo 17

Cosmo Betrossian amaldiçoou o trânsito. Amaldiçoou Los Angeles por ser a cidade mais sufocada do mundo, onde não se podia viver sem carro. Amaldiçoou o barman que lhe deu um carro roubado que quase o levou à cadeia. Mas principalmente amaldiçoou Farley Ramsdale e a sua mulher estúpida. Ficou sentado no meio do engarrafamento vendo à sua volta os letreiros nas línguas do Extremo Oriente e os amaldiçoou também.

Então ele ouviu uma sirene e por alguns segundos ficou aterrorizado até ver uma ambulância costurando no meio do engarrafamento na outra pista do Sunset Boulevard, evidentemente tentando chegar ao acidente de trânsito que o mantinha preso. Olhando várias vezes para o Rolex falsificado, ele xingou.

Primeiro eles o deixaram numa sala de interrogatórios durante o que pareceu ser uma hora. Só pôde ir uma vez ao banheiro, e mesmo assim alguém o vigiou enquanto ele urinava, tal como o agente da condicional que vigiava enquanto ele urinava numa garrafa duas vezes por mês. Não gostava de urinar com alguém observando para ter a certeza de que ele estava mesmo urinando, e não descarregando urina limpa de um vidro escondido na roupa.

Então um dos dois detetives entrou e fez uma representação do policial mau, interrogando-o sobre o furto de equipamentos eletrônicos de um depósito sobre o qual ele nada sabia. Então, o segundo detetive representou o bom policial e lhe deu um copo de café. Depois voltou o primeiro e o jogo recomeçou até Farley ficar com as mãos tremendo e o pulso acelerado.

Farley sabia que eles não acreditaram na história do endereço errado, mas agarrou-se a ela. Foi quando percebeu que estavam começando a acreditar que ele não tinha nada a ver com o roubo, que era apenas um viciado com exatamente 3,65 dólares no bolso, contratado apenas para recolher e entregar a mercadoria.

Ele teria entregado Little Bart na hora, se acreditasse que assim seria libertado, mas alguma coisa no tom do policial bom lhe disse que ele seria solto. Mas o policial mau entrou e o levou para uma cela com um banco de madeira onde foi trancado. E todos que passavam olhavam para ele pela janela envidraçada e riam, como se ele fosse um macaco no Zoológico de Griffith Park.

Quando o plantão 5 saiu da chamada às seis da tarde, vários deles passaram pela cela e riram dele.

— Ei, Benny — disse B. M. Driscoll ao parceiro. — É aquele viciado que nós multamos.

— É mesmo. Ei, cara, o que é que foi? Te pegaram vendendo cristal?

— Vai à merda — murmurou Farley. E quando Benny riu e foi embora, ele resmungou: — É você que devia estar no zoológico com o resto dos macacos, seu gorila.

Budgie e Fausto viram Benny conversando com alguém na cela. Budgie olhou.

— Fausto, é o sujeito que encontramos na barraca de tacos.

Fausto também olhou.

— É. O cara com a namorada esquelética. Aposto que foi pego negociando no Pablo's. Esses caras nunca aprendem, nunca mudam.

Quando Hollywood Nate e Wesley passaram pela cela, Nate ouviu a observação de Fausto:

— Merda, todo mundo conhece esse cara. Ei, Wesley, venha ver.

— Ah, é o... como é que chama? Rimsdale? Não, é Ramsdale — disse Wesley.

— Farley, como o astro Farley Granger — acrescentou Nate.

— Quem?

– Esquece. Vamos procurar o Teddy Trombone. Temos de encontrá-lo ou vou sonhar que estou caçando o viciado que me prendeu na vara do trombone de ouro.

– Você sempre tem sonhos assim?

– Não. Mas daria uma bela seqüência de sonho num roteiro, não é?

Um dos sargentos do plantão 2 era uma mulher negra em seus 40 anos, Wilma Collins. Tinha boa reputação entre os policiais, mas enfrentava um problema insolúvel de peso que os homens da Divisão Hollywood ridicularizavam. Ela não era realmente obesa, mas eles a chamavam de "maca de couro". O talabarte dela tinha muito a conter.

Todo mundo sabia que ela gostava de entrar na cantina e se encher de panquecas na manteiga, com lingüiça e ovos e biscoitos amanteigados, o que gerava muitas piadas falando de colesterol e artérias entupidas sobre a sargento Collins.

Quando a dupla de surfistas se preparava para sair às ruas, todo o estacionamento e a sala de comando explodiram na risada. Alguns dos que ouviram tiveram de se sentar para tentar se controlar. Passou a ser o momento da Divisão Hollywood.

Parece que a sargento Collins tinha deixado o rádio no balcão da cantina, pois uma mensagem foi enviada na freqüência da Divisão Hollywood por um copeiro mexicano, que ligou o microfone e falou pelo rádio:

–Alô, alô! Policial gorda? Alô, alô! Você esqueceu o rádio aqui. Alô! Policial gorda? Alô, alô!

Hollywood Nate e Wesley Drubb não conversaram muito depois de saírem da chamada. Nate era o motorista, e Wesley nunca o tinha visto tão atento ao que se passava na rua.

Por fim, Wesley disse:

– Eu tinha de mencionar o Teddy Trombone na chamada.

– Claro que tinha. O erro foi que eu não disse para você anotar o número da placa.

– Eu é que devia ter anotado.

— Você mal terminou o estágio probatório. Ainda está acostumado a obedecer. O erro foi meu.

— Nós vamos encontrar o Teddy.

— Espero que ainda tenha o cartão. Ei, era um cartão de visita, não é? De quem?

— Um restaurante chinês. Chang, ou Chan, alguma coisa assim.

— House of Chang?

— É isso mesmo.

— Ótimo. Vamos até lá.

O reboque estacionou diante da casa de Farley Ramsdale e o motorista mexicano estava batendo na porta quando o Cadillac de Cosmo Betrossian virou na esquina com os pneus cantando. O trânsito tinha atrapalhado tudo.

Ele desceu e correu até o motorista.

— Eu é amigo Gregori.

— Ninguém em casa.

— Não importa.

Correu até a garagem, abriu a porta roída por cupins e ficou aliviado ao ver que a garagem estava como ele havia deixado.

— Nós põe carro na rua. Nós tem trabalha depressa. Eu tem negócio importante.

Cosmo e o mexicano não tiveram dificuldade em arrastar o carro até a rua. O motorista sabia o seu ofício e em poucos minutos colocou o carro no reboque. Cosmo não se agüentava de ansiedade, queria correr e pegar a caixa de dinheiro.

Antes de entrar no caminhão, o motorista perguntou:

— Eu telefono em trinta minutos?

— Não. Eu precisa mais tempo. Trânsito muito ruim. Você vai para ferro-velho Gregori. Depois telefona para eu, OK?

— OK — o mexicano estava esperando a gorjeta prometida.

Cosmo abriu a carteira e lhe deu cinqüenta dólares.

— Guarda no ferro-velho, na sucata, OK?

Quando o reboque virou a esquina, Cosmo foi até o porta-malas do Cadillac e retirou a sacola de lona. Resolveu esperar pelo menos uma hora até os dois aparecerem.

Entrou e foi até o quintal nos fundos e ficou chocado ao ver aberto o local do dinheiro. Deixou cair a sacola e se atirou na terra, arrastando-se para baixo da casa. O dinheiro tinha sumido.

Cosmo xingou em armênio, levantou-se, tirou a pistola da sacola e correu até a varanda dos fundos. Nem se importou em abrir a porta com o cartão de crédito, como tinha feito na última vez. Chutou a porta e correu para dentro disposto a matar qualquer um, depois de lhe arrancar a verdade.

Não havia ninguém. Viu na mesa um bilhete escrito numa letra infantil. "Fui jantar com Mabel. Vou trazer uma comida deliciosa para você."

O plano alternativo para liquidar os dois no ferro-velho estava perdido. Eles estavam com o dinheiro. Eles não iam chegar nem perto dele, a não ser para receber o dinheiro da chantagem dos diamantes. E iam pedir mais dinheiro, agora que sabiam do assalto ao caixa eletrônico e do assassinato do guarda. Deviam também ter descoberto o Mazda. Farley tinha roubado o dinheiro e ia querer mais dinheiro para não contar nada.

Agora ele só podia entregar os diamantes para Farley. Dar tudo a ele e lhe dizer para negociar com Dimitri. Em seguida implorar a Dimitri para matar os dois viciados, depois de descobrir onde estava o dinheiro e implorar a Dimitri para ser justo com ele, apesar de tanta coisa ter dado errado. Afinal, foi o barman de Dimitri quem lhe deu um carro roubado que mal andava e que causou toda a confusão.

Ou, talvez, ele devesse ir até em casa, pegar Ilya e os diamantes e correr para o aeroporto. Era muita coisa para resolver. Precisava de Ilya. Ela era muito esperta, e aquilo tudo era demais para ele. Estava disposto a fazer tudo que ela mandasse.

Cosmo apanhou a sacola e saiu para pegar o carro. Nunca se sentiu tão desmoralizado na vida. Se o Cadillac não ligasse, ele ia tirar a pistola da sacola e se suicidar. Mas o carro funcionou e ele foi para casa encontrar Ilya. Quando estava quase chegando, o telefone tocou e ele atendeu.

– Moço, é o motorista do Gregori. Já cheguei. Não teve problema. Tudo OK.

O carro roubado estava OK. Porém, tudo mais estava muito mal.

Às 7h15 Farley saiu da cela e lhe disseram que ele estava liberado.

Foi abordado pelo policial mau.

— Sabemos que você está envolvido no roubo daqueles computadores, mas por enquanto nós vamos te soltar. Acho que você vai nos ver de novo.

— Por falar em soltar, o meu carro ficou lá onde vocês me pegaram. Que tal uma carona até lá?

— Aqui não tem táxi.

— Cara, vocês me prendem, me seguram aqui por quatro horas, e eu não fiz nada. O mínimo que vocês podem fazer é me levar até meu carro.

Oráculo ouviu a discussão e saiu da sala.

— Aonde você vai?

— Fairfax com Hollywood Boulevard.

— Já estou saindo. Te dou uma carona.

Quinze minutos depois, quando Oráculo o deixou onde estava o seu carro, Farley agradeceu.

— Obrigado sargento, o senhor é legal.

— Cai na real, Farley, cai na real.

Mas ele sabia que esse viciado não ia cair na real. Quem em Hollywood caía na real?

— Teddy? — Era a senhora Chang, que havia sido chamada por um garçom latino. — Ele come aqui?

— É um vagabundo.

— Vagabundo? — ela não entendeu.

— Um homem da rua.

— Ah, homem da rua. Eu conhece ele.

— Ele vem sempre aqui?

— Às vezes ele vem porta do fundo. Vem 7 horas, ou mais tarde. E nós dá comida que vai joga fora. Teddy. Ele senta na cozinha e come. Homem bom. Calado. Que pena.

— Quando a senhora o viu pela última vez?

— Terça. Difícil lembra.

Nate começou a anotar na caderneta.

– Quando ele voltar, quero que a senhora telefone para este número. Peça para mandar o 6-X-72 imediatamente. Escrevi aqui para a senhora. Nós não vamos prender, só conversar com ele, entende?

– Está bem. Eu chamo.

A casa estava escura quando Farley voltou, e a garagem aberta. Por que Olívia iria até a garagem? Lá só havia tralha.

Abriu a porta da frente e entrou.

– Olívia. Você está em casa?

Ela não estava, e ele entrou na cozinha para ver se ainda havia um resto de suco de laranja e encontrou a porta dos fundos arrombada.

– Merda!

Era a primeira vez que a casa era assaltada, apesar de outras casas terem sido atacadas por ladrões durante o dia nos últimos dois anos. Mas a TV ainda estava lá. Foi ao quarto e viu que o CD ainda estava lá. Ninguém tinha revirado as gavetas. Não eram ladrões. Não era assim que ele agia quando ainda roubava casas 15 anos antes.

Então viu o bilhete na mesa da cozinha. Mabel. Ele devia ter adivinhado. A bruxa velha devia estar passando as cartas de tarô para Olívia e ela tinha perdido a noção do tempo. Entrou no quarto para se preparar para um banho rápido e notou que havia uma coisa diferente. O armário estava meio vazio. Todas as roupas de Olívia tinham sumido, até mesmo o casaco que ele havia roubado para ela no Natal. Abriu a gaveta e viu que as calcinhas e as meias também tinham sumido. Ela o tinha abandonado.

O bilhete. Ele correu pela porta afora e foi até a casa de Mabel. A noite estava muito quente, a porta aberta e a TV ligada. Ele pôs as mãos sobre a tela e tentou ver lá dentro.

– Mabel!

A velha veio do quarto arrastando os pés, de pijama e chinelos velhos.

– Farley? O que está fazendo aqui?

– Você sabe onde está a Olívia?

– Não.

— Ela deixou um bilhete dizendo que estava aqui jantando com você.

— É verdade, ela jantou aqui. E ela encontrou Tillie debaixo da sua casa, onde tinha feito um belo ninho. Ela agora está no meu quarto, a levada. Acho que não foi bem domesticada.

— Ela disse aonde ia quando saiu?

— Para casa.

Quando voltou para casa, Farley teve de se sentar e pensar. Ultimamente tudo estava dando errado. Sem dinheiro algum, aquela bruxa banguela o tinha abandonado! Impossível! Aquela Olívia Palito imbecil abandonou Farley Ramsdale, que lhe tinha dado tudo!

Desta vez era Cosmo quem estava com uma violenta dor de cabeça. Tinha contado rapidamente a Ilya tudo o que havia acontecido e depois caiu de joelhos ao lado da cadeira e lhe beijou as mãos.

Ele está acabado, pensou Ilya. Cosmo está chorando e chamando a mamãe. Ele nunca ia bater nela de novo.

Ilya preparou um terceiro copo de chá e acendeu um cigarro na ponta do anterior.

— Cosmo, tudo está errado.

— Está, Ilya.

— Acho que nós vamos fazer as malas e preparar para viajar.

— Claro, Ilya. Eu faz tudo você manda.

— Pensando bem, nós não temos certeza de que Farley está com o nosso dinheiro.

— Ilya. Dinheiro some. Farley some. Eu não consegue telefonar Farley. Farley nunca sem celular. Ele viciado. Viciado precisa celular.

— Tem um jeito de descobrir. Senta, Cosmo.

Ele obedeceu instantaneamente.

— Telefona para o Farley. Vamos continuar com o plano. Diga que o Gregori precisa de mais cartões, muitos mais.

A cabeça de Cosmo doía demais para ele não obedecer. Sentia-se como se tivesse voltado para a Armênia soviética e o próprio camarada presidente tivesse falado. Telefonou.

– Alô! – Farley gritou do outro lado.

Cosmo ficou perplexo, mudo durante alguns instantes.

– Olívia, é você?

Olhando para Ilya, Cosmo disse:

– É eu, Farley.

– Cosmo? Pensei que era a Olívia. Aquela piranha viciada desapareceu.

– Olívia? Some?

Um sorriso torto apareceu nos lábios de Ilya.

– Você sabe onde ela vai?

– Não. Aquela puta. Não tenho a menor idéia.

Ilya fazia com a boca as palavras "convida ele" e Cosmo disse:

– Eu sente muito, Farley. Sabe, o Gregori? Ele quer mais cartão, depressa.

– Cartões? Cosmo, você esqueceu do nosso negócio? Você acha que vou continuar esperando? Você acha que vou me complicar por causa de cartões de hotel?

– Por favor, Farley. Faz isso para mim. Eu deve muito favor Gregori. Só deixa pacote cartão na ferro-velho hoje noite. Ele paga 150. Você compra cristal.

A palavra tocou fundo em Farley. Ele precisava mais que nunca na vida fumar cristal. Mas este era o tipo de negócio que exigia a presença de Olívia. Se pudesse contar com ela, os dois iriam ao ferro-velho e ela entraria. Se Cosmo tivesse um plano para acabar com ele, teria de se contentar com Olívia. Maldita Olívia.

– Eu só tenho uns dez cartões dos bons.

– Basta. Gregori tem empregado novo e precisa carteira motorista. Gregori tão sovina que empregado pede conta. Sempre empregado novo.

– O cachorro está no pátio?

– Eu avisa. Gregori amarra cachorro. Sem problema.

– Pede ao Gregori para me ligar. Se ele ligar, eu vou. Ele não é um tipo violento. É um negociante. Você, eu não sei.

– OK, eu chama Gregori. E se ele diz pode vem?

– Então eu chego lá às nove. Diz a ele para colocar o dinheiro num saco e prender o saco na tela do portão. Se o dinheiro está lá, eu entro e entrego os cartões.

– OK, Farley. Avisa se Olívia volta.

– Por quê?

– Eu acha trabalho bom para ela.

– É melhor você aparecer com o meu dinheiro esta semana, Cosmo. Deixa que eu acerto com a Olívia, se ela voltar.

Quando Cosmo desligou o telefone, Ilya aspirou uma longa tragada do cigarro, e falou com as palavras envoltas em nuvens de fumaça.

– Se ele vai ao ferro-velho, ele não sabe do assalto do caixa eletrônico.

– Mas eu mata ele de todo jeito. E acaba chantagem diamantes.

– A chantagem continua existindo, Cosmo. Olívia está com o nosso dinheiro, e ela sabe tudo sobre os dois serviços. Olívia é cheia de perigos para nós. Farley nem tanto.

– Mas eu mata ele. – Desta vez estava decidido.

– É. Ele tem de morrer. Olívia pode desistir da chantagem. Está com muito dinheiro. Pode comprar muita droga e morre em dois ou três anos.

– Dinheiro nosso.

– É, Cosmo. Ela está com o nosso dinheiro. Eu acho. Agora telefona para o Gregori. Diga outra vez que você só quer assustar o Farley para receber um dinheiro que ele te deve. Diga que você vai pagar o dinheiro do Mazda na segunda.

– Ilya, quando Gregori vem deixa chave, você dá para ele?

– Claro, Cosmo. Por quê?

– Se ele assusta por causa Farley, por causa Mazda vira sucata, eu pode diz você faz chá outra vez? Chá acalma ele.

– Claro, Cosmo. Meu chá é o melhor de Hollywood. Pergunta para o Gregori. Pergunta para qualquer um que já tomou o meu chá.

O 6-X-72 recebeu o chamado vinte minutos depois de sair do restaurante. Hollywood Nate fez o retorno cantando os pneus e acelerou. Buscava a redenção.

Quando chegaram ao restaurante, a Sra. Chang indicou a cozinha. E lá encontraram Teddy Trombone, sentado diante do cepo perto da porta dos fundos, comendo alegre uma enorme tigela de macarrão frito.

— Teddy, lembra de nós? — perguntou Nate.

— Não estou criando problema nenhum. Eles é que me convidaram.

— Ninguém disse que você está criando problema. Só umas perguntinhas e você pode comer sossegado o seu macarrão.

— Lembra da briga no bulevar? Nós fomos os policiais que receberam o chamado. Você me deu um cartão com o número de uma placa anotado. Lembra?

— Ah! O idiota filho da puta me bateu.

— Isso mesmo. Você ainda está com o cartão? Com o número da placa?

— Claro. Mas ninguém está interessado nele.

— Nós estamos interessados — disse Wesley.

Teddy Trombone largou o garfo e enfiou os dedos sujos no bolso da sua terceira camada de camisas, e puxou o cartão do restaurante.

Wesley o pegou, olhou o número da placa e fez um sinal de cabeça para Nate.

— Teddy, que tipo de carro o ladrão do correio estava dirigindo?

— Um Pinto azul, muito velho. Como escrevi no cartão.

— E como era o sujeito?

— Não lembro mais. Era branco. Uns trinta anos. Ou quarenta. Boca muito suja. Me insultou. Foi por isso que anotei a placa.

— E a companheira?

— Mulher. É só o que lembro.

— Você seria capaz de reconhecer os dois se visse de novo?

— Não. Era só uma sombra. E ele era uma sombra de boca suja.

— Diga como ela o chamou — perguntou Wesley.

— Não lembro.

— Você disse Freddy.

— Disse?

— Ou Morley?

— É você que diz. Mas agora não lembro.

— Você os viu antes ou depois daquela noite?

— Vi. Vi eles tentando passar a perna numa loja.

— Quando?

— Uns dias depois que ele me insultou.

— Qual a loja?

— Podia ser a Target. Ou a RadioShack. Ou a Best Buy. Não lembro. Eu ando por aí.

— Pelo menos você deu uma boa olhada neles, não deu?

— É. Mas mesmo assim não lembro. Os dois são brancos. Uns trinta anos. Ou quarenta. Mas também podia ser cinqüenta. Não consigo mais ver idade. Vocês podem conversar com o sujeito da loja. Ele me deu dez dólares porque contei que eles eram pilantras. Estavam com um cartão falso. Ou dinheiro falso. Uma coisa assim.

— Meu Deus! — Nate olhou desanimado para Wesley.

— Se encontrarmos a loja e o sujeito que os viu, pelo menos você pode afirmar que eram mesmo eles as pessoas que roubaram a caixa do correio.

— Ele roubou a caixa do correio. Ela não. Acho que ela é OK. Ele é uma besta.

— Se os detetives quiserem conversar com você, onde eles te encontram?

— Tem um edifício abandonado naquela rua do lado do Cemitério Hollywood. Estou morando lá por enquanto. Mas venho jantar aqui às vezes.

— Você lembra de mais alguma coisa? — perguntou Hollywood Nate, tirando uma nota de dez dólares do bolso e colocando-a no cepo.

— Nada. A maior parte do tempo eu nem sei que dia é. Que dia é hoje?

Viktor Chernenko era conhecido por ter o hábito de trabalhar até tarde, especialmente agora, com a obsessão de resolver os assaltos à joalheria e ao caixa eletrônico, e a maioria dos policiais veteranos da Divisão Hollywood sabia. Nate sabia e estava avançando todos os sinais fechados, correndo para a divisão mais rápido que a corrida até o House of Chang.

Entraram correndo na sala de detetives e ficaram exultantes ao ver Viktor ainda lá, digitando ao computador.

– Viktor – disse Nate. – Aqui está!

Viktor examinou o cartão, a placa e as palavras "Pinto azul" escritas nele.

– O meu ladrão do correio?

Como tinha atendido ao primeiro chamado, Brant trabalhou com Andi o dia inteiro na zona sudeste de Los Angeles no assassinato do Gulag. Doobie D, que haviam identificado pelos dados recebidos da companhia de celular, era Latelle Granville, um integrante de 24 anos da gangue dos Crips, com uma longa ficha de tráfico de drogas e porte de armas. Ele usou o celular durante toda a tarde.

Com a assistência de uma equipe de detetives da Divisão Sudeste, a triangulação feita a partir das torres de celular localizou-o nas proximidades de uma residência na rua 103, endereço de outro integrante dos Crips chamado Delbert Minton. Este tinha uma ficha muito mais extensa e se descobriu que era a pessoa que começou a briga com o estudante morto. Os dois foram presos sem incidentes na casa de Minton e levados para a Divisão Hollywood para interrogatório e autuação. Os dois se recusaram a falar e exigiram a presença do advogado.

Tinha sido um longo dia, e os detetives estavam cansados e com fome depois de trabalhar até tarde da noite no período de horas extras. Andi retornou o telefonema de uma garçonete, uma das pessoas que entrevistou no Gulag na noite do assassinato. Naquela noite, a garçonete, Angela Hawthorn, disse a Andi que estava atendendo no bar servindo bebidas quando começou a briga e não viu nada. Então, por que ela tinha telefonado, pensou Andi?

– Aqui é a detetive McCrea.

– Alô – respondeu Angela Hawthorn. – Agora estou em casa. Não trabalho mais no Gulag. Dimitri me demitiu porque não aceitei agradar a um amigo russo dele. Tenho informações sobre aquela noite que talvez possam ajudar.

– Estou ouvindo.

– Na esquina do prédio, ao lado da janela do escritório de Dimitri tem uma câmera que vê tudo o que acontece no pátio dos fumantes. Durante a festa, tenho certeza de que ela estava lá, como sempre. Mas, quando vocês apareceram, já não estava mais. Dimitri provavelmente retirou a câmera para que vocês não vissem.

— E por que ele faria isso?

— Ele é paranóico com relação a má publicidade, tiras e tribunais. E não quer problemas com as gangues negras. Na verdade, ele nem admite a entrada de clientes negros. Não quer se envolver no seu caso de assassinato. Mas aposto que, se vocês conseguirem a câmera, vão ver o negro enfiar a faca no rapaz. Mas não digam que contei, está bem?

— Você está precisando de dinheiro? — perguntou Andi, depois de desligar.

— Por quê?

— Você vai receber mais horas extras. Pode haver um vídeo no Gulag mostrando o nosso assassinato.

Brant olhou em volta, mas todos os detetives já tinham ido embora. Só ficou o detetive de plantão, Charlie Bom Coração, com os pés sobre a mesa, chupando os dentes como sempre, lendo a página de esportes do L. A. Times.

— Não tem mais ninguém?

— Não seja chato. Aqui é muito melhor que ser um rato da corregedoria, não é?

— Não sei. Estou começando a sentir saudade. Lá, pelo menos eu me alimentava vez ou outra.

— Quando terminar, vou preparar um grande jantar, com uma bela garrafa do melhor Pinot que estou guardando para uma ocasião especial. Que tal?

— De repente, sinto-me renovado.

— Mas tem uma coisa. Acho que devo chamar o Viktor. Talvez a gente precise de um intérprete de russo, se o proprietário começar a mentir e negar, como provavelmente vai fazer. Viktor é um mestre para tratar com essas pessoas, uma habilidade que adquiriu nos velhos dias do Exército Vermelho.

— Está na hora de ele ir para casa. Ele não vai gostar.

— Mas ele está me devendo. Não fui eu quem mergulhou na lixeira para ele? E isso não me custou um sutiã?

Ouvindo a conversa dos outros, como sempre, Charlie disse:

— Ei, vocês estão atrás do Viktor? Ele saiu daqui numa pressa doida com o Hollywood Nate e o sujeito alto que trabalha com ele. É engraçado ver o Viktor correndo: parece um urso de patins.

Capítulo 18

O Pinto azul estava registrado em nome de Samuel R. Culhane, que vivia no Winona Boulevard.

Viktor Chernenko estava sentado no banco traseiro do preto-e-branco tentando se equilibrar e preocupado com a velocidade redentora da direção de Hollywood Nate.

– Sabe, detetive – comentou Wesley –, o único problema aqui é, na primeira conversa com Teddy Trombone, ele ter dito que o nome do homem era alguma coisa como Freddy ou Morley.

– Vai ver que Samuel vendeu o carro para o Freddy – retrucou Nate. – Não desanima.

– Ou emprestou o carro para o Morley – completou Viktor.

A casa era quase uma cópia do bangalô de Farley Ramsdale em Hollywood, mas estava em boas condições e tinha um jardinzinho com gerânios plantados do lado da casa e um canteiro de petúnias diante da varanda da frente.

Wesley correu para os fundos da casa para evitar uma fuga. Já era quase noite, mas ainda não precisou de uma lanterna. Tomou posição atrás da porta da garagem e esperou.

Viktor assumiu o comando e bateu na porta, tendo Nate ao seu lado.

Samuel Culhane não era tão magro quanto Farley, mas já estava em estado avançado de dependência de metanfetamina. Tinha pústulas no rosto e um tique permanente no canto do olho direito. Era bem mais velho que Farley e meio careca, com o cabelo atravessando o alto da cabeça. E, apesar de não ver Hollywood Nate de pé ao lado do sujeito à porta, ele soube na hora que Viktor era um tira.

– Pois não?

Viktor mostrou o distintivo.

– Precisamos conversar com você.

– Voltem com um mandado – disse Sam, e começou a fechar a porta, mas Viktor a prendeu com o pé e Nate forçou a entrada na sala, tocando o distintivo preso à camisa.

– Isto aqui é um passe de bronze, cara.

Quando a porta dos fundos se abriu e Nate assoviou, Wesley entrou e viu o viciado abatido sentado no sofá da sala. Viktor estava lendo formalmente os direitos do prisioneiro num cartão que todo policial, inclusive ele, já sabia de cor.

Nate entregou a carteira de motorista de Samuel Culhane para o parceiro e pediu:

– Dá uma checada no homem, Wesley.

Depois de terminar a leitura dos direitos, Viktor perguntou ao infeliz:

– Você não está feliz em nos ver?

– Olha, vocês não podem revistar a minha casa sem um mandado, mas aceito conversar com vocês até descobrir do que estão falando.

– Precisamos saber onde você estava numa certa noite.

– Que noite?

– Três semanas atrás. Você estava dirigindo um Pinto azul com uma amiga, não?

– Ah, com uma amiga. Nunca, eu sou gay, cara. Mais gay que a primavera. Vocês pegaram o cara errado.

– Você estava dirigindo na Gower, no lado sul do Hollywood Boulevard, mais ou menos às 20 horas.

– E quem disse isso?

– Você foi visto.

— Mentira. Não tenho nenhuma razão para passar pela Gower naquela hora da noite. Na verdade, eu nem saio antes da noite. Sou uma pessoa noturna, cara.

— Havia uma mulher no seu carro.

— Já disse que sou gay. Será que vou ter de te dar um boquete para provar? Espera, que crime você diz que eu cometi?

— Você foi visto ao lado de uma caixa do correio.

— Correio? Já entendi. Então vocês estão querendo me ferrar com roubo de correspondência.

Wesley voltou e entregou um RC a Viktor em que anotou a ficha de Culhane.

Viktor leu:

— Você foi preso por fraude... uma, duas vezes. Uma por falsificação. Tudo isso, como se diz, é consistente com roubo de correspondência de uma caixa pública do correio.

— OK. Foda-se. Não vou passar uma noite na cadeia até vocês descobrirem que pegaram o cara errado. Vou explicar o que é o quê, mas depois vocês vão embora e me deixam em paz.

— Continue.

— Aluguei o meu Pinto por uma semana para um sujeito que conheço. Tenho outro carro. Ele mora perto da Gower com uma viciada idiota que diz que é mulher dele, mas eles não são casados. Avisei os dois: não vão fazer besteira com meu Pinto. Eles não escutaram. Vou te mostrar onde ele mora. O nome dele é Farley Ramsdale.

Hollywood Nate e Wesley Drubb se olharam e disseram simultaneamente e com a mesma voz, assustando não somente Samuel Culhane, mas também Viktor Chernenko.

— Farley!

A idiota da Olívia, ela nunca guarda as coisas no lugar certo. Farley ainda pensava em Olívia no presente, apesar de saber no fundo do coração que ela já era passado. Tinha de admitir que ia sentir falta de algumas coisas. Ela era igual àquelas mulheres beduínas que atravessam campos minados a pé enquanto o marido vai atrás montado num burro seguindo os seus passos. Nunca menos que obediente. Até agora.

Finalmente, ele encontrou os cartões de hotel na última gaveta da cozinha, junto com a ampulheta para cozer ovo que nunca tinha usado e uma frigideira queimada que usava sempre. Eram os melhores cartões que já tinham roubado, e sempre vendidos por um bom preço. O tamanho e a cor certa, com o código magnético certo para parecer uma legítima carteira de motorista da Califórnia quando se colava um fac-símile na frente. Ele ia ter de encontrar outra mulher para ficar naquele hotel em particular e conseguir mais cartões. Uma mulher de classe que não provocasse suspeitas. Tentou se lembrar de alguma mulher de classe conhecida, mas logo desistiu.

Sabia que aquele encontro no ferro-velho podia ser um truque de Cosmo para matar os dois, mas depois de contar a Cosmo que Olívia tinha desaparecido, e Cosmo ainda querer o encontro, ele imaginou que não iria haver problema. Aquele armênio sem-vergonha não ia ter coragem de matá-lo, deixando Olívia livre para denunciar aos tiras que Farley estava desaparecido. Ou ia?

Era possível. Farley nunca tinha negociado com alguém tão violento quanto Cosmo, e por isso havia bolado um plano. É claro que ele iria até o ferro-velho deserto, naquela rua deserta da zona leste de Hollywood onde nenhum homem branco em seu juízo perfeito teria coragem de ir à noite. Mas ele não ia sair do carro, nunca. E ia chegar na contramão, encostar na cerca e pegar o saco de papel. Se achasse o dinheiro, ele ia entrar no pátio, tocar a buzina, dar meia-volta e jogar o saco com os cartões para Gregori e sair correndo de lá, de volta à terra do homem branco, se é que Hollywood ainda podia ser chamada de terra do homem branco.

E se não fosse uma cilada, e Gregori se sentisse insultado pelo método de entrega e ameaçasse não fazer negócio, tanto pior para ele. Gregori não devia andar com gente violenta e armada como Cosmo. Deveria se limitar ao roubo, vigarice, e a enganar os armênios iguais a ele próprio. É, Farley pensou já mais confiante, imaginando-se a fumar cristal ainda naquela noite, onde está a falha *desse* plano?

De repente, sentiu fome de tanto pensar, mas não conseguia suportar a idéia de mais um sanduíche de queijo. Queria um donut do Ruby's, especialmente aquele recheado de creme e coberto de chocolate. Encontrou a nota de vinte dólares guardada para uma emergência na gaveta das cuecas onde Olívia nunca iria procurar. Depois tentou recuperar da melhor forma a porta arrombada e saiu. Tal como o Pablo's Tacos e o cibercafé, o Ruby's era uma das últimas paradas do bonde dos viciados.

Viu alguns viciados conhecidos no estacionamento, famintos por outra coisa que não donuts. Pensando bem, essa era a primeira vez em que ele ia ao Ruby's em busca de alguma coisa para pôr no estômago. As noites de Hollywood estavam cada vez mais estranhas e assustadoras para Farley Ramsdale, e ele não conseguia evitar que isso acontecesse.

Não precisaram de Samuel R. Culhane para levá-los à casa de Farley. Bastou um chamado. A longa ficha de Farley Ramsdale e Olívia O. Ramsdale trazia muitas ocorrências e o endereço correto. Como todo viciado, eles sempre eram parados pela polícia, o que gerava mais um RC. Mas Viktor disse que a presença de Culhane era necessária para garantir que ele não iria telefonar para Farley.

Dirigindo o Pinto, Samuel R. Culhane fez o que lhe pediram e conduziu o 6-X-72 e Viktor Chernenko até a casa de Farley, onde reduziu e indicou a casa com a seta esquerda. Então arrancou e voltou para casa enquanto os tiras estacionavam e saltavam do preto-e-branco, aproximando-se da casa com as lanternas desligadas.

Como antes, Wesley foi cobrir a porta dos fundos. Encontrou-a parcialmente aberta, uma dobradiça solta, e colocada no lugar por uma cadeira da cozinha. Nate e Viktor não tiveram resposta e não havia luzes na casa. Wesley examinou a garagem vazia.

– Um viciado típico – Nate explicou a Viktor. – Na rua caçando cristal. Quando encontrar, ele volta para casa.

– É preciso providenciar uma vigilância. Tenho a sensação muito forte de que esse Farley Ramsdale roubou do correio a carta que levou ao assalto à joalheria. Mas é apenas uma intuição. Mas tenho certeza de que os assaltantes são os assassinos do caixa eletrônico. Este vai ser o caso mais importante da minha carreira, se eu conseguir provar que estou certo.

— Este é um caso para a TV e o *L. A. Times* — disse Hollywood Nate.

— É mais que possível — disse Viktor.

Hollywood Nate fez uma pausa e uma só palavra apareceu na sua mente: "publicidade". Imaginou-se entrando no escritório de um agente de elenco com o *Times* debaixo do braço, quem sabe trazendo a sua foto.

— Viktor, como estamos neste caso com você até agora, que tal chamar a gente se o cara aparecer? Nós íamos gostar de transportá-lo para você, ou ajudar a procurar provas, o que for preciso. Estávamos lá na hora do truque da granada e também sentimos que este caso é nosso.

— Detetive — completou Wesley —, este caso talvez seja a maior realização da minha vida. Por favor, chame-nos.

— Podem ficar tranqüilos, chamarei os dois pessoalmente. Não vou para casa hoje à noite enquanto não conversar com o Sr. Farley Ramsdale e sua amiga Olívia O. Ramsdale. E, se quiserem, vocês podem ir procurá-los nos pontos de viciados. Talvez não tenhamos o suficiente para ligá-los aos crimes, mas não precisamos esperar sentados.

Agora Ilya estava explicando a Cosmo, como teria explicado a uma criança, e ele ficou sentado com um cigarro entre os dedos manchados de nicotina, escutando feliz, um homem sem idéias.

— Entenda bem, Cosmo, e confie em mim. Olívia sumiu e Farley não vai sair do carro no ferro-velho de Gregori. Não vai, por sua causa. Não pense que todo mundo é tão estúpido como ... — Ela se conteve e continuou: — Você tem de matar o Farley dentro do carro. Fora do ferro-velho.

— Ilya, não tem lugar para eu esconde. Tudo é aberto, não tem carro estacionado. Onde eu esconde?

— Dê um jeito. Use o cérebro. Depois de matar, você sai no carro dele. Estacione longe. Volta para o ferro-velho e pega o nosso carro.

Ele a interrompeu.

— E como eu volta? Chama táxi?

– Não. Não chama. Você não vai querer que a polícia descubra o táxi que pegou um passageiro numa cena de crime para levar até o ferro-velho. Pensa, Cosmo!

– OK, Ilya. Eu volta a pé.

– Então nós vamos ao Dimitri. Você leva alguns diamantes no bolso. Poucos. Você dá os diamantes ao Dimitri. O homem dele examina os diamantes. Você diz, mande o dinheiro para baixo e entregue para Ilya. Eu espero no bar. Ele me dá o dinheiro e vou ao toalete feminino e tiro os diamantes de onde escondi num lugar seguro. Muita gente na boate. Vai ser seguro.

– Mas Ilya. Não esquece dinheiro caixa eletrônico.

– Não, não estou esquecendo. Você tem de contar ao Dimitri quase toda a verdade.

– Mas ele mata eu!

– Não. Ele quer dinheiro do caixa eletrônico. Você diz que sabemos onde está Olívia. Diz que vamos encontrar Olívia na segunda, matamos ela e pegamos o dinheiro. E que levamos o dinheiro para o Dimitri.

– Ele vai fica muito bravo. Ele mata eu!

– E o Dimitri quer matar alguém? Diga para ele matar o maldito georgiano que roubou um carro que não funciona!

– Então, o que nós faz amanhã? Nós não sabe onde Olívia está. Nós não pode leva dinheiro Dimitri.

– Os americanos têm um ditado, Cosmo. Não sei bem o que significa, mas entendo a idéia. Amanhã a gente se manda de Dodge.

A noite não estava boa para Oráculo. Ele estava no comando, pois o tenente tinha se ausentado, e por isso teve de atender o telefonema irritado do advogado, Anthony Butler.

– Sr. Butler, os detetives já foram embora. Poderia telefonar de novo amanhã?

– Esperei o dia todo pelos detetives. Ou melhor, a minha filha. O senhor sabe que ela foi drogada e violada num lugar chamado Omar's Lounge?

– Sei. Verifiquei o relatório como o senhor pediu, mas não sou detetive.

— Conversei com o seu detetive há vinte minutos. O homem é um idiota.

Oráculo não quis discutir esta questão.

— Vou me certificar pessoalmente de que o chefe dos detetives vai ser informado deste telefonema, e ele envia um detetive ao seu escritório pela manhã.

— O tal de Andrei, que drogou minha filha, sabe que ela entrou no carro errado. É possível que ele saiba que a polícia foi notificada. E como vamos saber que ele não é amigo dos iranianos? Talvez ele possa identificá-los. E se tivermos aqui um plano imundo envolvendo Andrei e os porcos iranianos? É uma vergonha que ninguém tenha sido mandado ao Gulag para, no mínimo, identificar esse Andrei.

— Se ele é mesmo o gerente do Gulag, tem um bom emprego e não vai desaparecer. Ele vai estar lá amanhã. E, sendo advogado, o senhor sabe que vai ser muito difícil provar que ela foi drogada na noite passada.

— Só quero saber se essa pessoa tem um histórico desse tipo de coisa. Sara é minha única filha, sargento. Um segurança da minha firma vai acompanhar a mim e minha filha ao Gulag esta noite, e ela vai apontá-lo se ele estiver lá, e vamos obter o seu nome e endereço. Pretendo tornar um inferno a vida desse infeliz, com ou sem a ajuda dos detetives da Divisão Hollywood.

— Não, não, Sr. Butler. Não vá ao Gulag. Só vai complicar tudo. E tudo fica pior para todo mundo. Eu mesmo vou ao Gulag esta noite conversar com o sujeito e obter toda informação necessária para os nossos detetives agirem. O que o senhor acha?

— O senhor me dá a sua palavra, sargento?

— Dou.

Depois de desligar, Oráculo pediu ao 6-X-76 para voltar à divisão e tornou a ler todo o relatório. Era o tipo do problema insignificante que o cansava mais que qualquer outra coisa capaz de fazê-lo sentir-se velho.

Sempre que alguém lhe perguntava a idade, Oráculo dizia: "Tenho a mesma idade do Robert Redford, Jack Nicholson, Jane Fonda, Warren Beatty e Dustin Hoffman."

Imaginava que a imagem sem idade dos astros de Hollywood poderia de certa forma mitigar o que o espelho lhe mostrava: rugas profundas cortando as faces, contornando o pescoço e a papada frouxa, e também entre os olhos.

Mas o truque não funcionava mais. Muitos dos policiais mais jovens diziam: "Quem é Warren Beatty?", ou perguntavam quais os filmes de Jane Fonda, ou "Jack Nicholson é aquele velho que vai assistir aos jogos dos Lakers, não é?" Ele abriu a gaveta e tomou uma dose de antiácido diretamente do frasco.

Quando o 6-X-76 entrou na sala do comando, Oráculo comentou:

— Esse caso do seqüestro no Omar's Lounge é uma mentira, certo?

— Das mais deslavadas, sargento — disse Budgie. — A mulher insistiu num relatório de seqüestro. Ameaçou com processo. Chamou uma equipe da TV, mas não ouvi nada de mais, então acho que era pura lorota. O pai dela é um advogado politicamente bem relacionado, segundo ela.

— Ele acabou de telefonar.

— É atriz — disse Fausto, e na Divisão Hollywood isso já era uma boa explicação.

Oráculo concordou.

— Para acalmar as coisas, vou aparecer no Gulag hoje mais tarde e tomar o nome e o endereço do Andrei, para os detetives tranqüilizarem o pai dela quando ele telefonar. Ninguém precisa de mais queixas pessoais nesta divisão.

— Quando você vai?

— Daqui a duas horas.

— Nós encontramos você, e de lá vamos ao Marina's.

— O que é isso?

— Um restaurante mexicano novo na Melrose.

— Não tenho dinheiro para ir a um restaurante na Melrose.

— Não. É um negócio de família. Eu pago.

— Existe cura para vício em comida mexicana? Eu vivo com azia.

— Você é quem sabe.

Oráculo hesitou.

– *Tortillas* caseiras? E *salsa fresca*?

– Foi muito elogiado.

– OK. Eu telefono e aviso que estou no Gulag.

– Te encontro daqui a pouco, Fausto. – Budgie ia ao toalete.

Quando ela saiu, Oráculo disse:

– Estou preparando os grupos para o próximo período. O que você me diz da Budgie?

– O que você quer dizer?

– Você não queria trabalhar com uma mulher, mas me fez um favor. Agora eu não quero pedir o mesmo favor durante dois meses seguidos.

Fausto ficou calado um instante. Olhou para o teto, como se estivesse ponderando.

– Bem, Merv, se está difícil e você precisa de ajuda ...

– Temos tão pouca gente, que organizar as duplas é um suplício. Ia facilitar as coisas para mim.

– É uma boa policial, mas acho que ela só ganha se continuar debaixo da orientação de um cachorro velho igual a mim durante mais algum tempo.

– Ainda bem que você pensa assim, Fausto. Obrigado pela ajuda.

– Bem, é melhor eu ir para o carro esperar. Essas saias são complicadas de tirar só para urinar. Eles deviam inventar um uniforme mais simples para elas.

Oráculo viu Fausto sair para o estacionamento para esperar e encontrou Budgie saindo do banheiro.

– Budgie, você tem objeções a trabalhar mais um período com o velho ranzinza?

– Não, sargento. Nós nos entendemos, Fausto e eu. Formamos uma dupla muito boa.

– Obrigado. Trabalhar com você foi ótimo para ele. Parece ter rejuvenescido dez anos. Às vezes acho que sou um gênio.

– Todo mundo sabe, sargento.

Farley chegou ao ferro-velho na hora combinada e estacionou a cinqüenta metros com as luzes apagadas. Se alguém se aproximasse da cerca, ele ia embora, com ou sem dinheiro. Mas durante dez minutos nada se moveu. Ele tinha de se aproximar para ver se o portão estava aberto e se havia um saco de papel preso na tela. Avançou devagar na direção do ferro-velho, as luzes ainda apagadas. Ouviu os cachorros latindo em outro pátio e se lembrou do enorme doberman, Odar, em homenagem aos não-armênios.

Estava na contramão. Não havia trânsito na rua do ferro-velho, mas não tinha importância. Por trás das cercas dos dois lados da rua se viam carros desmontados ou batidos e gruas enormes. Ele também via pequenos escritórios e prédios maiores onde se desmontavam e montavam carros. E tudo estava escuro, a não ser pelas luzes de segurança nos edifícios e ao longo das cercas.

Quando estava passando pela cerca de Gregori, viu sob o luar que o portão estava aberto. E também viu uma coisa branca presa na tela. Aparentemente era a sacola com o dinheiro.

Baixou o vidro, pegou a sacola, recuou uma distância segura e parou. Abriu a sacola, acendeu a luz interna e lá estava – 150 dólares em notas de dez e vinte. Contou duas vezes. Então a excitação começou a substituir o medo. Pensou no cristal que ia fumar mais tarde. Naquele momento não conseguia pensar em mais nada, mas então se lembrou de que tinha de fazer a entrega.

Farley voltou corajosamente e entrou no pátio com os faróis acesos, as janelas fechadas e as portas trancadas. Odar, preso a um arame comprido que lhe permitia correr do portão até o escritório, latia e rosnava, mas não havia ninguém no pátio, só um tambor encostado na cerca. Farley se sentiu tão seguro que fez tranqüilamente uma meia-volta no meio do pátio e tocou a buzina três vezes, baixou o vidro, jogou o saco com os cartões no asfalto e arrancou na direção do portão.

Os faróis lhe mostraram o vulto de Cosmo Betrossian que saía de dentro do tambor! Farley teve tempo de acelerar, mas quando chegou ao portão, Cosmo já o havia fechado!

O Corolla bateu no portão e parou, o farol esquerdo quebrado e o pára-lama prendendo a roda. O motor morreu, e em pânico Farley desligou e ligou a chave. Enquanto isso Cosmo corria até o carro, uma pistola na mão.

– Pára, Farley! Eu não vai te machuca.

Farley estava chorando quando finalmente o motor pegou e ele colocou uma ré e atravessou todo o comprimento do pátio e bateu na porta do escritório.

Odar estava enlouquecido! O cachorro latia e rosnava, o focinho coberto de espuma. Lançava-se contra o carro que estava destruindo tudo. Lançava-se contra o homem que havia aparecido duas horas depois de o seu dono tê-lo preso ao arame e saído.

Farley engatou a primeira e acelerou, visando Cosmo, que saltou de lado e atirou através da janela do passageiro, atrás da cabeça de Farley. Correu até o portão e bateu uma segunda vez. O carro tremeu e recuou, mas o portão agüentou firme. Olhou pelo retrovisor externo e viu Cosmo correndo em direção ao carro, arma numa das mãos e lanterna na outra.

Farley engatou outra vez a ré e acelerou. Os pneus giraram e queimaram borracha, e o carro disparou para trás. Cosmo mais uma vez conseguiu se esquivar e disparar o segundo e o terceiro tiros, que passaram acima do teto do Corolla por causa do coice da arma.

O carro passou e, sem saber para que lado virar, o motorista girou o volante para a esquerda e não bateu no escritório. Então freou e parou, a cabeça ainda tonta.

Viu a sombra e soube que Cosmo Betrossian se aproximava para matá-lo, por isso colocou a primeira e acelerou, girando o volante para a esquerda, sem saber se Cosmo ainda estava lá, apesar de ouvir o tiro e ver o brilho na sua direção. O pára-lama esquerdo bateu no quadril de Cosmo, que voou vários metros e caiu sobre o mesmo quadril, perdendo a arma numa pilha de sucata e trapos sujos de graxa.

Farley sabia que tinha atingido Cosmo e acelerou de novo em direção ao portão, mas no último instante freou, saiu e correu até o portão, esperando um tiro na cabeça. Conseguiu soltar e começar a abrir o portão, mas então viu Cosmo mancando em sua direção com uma barra de ferro que tinha tirado da pilha de sucata. Mancava e gritava na sua língua. E vinha na sua direção.

Farley acabou de abrir o portão e correu para o carro, mas chegou atrasado. Cosmo já estava muito perto e a barra estilhaçou o vidro da porta do motorista quando Farley se esquivou. Ele então correu, seguido por Cosmo, na direção da área mais escura, atrás das pilhas de carros que esperavam para ser sucateados, e depois atrás de outra fila de carros à espera de ser desmontados para compor o estoque de peças.

Odar já não agüentava mais. Os dois estranhos correndo pelo seu pátio era demais para ele. A adrenalina canina estava a mil, e ele correu atrás dos dois homens, esticando a corrente como uma corda de piano, e o arame que prendia a corrente arrebentou. E Odar, os olhos em fogo, as presas expostas, o focinho todo coberto de espuma, atacou os dois.

Farley viu Odar primeiro e pulou para o alto de um Plymouth batido, equilibrando-se no teto. Cosmo também viu Odar, mas não teve tempo de atacá-lo com a barra de ferro, e imitou Farley, pulando para cima de um Audi batido, Odar atrás dele, o pêlo negro brilhando ao luar.

O cachorro saltou, escorregou e caiu, tentou de novo e logo estava no teto do carro arrastando a corrente. Mas Cosmo já tinha pulado para o teto de um Pontiac, e do Pontiac para o teto de um Suburban. De repente, Odar abandonou a caça de Cosmo e se voltou para Farley, que também saltava de um teto para outro, até se virar e ver horrorizado a maldita fera fazendo a mesma coisa atrás *dele*!

O quadril ferido de Cosmo começou a doer, e Farley tentou recuperar o fôlego no teto de um velho Cadillac, enquanto o cachorro, confuso, sentado sobre o teto de um Mustang, olhava ora para um ora para o outro, sem saber a quem atacar.

Cosmo começou a falar em armênio com o cachorro, tentando conquistar a sua confiança com o som que o animal estava acostumado a ouvir. Começou a dar em voz calma comandos na sua língua natal.

Farley, que não estava tão ferido quanto Cosmo mas igualmente cansado, também tentou persuadir o cachorro, mas, quando falou, a sua voz estava histérica e gaguejante, as lágrimas corriam copiosamente pelo seu rosto.

— Não presta atenção nele, Odar. Você é como eu! Eu também sou odar! Mata ele! Mata o armênio filho da puta!

Odar partiu contra Farley, que gritou como uma mulher. O grito desencadeou alguma coisa dentro do animal, que girou e começou a saltar de teto em teto, voando na direção de Cosmo como um míssil e atirando-o no chão. A energia acumulada jogou também o animal no chão, e ele ganiu de dor e se levantou muito machucado. Logo depois, ficou imobilizado, incapaz de pisar sobre a pata esquerda traseira.

Farley correu para o seu carro, entrou e não conseguiu dar a partida. Chorando, ele afogou o motor. Desligou a chave e trancou a porta, enquanto Cosmo vinha mancando até a pilha de sucata onde tinha perdido a arma. Já sem a lanterna, ele teve de enfiar a mão na pilha de metal retorcido até encontrar a pistola, cortando o dedo até o osso.

Farley tentou novamente a ignição e o carro pegou. Engatou a primeira e pisou fundo no acelerador no mesmo instante em que Cosmo surgiu no lado do passageiro e deu cinco tiros através do vidro, errando quatro. O quinto tiro entrou pela axila direita de Farley quando ele girou violentamente o volante para a esquerda e o carro partiu marcando de borracha o pavimento.

Fora de combate, o cachorro descansou sobre o lado direito, rosnando e latindo para Cosmo, que foi mancando até seu Cadillac, que estava escondido atrás do escritório, ligou e partiu atrás de Farley. Mas, depois de correr quinhentos metros, ele teve de parar, rasgar a camiseta e fazer um curativo num corte profundo na cabeça para conter o sangue que descia copiosamente até os seus olhos, cegando-o.

Farley já estava a meio quilômetro de distância naquela mesma rua, ainda sem saber que tinha sido atingido. Com a mão esquerda, sentiu a umidade quente sob o braço direito e começou a gemer. Mas continuou a dirigir, com apenas um farol a iluminar o caminho, os pára-lamas agarrando os dois pneus dianteiros.

Farley perdeu a noção do tempo, mas seguiu instintivamente até o início do Sunset Boulevard, perto do centro de Los Angeles. Algumas vezes parou nos sinais fechados, outras vezes não, e não percebeu o carro da polícia atrás do seu, seguindo-o desde que avançou um sinal na Alvarado, forçando os outros motoristas a frear violentamente.

Dirigia tranqüilamente, atravessando os bairros étnicos onde se falam as línguas da América Latina, do Sudeste da Ásia e do Extremo Oriente, além do russo, armênio, árabe e mais uma dúzia de outras línguas que ele odiava. Seguiu para o oeste, na direção de Hollywood, a caminho de casa.

Farley Ramsdale não ouviu a sirene, e é claro que não sabia que uma unidade da Divisão Rampart já havia informado estar em perseguição a um Corolla branco, sua placa e localização, fazendo com que os carros da Divisão Hollywood partissem em direção ao Sunset Boulevard, todos certos de que esse bêbado irresponsável daria uma leitura de pelo menos 0,25 no bafômetro, porque estava costurando no trânsito a menos de 50 quilômetros por hora, forçando os outros motoristas a se desviar para a direita e para a esquerda, aparentemente sem notar as sirenes e a fila de viaturas que se juntaram à perseguição.

Na Normandie Avenue, Farley entrou na área da Divisão Hollywood, ainda correndo para oeste. Mas já não estava no carro. Farley Ramsdale é 15 anos mais jovem e está no ginásio da Hollywood High School, fazendo cestas num jogo interno, e são todos lances de três pontos que nem tocam no aro. E aquela linda líder de torcida que sempre o desprezou agora olha para ele. Hoje à noite ele certamente vai comê-la.

Na esquina da Gower, seu pé escorregou do acelerador e o carro bateu lentamente num Land Rover estacionado e o motor morreu. Farley não viu os policiais da Divisão Hollywood que o conheciam – Hollywood Nate e Wesley Drubb, B. M. Driscoll e Benny Brewster, Budgie Polk e Fausto Gamboa – além dos que não o conheciam.

Todos os policiais saíram dos carros, armas na mão, e correndo cautelosamente até o Corolla por causa do aviso de Nate pelo rádio de que o motorista do Corolla era procurado devido a uma investigação de assalto. Todos gritavam, mas Farley não os ouvia.

Hollywood Nate foi o primeiro a chegar ao carro e quebrou o vidro da porta traseira esquerda para destrancar a porta do motorista. Quando abriu a porta e viu todo aquele sangue, ele guardou a 9 mm e gritou pedindo uma ambulância.

Dos olhos semi-abertos de Farley Ramsdale não se viam as íris, as sobrancelhas tremiam como asas de borboleta quando ele entrou em choque e morreu muito antes da chegada da ambulância ao Sunset Boulevard.

Capítulo 19

Cosmo não conseguia parar de xingar enquanto dirigia para oeste na direção de Hollywood. Olhava constantemente para o relógio sem saber a razão. Pensava em Ilya, no que ela ia dizer, no que eles fariam. Imaginava quanto tempo seria necessário para aquele viciado miserável telefonar à polícia e lhes contar do assalto à joalheria. Pelo menos ele não poderia falar do assalto ao caixa eletrônico e do assassinato do guarda. Ilya tinha razão. Farley não sabia deste último assalto, ou não teria vindo ao ferro-velho naquela noite. Mas isso era um consolo muito pequeno.

O dedo e a cabeça latejavam. Tinha um corte pouco acima da linha do cabelo que ainda sangrava. O dedo ia exigir uma sutura, talvez também a cabeça. Quase todos os ossos e músculos do seu corpo doíam. Não sabia se o quadril estava quebrado. Deveria ir para casa? Será que a polícia o estaria esperando?

Naquela noite ele usou a Beretta 9 mm que tinha tomado do guarda. Calculou que ela seria mais precisa que a arma barata que usou no assalto à joalheria. E o que ele ganhara com isso? Mas pelo menos ainda restavam balas. E não tinha a menor intenção de passar o resto da vida na prisão como um animal. Não Cosmo Betrossian.

Pelo celular telefonou para Ilya. Se ela não respondesse, a polícia já estaria lá.

— Alô — era Ilya.

— Ilya! Você está bem?

— Estou bem. Você está bem, Cosmo?

— Eu não está bem. Tudo errado.

— Merda.

— Eu sangra mão e cabeça. Precisa curativo, precisa outra camisa e chapéu para esconde sangue. Não chapéu outro dia.

— Eu joguei fora o boné, Cosmo. Não sou tão estúpida.

— Eu já chega casa. Vai enche tanque. Mais seguro viaja San Francisco de carro.

— Merda.

— É. Farley chama polícia. Prepara tudo para viagem. Eu vê você logo.

Antes de começar a empacotar a roupa, Ilya foi até a prateleira do armário e pegou a sacola de anéis, brincos e diamantes. Deixou uma amostra suficiente para ser mostrada ao Dimitri e guardou o resto num lugar muito seguro.

A esquina de Sunset Boulevard e Gower estava muito agitada, completamente isolada pela polícia. Viktor Chernenko estava lá depois de abandonar a tocaia na frente da casa de Farley Ramsdale, que agora seria objeto de um mandado de busca escrito às pressas quando Viktor voltasse à divisão. Depois de Hollywood Nate lhe ter dito que a vítima de homicídio era mesmo quem ele estava procurando, Farley Ramsdale, Viktor começou a pensar que talvez Farley fosse mais ambicioso que um reles ladrão pé-de-chinelo. Qualquer que fosse a sua ligação com os assaltantes russos, ela o levou à morte.

E quando se ouviu na sala dos detetives que o suspeito estava morto, assassinado em algum lugar a leste de Hollywood, mas procurado por Viktor Chernenko, o geralmente desinteressado detetive Charlie Bom Coração ficou interessado.

Andi McCrea e Brant Hinkle se preparavam para ir ao Gulag dar andamento à sua investigação de homicídio e tentar colocar as mãos na fita de vídeo de Dimitri, e Charlie olhou para eles.

— Nem pense, Charlie. O sujeito foi ferido fora de Hollywood e não posso pegar mais nada.

Charlie Bom Coração deu de ombros e começou a telefonar. Quando terminou, vestiu o casaco xadrez e se dirigiu para a esquina de Sunset Boulevard e Gower para não perder uma oportunidade de oferecer um comentário sobre mais um sonho hollywoodiano que fracassou.

Wesley Drubb estava tão animado que Hollywood Nate teve de mandá-lo agarrar-se ao cinto de segurança para não levitar. Viktor Chernenko tinha conversado com os detetives da Divisão de Assaltos e Homicídios que estavam no caso do assalto ao caixa eletrônico e com o seu tenente. As coisas agora evoluíam tão depressa que era difícil decidir o que fazer em seguida, a não ser preparar um mandado de busca para a casa de Ramsdale, e esperar que a mulher que se chamava Olívia Ramsdale fosse localizada. Outra equipe mantinha a casa sob vigilância, esperando por ela.

Não havia mais nada a fazer pelo momento, por isso Nate e Wesley voltaram relutantemente às ruas e ao trabalho policial de rotina.

Viktor lhes disse:

– Vou redigir uma recomendação pelo seu bom desempenho, resolvendo ou não este caso. E não se esqueçam da Olívia. Vocês a conhecem. Podem vê-la na barraca de tacos, na loja de donuts ou no cibercafé.

– Vamos vigiar – disse Nate.

– Mantenham os olhos bem abertos. E obrigado.

Andi e Brant decidiram fazer uma refeição rápida antes de ir ao Gulag. Uma característica das boates russas é que elas ficam abertas até o último minuto permitido pela lei, e eles calcularam que não tinham tanta pressa.

Estavam em Thai Town, Andi comendo uma salada de mamão verde e Brant devorando um curry com frango, os olhos lacrimejando por causa da pimenta. Cada um tomou dois cafés gelados para aliviar a boca em brasa e porque precisavam da cafeína, já que tinham dormido tão pouco durante os dois últimos dias.

— Como sou o garoto novo da rua, emprestado pela delegacia de Assaltos para te ajudar, acho que vou discutir com o tenente e pedir transferência para Homicídios. Você tem pouco pessoal.

— Todo mundo tem pouco pessoal — disse ela, tomando o café por um canudinho.

— Ninguém vai brigar por minha causa. O chefe já sabe que só estou esperando a promoção.

— Tenente Hinkle. É um som gostoso. Você vai ser um bom comandante de turno.

— Não tão bom como você. Espero que seja promovida na primeira oportunidade. O pessoal vai adorar trabalhar para você.

— E por quê?

— Você tem bom coração.

— Como você sabe o que há no interior? Você só viu o exterior.

— Instinto de tira.

— Cuidado, amigo. Na minha idade, fico toda emocionada quando recebo uma lisonja. Eu poderia fazer uma estupidez. Como, por exemplo, levar você a sério.

— Já sou bem mais velho que você. Estou pronto para ser levado a sério.

— É melhor adiar esta conversa até o final do turno, quando vou ser capaz de me concentrar nela.

— Você é quem manda, parceira.

— Então vamos buscar uma fita de vídeo e esclarecer um homicídio.

— O Viktor vai nos encontrar lá para uma conversa russa?

— Ele está muito ocupado, mas prometeu ir.

— Para o Gulag, companheira — disse Brant, com um sorriso que franziu os olhos verdes e fez Andi torcer os dedos dos pés.

Ilya ficou chocada ao ver Cosmo, quando ele subiu mancando a escada. Ajudou-o a limpar o ferimento da cabeça e estancar o sangue. Quanto ao dedo, ela fez o melhor que podia com um Band-Aid, depois passou uma atadura até ele ir ao médico no dia seguinte para uma sutura. A que horas eles iriam, onde estariam no dia seguinte, eles não sabiam. Ilya queria se concentrar em receber o dinheiro de Dimitri esta noite.

– Nós pode foge agora, Ilya. Nós tem diamante. Nós acha alguém San Francisco.

– Estamos muito em evidência. Muita coisa acontecendo. Não temos mais tempo. A polícia vai chegar quando Farley telefonar. Não temos tempo para encontrar com quem negociar os diamantes em San Francisco. Precisamos do dinheiro agora. Sabe, Cosmo, eu talvez fuja para a Rússia. Não sei.

Ele também não sabia. Tudo que sabia é que tinha muito medo de enfrentar Dimitri sem o dinheiro do caixa eletrônico. E de tentar lhe contar uma mentira. Dimitri era muito esperto. Mais esperto que Ilya, pensava ele.

Telefonou para o número que Dimitri lhe dera.

– Alô.

– É eu, irmão.

– Não diga o nome.

– Eu quer vai aí trinta minutos.

– OK.

– Você pronto para conclui negócio?

– Estou. E você?

Cosmo engoliu em seco.

– Pronto, irmão.

– Vejo você em trinta – disse Dimitri, e Cosmo quase viu o seu sorriso.

Cosmo pôs a boina preta para esconder o ferimento da cabeça. Era uma boina preta que Ilya usava com o suéter preto e as botas quando queria ficar muito sexy. Ele vestiu um paletó branco e calça azul e seu melhor par de sapatos. Enfiou a Beretta no cinto às suas costas, apertando-o bem para prender a pistola.

Ilya vestiu a sua saia mais justa e uma blusa com um profundo decote em V, que valorizava os seios, e um casaquinho preto com botões dourados. E, como iam a uma boate russa, calçou botas pretas com salto 7,5. Sentia-se um avião. Gostava do termo avião.

Cosmo forçou um sorriso.

— Nós vai busca 35 mil, Ilya. Nós vai Gulag.

Oráculo olhou para o relógio. Estava ficando com fome, a noite tinha sido muito agitada com a perseguição a um carro dirigido por um homem morto, e Viktor Chernenko ocupando um dos seus carros, além de outras loucuras comuns de Hollywood que estouravam aqui e ali, como se fosse noite de lua cheia. Sentiu uma pontada de azia e tomou dois comprimidos de antiácido.

Informou ao sargento do Plantão 3.

— Tenho de fazer um pouco de RP para acalmar um advogado de merda e evitar uma dúzia de queixas pessoais contra todos os tiras da Divisão Hollywood que atenderam ou deixaram de atender a porra-louca da filha dele, que exigiu um relatório falso de seqüestro. Vou ver se pego o nome e o endereço do gerente de uma boate, se o sujeito realmente for o gerente. Talvez ele só tenha os cartões de visita para impressionar as garotas que encontra nos bares.

— Em que boate você vai?

— Uma baiúca russa chamada Gulag. Você conhece?

— Não, mas imagino que é um ponto de encontro da máfia russa. Essas boates mudam de dono mais vezes do que mudam as toalhas.

— Depois, vou pegar um código 7 com o Fausto e a parceira dele. Os dois descobriram um restaurante mexicano quente. Telefone se você precisar de mim.

Quando saiu do estacionamento da Divisão Hollywood, Oráculo enviou uma mensagem ao 6-X-76 informando que estava a caminho do Gulag e que não devia demorar mais que quinze minutos.

O estacionamento do Gulag estava lotado quando Cosmo entrou com o Cadillac. Teve de estacionar bem no fundo, ao lado das latas de lixo.

— Dimitri devia ter manobristas — Ilya estava nervosa.

— Sovina demais.

Ouviram a agitação do lugar no momento em que saíram do carro. Cosmo apagou o cigarro, tocou a pistola presa no cinto e foi mancando com Ilya até a entrada.

Ela foi para o bar e esperou ser atendida. Chamou o barman suado.

– Por favor.

Um rapaz embriagado sentado ao balcão se voltou e olhou para ela. Levantou-se e ofereceu o lugar.

– Eu lhe ofereço o meu lugar se você me permitir pagar-lhe um drinque.

Ilya lhe lançou o seu melhor sorriso profissional e sentou-se.

– É muita gentileza, querido.

Sorrindo do sotaque, ele perguntou:

– Você é russa?

– Sou, querido.

– Posso te oferecer um russo preto?

– Eu prefiro um americano branco.

O rapaz riu às gargalhadas, bêbado o bastante para achar tudo muito engraçado.

Ilya desejou que o mundo não tivesse parado de fumar. Teria dado um diamante por um cigarro naquele instante.

Apesar de estar muito ocupado, Viktor Chernenko tinha feito uma promessa a Andi McCrea, e promessa é promessa. Olhou o relógio e avisou a Charlie Bom Coração que teria de ir a uma boate russa chamada Gulag executar um serviço verbal para Andi na língua do proprietário. Quanto aos detetives que vinham até a divisão para montar o quebra-cabeça do assassinato de Ramsdale e dos assaltos, Viktor planejava atravessar a noite na esperança de encontrar a mulher de Farley Ramsdale. Ela tinha uma ficha de pequenos furtos e posse de drogas e ele percebeu que o nome "Olívia Ramsdale" era um apelido recente. Dera o nome Mary Sullivan quando tinha sido presa, mas quem poderia saber qual era o seu verdadeiro nome?

Ele também telefonou para a esposa, Maria.

– Alô, minha querida. Aqui é o seu marido que te ama muito.

Charlie Bom Coração disse "Que estranho!" e olhou para Viktor como se tivesse acabado de arrotar pimenta. Charlie não suportava conversa melosa ao telefone.

– Estou trabalhando no caso mais importante de toda a minha carreira, meu amorzinho. É possível que eu durma aqui. Ainda não tenho certeza.

Ele então ouviu, com um sorriso meio pateta no largo rosto eslavo.

– Eu também! – e deu vários beijos pelo telefone antes de desligar.

– É o seu primeiro casamento? – perguntou Charlie.

– Primeiro e último.

– Deve ser costume russo.

– Não sou russo. Sou ucraniano.

– Então me traga um pouco de *kielbasa*, se o Gulag for limpo.

– Isso é polonês, não é russo.

– Polonês, russo, ucraniano. Dá um tempo, Viktor.

Cosmo bateu na porta do escritório de Dimitri e ouviu:

– Entre.

Quando entrou mancando no escritório, viu Dimitri atrás da mesa na sua cadeira de encosto alto, mas desta vez os pés não estavam em cima da mesa nem ele estava vendo pornografia no computador. Um homem mais velho, vestindo terno escuro e gravata listrada estava sentado no sofá de couro encostado à parede.

Encostado à janela que dava para o fumódromo onde se deu o assassinato, estava o barman georgiano, vestindo camisa branca engomada, gravata-borboleta preta e calça preta. O cabelo preto ondulado era ainda mais abundante que o de Cosmo, e o queixo quadrado e escuro era impossível de ser bem barbeado. Acenou para Cosmo com a cabeça.

Dimitri deu aquele sorriso enigmático.

– O homem importante chegou! Tenho o prazer de apresentar o Sr. Grushin, Cosmo. Mostre a ele a sua mercadoria.

– Eu traz amostra.

O sorriso desapareceu do rosto de Dimitri, que pareceu empalidecer nos cantos da boca. Por isso Cosmo acrescentou:

– Tudo diamantes com Ilya lá embaixo. Não preocupa, irmão.

– Não estou preocupado. Por que você está tão machucado?

— Eu explica depois.

Ele então tirou um saco de plástico do bolso interno do paletó e derramou dois anéis, três pares de brincos e cinco diamantes na mesa de Dimitri.

O Sr. Grushin se levantou e foi até a mesa. O georgiano puxou uma cadeira para ele se sentar. Ele tirou uma lupa de joalheiro do bolso e examinou um por um os itens sob a luz colocada na mesa. Quando terminou, fez um sinal com a cabeça e saiu da sala.

— Eu pode vê dinheiro, irmão?

Dimitri abriu a primeira gaveta, retirou três grandes pacotes de notas e colocou-os à sua frente na mesa. Não convidou Cosmo a se sentar.

— OK, amigo. Fale do caixa eletrônico e de quando vou receber a minha metade do dinheiro.

Cosmo sentiu a umidade sob os braços, e suas palmas estavam suadas quando apontou o georgiano com a mão não ferida.

— Ele rouba carro ruim. Carro morre quando nós foge de caixa eletrônico.

O georgiano disse a Dimitri alguma coisa em russo que Cosmo não entendeu, depois virou a cara fechada para Cosmo.

— Você mente. Carro é carro bom. Eu dirigi carro. Você mente.

Agora Cosmo sentia o estômago enjoado.

— Não, Dimitri. Georgiano está mente! Nós tem de levar carro para casa de homem eu conhece. Nós quase foi preso.

— Você mente! — disse o georgiano, dando um passo ameaçador, e Dimitri levantou a mão e o fez parar.

— Chega.

— Eu fala verdade, irmão. Eu jura.

— Cosmo, onde está o dinheiro do caixa eletrônico?

— O dono casa onde nós esconde carro ruim, mulher dele rouba nosso dinheiro e foge do homem. Mas não preocupa. Nós encontra ela. Nós pega dinheiro.

— Esse homem — Dimitri estava calmo —, ele sabe alguma coisa sobre mim? Alguma coisa do Gulag?

— Não, irmão. Nunca.

– E qual é o nome dele?

– Farley Ramsdale. Ele viciado.

Incrédulo, Dimitri olhou para Cosmo, para o georgiano e de novo para Cosmo.

– Você deixou o meu dinheiro com um viciado?

– Eu não tem escolha, irmão! O georgiano dá carro não anda. E Farley não está em casa e nós esconde dinheiro debaixo casa e carro na garagem. Mas mulher acha dinheiro e foge.

Cosmo sentia a boca seca, que fazia um som esquisito a cada vez que ele abria os lábios. O georgiano olhava com raiva, mas Cosmo não conseguia tirar os olhos dos 35 mil dólares. Era uma pilha de dinheiro ainda maior do que ele tinha imaginado.

– Vai chamar Ilya. Traga ela aqui e eu ofereço drinques e nós concluímos o negócio dos diamantes e você me diz como vai pegar a viciada e me diz quando eu recebo o dinheiro do caixa eletrônico.

Chegou o momento que o apavorava. Ilya disse que era o que ele tinha de fazer de qualquer maneira. Cosmo engoliu em seco duas vezes.

– Não, irmão. Eu pega dinheiro agora. Georgiano desce comigo para o bar, Ilya vai banheiro e pega diamantes e dá georgiano. Muita gente embaixo. Seguro para todo mundo.

Dimitri riu de tudo aquilo.

– Cosmo, a informação na TV está correta? Quanto você achou no caixa?

– Noventa três mil.

– A mulher na TV disse cem mil, mas não importa. Acredito em você. Isso quer dizer que você me deve 46,5 mil dólares e eu te devo 35 mil. A matemática diz que você me deve onze mil e quinhentos dólares. Mais os diamantes. É muito simples, não é?

O suor escorria por todo o corpo de Cosmo. A camisa estava encharcada e ele enxugava as palmas das mãos na calça, parado como um menino, baixando os olhos para o russo pervertido e levantando para o georgiano ao seu lado. E ele queria muito tocar a Beretta, fria contra as costas suadas.

– Por favor, me dá três minutos e eu explica problema foi todo carro roubado!

Oráculo ficou muito surpreso ao ver o carro dos detetives estacionado na zona vermelha ao lado da boate, onde ele também foi obrigado a estacionar, já que o estacionamento lotado representava uma impossibilidade. Perguntou-se quais detetives estariam lá, e por quê. Quando caminhava para a porta, um preto-e-branco reduziu a velocidade e parou, e Fausto deu um toque na buzina para chamar a sua atenção. Oráculo chegou até o meio-fio e se abaixou.

– Não vou demorar, Fausto.

– Precisa de companhia? – perguntou a Budgie. – Nunca entrei numa dessas glamourosas boates russas.

– Está bem, mas nós vamos assustar os clientes. Uma equipe de detetives já está lá dentro.

– Para quê?

– Talvez por causa do assassinato da outra noite. Cinco policiais? Eles vão achar que voltaram para a URSS.

Quando entrou, seguido por Fausto e Budgie, Oráculo viu Andi e Brant parados perto dos toaletes conversando com um sujeito de smoking, que Oráculo imaginou que poderia ser o gerente.

O nível de decibéis era assustador, e as lâmpadas coloridas, além das estroboscópicas, dançavam sobre a pista de dança, onde os casais, jovens em sua maioria, se contorciam. Do seu banco na ponta do bar, Ilya não conseguia ver os três policiais fardados que entraram e tomaram um corredor estreito ao lado da cozinha. Oráculo, Fausto e Budgie atraíram atenção, mas não muito, e surpreenderam os detetives.

Andi foi obrigada a gritar sobre a música:

– O que vocês estão fazendo aqui? Não me diga que houve mais um assassinato no pátio e eu não fiquei sabendo.

Oráculo se dirigiu ao infeliz de smoking.

– Você é o Andrei?

– Sou.

– Pode furar a fila para falar com este. Nós estamos esperando Dimitri, o proprietário.

– Preciso conversar com você, preciso do seu nome e endereço – pediu Oráculo. – Explico quando estivermos num lugar mais calmo, se é que aqui existe um lugar mais calmo.

Então, com uma piscadela para Andi, ele explicou a Andrei.
— Estes dois são meus guarda-costas. Me acompanham a todos os lugares.

Andrei estava com aquela expressão: "O que mais pode dar errado?" No momento exato em que tudo ia dar errado.

Os olhos de Dimitri estavam meio fechados enquanto Cosmo explicava com algum exagero os acontecimentos do dia do assalto ao caixa eletrônico, mas omitindo o entrevero com Farley Ramsdale. Quando Cosmo terminou, ele perguntou:
— Você tinha de atirar no guarda?
— Eu tem, Dimitri. Ele não dá dinheiro, como você fala.

Dimitri deu de ombros.
— Às vezes informações sobre o inimigo chegam erradas. Pode perguntar ao presidente Bush.

Cosmo estava recuperando as esperanças, quando Dimitri disse ao georgiano:
— OK, talvez haja um pouquinho de verdade na história do carro. Talvez o carro não fosse tão bom quanto você pensava.
— Dimitri! — gritou o georgiano, mas se calou quando viu o olhar do patrão.
— Então, Cosmo, você pega o dinheiro do caixa eletrônico amanhã, quando encontrar a viciada, não é?
— Exatamente.
— OK. Eis o que vou fazer por você, Cosmo. Você me deve 11,5 mil mais os diamantes. Vou esquecer o dinheiro que você me deve. Você traz a Ilya até aqui e me dá todos os diamantes e estamos quites. Amanhã, quando você encontrar a mulher, você fica com todos os noventa e três mil dólares. A sua parte mais a minha parte. Eu não posso ser mais generoso com meu próprio irmão, Cosmo.

Dimitri olhou para o georgiano e recebeu um aceno de cabeça de concordância, que ele estava sendo muito razoável e generoso.

Não havia mais esperança. Cosmo era a imagem do desespero. O russo abriu a primeira gaveta e começou a recolocar ali a primeira pilha de dinheiro. Quando pegou a segunda pilha, Cosmo se viu de fora do próprio corpo, puxando o casaco para trás e agarrando a Beretta.

– Dimitri! – gritou o georgiano, tirando, não se sabe de onde, uma pequena pistola.

E Dimitri gritou em russo e abriu a segunda gaveta para pegar a sua arma.

Andi disse para os outros policiais e para Andrei, o gerente.

– Já esperamos demais. Vou bater na porta do escritório do Dimitri.

Foi interrompida pelo som de um tiro, seguido por mais dois, seguidos por mais cinco! Então os dois detetives e os três policiais fardados correram escada acima. Andi estava tirando a pistola da bolsa quando Fausto e Budgie passaram por ela e se apoiaram sobre um joelho, as armas presas nas duas mãos estendidas apontadas para a porta do escritório. Oráculo correu para o outro lado da porta com o velho Colt na mão de forma que todas as armas apontassem para a porta.

Dentro do escritório, Cosmo Betrossian sentia dor no braço esquerdo, uma dor muito mais forte que qualquer outra que tivesse sofrido naquela noite, provocada por Farley Ramsdale ou pelo cachorro assassino. Uma bala atravessou o seu braço na altura do bíceps e quebrou o osso, e o ferimento doía como fogo líquido.

O georgiano estava atravessado sobre a mesa de Dimitri, o sangue jorrando de um ferimento na artéria do pescoço. Mas os ferimentos no peito eram muito mais devastadores.

Dimitri estava sentado na cadeira depois de ter desferido o tiro que tinha ferido Cosmo, e ser atingido pelo tiro de misericórdia no meio da testa.

O ruído ensurdecedor da pista de dança abafou o som dos tiros, e todo mundo continuou dançando. De tempos em tempos Ilya olhava para a pista, tentando entender por que Cosmo ainda não havia voltado.

Cosmo esperava não desmaiar antes de descer para pegar Ilya com as pilhas de dinheiro dentro da camisa. A sensação do dinheiro contra a pele era muito boa. Já ia colocando a pistola no cinto, mas, calculando que um empregado na cozinha poderia ter ouvido os tiros, estendeu a mão com a arma e abriu a porta.

Num espaço tão confinado, Fausto se lembrou do som das armas automáticas no Vietnã. Budgie disse mais tarde que teve a sensação de uma enorme explosão: não conseguiu separar os sons das duas armas.

Cosmo Betrossian deu apenas um tiro, que atingiu a parede acima das cabeças dos policiais. Mas foi atingido por dezoito tiros, e nove balas erraram o alvo quando ele rodou e caiu. Cada um dos policiais acertou pelo menos dois tiros, e Fausto e Budgie foram os que mais acertaram.

Aquele foi o primeiro tiroteio de que Andi McCrea participou, e ela declarou à perícia que foi exatamente igual a uma seqüência em câmera lenta num filme. Via, ou pensava ver, as cápsulas ejetadas batendo contra o seu rosto.

Oráculo disse que em 46 anos aquela foi a primeira vez em que usou a arma fora do estande de tiro da polícia.

O comentário mais interessante foi o de Budgie. Disse que, naquele local confinado, aspirou pela boca aberta a fumaça de todos os tiros, o que deixou áspero o chiclete que ela mascava.

O pandemônio que se seguiu foi pior do que o do dia do assassinato no pátio. Os clientes ouviram o trovão do tiroteio no segundo andar. Budgie e Fausto correram para baixo para prender o gerente e qualquer um que parecesse ter conhecimento do que havia acontecido no escritório para provocar o primeiro tiroteio. Oráculo fez comunicações urgentes pelo seu rádio.

Quando Viktor Chernenko chegou, a multidão saía pela porta e corria para os seus carros. O estacionamento tornou-se um caos, e os que estavam atrás ficaram paralisados. Faróis ofuscavam e as buzinas abafavam qualquer outro som. Viktor forçou a passagem através da multidão histérica e subiu a escada de dois em dois degraus.

Quando chegou, disse a Oráculo:

— Um desses russos deve ser o homem que estou procurando! Talvez seja o que matou Farley Ramsdale!

– Um dos garçons nos disse que o que está sentado na cadeira é o proprietário. O que está caído na mesa é o barman. Este – e apontou para o corpo ensangüentado caído além da porta – não sei quem é. Ele matou os outros dois.

– Você tem luvas? – E, quando Oráculo fez que não com a cabeça, ele disse: – Ora, não tem importância.

Tirou a carteira de Cosmo do bolso de trás da calça e desceu a escada, as mãos sujas de sangue do cadáver.

Quando chegou ao passeio, ouviu as sirenes vindo de todas as direções.

– Venha comigo – gritou para Wesley Drubb, que tinha acabado de saltar do carro no momento em que Nate estacionava em fila dupla.

Wesley o seguiu ao estacionamento, onde Viktor olhou o interior de todos os veículos. A maioria era ocupada por um casal ou por um homem sozinho. Menos de dez por cento eram ocupados por uma mulher sozinha, mas nestes casos ele lançava o facho da lanterna diretamente no rosto da motorista.

Começava a pensar que estava errado, quando chegou à última fila de carros e viu um Cadillac velho. Voltou-se para Wesley e iluminou a carteira de motorista de Cosmo para lhe mostrar o nome. Em seguida iluminou o carro e disse:

– Por favor, levante os dados deste carro. Rápido!

Viktor colocou o distintivo no bolso do paletó, caminhou até o carro com a lanterna na mão esquerda e a pistola na direita oculta abaixo da janela do carro. E sorriu.

A mulher baixou o vidro e sorriu para ele.

– Sim, policial?

– O seu nome, por favor.

– Ilya Roskova. Algum problema?

Ela então olhou para ver se a fila de carros se movia. Mas ela continuava imóvel.

– Talvez. Este carro é seu?

– Não. Pedi emprestado a uma amiga. Minha vizinha. Sou tão estúpida que nem sei o nome dela.

– Posso ver o documento do carro?

— Posso ver no porta-luvas?

— Claro — ele respondeu, iluminando a sua mão direita e o porta-luvas. Ergueu a arma um pouquinho.

— Não. Aqui não há nenhum documento.

— Então este carro pertence a uma mulher?

— É. Mas não a esta mulher parada no engarrafamento. — Tentou dar um sorriso sedutor.

Hollywood Nate e Wesley Drubb voltaram correndo.

— Cosmo Betrossian, tal como na carteira de motorista.

— Então a senhora conhece a proprietária do carro?

— Conheço. Ela se chama Nadia.

— A senhora conhece Cosmo Betrossian?

— Não. Acho que não.

Viktor apontou a arma para o rosto dela e disse em russo:

— Por favor, queira sair do carro, mostrando as mãos, madame Roskova.

Wesley algemou as suas mãos às costas.

— Vou chamar o meu advogado imediatamente. Estou ultrajada.

Quando a levavam para a Divisão Hollywood, Nate perguntou ao parceiro:

— E então, Wesley, o que você está achando da nossa simples divisão de contravenções?

Capítulo 20

Às três da madrugada, Ilya Roskova estava sentada na sala dos detetives, apinhada como nunca esteve durante o dia. Lá estava o pessoal da Divisão de Investigações da Força, o capitão e o comandante dos detetives; todo mundo saiu da cama para estar ali. E no Gulag havia mais carros e pessoas do que nas melhores noites, carros de patrulha e policiais.

Até agora se sabia que os diamantes encontrados na mesa sob o corpo do georgiano correspondiam à descrição dada por Sammy Tanampai das peças roubadas. O número de série da Beretta 9 mm provou que ela pertencia ao guarda sobrevivente ao assalto ao caixa eletrônico.

Viktor Chernenko, o homem que instintivamente estava correto desde o início, foi informado de que deveria se preparar para, ao lado do capitão, falar à imprensa na manhã seguinte, depois de um sono reparador. Ele calculava que a balística iria provar que a bala que matou Farley Ramsdale foi disparada pela Beretta, e que Farley Ramsdale havia sido cúmplice do roubo, mas se desentendeu com Cosmo Betrossian.

Budgie vigiava uma pessoa, que sabia se Viktor estava correto nessas duas teorias, mas ela não falava. O pulso de Ilya estava algemado à cadeira em que se sentava, e ela respondia *nyet* a todas as perguntas, até mesmo quando lhe perguntaram se ela entendia os seus direitos constitucionais. Todos esperavam por Viktor para tentar uma entrevista na língua dela.

Andi McCrea e os outros que haviam participado do tiroteio foram entrevistados individualmente pela DIF e se espalhavam pelas salas da divisão. Andi foi a terceira a terminar, e quando voltou à sala de detetives, passou o videoteipe apreendido, junto com outras provas, na mesa de Dimitri.

Com Brant Hinkle ao seu lado, assistiu à fita e os dois ficaram satisfeitos. A imagem da facada no estudante era clara. A identidade do assassino era incontestável.

— O advogado dele vai querer negociar quando vir isto.

Depois de guardar a fita para ser incluída no inquérito, ela viu Ilya Roskova, sentada numa cadeira e olhando irritada para a policial que a vigiava, Budgie Polk, que tinha sido entrevistada durante uma hora pela DIF.

Andi chamou Viktor.

— Você arrancou alguma informação dela?

— Nada, Andrea. Ela só fala para pedir cigarros. E quer ir ao banheiro. Vou pedir à policial Polk para acompanhá-la.

Andi olhou mais uma vez para Ilya, particularmente para a saia curta e tão justa que parecia lycra.

— Deixe que eu a levo. Onde está a bolsa?

— Ali na mesa.

— Ela tem cigarros na bolsa?

— Tem.

Andi foi até a mesa e pegou a bolsa. Em seguida caminhou até Ilya Roskova.

— Quer ir ao toalete?

— Quero.

— E, quem sabe depois, um cigarro?

— Quero.

— Solte-a, Budgie.

Budgie soltou a algema e a prisioneira se levantou, massageando os pulsos, preparada para acompanhar as policiais.

Quando começaram a andar, Andi abriu a bolsa.

— Vejo que você tem...

A bolsa caiu no chão.

Ilya olhou para Andi, que apenas sorriu, dizendo, "Sinto muito", sem intenção de se abaixar para apanhá-la.

Ilya se abaixou irritada e Andi deu um passo, colocou a mão no ombro da prisioneira e a forçou a se abaixar mais, enquanto com a outra pegava a bolsa.

– Deixe-me ajudá-la, Sra. Roskova.

Depois de alguns segundos naquela posição, um diamante caiu no chão. Depois um outro. E um anel com uma pedra de quatro quilates. Os diamantes estavam brotando daquele "lugar seguro" onde ela tinha prometido guardá-los.

Andi segurou Ilya pelo braço e a fez levantar-se.

– Você vai urinar num penico e nós vamos vigiar. Viktor, acho melhor você colocar luvas antes de manipular essas provas.

– Vaca! – xingou Ilya, enquanto era levada pelas duas, uma em cada braço, até o toalete.

– E depois você pode usar o nosso bidê, mas nós vamos tapar o ralo.

Brant Hinkle comentou com Viktor.

– Acho que agora ela vai falar.

– Como a Andi sabia?

– Ela percebeu imediatamente e me disse. Sem meia e sem meia-calça. Imaginou que a Roskova poderia querer se livrar das pedras na primeira oportunidade.

– Mas e o truque? Como ela sabia?

– Viktor, há coisas que não se ensinam na academia de polícia, mas as mulheres sabem.

Andi e Budgie voltaram com os diamantes.

– Ainda bem que eu não tive de extrair as provas – disse Budgie.
– Eu nem gosto de limpar as calhas da minha casa com medo de aranhas.

Na tarde do dia seguinte, depois de cinco horas de sono numa sala da divisão, já vestindo roupas limpas trazidas pela mulher, Viktor Chernenko completou a investigação, supervisionando uma revista completa do carro e do apartamento de Cosmo Betrossian, além da casa de Farley Ramsdale.

Encontraram a pistola Lorcin .38 de Cosmo e a Raven que Ilya tinha usado no assalto ao caixa eletrônico. Na casa de Farley encontraram correspondência roubada, um cachimbo de vidro para fumar metanfetamina, além do lixo que comumente se encontra nas casas de viciados. Havia algumas peças de roupa feminina, mas a companheira de Farley Ramsdale havia desaparecido.

Viktor e dois outros detetives perguntaram em todas as casas da vizinhança, mas não descobriram nada de importância. O vizinho do lado, um velho chinês, disse num inglês quase incompreensível que nunca tinha falado com Farley e nunca viu uma mulher. O do outro lado era uma romena de 82 dois anos, que informou só ter visto o homem e a mulher chegando tarde da noite, mas não enxergava bem à noite e não seria capaz de reconhecê-los à luz do dia.

Entrevistas com outros vizinhos, todos idosos, foram igualmente frustrantes. Quando viram a fotografia de Olívia, nenhum deles a reconheceu. Ela era o tipo de pessoa que vivia e morria completamente invisível nas ruas de Hollywood.

Ao ler as notícias sobre Farley Ramsdale e sobre o massacre no Gulag, um Gregori Apramian muito assustado ligou para a Divisão Hollywood no início da tarde para oferecer informações. Depois do seu telefonema, seu ferro-velho foi tratado como cena de crime e isolado por peritos e detetives da cidade.

Gregori ficou parado diante do escritório, ao lado do cachorro na coleira que, apesar do gesso na perna traseira, ainda rosnava pronto para a luta, assustando todos os detetives que se aproximavam.

Gregori informou, e foi transcrito no relatório da polícia, o seguinte:

— Eu só promete Cosmo reboca Mazda. Não sabe nada de assalto. Eu acha que Cosmo traz Farley meu ferro-velho e tenta destrói Mazda para esconde crime. Mas acontece alguma coisa. Eles briga e machuca o Odar. E Cosmo mata Farley. Eu não conhece Farley. Eu não conhece mulher russa presa. Eu só conhece Cosmo porque nós vai junto igreja armênia. Eu só tenta ajuda amigo imigrante.

No fim daquele longo dia, Viktor Chernenko passou a fita do interrogatório de Ilya Roskova para o tenente e os dois capitães. Ilya parou de dizer *nyet* depois de os diamantes serem excretados na sala dos detetives. Ela própria retirou voluntariamente o restante no banheiro da divisão, onde eles foram empacotados e incluídos no inquérito.

Ilya foi avisada dos seus direitos em inglês e russo, e declarou que os compreendia. O interrogatório sobre a sua participação nos dois assaltos foi longo e tedioso. Ela alegou o tempo todo que estava totalmente sob o controle de Cosmo Betrossian, dizendo-se uma prisioneira mental que vivia com medo dele.

Quando um dos capitães olhou o relógio, Viktor avançou a fita até a parte que tratava das últimas peças do quebra-cabeça: Olívia e o dinheiro do caixa eletrônico.

Ilya informou:

—Olívia estava com ele quando Farley chantageou Cosmo, quando ele ameaçou contar à polícia tudo sobre a carta roubada. Mas Olívia é, como direi...? uma imbecil. O seu cérebro está totalmente destruído pelas drogas. Não entendo como ela teve cabeça para roubar o dinheiro que Cosmo roubou do caixa eletrônico. Não entendo como ela foi capaz de roubar o dinheiro e desaparecer como fumaça.

Em seguida, ouviu-se a voz de Viktor:

— Você acha que é possível que Cosmo tenha escondido alguma coisa de você? Seria possível que Cosmo escondesse o dinheiro em outro lugar para não ter de dividir com você?

Depois de uma longa pausa, ouviu-se a voz irritada de Ilya:

— Não é possível!

Ela então percebeu que estava apagando a imagem de escrava que tinha criado para si mesma.

— Mas é claro que, no medo em que eu vivia, talvez eu esteja errada quanto ao que Cosmo era capaz de fazer. Ele era muito inteligente. E tinha duas caras.

Viktor desligou a máquina e disse aos superiores:

— Portanto, no que me toca, chegamos a um beco sem saída. Acredito que Cosmo Betrossian tenha tirado o dinheiro da casa de

Farley Ramsdale na noite em que o carro foi rebocado. Acredito que Cosmo Betrossian deu o dinheiro a um amigo, possivelmente outra mulher. O orgulho russo de Ilya Roskova não lhe permite admitir essa possibilidade... de ele ter uma amante secreta e querer abandoná-la. Acredito que Cosmo então tentou contar a Dimitri Zotkin a história falsa de que Olívia ficou com o dinheiro, mas Dimitri era muito inteligente para acreditar, e seguiu-se o tiroteio.

— Até agora você está correto. Então, o que você acha que aconteceu com essa Olívia?

— Acho que ela ficou com muito medo de Cosmo Betrossian e fugiu de Farley Ramsdale. Ela provavelmente está vivendo com outro viciado. Ou talvez morando na rua. Um dia nós a encontraremos morta de overdose. Na verdade, ela já não tem interesse para esta investigação.

— Você acha que vamos achar o dinheiro do caixa eletrônico?

— Sabemos que Cosmo Betrossian gostava de mulheres russas. Uma delas provavelmente está fazendo compras na Rodeo Drive com esse dinheiro. No momento mesmo em que falamos.

— OK. Caso encerrado. Quando falar à imprensa sobre tudo isso, tente evitar qualquer menção ao dinheiro perdido. Tudo mais se ajusta perfeitamente.

— Sim, senhor. É a única mosca na sopa.

Capítulo 21

Em junho, as coisas tinham voltado ao normal na Divisão Hollywood. Os dois surfistas iam para a praia em Malibu em todas as oportunidades. B. M. Driscoll tinha certeza de que estava com sinusite provocada pelo que para ele era uma estação fortemente alérgica. Benny Brewster conseguiu convencer Oráculo a juntar B. M. Driscoll com um dos novatos que não o conheciam. Fausto Gamboa e Budgie Polk formavam agora uma dupla definitiva, particularmente depois que ela o convenceu a tratá-la como homem. Wesley Drubb foi transferido para uma unidade encarregada das gangues, com mais chances de realizar um trabalho policial de peso maior. E, num acesso provocado pelas férias de verão, Hollywood Nate concordou em se transformar em monitor de um policial em estágio probatório chamado Marty Shaw, que o deixava nervoso por tratá-lo constantemente como senhor.

Mas o ponto alto para o plantão noturno foi a volta de Mag Takara ao serviço. Oráculo achou que ela devia assumir funções administrativas até a sua visão melhorar um pouco mais, e ela concordou. Mag agora usava óculos, e logo entraria em licença para fazer as cirurgias plásticas necessárias, mas ela queria muito voltar a usar a farda, e recebeu autorização. Ficou sabendo que iria receber a Medalha de Valor pelo que fez na noite da granada. Disse que seus pais ficaram orgulhosos.

Mag chegou mesmo a agradecer a Flotsam as lindas rosas que ele levou ao hospital, e lhe disse que ele era um grande amigo. Flotsam chegou a enrubescer.

Budgie Polk abraçou Mag e viu o que parecia ser uma pequena cratera escura no rosto, onde o tecido ainda não tinha se recuperado completamente.

— Você ainda é a puta mais linda que já passou pelo Sunset Boulevard.

O mês chegava ao fim numa noite em que Andi McCrea e Brant Hinkle trabalhavam até mais tarde depois de prender um ator idoso que havia invadido o escritório de um agente e agrediu o sujeito com a réplica de um Oscar que usava como peso de papel e prometeu voltar armado.

Quando ficou sabendo, Hollywood Nate disse que um júri formado por membros do Sindicato dos Atores nunca iria condená-lo e que o agente deveria comprar outra réplica do Oscar para ele.

A noite chegava ao fim quando Oráculo entrou na sala de detetives com um ar de preocupação. Chamou:

— Andi, você podia vir comigo à sala do capitão?

— O que foi?

Ela o seguiu à sala do capitão, onde viu um sargento do exército com o quepe preso entre as duas mãos.

— Nãããão! — ela gritou. Brant Hinkle ouviu e correu.

— Ele não morreu! — disse Oráculo imediatamente. — Ele está vivo!

Ele passou o braço pelos ombros dela, e a fez entrar na sala.

O sargento então explicou:

— Detetive McCrea, fomos informados de que o seu filho, Max, foi ferido. Sinto muito.

— Ferido — repetiu ela, como se não conhecesse a palavra.

— Não foi uma bomba, foi uma tocaia. Armas automáticas e morteiros.

— Ai, meu Deus! — disse ela e começou a chorar.

— Ele perdeu a perna. Mas foi abaixo do joelho. Não é tão grave.

— Muito melhor — murmurou ela, quase sem ouvir, quase sem entender.

— Ele foi levado para o Centro Médico Regional de Landstuhl, na Alemanha, e de lá ele vai ser transferido para o Centro Médico Walter Reed, em Washington.

O sargento expressou a gratidão dele próprio e do exército, ofereceu-se para ajudá-la naquela hora difícil e disse muitas outras coisas. E ela não entendeu nada.

Quando terminou, Andi agradeceu e saiu para o corredor. Brant Hinkle abraçou-a e disse a Oráculo:

— Vou levá-la para casa.

A dona de casa mais feliz de Hollywood era Mabel. Tinha muitas coisas a terminar. O dia era curto demais para tudo aquilo.

Primeiro, comprou uma nova porta de tela. Uma porta de alumínio que deveria durar uma vida inteira. O vendedor olhou para ela, pensando: "Certamente pela sua vida inteira."

Depois mandou pintar o exterior, que ainda estava em andamento. Mabel tinha de manter as janelas abertas nesses dias de calor, apesar do cheiro horrível da tinta que vinha de fora. Mas isso apenas a deixava mais animada. Logo iria começar a pintura do interior, e a colocação de papel de parede na cozinha e no banheiro. Mabel estava pensando em comprar uns dois aparelhos de ar condicionado antes de começar a pintar o interior. Era uma época maravilhosa para se viver.

Quando tomavam o café da manhã, ela disse a Olívia:

— Você vai à reunião dos NA hoje, querida?

— Claro!

Olívia ainda parecia pálida pela abstinência.

— Comecei a freqüentar o AA quando tinha 64 anos. Depois que o meu marido morreu, a bebida acabou comigo. Estou em recuperação desde então. Você vai conhecer gente ótima. As reuniões do NA devem ser iguais às do AA, é só uma droga diferente. Mas tenho certeza de que você vai vencer. Você é forte, Olívia, só não teve uma oportunidade de provar.

Olívia tentava se forçar a comer ovos.

— Estou bem, Mabel.

O médico de Mabel disse a Olívia que ela precisava de uma dieta bem nutritiva, e Mabel não parou mais de cozinhar desde que Olívia chegou. O esforço para se livrar sozinha do vício da metanfetamina foi muito duro para ela, e por isso Mabel a levou ao médico que tratava dela havia já trinta anos.

O médico a examinou e receitou medicamentos para reduzir os sintomas da abstinência, mas lhe disse que uma alimentação sadia era o melhor remédio, além da abstinência permanente.

Mabel estava feliz ao ver Olívia comer os ovos mexidos com uma torrada e um copo de laranjada. Uma semana antes ela não seria capaz de comer assim.

— Meu bem, você se sente suficientemente bem para falar do futuro?

— Sim, Mabel.

Olívia percebia que esta era a primeira vez em que alguém falava no seu futuro. Ela nunca pensou no seu futuro. Nem no passado. Sempre viveu no presente.

— Quando a sua recuperação estiver adiantada, vou fazer uma nova escritura da casa. Você sabe o que é isso?

— Não.

— Vou passar a casa para você, resguardando o meu direito de morar aqui até o fim dos meus dias.

— Acho que não estou entendendo.

— É o mínimo que posso fazer por você depois de tudo o que você fez por mim. Eu ia deixar a casa para o Exército da Salvação, para não deixar para o estado. É o que vai acontecer com a casa do Farley. Ele não tinha herdeiros nem testamento, por isso o estado da Califórnia vai tomar posse dela. Acho que o governador Schwarzenegger já é rico demais. Não precisa da minha casa.

Olívia ainda não estava entendendo.

— Para mim? Você vai me dar a sua casa?

— Só peço que você tome conta de mim da melhor forma possível. Podemos contratar uma filipina para ajudar com a parte desagradável da assistência, quando isso for necessário. Gostaria de morrer em casa. Acho que o meu médico vai me ajudar. Ele é um homem bom e decente.

De repente, as lágrimas começaram a descer pelo rosto de Olívia.

— Mas não quero que você morra, Mabel.

— Calma, meu bem. Os meus pais morreram com quase cem anos. Espero continuar viva ainda por um bom tempo.

Olívia se levantou e pegou um lenço de papel da caixa ao lado da cadeira de Mabel e voltou para a mesa, enxugando os olhos.

— Eu não uso mais o quarto de costura, ele vai passar a ser o seu quarto. Vamos decorá-lo para ficar muito bonito para você. E ele já tem um armário muito bom. Vamos fazer compras e encher o armário.

Olívia continuou olhando para Mabel com os olhos calmos e devotados de um cão.

— Um quarto só para mim?

— Claro, meu bem. Mas é claro que vamos ter de usar o mesmo banheiro. Você não se importa de não ter um banheiro só para você, não é?

Olívia começou a dizer que em toda a sua vida nunca tivera um banheiro só para si. Nem um quarto só seu. Mas estava tão maravilhada que não conseguiu falar.

— Acho que devemos comprar um carro confiável, e então vamos fazer um tour no Universal Studios. Você já foi lá?

— Não.

— Nem eu. Mas vamos precisar daquelas cadeiras de dobrar. Acho que não consigo andar muito. Você não se importa de empurrar a minha cadeira de rodas, não é?

— Eu faço tudo por você, Mabel.

— Você tem carteira de motorista?

— Não. Fui presa dirigindo embriagada e eles tomaram a minha. Mas conheço um sujeito muito simpático que faz carteiras. Mas é caro. Duzentos dólares.

— Não tem problema, meu bem. Agora nós temos muito dinheiro e vamos comprar uma para você. Mas você deve tentar conseguir uma verdadeira.

Ao pensar na carteira, Mabel disse:

— Meu bem, sei que o seu nome não é Olívia Palito.

— Não. Foi o Farley que me deu esse nome.

– Claro. E qual é o seu nome?

– Adeline Scully. Mas ninguém sabe. Quando fui presa dei um nome falso.

– Adeline! Doce Adeline. Eu gostava de cantar essa música quando era menina.

Naquele momento, Tillie, a gata rajada que estava deitada na mesa do café – uma gata que nunca tinha ouvido uma negativa desde que Mabel a encontrara – terminou de comer uma lata de atum e deu um tapa na lata.

– Ai, meu Deus. A Tillie está ficando com raiva. Vamos ter de abrir outra lata. Afinal, se não fosse por ela, não teríamos essa vida nova e maravilhosa, não é?

– Não.

Adeline sorriu para Tillie.

– E me chame de mamãe – Mabel falou com a gata.

– Estou feliz demais, Mabel.

Vendo-a sorrir, Mabel disse:

– Adeline, você tem um cabelo tão bonito. Aposto que uma cabeleireira seria capaz de fazer um belo penteado. Vamos mandar pentear esse cabelo e fazer uma manicure. E você não gostaria de ter dentes?

– Ah, claro que eu quero dentes.

– Então isso é o que vamos fazer primeiro. Vamos comprar dentes novos para você.

No início do mês seguinte as coisas ficaram melhores. Mag Takara estava em franca recuperação e a visão melhorava. Oráculo já estava pensando em colocá-la novamente na patrulha.

Andi McCrea passou uma semana em Washington para visitar o filho. Quando voltou, ela disse que ele tinha muita coragem e que ela nunca mais iria subestimar a geração do filho, nunca mais.

Não existe ninguém no mundo mais fofoqueiro que os policiais, e poucos conseguem guardar um segredo, e logo todo mundo ficou sabendo que Andi McCrea e Brant Hinkle iam se casar. Charlie Bom Coração imediatamente ofereceu um comentário.

– Mais uma cerimônia de algemas. Eles agora só se tratam com meu amor, querida e benzinho. Dentro de seis meses eles vão estourar os miolos um do outro. Hollywood é assim.

Viktor ficou muito feliz ao saber que seria indicado Detetive do Trimestre e não ligou para as palavras pouco românticas de Charlie. Ele sempre amou aquelas expressões de ternura.

Naquela noite, antes de ir para casa, ele telefonou para a mulher.

– Estou tão feliz, minha flor. Você gostaria que eu levasse um Big Mac e sorvete de morango para a querida da minha vida?

Capítulo 22

Com a aproximação do Quatro de Julho, Oráculo pensou que o seu plantão noturno estava bem organizado. Quando Fausto e Budgie lhe trouxeram um relatório para assinar, ele disse:

— Fausto, está na hora de um código 7 naquele novo restaurante mexicano... como é mesmo o nome?

— Hidalgo's.

— Eu convido.

— Você ganhou na loteria?

— A hora pede comemorações. Já é verão em Hollywood. Eu fico expansivo no verão.

Fausto olhou para a barriga volumosa.

— Sei.

— Vocês precisam conversar — Budgie disse para Fausto. E acrescentou para Oráculo: — Ele está numa dieta de seis burritos. Já comeu cinco esta semana, por isso hoje ele só pode comer um.

Os dois saíram para trabalhar e Oráculo ficou sozinho, quando começou a sentir uma dor no estômago. Aquela azia de novo. Estava suando e resolveu que precisava de ar. Passou pelo saguão sob as fotos dos policiais mortos cujos nomes estavam na Calçada da Fama da Divisão Hollywood.

Olhou para a lua cheia, a "lua de Hollywood", como ele dizia, e aspirou o ar pelo nariz e expirou pela boca. Mas não se sentia melhor. De repente, sentiu uma dor forte no ombro e nas costas.

Uma mulher estava entrando na divisão para denunciar o roubo da bicicleta do filho, quando uma motocicleta passou urrando e ela viu Oráculo apertar o peito e cair.

Ela entrou correndo na divisão.

— Atiraram num policial!

Fausto quase a derrubou ao abrir a porta de vidro e correr para fora, seguido por Budgie e Mag Takara, que estava trabalhando na recepção.

Fausto abraçou Oráculo.

— Não foi tiro.

Ajoelhou-se ao lado do amigo e começou a lhe massagear o peito. Budgie ergueu o queixo de Oráculo, apertou suas narinas e começou a soprar na sua boca, enquanto Mag chamava uma ambulância. Vários policiais saíram e ficaram olhando.

— Vamos, Merv! — Fausto contava as compressões. —Volte!

A ambulância não demorou a chegar, mas não adiantou. Budgie e Mag estavam chorando quando os paramédicos colocaram Oráculo na ambulância. Fausto empurrou dois guardas que estavam à sua frente e saiu para a escuridão do estacionamento.

Uma semana depois, o tenente informou durante a chamada:

— Não vai haver o serviço fúnebre de costume para Oráculo. Seus desejos são muito específicos, ele pediu uma cerimônia diferente.

— Deviam colocar uma estrela para ele na calçada — pediu Flotsam.

— As estrelas homenageiam os policiais mortos em serviço.

— Ele morreu em serviço — disse Hollywood Nate. — Quarenta e seis anos aqui? Foi isso que o matou.

— Que tal uma estrela especial para Oráculo? — sugeriu Mag Takara.

— Vou conversar com o capitão.

— Se alguém merece uma estrela, é aquele homem — disse Benny Brewster.

— Não vai haver uma cerimônia fúnebre? Temos de fazer alguma coisa, tenente — pediu Jetsam.

– Oráculo sempre disse que ia continuar no serviço até a ex-mulher morrer ou ele morrer. E ela? Por acaso eles têm filhos que poderiam querer um enterro?

– Isso está fora do meu controle. Ele deixou instruções especiais. Deixou tudo o que tinha para a Fundação Memorial da Polícia de Los Angeles, para bolsas de estudo. É só o que eu sei.

Fausto Gamboa se levantou, a primeira vez em 34 anos de carreira.

– Oráculo não queria nenhuma cerimônia quando morresse. Disso eu sei. Conversamos a respeito há muitos anos durante um lanche no Tree.

B. M. Driscoll insistiu.

– Mas o que a ex-mulher dele disse?

– Não existe mulher nenhuma. Aquilo era uma desculpa para a loucura de continuar no serviço esse tempo todo. E, se ele não tivesse morrido, um dia iam ter de arrancar o distintivo do seu peito para se livrar dele, porque ele não ia querer. Já tinha quase 69 anos e gostava da vida aqui. Agora o seu turno chegou ao fim.

– Então... ele não tinha ninguém? – perguntou Mag Takara.

– Claro que tinha. Tinha vocês todos. Era casado com o serviço e vocês eram os filhos. Vocês e outros antes de vocês.

A sala estava em silêncio quando Hollywood Nate falou:

– Será que não podemos fazer nada? Pela sua memória?

Depois de uma pausa, Fausto disse com voz trêmula:

– Claro que podemos. Vocês se lembram que ele dizia que o serviço era divertido? Oráculo sempre disse que o bom trabalho policial era mais divertido que qualquer outra coisa que vocês fizessem na vida. Pois saiam daqui e vão se divertir.

Quando a noite caiu sobre Hollywood, o 6-X-76 saiu numa missão muito especial. Uma missão secreta, desconhecida de todos na Divisão Hollywood. Ficaram em silêncio enquanto Budgie dirigia subindo as Hollywood Hills até Mount Lee. Quando chegaram ao destino, ela parou diante de um portão trancado.

Fausto abriu o portão.

– Quase tive de assinar com sangue para conseguir a chave.

Budgie dirigiu até onde foi possível no caminho estreito e estacionou. Tudo era silêncio, apenas as cigarras e o som do trânsito lá embaixo que mal se ouvia.

Eles então saíram e ela abriu o porta-malas. Fausto procurou na sacola de serviço e tirou uma urna.

Budgie seguiu na frente com a lanterna, mas não era necessário, a lua estava muito clara. Caminharam em silêncio até chegarem ao sinal. Tinha uma altura de quatro andares e era brilhantemente iluminado.

Budgie ergueu os olhos para o enorme H.

— Tenha cuidado, Fausto. Por que você não deixa eu fazer isso?

— Eu é que tenho de fazer isso. Nós fomos amigos por mais de trinta anos.

O terreno sob o H tinha desmoronado, então eles foram até o Y do meio, onde o terreno estava intacto.

A escada já estava colocada, e quando ele chegou à metade da altura, Budgie gritou,

— Aí já está bom, Fausto.

Mas ele continuou, ofegante, parou duas vezes até chegar ao alto. E quando chegou lá, ele abriu cuidadosamente a urna e a virou para baixo, dizendo:

— Semper tira, Merv. Te vejo logo.

E as cinzas de Oráculo foram levadas pelo vento na noite quente de verão, tendo ao fundo as letras HOLLYWOOD, de quatro andares de altura, sob a luz magnífica oferecida pela lua de Hollywood.

Quando terminaram a missão e voltaram para as ruas de Hollywood, Budgie quebrou o silêncio.

— Estou pensando em preparar um peru para o jantar. Você podia vir para conhecer a Katie. Quero uma foto de você fazendo-a arrotar. Vou comprar um peru pequeno, pois só vão estar lá você, a minha mãe e eu.

— Vou ver a minha agenda. É capaz de dar.

— Meu pai morreu há três anos, mas mamãe nunca namorou. De repente você resolve atacar.

— Claro. Como se eu fosse atacar uma velhinha.

– A velhinha é quase dez anos mais nova que você.

– É? E como ela é?

– Bem, Marty. Vamos fazer o bom trabalho policial e nos divertir esta noite. Está pronto?

– Sim, senhor.

– Mas que merda, Marty. Guarde essa história de senhor para um monitor de verdade, que provavelmente vai te transformar num daqueles soldados que cresceram assistindo aos filmes de guerra na TV. Eu sou mais o Fred Astaire e o Gene Kelly. Meu nome é Nate, não se esqueça.

– Está bem, Nate. Desculpe.

– Por falar nisso, você gosta de cinema?

– Gosto ... Nate.

– O seu pai não seria rico, por acaso?

– Meu Deus, não.

– Não tem importância. O meu último parceiro era rico, e não me ajudou na minha carreira.

Havia uma multidão no bulevar, e o jovem policial se virou para Nate e disse:

– Senhor... quer dizer, Nate, um 51-50 está fazendo a maior confusão diante do Grauman's Chinese Theater.

– E o que ele está fazendo?

– Agitando os braços e gritando.

– Em Hollywood isso se chama comunicação. Hoje em dia é difícil distinguir os loucos do bulevar das pessoas com fones de ouvido falando ao celular.

Mas então ele viu de quem se tratava.

– Epa, aquele sujeito é agitador conhecido. Vamos conversar com ele.

Nate estacionou o carro numa área de estacionamento proibido e disse ao parceiro:

– Marty, neste caso, você vai ser o contato e eu a cobertura. Vou esperar do lado do carro e você vai lá e fala com ele. Você acha que consegue?

– Claro, Nate.

Marty estava entusiasmado ao sair do carro, pegar o cassetete e calçar as luvas de látex.

O louco viu o policial se aproximar e parou de gritar. Plantou-se firmemente nos pés e esperou.

O jovem Marty Shaw se lembrou do exercício na academia, que é melhor se dirigir a um louco chamando-o pelo nome, e perguntou a Nate.

— Por acaso você sabe o nome dele?

— Não sei o nome completo. Mas ele é conhecido por Al. Al Intocável.

TÍTULOS DA COLEÇÃO NEGRA:

Essa maldita farinha, de Rubens Figueiredo
Mistério à americana, organização e prefácio de Donald E.
Los Angeles – cidade proibida, de James Ellroy
Bandidos, de Elmore Leonard
Perversão na cidade do jazz, de James Lee Burke
Marcas de nascença, de Sarah Dunant
Noturnos de Hollywood, de James Ellroy
Viúvas, de Ed McBain
Modelo para morrer, de Flávio Moreira da Costa
Violetas de março, de Philip Kerr
O homem sob a terra, de Ross Macdonald
O colecionador de ossos, de Jeffery Deaver
A forma da água, de Andrea Camilleri
Rios vermelhos, de Jean-Christophe Grangé
O cão de terracota, de Andrea Camilleri
A região submersa, de Tabajara Ruas
Dália Negra, de James Ellroy
O executante, de Rubem Mauro Machado
Sob minha pele, de Sarah Dunant
A maneira negra, de Rafael Cardoso
Cidade corrompida, de Ross Macdonald
O ladrão de merendas, de Andrea Camilleri
Assassino branco, de Philip Kerr
A voz do violino, de Andrea Camilleri
As pérolas peregrinas, de Manuel de Lope
A sombra materna, de Melodie Johnson Howe
A cadeira vazia, de Jeffery Deaver
Os vinhedos de Salomão, de Jonathan Latimer
Réquiem alemão, de Philip Kerr
Cadillac K.K.K., de James Lee Burke
Uma morte em vermelho, de Walter Mosley
Um mês com Montalbano, de Andrea Camilleri
Metrópole do medo, de Ed McBain
A lágrima do diabo, de Jeffery Deaver
Sempre em desvantagem, de Walter Mosley
O vôo das cegonhas, de Jean-Christophe Grangé
O coração da floresta, de James Lee Burke
Dois assassinatos em minha vida dupla, de Josef Skvorecky
Uma pequena morte em Lisboa, de Robert Wilson
O vôo dos anjos, de Michael Connelly
Caos total, de Jean-Claude Izzo
Excursão a Tíndari, de Andrea Camilleri Westlake
Nossa Senhora da Solidão, de Marcela Serrano
Sangue na lua, de James Ellroy
Ferrovia do crepúsculo, de James Lee Burke
Mistério à americana 2, organização de Lawrence Block

A *última dança*, de Ed McBain
O *cheiro da noite*, de Andrea Camilleri
Uma volta com o cachorro, de Walter Mosley
Mais escuro que a noite, de Michael Connelly
Tela escura, de Davide Ferrario
Por causa da noite, de James Ellroy
Grana, grana, grana, de Ed McBain
Na companhia de estranhos, de Robert Wilson
Réquiem em Los Angeles, de Robert Crais
Alvo virtual, de Denise Danks
O *morro do suicídio*, de James Ellroy
Sempre caro, de Marcello Fois
Refém, de Robert Crais
Cidade dos ossos, de Michael Connelly
O *outro mundo*, de Marcello Fois
Mundos Sujos, de José Latour
Dissolução, de C.J. Sansom
Chamada perdida, de Michael Connelly
Guinada na vida, de Andrea Camilleri
Sangue do céu, de Marcello Fois
Perto de casa, de Peter Robinson
Luz perdida, de Michael Connelly
Duplo homicídio, de Jonathan e Faye Kellerman
Espinheiro, de Thomas Ross
Correntezas da maldade, de Michael Connely
Brincando com fogo, de Peter Robinson
Fogo negro, de C. J. Sansom
A lei do cão, de Don Wislow
Mulheres perigosas, organização de Otto Penzler
Camaradas em Miami, de José Latour
O *livro do assassino*, de Jonathan Kellerman
Morte proibida, de Michael Connelly
A lua de papel, de Andrea Camilleri
Anjos de pedra, de Stuart Archer Cohen
Caso estranho, de Peter Robinson
Um coração frio, de Jonathan Kellerman
O *Poeta*, de Michael Connelly
A fêmea da espécie, de Joyce Carol Oates
A Cidade dos Vidros, de Arnaldur Indriason
O *vôo de sexta-feira*, de Martin W. Brock
A 37ª hora, de Jodi Compton
Congelado, de Lindsay Ashford
A primeira investigação de Montalbano, de Andrea Camilleri
Soberano, de C. J. Sansom
Terapia, de Jonathan Kellerman
Hora da morte, de Petros Markaris
Pedaço do meu coração, Peter Robinson
O *detetive sentimental*, Tabajara Ruas
Divisão Hollywood, Josheph Wambaugh

Este livro foi composto na
tipologia Goudy, em corpo 11/14, e
impresso em papel off-white $80g/m^2$,
no Sistema Cameron da Divisão Gráfica
da Distribuidora Record.